Judith Rocheman

FIÈVRES ROUGES

PLON
www.plon.fr

Illustration : © Georges Rival – imprimerie Harfort / Archives du PCF – Archives départementales de la Seine-Saint-Denis
Malgré les soins apportés à la rédaction des crédits, des erreurs ou omissions peuvent apparaître. L'éditeur reste à la disposition des photographes, des personnes représentées ou de leurs ayants droit en ce qui concerne d'éventuelles sources iconographiques non identifiées.

92, avenue de France
75013 Paris
Tél. : 01 44 16 09 00
Fax : 01 44 16 09 01
www.plon.fr
www.lisez.com

Mise en pages : PCA
Dépôt légal : octobre 2022
ISBN : 978-2-259-30808-3

À ma grand-mère Lise,

Prologue

Vendredi 12 février 1937, 17 heures,
sur les hauteurs du Jarama, près de Madrid

Arturo Guzmán, planqué derrière un monticule, attendait les ordres. Pour le moment, il tenait la position. Les républicains défendaient corps et âme les Pajares, dernier rempart avant la prise de Madrid. En ce jour du 12 février 1937, le plan élaboré par le commandant Líster était clair. Ils devaient éviter les combats frontaux et attendre la nuit pour attaquer le bataillon de Buruaga sur le flanc ouest ; alors qu'en face, les Brigades internationales, venues soutenir les républicains espagnols, les attaqueraient par le versant est.

Il était 17 heures quand un jeune soldat, haletant, accourut vers eux.

— Ils sont une centaine à descendre du Pingarrón ! Les Anglais vont être encerclés ! Il faut les aider, ils sont coincés au sommet de cette colline, là ! Nous, on n'a plus d'armes et on a dû se replier !

Un Français. Ils parlaient toujours très mal l'espagnol, ces Français. Mais pas le temps de faire connaissance. Le plan tombait à l'eau. Prévenir le capitaine, rassembler les hommes, compter les munitions. De combien d'armes disposaient-ils encore ? Les T-26[1], placés sur le flanc de la colline, étaient prêts à tirer sur les nationalistes d'Asensio, lesquels avaient lancé l'assaut depuis le haut du Pingarrón. Mais les déplacer, c'était une autre paire de manches. Le terrain était trop accidenté : pierres, vallées, chemins étroits, remblais : cela prendrait des heures, ne serait-ce que pour les faire gravir une cinquantaine de mètres.

Le combattant Guzmán apprendrait bientôt ce qui était arrivé à la XVe brigade internationale. Une journée gravée dans la mémoire des Anglais et des Américains qui la composaient. Ceux-ci s'étaient carapatés sur le haut d'une petite colline quand leurs mitrailleuses allemandes MG-28, chargées avec les mauvaises cartouches, s'étaient enrayées. Ils avaient soutenu le combat quatre ou cinq heures durant sans faiblir, aidés des bataillons allemands et français, quand il avait fallu appeler les brigades espagnoles à l'aide. La guerre mondiale avant l'heure ; seulement, ici, les Allemands et les Autrichiens avaient choisi le bon camp.

Pour l'heure, si personne n'intervenait alors qu'ils étaient désarmés, ils seraient plusieurs centaines, peut-être même quelques milliers à perdre la vie.

Quand Arturo eut averti le commandant Líster, celui-ci décida d'abandonner le plan prévu et d'engager son bataillon au plus vite. À ce moment-là, personne ne se doutait réellement de la situation dans laquelle se trouvaient les soldats de la XVe. La nuit tombait déjà, et la brigade de Líster, mobilisée en quelques minutes pour mener cette attaque furtive, se préparait au pire. À quoi s'exposaient-ils ? N'allaient-ils pas eux-mêmes se retrouver encerclés ? Arturo Guzmán

1. Les T-26 étaient des chars construits par l'URSS, entre 1931 et 1941.

s'était engagé dans l'armée républicaine, le cœur fougueux et l'âme victorieuse, comme ses camarades soldats, qui avaient été de fervents militants de la cause révolutionnaire. D'ailleurs, comme beaucoup d'entre eux, il était entré dans cette guerre persuadé que le monde ne pourrait qu'adhérer aux valeurs communistes, et que la force des peuples écraserait par leur masse les intérêts des capitalistes, et des nationalistes. Pourtant, là, en contrebas, dans le ravin qui longeait la colline, alors que la nuit répandait autour d'eux un voile obscur, les regards échangés disaient tout de leur effroi. Dans le silence d'une mort attendue, ils gravirent la colline, le plus rapidement qu'ils le purent. Le crissement des cailloux sur les clous de leurs semelles, le claquement des couteaux contre les armatures de leurs sacs à dos risquaient à tout moment de les trahir. Pas un mot, il suffisait d'un signe de tête pour signaler la présence de l'ennemi. Arturo enjamba un premier cadavre. Puis un deuxième. À droite, il en distinguait encore quatre ou cinq. L'un n'avait plus de visage ; à l'autre, il manquait un bras ou une jambe. Où était la XVe brigade ? Était-ce tout ce qu'il restait d'eux ? Les Marocains, qui étaient venus soutenir l'armée franquiste, s'étaient engouffrés dans la brèche provoquée par le repli des Français du bataillon « 6 février », laissant les Britanniques de la XVe à découvert. Le Français qui était venu prévenir la première brigade mixte de Líster ne rejoignit pas son unité. Armé de courage et d'une baïonnette bien affûtée, le soldat avança avec ses camarades espagnols en direction du sommet. Au loin, les Marocains étaient visibles, les cadavres aussi. La Brigade internationale devait se trouver un peu plus bas, dans une cuvette, juste devant eux. C'était sans doute pour cela qu'ils ne les apercevaient pas encore, les vivants. Soudain, la mitrailleuse des Marocains pourfendit le silence, sans que l'on sache quelles étaient ses cibles. Il fallait la faire taire *illico*. Arturo lança un regard au Français. Ils s'étaient compris. Le Français mit en joue l'artilleur, et tira instantanément, tandis que l'Espagnol mitrailla l'engin. En quatre secondes, ils avaient réussi leur coup. Les deux camarades échangèrent alors un sourire. Mais cela n'avait pas fait taire les autres fusils ennemis qui s'en donnaient à cœur joie.

— Comment tu t'appelles ? cria Arturo pour couvrir le bruit de la mitraille.

— Sacha Grünewald !

— Sacha Grünewald, t'es un as !

Les deux soldats avançaient désormais ensemble. Plus ils grimpaient, plus ils redoutaient le spectacle qui les attendait. Le commandant les encourageait à accélérer le pas. Encore quelques mètres, et ils verraient leurs alliés. Un instant plus tard, une vision d'horreur. Il devait y avoir au moins deux cents cadavres, dans ce trou. Les soldats qui restaient s'en servaient de bouclier. Dès qu'ils furent à portée des tirs ennemis, le bataillon entier s'agenouilla. À la fois tremblants et figés par la peur, Arturo et ses camarades sondaient les silhouettes qu'ils voyaient apparaître. Certains avaient encore des fusils à baïonnette, mais ils ne tiraient plus, sans doute pour économiser leurs balles. Ils devaient les couvrir, et les extirper de la mélasse. Guzmán et Grünewald, et tous leurs frères d'armes positionnés en ligne, décidés à venger ces pauvres Britanniques, ajustèrent les canons de leurs fusils et canardèrent la ligne d'en face. Sous les balles qui fusaient de toutes parts, les Anglais se mirent à l'abri derrière la première brigade mixte. On leur donna des armes, et ces hommes, emplis de rage, redoublèrent d'énergie et appuyèrent leurs défenseurs. Il fallait tenir bon, car bientôt, il ferait nuit, et les combats cesseraient.

Arturo pensa très fort à sa femme, Igneza, ainsi qu'à sa petite fille, Julia, une jolie gamine de neuf ans à qui il avait dû dire qu'il partait faire un long voyage aux Amériques. Le pluriel, ça donnait tout de suite le goût de l'aventure. Cependant, l'homme avait perçu que sa fille ne l'avait pas pris au sérieux. Elle l'avait serré dans ses bras plus fort que jamais.

Pendant une minute, peut-être deux – c'est long, en plein combat –, le feu s'interrompit. Le temps de prendre conscience de ce qui les entourait. Le bataillon Lincoln et les Britanniques avaient certainement perdu la majorité de leurs hommes. On apercevait des yeux ouverts, et des mains qui semblaient encore réclamer de l'aide. Pas le temps de s'atermoyer. Et pourtant, Guzmán, à ce moment précis, fut traversé par de noires pensées. Un mauvais pressentiment. Il attrapa le bras de Sacha et le tira vers lui.

— Si je meurs, dit-il en français, et si cette guerre tourne mal, tu prendras soin de ma femme, et de ma fille Julia ?

— Compte sur moi, camarade. Où sont-elles ?

— Madrid, la Latina, calle del barco.

— C'est noté. Mais ne pense pas à ça. Il te reste des munitions ?

Des munitions, oui, mais des forces, lui en restait-il ? Il sentait son corps s'alourdir à mesure que l'obscurité grandissait. Quand le commandant allait-il donner l'ordre de la retraite ? Les battements de leur cœur résonnaient et couvraient le court silence qui venait de se faire.

Tout à coup, une explosion eut lieu, à une dizaine de mètres. Deux hommes furent pulvérisés. Des canons ! Les salauds avaient réussi à faire venir un char !

— Mettez-vous à couvert !

Les ordres de Líster ne suffirent pas à empêcher la suite logique des événements. Les artilleurs ennemis les tiraient comme des lapins. Quand cette maudite journée allait-elle se terminer ? Grünewald tenta le tout pour le tout. Il fallait faire une percée, et s'approcher afin de descendre cet assassin.

— Tu me couvres, Guzmán ?

Arturo ne connaissait pas l'expression, mais le contexte l'aida à la comprendre. Chargeant le fusil plus vite que son ombre, il canarda la ligne ennemie. Arrivé à moins d'une vingtaine de mètres du char, l'engin cracha un boulet sur le camp espagnol, qui passa au-dessus de Grünewald, et s'abattit dans un fracas indescriptible à deux pas seulement du soldat Guzmán. Le Français se figea quand il vit son camarade s'écrouler. Un autre prit la relève pour le couvrir. Mû par la colère, le sang lui monta au cerveau. Il redoubla de courage et courut droit devant lui, tuant six hommes d'une balle dans la tête et repartit, en zigzaguant comme un dératé. Il sauta pour finir derrière un monticule, et attendit. Quinze minutes passèrent. Enfin retentit le cessez-le-feu. Chaque armée se replia pour la nuit. Il fallait décompter les morts, les déplacer. Les combats reprendraient dès l'aube.

Grünewald s'approcha d'Arturo. Un léger râle lui indiqua que celui-ci vivait encore. Mais plus pour longtemps. Il avait les tripes à l'air. Le Français ne put s'empêcher de dégobiller. Puis il jura au mourant qu'il tiendrait parole.

Chapitre un

Samedi 22 décembre 1951, appartement 23B,
42, avenue d'Italie, Paris

L'appartement du couple Dimitrov, dont le papier peint kaki était orné de magnifiques tournesols géants pointant vers le soleil, comme des vrais, comprenait cinq pièces, sans compter la cuisine au mobilier en Formica jaune pâle, de taille moyenne, où l'on avait tout de même la place de prendre un petit déjeuner ou de fumer debout à la fenêtre. Les Dimitrov possédaient, il fallait le dire, le plus grand logement parmi tous ceux des copains de la cellule. Bien sûr, les pointures du Parti, Duclos, Thorez, Lecœur et les autres, en avaient de plus vastes. En banlieue. Mais à Paris centre, les grands appartements étaient relativement peu nombreux. C'était donc là que se tenaient toutes les réunions décisives. La cellule de l'avenue d'Italie comptait une trentaine de membres actifs, qui avaient pour charge de promouvoir le Parti, de recruter de nouvelles têtes, de diffuser des tracts les jours de marché, d'organiser des réunions politiques dans le quartier sur n'importe quel sujet de société, et parfois aussi de rappeler à l'ordre ses adhérents quand ils contrevenaient aux idées soviétiques. Gare à celui ou celle dont le fils se serait fait prendre avec le *Journal de Mickey* entre les mains. Quant au

Coca-Cola, le mot lui-même était banni des conversations.

Sergueï Dimitrov avait une origine troublante. Ainsi que la consonance de son patronyme le laissait supposer, il était russe. Mais il ne représentait pas l'idéal de ce qu'un membre du Parti pouvait rêver en matière d'ascendance révolutionnaire. Son père était un Russe blanc[1], un écrivain historiographe, aristocrate et lointain cousin du tsar Nicolas II, qui avait fui la Russie vers la France, au début de l'année 1922, au lendemain de l'arrestation de sa femme par la Tchéka[2]. Ils avaient eu beau déménager à plusieurs dizaines de kilomètres de chez eux et effacé toute trace de leurs habitudes bourgeoises, ils avaient été victimes d'un vent de délation qui décimait la région. Quelqu'un, sans doute un autre bourgeois, les avait reconnus et avait profité de l'occasion pour redorer son image de bon révolutionnaire et d'« ami du peuple ». Le malheur était arrivé, si brutalement, un matin de janvier, alors que le père était parti en forêt pour chercher de quoi allumer le poêle. Viktor Dimitrov avait emmené son fils avec lui, pour la première fois. Le petit Alexis ne pourrait sans doute pas rapporter grand-chose, mais il y avait un début à tout. Il grappillerait des brindilles, fleurerait les effluves de l'humus, sentirait perler la rosée sur ses joues. Ce serait déjà ça. À peine s'étaient-ils aventurés dans la forêt, que des cris déchirants foudroyèrent le silence pour parvenir jusqu'à eux. Le paternel avait blêmi en reconnaissant la voix de sa femme. Tous deux avaient couru jusqu'à l'orée du bois, et s'étaient tapis dans l'ombre afin de s'assurer que la *datcha* n'abritait

1. Les Russes blancs, d'origine aristocrate, sont nommés ainsi en 1917 pour les distinguer des « rouges », que sont les bolcheviques.

2. La Tchéka était la police politique du régime bolchevique.

pas de « méchants ». La porte béante parlait d'elle-même. Quand il pénétra dans la maison, le grincement du plancher sous ses pas n'avertit personne. Le lieu était vide. Lidvina avait disparu. Le cœur brisé, le père serra fort son fils qui pleurait déjà tout en appelant sa mère au-delà des frontières. Sans attendre, il avait rassemblé quelques vêtements et un peu de nourriture, puis avait quitté leur village dans l'espoir d'échapper à la police soviétique. Après une errance de deux mois dans le froid glacial de l'hiver russe, Viktor Dimitrov et son fils parvinrent à quitter, non sans mal, le territoire.

Ainsi Sergueï avait-il grandi dans la haine des bolcheviques et l'aigreur d'un père vieilli, démuni de tous ses biens, de son influence, et qui plus est, de son aura auprès de la gent féminine. Les Dimitrov connurent ensuite les années sombres de la guerre, reclus dans un taudis de la rue Blanche. Ils faisaient bonne figure pour éviter de se faire remarquer. Le père honorait bravement sa licence de chauffeur de taxi, tandis que le fils ratissait les bibliothèques. Jamais ou presque, ils ne recevaient d'amis. La vie, pour le jeune Sergueï, était ailleurs.

Séducteur au plus jeune âge, il aimait davantage parler aux filles qu'à son père. L'une d'entre elles, Aude, au lycée, avait fini par le convaincre de rejoindre les bancs des adhérents des Jeunesses communistes. Selon elle, les idées soviétiques avaient conquis l'esprit de millions de personnes, aux quatre coins du monde. Le besoin de renouveau après-guerre était si fort, que le PCF avait presque quadruplé son électorat. Partout, on commençait à croire que ce système était peut-être celui qui sauverait l'humanité des conflits, de la pauvreté et de la maladie.

Cette fille était si belle. Et ces atouts-là méritaient qu'on les suive jusqu'au bout. Le jeune homme s'engagea donc, au p'tit bonheur, comme on prend un aller simple vers une terre inconnue. Il se concentra ensuite sur ses études, puis quitta Aude pour Émilie, tout en cultivant son secret dans le dos du paternel.

Ce n'est que peu après la Libération que Sergueï, élève de Polytechnique et force vive de la nation, avait brandi, devant son père livide et impuissant à raisonner son fils, la toute nouvelle carte d'adhérent au Parti, arborant fièrement la bande tricolore.

Noël approchait, et cette fête quelque peu religieuse encore et déjà fort commerciale dérangeait les principes communistes ; d'abord parce que chrétienne, et ensuite parce que exploitée par le système capitaliste. Seulement, conformément à l'exception française, qui serait défendue plus tard dans tous les traités européens, le goût pour le foie gras, les escargots et le bon vin semblait faire oublier à chacun toute forme de principe. Sergueï lui-même était particulièrement tiraillé, dans cette période de fêtes, entre la tyrannie de son estomac aux habitudes royales et sa moralité républicaine.

Non, cette année, pas d'excès, et surtout, pas de cadeaux inutiles. Il se consacrerait à la cause socialiste, et proposerait à son épouse d'organiser la propagande pour dissuader les gens d'acheter tout et n'importe quoi, en dézinguant la « société de consommation », concept qu'il fallait à tout prix faire connaître au plus grand nombre. Émilie et lui se chargeraient du texte, et les copains distribueraient. Décidé à agir au plus vite, il convoqua tous les membres pour l'après-midi. Mais quand ils furent tous bien installés dans son salon, quand il les entendit, désabusés, se plaindre du nombre d'adhérents en baisse, tout en vantant les mérites des formidables machines à laver Vedette, il sentit que ces vieux roublards ne bougeraient pas le petit doigt pour relayer ses idées chez les commerçants du coin. Une jolie petite voix, cependant, se fit entendre, qu'il ne connaissait pas encore.

— Je me propose d'organiser une collecte pour Noël, pour les pauvres du quartier, afin de donner un cadeau à chaque enfant…

Remarquable, cette intervention. Il se serait bien moqué si ces mots n'avaient pas été prononcés par une si charmante personne. Qui était-elle ? Comment se faisait-il qu'il n'eût pas encore repéré cette brunette d'une vingtaine d'années en jupe courte, près de la fenêtre ?

— Depuis quand la fête de Noël fait partie des préoccupations du bureau ? s'insurgea une camarade. Si la petite dame veut faire dans le caritatif, qu'elle monte une association, ou qu'elle aille proposer ses services à la mairie !

— Ne soyez pas si dure, la demoiselle est pleine de bonne volonté, laissez-lui le temps de connaître nos principes…

Sergueï avait pris instinctivement sa défense, hypnotisé par les formes alléchantes de la jeune femme.

— Je n'ai pas saisi ton prénom, comment t'appelles-tu ?

— Julia, Julia Guzmán.

Ravissante. Quelques années de moins que lui. Dommage qu'il fût déjà marié.

— Tu es membre depuis longtemps ? Je ne t'ai jamais vue ici.

— Non, cela fait un mois seulement, mais j'ai toujours voté communiste.

La pauvre, elle semblait vouloir justifier son engagement. Ce n'était pas l'objectif de Sergueï, mais il en profita pour la taquiner un peu.

— Toujours voté communiste ? Tu as dû voter une fois, ou peut-être deux, à ton âge !

— Deux fois, oui, mais mes parents étaient communistes aussi.

Là, elle marquait un point. Il ne pouvait pas en dire autant.

— Ah oui, avant la guerre ? Ils étaient au PCF ? Ou peut-être des transfuges de la SFIO ?

Sergueï avait lancé cette flèche accusatrice, en l'accompagnant d'un clin d'œil complice adressé à ses copains de la cellule.

— Non, loin de là ! Parti communiste espagnol. Mon père est mort au combat en février 1937 ! Bataille de Jarama.

Le regard fier et le ton solennel de la jeune femme leur rappelaient qu'ils étaient loin d'être à la hauteur de son héros de père. Quel bagout ! Et du répondant, par-dessus le marché !

— Ah, ça alors, mes respects !

Une réfugiée espagnole, cela n'était pas pour lui déplaire. Tous les plus hauts dignitaires du Parti, parmi lesquels Sergueï comptait bien figurer un jour, avaient joué un rôle dans la guerre d'Espagne, au sein des Brigades internationales, le plus souvent.

— Bienvenue ! J'espère que tu resteras parmi nous.

— Merci. Si je peux faire quelque chose…

Oui, elle pourrait sans doute faire quelque chose.

— Il faudra prévoir une réunion début janvier pour la reprise des cartes. Peut-être que tu pourrais t'en charger ? On organise d'habitude une sorte de cérémonie pour introniser les nouvelles recrues.

— Oui, ça me plairait, volontiers.

— Et puis, il va falloir qu'on t'envoie faire un petit stage.

— Un stage ? Un stage de quoi ?

Sergueï leva rapidement les yeux sur le camarade Letourneur qui, installé sur l'accoudoir du fauteuil où Sergueï était assis, ne perdait pas un mot de leur échange. Difficile d'entamer une conversation privée dans une cellule communiste, *a fortiori* dans un salon de vingt mètres carrés.

— Un stage en Russie, à Moscou ou Stalingrad. Le Parti en organise pour les communistes du monde entier, afin de les former. Ils deviennent ainsi des interlocuteurs privilégiés du Politburo[1], et obtiennent le droit d'occuper des fonctions plus importantes au sein du Parti. Pour ma part, j'en ai déjà fait deux. Je t'inscris, si ça t'intéresse. Tu veux ?

Julia n'était pas timide, au contraire. Le silence qu'elle opposa à cet homme, un poil trop entreprenant à son goût, était calculé. Bien qu'attrayantes pour une étudiante en journalisme, elle sentait que ses propositions étaient mues par un autre type d'intérêt. Il n'y avait qu'à suivre son regard, rivé comme un aimant sur ses jambes.

Letourneur, un homme pointilleux et rabat-joie, ne put s'empêcher de lancer une remarque.

— Tu vas trop vite en besogne, Dimitrov, la petite doit faire ses preuves, dans un an ou deux, peut-être, si elle est assidue, mais là… La demoiselle est encore fraîche. Qu'elle commence par vendre *L'Huma*, plutôt !

— Dans l'absolu, je suis d'accord avec toi, mais elle a une ascendance : elle est espagnole, fille de partisan. Son père est mort au combat, pas comme le mien ni le tien !

Dimitrov touchait Letourneur au cœur. Le père de ce dernier était militaire et craignait les bolcheviques

1. Le Politburo, abréviation de « bureau politique », était l'organe dirigeant du système soviétique. Il était composé de quelques membres titulaires élus par le Comité central. Au sein du Politburo, Staline a créé le poste de secrétaire général en 1922, afin de prendre la direction du Parti.

comme la grippe espagnole. Ils en avaient souvent parlé, et ce passé commun d'opposition à leur paternel respectif les avait rassemblés.

— Ah, dans ce cas, c'est vrai, cela ne peut que favoriser ta carrière au sein du Parti, Julia. Nous pourrons la proposer lors du prochain appel.

Brave Letourneur, il portait bien son nom, si facile à retourner !

Julia se demanda où elle avait mis les pieds. Elle terminait brillamment ses trois années d'études dans le tout nouveau Centre de formation des journalistes, qui accueillait volontiers les étrangers, des femmes, et en particulier des personnes qui portaient en eux la force du vécu : résistants, réfugiés ou déportés. Et la jeune étudiante, à elle seule, cochait quelques-unes de ces cases, ce qui lui avait ouvert sans difficulté les portes de l'école. Côté engagement politique, elle ne cachait pas ses convictions communistes, plutôt bien vues des milieux intellectuels. Mais elle n'avait jamais franchi le pas ni pénétré les arcanes du Parti.

Pendant les cinq années qui avaient suivi la fin de la guerre, la jeune femme avait étudié avec acharnement, d'abord pour gagner le droit de rester en France, mais aussi pour échapper à la condition ouvrière. Igneza, sa mère, avait été recueillie à Paris par le soldat Sacha Grünewald, compagnon de combat de son père Arturo, qu'il avait vu mourir sous ses yeux. L'homme était allé trouver Igneza, trois mois après la bataille de Jarama, pour lui rapporter les quelques objets qui avaient appartenu à son mari. Il était tombé amoureux d'elle au premier regard, et s'était débrouillé pour l'amener, en pleine guerre, jusqu'à Paris, renonçant à ses engagements militaires. D'après les souvenirs de Julia, ils avaient dû fournir des faux papiers, traverser la frontière cachés dans des camions, tapis sous des couvertures. La jeune fille se rappelait la faim, la peur et le froid des montagnes. Sa mère, elle, n'avait pas succombé tout de suite. C'était à force de voir ce beau brun inventer toutes sortes de blagues pour faire rire sa fille qu'elle avait fini par craquer au terme de plusieurs mois de séduction acharnée. Ils s'étaient lancés dans la vie en montant ensemble leur propre atelier de couture. Et la guerre avec l'Allemagne avait tragiquement mis fin à ces courtes années de bonheur. Sacha était juif. Mal lui en avait pris.

Perdre deux hommes dans de telles conditions avait eu pour conséquence d'éteindre à jamais le cœur d'Igneza. Celle-ci avait sombré dans une dépression profonde. Et la jeune Julia avait tenté désespérément de la consoler. Sans succès. La fin de la guerre coïncida pour Julia avec l'obtention du bac, et ses années d'études furent un moment de libération totale. La joie revint, avec son lot d'aventures et de découvertes en tout genre.

C'est lors de son premier cursus en histoire à la Sorbonne, en 1946, entourée qu'elle était d'apprentis historiens et d'intellectuels de gauche qu'elle découvrit le Parti communiste. Celui-ci la reliait bien sûr à son histoire, à son père, dont elle admirait le courage, et à ce beau-père, victime de la barbarie nazie. Il était aussi une façon de renaître au monde. Un espoir. Tout cela faisait sens. C'était son destin.

— Je suis prête. Libre. Vous pouvez m'y envoyer. Dès que possible.

Mais l'homme en face d'elle pensait à autre chose. Sergueï avait devant lui une jolie fille dont les yeux gourmands brillaient d'ambition. Et il allait se priver d'elle comme ça, si vite ? Non, l'idée de l'envoyer tout de suite en stage en Russie lui ferait gagner des galons un peu trop rapidement, et dans un souci d'équité avec les copains de la cellule, elle devait faire ses preuves. Serait-elle capable de tenir le rythme des réunions, d'être fidèle à ses idées, de construire sa vie autour du Parti, de ne pas céder à la tentation de la propriété, ou de la gloire personnelle ? Quoi qu'il en soit, il avait trouvé un moyen de l'appâter, de lui faire miroiter une récompense. Qui sait, sa perversité avait peut-être trouvé la cible parfaite ? Sur laquelle il pourrait exercer un pouvoir certain, grâce à son rôle de mentor aguerri aux pratiques du Parti ? Ensuite, quand elle serait prête, pourquoi ne pas l'emmener en Russie, apprendre parmi les Soviets comment s'organise une vraie démocratie… ? Une chambre d'hôtel à côté de la sienne… Et surtout, il avait besoin d'une acolyte pour mener son enquête, c'était même une question de vie ou de mort.

Les pensées de Sergueï s'interrompirent brutalement quand Émilie franchit le pas de la porte, accompagnée d'Alexis, leur fils de trois ans. Le nuage de fumée créé par la vingtaine de cigarettes virevolta tandis qu'un air frais salvateur entrait dans la pièce. Chacun reprit son souffle, mais ce n'était pas tant pour l'oxygène que parce que la jeune Mme Dimitrov était d'une beauté renversante.

Le seul sur qui son charme ne faisait plus d'effet, c'était bien Sergueï. Ou du moins, c'était l'impression qu'il donnait. Souhaitant passer pour un homme sérieux et concentré uniquement sur la matière qui les occupait, celui-ci embraya aussitôt.

— Ah, Émilie, tu tombes à pic, nous allions passer à la distribution des tâches pour l'année prochaine. Je te présente Julia Guzmán, fille de partisan espagnol. C'est sa première réunion. Tu serais d'accord pour qu'elle se charge avec toi de la reprise des cartes en janvier ?

Émilie posa ses sacs, retira chapeau et manteau avec élégance, retenant sa réponse, tandis que la Julia en question l'observait d'un air étrange. Qui était cette magnifique créature ? Julia détailla chaque partie de son visage, subjuguée par tant de grâce. Ses cheveux blonds épais et souples tombaient rondement sur ses épaules. Elle avait de grands yeux d'un bleu profond et limpide, presque scintillant comme celui d'une mer cristalline. De longs cils soulevaient délicatement ses paupières quand elle parlait, et sa large bouche aux lèvres ourlées laissait voir les plus jolies dents qu'elle eût jamais vues, très blanches et régulières.

— C'est ta femme ?

— Oui, pardon, Julia, je te présente Émilie, ma femme. Et Alexis, mon fils.

Le petit était déjà parti en courant vers sa chambre, fuyant cette fumeuse et bavarde assemblée. La jeune maman sourit à Julia, qui lui rendit son sourire avec un regard gêné. Le mari était bien proche d'elle et il n'avait pas bougé d'un iota depuis que son épouse avait pénétré dans le salon. Celle-ci, comme à son habitude, s'était installée à la table, près de sa camarade et amie Mme Dumaret.

— Alors, tu as trouvé un logement pour la famille vietnamienne ?

— Toujours pas. Je reviens de la mairie. Ils ont encore une dizaine de familles sur les bras et me demandent de voir avec Ivry ou Vitry. Est-ce que quelqu'un pourrait accueillir deux étudiants guadeloupéens ? C'est Henri Bangou qui nous les envoie, faut dire qu'il promet des logements à tous les jeunes qui rejoignent son association.

— Des communistes noirs ? Mais ils n'ont pas déjà assez de problèmes comme ça ? Ils ne sont pas juifs, au moins ?

— Dites, ça vole haut ! Et quand bien même ce serait le cas, ils ont bien le droit d'avoir un toit, sermonna le sage Letourneur.

L'humour juif de Jacob Besh était malheureusement souvent mal compris.

— On veut bien les accueillir, nous !

Les Méninger gardaient toujours leur porte ouverte à qui voudrait. Après tout, c'était bien ça qu'ils aimaient tous, dans ce Parti communiste. L'international. Ce mouvement, avec ses fenêtres ouvertes sur le monde, avait créé un courant d'air à l'intérieur. La droite, à côté, sentait le renfermé.

Émilie, en reine organisatrice, confia à Monique Dumaret le dossier vietnamien. Son amie leur trouverait bien quelque chose.

— Qu'est-ce qu'il nous reste à l'ordre du jour ? Les stages ? On ne propose personne ?

— Non, peut-être dans quelques mois. On verra pour Julia si son engagement est sérieux, suggéra Sergueï du bout des lèvres.

— Julia ? Mais elle vient d'arriver, je n'en ai même pas fait un moi-même !

— Oui, mais il y a Alexis. Qui s'occupera de lui si tu n'es pas là ?

— Eh bien toi !

— Émilie, on discutera de ça plus tard, veux-tu ? Tu sais bien que je pars souvent en déplacement.

Julia décida d'interrompre ce départ d'incendie en s'adressant à la cantonade :

— Par hasard, connaîtriez-vous quelqu'un qui aurait une petite chambre à louer, une chambre de bonne, par exemple ? Il est temps que je laisse de l'espace à ma mère, si vous voyez ce que je veux dire.

Sergueï s'empressa de répondre, pour coiffer les autres sur le poteau :

— Ici ! On a toujours une chambre pour les gens de passage. Tu es la bienvenue, quand tu veux !

Le don Juan savait qu'il allait blesser sa femme, mais cela ne l'empêchait pas d'assumer pleinement cette prise de risque.

Celle-ci sentit sa mâchoire tomber. La gamine, en face, la regardait toujours, elle devait se donner une contenance, rester digne. Finalement, c'était mieux comme ça, elle n'aimait pas sentir la jalousie piquer son cœur, trop dangereuse. La jeune maman se leva et déclara la réunion terminée. Les membres de la cellule quittèrent un à un l'appartement, flairant la querelle à venir. Julia se leva à son tour, remit sa jupe en place, et donna son congé. Elle remercia Sergueï pour l'offre qu'elle refusa poliment, tout en adressant à Émilie un de ses sourires les plus tendres.

Ce soir-là, sans surprise, une dispute eut lieu entre Sergueï et Émilie. La chambre que Sergueï voulait offrir à Julia servait à Émilie pour entreposer des tissus, ainsi que sa machine à coudre. C'était son atelier, ses créations, son gagne-pain, qu'elle voyait remisés au sous-sol, sans que son mari s'en émeuve. Pour lui, tout cela, c'était des bagatelles de femmes qui s'ennuient. Elle pouvait parfaitement coudre dans leur chambre ou dans le salon ! Mais l'argument ne suffit pas pour la convaincre. Afin de l'amadouer, il lui livra toutes sortes d'excuses, de compliments. Elle était la plus jolie, la plus charmante parmi toutes celles qu'il osait regarder. Comme chaque fois, il semblait s'en souvenir un peu trop tard. Et comme chaque fois, le coquin usait du rituel, et réussissait à faire oublier ses frasques. Il était tellement séduisant, avec ses cheveux bruns, son visage allongé, ses lèvres fines et son sourire en coin. Elle craquait, elles craquaient toutes. C'était presque trop facile. Un scénario classique.

Cette fois, le comble fut d'avoir obtenu, en outre, son accord pour héberger la petite Julia. Comment ?

Parce que la jeune femme pourrait faire de temps en temps la baby-sitter, si bien qu'ils pourraient sortir davantage en amoureux ; et parce que Julia semblait déjà apprécier et respecter Émilie, sinon elle n'aurait certainement pas décliné la proposition.

Enfin, pour couronner le tout, ce roublard réussit même à faire en sorte qu'Émilie contacte elle-même Julia pour lui annoncer la bonne nouvelle.

Une fois réfugié dans la solitude de son bureau, le Russe laissa courir son orgueil et, le sourire aux lèvres, se gargarisa de ses talents de manipulateur.

Chapitre deux

Vendredi 23 mai 1952, appartement 23B,
42, avenue d'Italie, Paris

Depuis plusieurs mois, ces petites assemblées se tenaient chaque dimanche chez les Dimitrov, appartement élu « quartier général » par les militants de l'avenue d'Italie et des rues adjacentes. Les membres de la cellule étaient en effet attirés comme des aimants par la beauté des deux jeunes femmes qui entouraient Sergueï. Les plus vieux militants avaient su trouver un second souffle grâce à la jeunesse résistante, et s'en frottaient les mains. Chaque dimanche, de nouveaux membres affluaient. Depuis que Julia et Émilie tenaient toutes les deux le bureau du 13e, elles avaient accueilli une vingtaine de nouvelles recrues. Julia se chargeait de la partie secrétariat tandis qu'Émilie les informait quant à la tenue des diverses réunions, aux collectes des cotisations mensuelles et aux distributions de tracts. Le dimanche matin, sur les marchés, et le soir, à la sortie des usines. Sergueï, en tant que secrétaire de cellule en titre, invitait les personnalités, tapait les rapports pour le Comité central, et communiquait avec les autres cellules pour planifier les manifs.

En ce soir du 23 mai, Sergueï avait invité Auguste Lecœur, étoile montante du PCF, à venir discuter de l'organisation de la prochaine manifestation autour d'un dîner préparé par son épouse. Le but : encourager la jeunesse à condamner haut et fort l'utilisation d'armes bactériologiques par les Américains en Corée. Or, la venue à Paris du général Ridgway[1] était une occasion en or pour grossir les rangs du Parti.

Lecœur venait s'assurer de l'engagement des cellules du sud de Paris, le nord et sa banlieue étant déjà sous le commandement de Duclos[2]. De son côté, Sergueï lui accordait son soutien tout en sollicitant sa protection. L'homme jouait finement. Son ambition notoire, qu'il puisait sans doute de ses origines aristocrates, surprenait souvent ses proches. Il rayonnait, occupait tous les postes, passait d'une personne à l'autre, enjoué, souriant, soignant les apparences, réservant des compliments à chacun. Il suscitait l'admiration de tous ses « copains », à tel point qu'ils en étaient profondément jaloux.

Ce qui manquait à Sergueï pour s'élever dans la hiérarchie, c'était un contact plus direct avec le monde ouvrier, et, en même temps, avec des hauts responsables. Or, depuis 1945, Auguste Lecœur était député victorieux du Pas-de-Calais, le pays des mineurs, s'arrogeant le meilleur score du Parti en France. L'homme était aussi un ancien résistant et, de surcroît, ancien soldat des Brigades internationales ayant fait ses armes en Espagne. Il avait survécu, non seulement à la guerre civile et à la Seconde Guerre mondiale, mais aussi à la purge des anciens résistants au sein du PCF, lors du XIIe congrès. Il faut dire qu'il était un bras droit utile. Thorez lui avait confié, dès 1945, la

1. Le général Ridgway, ancien commandant des forces armées américaines en Corée, de passage à Paris, était en passe de prendre le commandement de l'OTAN.

2. Jacques Duclos était le numéro deux du Parti, puis il en fut le secrétaire général par intérim de 1950 à 1953.

responsabilité du secrétariat et de l'appareil clandestin du Parti, qui intéressait fortement le jeune militant. Lecœur, lui, avait l'intention de donner à Sergueï le titre d'instructeur politique de cellule. Il avait lui-même créé ce grade pour dynamiser les cadres, limiter l'absentéisme aux réunions et transmettre l'idéologie. L'activiste russophone avait le profil idéal.

Les deux jeunes femmes, de leur côté, s'étaient mises en quatre pour réussir le dîner parfait. Émilie, sachant que Julia ne pourrait partager le repas avec eux, avait gardé une portion pour elle. Malgré la présence d'une autre femme dans son foyer, la maîtresse de maison ne ressentait pas l'once d'un sentiment de jalousie, tout simplement parce que Julia ne lui en avait jamais laissé l'occasion. Elle était un soutien au quotidien, elle faisait les courses, le ménage, gardait parfois Alexis pendant que le couple allait au cinéma ou au théâtre. Mieux encore, il était né entre les deux femmes une complicité particulière. Subjuguée par son charme, Julia avait tout de suite voulu conquérir l'amitié d'Émilie, plus encore que celle de son mari. Ainsi, lorsqu'elles se retrouvaient en cuisine, la petite Espagnole, dévorée de curiosité, la poussait aux confidences sur ses rapports avec Sergueï, et lui livrait en retour un aperçu de ses propres expériences. Ce jeu durait maintenant depuis plusieurs semaines et la maîtresse de maison se délectait chaque jour davantage de ces échanges secrets, pendant lesquels elles pouvaient ensemble se moquer de l'homme et faire briller leur féminité.

Exclu de ces causeries de bonnes femmes, Sergueï s'impatientait dans son bureau, l'appétit taquiné par les effluves de sauce au vin émanant de la cuisine. Et les notes étirées de la trompette du jeune Miles Davis semblaient prolonger cette interminable attente. Les quelques minutes qui précédèrent l'arrivée des invités furent scandées par les réflexions acerbes de Sergueï envers sa femme.

— Commence à préparer l'apéritif, ils vont arriver, et mets un tricot, tu as l'air d'une prostituée, comme ça.

Émilie chercha le regard de Julia. Un soutien féminin. Vite. Celle-ci, tout en lui tendant un gilet, sourit, et afficha clairement sa compassion.

Lorsque la sonnette retentit, Sergueï courut se réfugier au salon pour éviter de faire croire aux invités qu'il les attendait de pied ferme derrière la porte. Par respect, Julia se retira aussi. L'aimable Émilie comprit le stratagème et se décida à leur ouvrir. Elle les guida vers son fourbe de mari, pour les suivre de près avec un plateau rempli de verres.

Dimitrov, sans un regard pour sa femme, avait retrouvé sa nonchalance et son sourire séducteur. Il les accueillit à bras ouverts. De son côté, Auguste Lecœur, une armoire à glace, au regard déterminé, alla droit au but, avant même qu'on l'invitât à s'asseoir :

— Parlons peu, mais parlons bien. Nous avons Gennevilliers, Saint-Denis, Nanterre et le nord de Paris, de République à Stalingrad. Les cortèges démarreront cette fois au nord pour se diriger vers le centre. Votre cellule est influente. Il faudrait envoyer vos militants mobiliser sur les autres cellules du secteur, et surtout mener les troupes venant des banlieues sud.

— C'est déjà fait. Nous avons adressé nos ordres à Ivry, Vitry, Choisy, et à la SUDAC[1] sur le quai Panhard.

— Très bien. Leur as-tu suggéré des slogans ?

— « Ridgway la peste », « Ridgway les microbes » ! cria-t-il joyeusement.

---

1. Société urbaine d'air comprimé.

— Parfait. Les métallos de Saint-Ouen[1] fourniront des tôles pour les pancartes. Organise-toi avec Billancourt[2] pour en obtenir par chez vous. Des camions seront affrétés aux portes du périphérique.

— Je les contacterai demain matin sans faute.

— Bien. Je t'accorde ma confiance. Une chose cependant me conduit jusqu'à chez toi ce soir. En tant que secrétaire du Parti, je me suis chargé de développer le statut d'instructeur au sein des cellules. Serais-tu tenté ?

Trahissant sa pensée, les yeux de Sergueï lançaient des étincelles. Son heure était-elle enfin arrivée ?

— Volontiers, mais en quoi consiste cette mission ?

— Les instructeurs auront pour tâche d'expliquer la pensée de Staline, de garder le cap de sa politique et de multiplier les actions. Ce qu'il faudrait, même, c'est que tu te rendes en personne chez les adhérents pour mobiliser. Faire du porte-à-porte. On devrait pouvoir multiplier par dix les adhésions en procédant ainsi. N'oublie pas le mot d'ordre de 1945 : « Le Parti doit compter par millions ! » Combien de membres actifs votre cellule comporte-t-elle actuellement ?

— Vingt-cinq, tous les dimanches. D'autres adhérents participent plus ou moins régulièrement, ils sont une centaine. C'est bien ça, Émilie ?

Celle-ci hocha la tête et s'apprêtait à faire un commentaire, mais on ne lui en laissa pas le temps. Elle se contenta donc de remplir les verres.

— C'est un bon chiffre, reprit Lecœur. Et combien d'adhérents sur la section ?

— Deux cent cinquante.

— Sur tout l'arrondissement ?

1. Siège des usines Citroën.
2. Siège des usines Renault.

— Non, sur presque deux arrondissements. Notre secteur couvre aussi une partie du 5e.

— Ah, ça, c'est moins bien. Il vous faudrait recruter parmi les étudiants, vous avez tout de même la Sorbonne à deux pas. Vous n'avez pas d'étudiants dans votre cellule ?

— Une de nos plus jeunes recrues vient de terminer ses études. Elle est d'ailleurs ici. Je pense qu'elle a un bel avenir chez nous. Pour l'instant, elle distribue *L'Huma*, et accompagne ma femme dans les tâches administratives, mais on pourrait l'envoyer faire un stage au Kominform[1] ou…

Sergueï sentit qu'il avançait un peu vite. Il devait trouver des arguments convaincants. Car la petite pourrait lui être bien utile à Moscou. Elle pourrait récupérer des documents au secrétariat d'État, sans éveiller les soupçons, pendant que lui tenterait d'infiltrer les Thorez.

— Son père était un partisan espagnol, mort pendant la guerre civile. Tu veux la rencontrer ?

Les invités échangèrent un regard intrigué.

— Émilie, appelle Julia, veux-tu ? Et pendant que tu y es, apporte-nous donc quelque chose à nous mettre sous la dent. Tu fais la grève, peut-être ?

— Ce n'est pas encore cuit, se défendit-elle timidement, tout en se précipitant dans la cuisine.

Julia l'attendait, là, devant la cocotte bouillante, où le bœuf en sauce mijotait à feu doux. Elle s'emmerdait sec. Quand Émilie lui dit qu'elle était conviée à table, elle ne put réprimer sa joie, qui contrastait avec la mine déconfite de la maîtresse de maison. Elle en devina facilement la cause.

— Ne me dis rien : ils ne t'ont pas adressé la parole, c'est ça ?

1. Le Kominform était l'organisation centralisée du mouvement communiste international dans la période allant de 1947 à 1956.

En guise de réponse, la jeune femme serra les dents et contint sa colère. Elle leur montrerait à qui ils avaient affaire. Elle était bretonne, tout de même.

— Vas-y, ils t'attendent. Et ne pars pas les mains vides, lui répondit-elle en lui tendant une assiette brûlante de petits-fours.

Julia avait raison. Son mari la négligeait, l'humiliait devant les invités. Elle trouverait bien une façon de lui faire payer l'affront.

De retour au salon, Sergueï fit les présentations.

— Alors, comme ça, ton père est mort au combat ? lança Lecœur.

— Oui, lors de la bataille du Jarama, le 12 février 1937, j'avais neuf ans. C'est Sacha qui nous a tout raconté.

— Sacha ?

— Sacha Grünewald, un combattant des Brigades internationales. Un Français, juif, et communiste. Quand mon père est mort, il lui a confié la mission de nous mettre à l'abri, et il a décidé de rentrer avec nous en France. Je crois qu'il a tout de suite été sensible au charme de ma mère.

— Ce nom me dit quelque chose. Tu sais, j'étais sur le front, moi aussi. J'ai survécu à une bataille très meurtrière. À Albacete, le bataillon d'André Marty. On est tous des vétérans. Comment s'appelait ton père ?

— Arturo Guzmán.

— Eh bien, levons notre verre à Arturo. Et à Sacha. Longue vie au communisme !

— Longue vie au communisme ! reprirent les autres en chœur.

Quand Émilie revint de la cuisine avec le plat en sauce, et qu'elle découvrit qu'ils trinquaient sans elle, elle lança fièrement, avant même d'entamer le service :

— Dis, Auguste, est-il vrai que Thorez ne peut plus manger tout seul, et que c'est son épouse qui lui donne la soupe à la cuillère ?

Lecœur écarquilla les yeux. La jeune femme qui ne pipait mot depuis tout à l'heure semblait au fait des dernières informations venant de l'Est.

Sergueï en avala sa gorgée de travers.

— C'est vrai. Mais qui t'a informée ?

— Oh, on parle dans la cellule, je ne saurais te dire qui a eu l'information en premier, répondit Sergueï, comme pour excuser l'intervention gênante d'Émilie.

— Eh bien, je compte lui rendre visite bientôt. Je vous dirai comment il va !

— Il paraît même qu'il voudrait éliminer Marty, tu confirmes ? renchérit-elle, tout sourires.

Le visage de Lecœur vira à l'écarlate. Nul n'était censé connaître les pensées véritables du maître. Lui-même venait à peine d'être mis dans la confidence. Cette femme avait-elle des informateurs haut placés ou un instinct particulièrement affûté ?

En réalité, Émilie colportait les rumeurs entendues, et lançait ses piques par jeu, sans preuve ni fondement.

— Et penses-tu aussi que Kravchenko a tout inventé… ? osa-t-elle encore, tout en ne sachant pas réellement de quoi elle parlait.

Sergueï lança un regard furibond à sa femme qui jubilait, lui interdisant catégoriquement de poursuivre son idée. Le nom de Viktor Kravchenko était banni des conversations dans les milieux communistes depuis le procès en diffamation qu'il avait remporté contre *Les Lettres françaises*. Son livre, *J'ai choisi la liberté*, dénonçant les camps staliniens, qui n'étaient pas encore nommés « goulags », avait fait scandale en

France, et son auteur, exilé à New York avant la parution du livre, était traqué par le MGB[1].

La belle Émilie n'était pas dénuée d'esprit critique, et quand on la sous-estimait, elle rendait les coups et se gargarisait dans la provocation. Il fallait bien apprendre à ces messieurs que les femmes n'étaient pas des potiches. Elle savait que le livre de Kravchenko était un sujet à éviter en compagnie d'un secrétaire du Parti. Mais, par curiosité, par orgueil aussi, elle n'avait pu s'empêcher de décocher sa flèche. Lecœur se leva de table et fit le tour de la pièce. Il observa le lustre, les portes, la bibliothèque. N'y avait-il pas un micro caché dans cet appartement ? Dans quel traquenard était-il tombé ?

— Excuse ma femme, elle a réagi contre moi. Elle n'est pas très contente que je ne te l'aie pas davantage présentée comme une militante très engagée dans la cellule, bien plus que Julia, qui n'est parmi nous que depuis Noël. N'est-ce pas, mon amour ? dit-il en lui serrant le bras aussi fort qu'il put.

Au moment où Julia, en proie à un vilain sentiment de gêne, tenta de s'éclipser vers sa chambre, Sergueï tendit la main, et la fit rasseoir, sans ménagement aucun.

Lecœur retourna à table et reprit, sans même remarquer les tensions qui affleuraient chez ses hôtes, trop préoccupé par la réponse qu'il allait donner à la maîtresse de maison.

— Tu devrais savoir ce que je pense de ces élucubrations. Ce prisonnier, ce traître est, de toute évidence, passé dans l'essoreuse capitaliste pour pondre un tel brûlot. Les Amerloques ont dû le payer bien cher.

— N'as-tu pas des moyens de t'assurer de l'authenticité de tels documents ? En te rendant toi-même en

1. Ancien nom du KGB.

URSS, par exemple, demanda Julia, jouant le jeu naïf de l'apprentie journaliste, et semblant dire à Sergueï : « Tu as voulu que je reste, voilà ce que je peux faire… »

— Nous sommes certains au contraire que tout cela n'est qu'un ramassis de faussetés, d'inventions, de romances, répondit Lecœur, agacé. Ce rat a eu besoin de se donner une existence. Et nos hommes sont sur le coup. Nous ne digérons ni sa victoire au procès ni son exil. Ils le feront taire, je pense, mais avant cela, il faudra lui faire avouer son crime.

— Le faire taire… ? questionna Julia, inquiète.

Mme Lecœur baissa les yeux. Les cinq convives se mirent à mâcher rudement. Quand ils eurent terminé leur assiette, le silence devint malaise. Sergueï se demanda si c'était le moment de placer sa blague sur les communistes, celle où Tito et Staline sont dans un bus… Mais, à la mine sévère du camarade, il préféra rengainer.

Alors qu'Émilie et Julia commençaient à desservir, Lecœur se leva, et un signe suffit pour que sa femme l'imitât.

— Il semblerait que notre conversation soit terminée, nous nous reverrons peut-être… dit-il en tendant la main à Sergueï.

Mais celui-ci, au lieu de lui rendre la pareille, attrapa son poignet.

— Je t'en prie, ma femme a dit cela parce qu'elle était vexée. Je me suis mal comporté envers elle, et elle veut me le faire payer.

Il chuchota à son oreille :

— Elle est jalouse de la petite Julia. Je l'ai sûrement trop mise en avant. Pardonne-la. Me ferais-tu l'honneur de rester pour le café ?

Lecœur hésita un instant.

— Soit. Rasseyons-nous donc, et laissons là cette incartade.

— Si cela ne t'ennuie pas, pouvons-nous parler brièvement de la situation de Thorez, de sa santé, de son éloignement ? Ne serait-il pas judicieux de lui dire, étant donné la baisse constatée dernièrement du nombre d'adhérents au Parti, qu'il manque fort à tous les camarades ? Penses-tu que tu pourrais lui transmettre ce message ? J'entends les copains se plaindre de son absence et regretter d'avoir sans cesse affaire à ses seconds. Ce n'est pas que Duclos ou toi-même soyez incompétents, bien au contraire. Ni Marty et Tillon. Mais on sent que, s'il ne revient pas, on va assister à une véritable guerre de pouvoir, ce qui risque d'affecter grandement l'image du Parti.

— Tu as tout à fait raison, c'était justement mon intention d'évoquer ce sujet. Il est urgent même qu'il prenne conscience de la situation.

— Je rêverais de faire sa connaissance, et pourquoi pas, de rencontrer le camarade Staline ! Tu n'as pas besoin d'un assistant, par hasard ?

Lecœur regarda son hôte droit dans les yeux.

— Tu es ambitieux, Sergueï. Mais je n'en attendais pas moins de toi. Je l'ai su dès que j'ai reçu ton invitation. Quel poste désires-tu en réalité ? Tu ne veux pas te contenter d'un échelon local, n'est-ce pas ?

— À dire vrai, non. J'ai fait le tour de ce que je peux apporter à ma cellule, que j'anime et dont j'entretiens la vigueur depuis plusieurs années. Aujourd'hui, j'ai ma femme et Julia, qui sont de formidables meneuses. Que faut-il faire pour intégrer le Comité central ?

— Les combattants ou les anciens résistants ne sont plus en première ligne parmi nos nouvelles recrues. Es-tu du monde ouvrier ? Travailles-tu dans les usines ?

— Je suis ingénieur. Ancien résistant, tout de même. Je connais le général de Gaulle et le fonctionnement militaire français. J'ai fait partie des

FFI[1], région Paris. En revanche, je ne suis pas d'un milieu ouvrier, mon père était écrivain. Mais rien ne peut démentir ma ferveur envers les idées communistes. Je suis un fidèle partisan depuis le début de la guerre.

— Et ingénieur en quoi ?

— Je me suis spécialisé dans les réseaux de télécommunication. Je n'ai que deux missions à mon actif, car je suis sorti il y a peu de temps de l'école.

— Bon, tu n'es pas ouvrier, mais ton parcours est très intéressant, c'est indéniable. Si ton engagement est sincère, et que tu recrutes suffisamment de nouveaux adhérents, peut-être pourrons-nous trouver un moyen de mettre à profit tes compétences…

— Pourquoi pas, je reste tout ouïe ! Et n'hésite pas, si celles-ci peuvent t'être nécessaires lors d'un de tes voyages à Moscou, je rêve de rencontrer Thorez, j'insiste… Sa vie, sa famille, sa relation avec le camarade Staline me passionnent.

— Cela sera difficile… Je verrai ce que je peux faire, mais tu n'es pas sans savoir que l'URSS ne délivre pas facilement de visas aux Français depuis la promulgation de la doctrine Jdanov[2]. Après, nous avons nos réseaux… J'entends ta requête. J'en ferai part à l'intéressé. On ne sait jamais !

L'homme, estimant qu'il était temps de mettre fin à l'entrevue, se leva de table et remercia ses hôtes. Mme Lecœur fit des commentaires polis à la maîtresse de maison qui les avaient rejoints, et le couple prit congé. Sergueï ferma la porte, se retourna, et fit face à Émilie depuis le couloir menant à la cuisine. Il s'approcha d'elle lentement. Le regard qu'il lui

1. Les Forces françaises de l'intérieur, créées en 1944, rassemblaient toutes les forces de la Résistance sur le territoire français.

2. La doctrine Jdanov avait officialisé la scission du monde en deux blocs, le bloc soviétique et le bloc impérialiste.

lança lui glaça le sang. Il tendit le bras et lui attrapa la mâchoire de sa grosse main velue.

— Qu'est-ce qui t'a pris, espèce d'idiote ! Pourquoi tu as dit tout ça ? Tu savais très bien ce que tu faisais ! Tu as de la chance que Julia soit là, parce que je n'aurais pas hésité à te… !

Le geste mimé accompagnait galamment ses paroles.

— Ah oui, eh bien, vas-y, ne te gêne pas ! J'en ai vraiment ma claque, de ton comportement. Tu crois que ça te met en valeur, de me traiter comme une bonniche devant tes invités ? Oui, j'ai fait exprès de parler de sujets qui fâchent, et ça m'a fait du bien.

— Ça t'a fait du bien ? Répète donc ça, et je t'étrangle ! Tu veux te retrouver à la rue, Émilie ? Tu te rends compte de ce que tu as fait ? Mettre en rogne un calibre du PC, contre moi, en plus ? Tu sais ce que je risque ? Et même toi ? Tu en as conscience ? Si tu avais lu *J'ai choisi la liberté*, tu y aurais réfléchi à deux fois. Je vais dans mon bureau, et inutile de me déranger, tu en as assez fait pour ce soir.

— Tu ne vas pas dire bonsoir à Alexis ?

— Occupe-toi de ton môme. Rappelle-toi que c'est à ça que tu sers. Que vous servez, vous, les femmes ! ajouta-t-il comme pour l'énerver davantage.

Il claqua la porte.

Julia, qui avait entendu en partie la dispute, rejoignit Émilie dans la cuisine. Cette dernière ne lui adressa pas un regard. Réflexion, contrôle. L'étudiante devinait très bien ce qui se passait dans sa tête. Elle décida de prendre les devants :

— Je sais ce que tu penses. Il est un peu trop gentil avec moi, et il se venge sur toi… Je suis de trop, non ? Tu préfères que je m'en aille ?

— Non, ne crois pas ça. Je ne ressens aucune jalousie. Ce n'est pas toi. C'est lui. J'en ai simplement marre qu'il me traite comme une moins-que-rien. Et aussi qu'il n'ait aucune attention pour son fils.

Émilie lavait furieusement les casseroles, en faisant le plus de bruit possible. La colère était montée petit à petit depuis quelques semaines sans que personne s'en rendît compte. Julia, elle, avait tout de même perçu dans l'ombre de son silence le tumulte de ses plaintes.

— Tu peux aller dans ta chambre, je vais me débrouiller toute seule, lui lança l'épouse.

Mais Julia ne bougea pas. La jeune maman termina sa vaisselle tandis que la petite Espagnole restait plantée à côté d'elle, sans savoir quoi dire. Des larmes roulèrent sur les joues d'Émilie. Puis elle se retourna.

— J'en peux plus, Julia. Il a beau me crisper, m'énerver, je l'aime quand même, tu sais. Et c'est bien ça, le problème. Seulement, je crois qu'il en pince pour toi et, ce soir, il s'est lâché. Le fait est que je t'aime bien aussi, et que je ne voudrais pas que tu te retrouves sans rien.

— Avant que tu ne prennes une décision, j'ai quelque chose à te dire. Tu veux bien t'asseoir deux minutes ?

Émilie obtempéra et laissa Julia commencer. Celle-ci lui prit la main et la caressa doucement.

— Émilie, tu es une femme ravissante et brillante. Sergueï ne sait pas la chance qu'il a de t'avoir. Et ton fils est adorable. Depuis que je suis avec vous, j'ai l'impression de revivre. Chaque fois que tu rentres dans une pièce, mon cœur s'illumine. Et… chaque fois que tu en sors, j'ai peur que tu ne reviennes pas.

La main d'Émilie se retira lentement, comme gênée par ce qu'elle venait d'entendre.

— Si je ne pars pas, si je ne veux pas partir, c'est parce que je crois que… je suis tombée amoureuse de toi, poursuivit Julia.

Séchées par la surprise, les larmes d'Émilie avaient cessé de couler. Ces mots d'amour fondaient droit sur son cœur. Et venant d'une femme, c'était vraiment troublant. Son regard changea. Elle ne put répondre. Elle sentait les mots résonner dans son ventre, et ça picotait. Julia était aussi une très belle jeune femme. Ses cheveux noirs au carré, sa large bouche et ses yeux pleins de malice la rendaient éminemment sensuelle. Des dizaines de questions traversèrent l'esprit d'Émilie. Comment deux femmes pouvaient-elles… ? Et si Sergueï l'apprenait, que ferait-il ? Et elle, avait-elle une attirance ? Ressentait-elle la même chose ?

— Je… Je ne m'attendais pas du tout à ça. Et Sergueï ne t'intéresse donc pas ?

La grimace que fit Julia à ce moment-là parla d'elle-même.

— Je n'avais jamais remarqué que tu étais…

— Moi non plus, enfin, un peu… Mais c'est avec toi que je l'ai vraiment compris. Je… me suis rendu compte que je vibrais en ta présence, tandis que le charme de Sergueï ne produisait aucun effet sur moi. Je pense que la façon dont il te traite a une légère incidence sur mes penchants. Et si on se servait un petit verre ?

— Cognac ?

— Cognac.

Julia profita du fait qu'Émilie attrapait la bouteille pour faire tourner sur la platine le dernier album de Billie Holiday. Rien de tel qu'un verre partagé entre femmes pour célébrer la voix de l'illustre chanteuse. Émilie se laissa distraire. Elle savait très bien ce que préparait la jeune femme. Celle-ci, tout en la caressant du regard, but son cognac d'un trait. Elle pointa son verre au-devant d'elle pour encourager la maîtresse de maison à l'imiter. L'échange se passait de mots. Julia se demandait bien comment Émilie réagirait. Elle n'osait espérer, et pourtant, après cette soirée bien arrosée, elle sentait que sa charmante hôtesse ne serait pas insensible à ses avances… Il fallait essayer.

Ses doigts effleurèrent son bras, et la jeune femme s'approcha d'elle, le buste tendu. Elle passa la main dans ses cheveux, lui prit délicatement la nuque. Le baiser que les deux femmes se donnèrent fut long et, sans aucun doute, très agréable.

À l'autre bout de l'appartement, l'homme de la maison s'affairait. Il était fier de lui. Il avait su éviter le pire et placer ses billes. Il n'y avait plus qu'à prier pour que Lecœur l'emmène à Moscou lors de son prochain voyage, afin de mettre son plan à exécution.

Chapitre trois

Mardi 24 juin 1952, Hotel National,
rue Mokhovaya, Moscou

Il s'en était fallu de peu. Emmener une jeune femme de vingt-quatre ans, étrangère, à Moscou, en tant qu'« épouse d'un cadre politique du Parti communiste français », sans en avoir encore le rôle et sans le crédit des dirigeants, avec la seule complicité d'Auguste Lecœur, homme pourtant très à cheval sur le protocole, c'était tout bonnement extraordinaire. Sauf qu'en fait de femme, c'était Julia qui l'accompagnait. Il avait réussi à la convaincre sans difficulté, fascinée qu'elle était par le géant soviétique. Il savait qu'elle ne renoncerait pas à l'opportunité que représentait un tel voyage. Pour Julia, la découverte serait immense, et nourrirait son métier de journaliste autant que son engagement au sein du Parti. Participer à un stage de formation d'une semaine au Kominform, voilà qui ferait faire un bond à sa carrière de journaliste politique. De plus, elle aurait certainement l'occasion d'interviewer Maurice Thorez, ou un membre du Politburo. Elle rêvait. Et parfois même en russe.

Pendant les quelques semaines qui avaient précédé le départ, la jeune fille s'était trouvée en proie à un dilemme. Comment laisser Émilie seule, alors que chaque jour sans elle lui semblait une éternité ?

Et Émilie accepterait-elle qu'elle parte avec son mari en Russie ? Sergueï l'avait convaincue de venir, mais avait-il réussi à persuader sa femme de la laisser partir avec lui ? Une discussion avait eu lieu et, à la surprise des deux intéressés, Émilie avait accepté l'idée sans problème. Elle avait fait une croix sur la Russie, et s'était dit que ce voyage serait bien plus bénéfique pour Julia. Une confiance totale unissait les deux femmes, qui éprouvaient depuis un mois une passion d'autant plus forte et sulfureuse qu'elle était secrète, indicible, interdite. Toutes deux s'étaient découvertes en cachette et dérobées à la vue du mari – un potentiel érotique et des délices insoupçonnés.

Un autre point tout de même avait failli tout faire chavirer. Le visa que Lecœur lui avait obtenu mentionnait la possibilité d'être accompagné par son épouse. Uniquement. Julia allait devoir se faire passer pour Émilie, risquant ainsi sa liberté, voire sa vie, à chaque contrôle. Au début, la crainte avait pris le dessus, si bien que Julia était à deux doigts d'abandonner. Puis finalement, l'idée d'incarner la femme qui obsédait son esprit ne lui déplut pas. Elle était amoureuse de chacun de ses gestes, de sa démarche, de chacune de ses mimiques. Elle prendrait même un certain plaisir à jouer ce jeu-là.

Sergueï avait voulu qu'elle assiste à une réunion du Kominform, qui se délitait. Sa dernière assemblée remontait à deux ans, et la ligne à suivre était si floue qu'aucun émissaire des partis communistes européens ne s'étaient plus réunis. Il faut dire que, depuis que Jdanov y avait prononcé sa fameuse doctrine à l'origine de la guerre froide, et que Duclos s'était distancé de la ligne du parti russe, suscitant de vifs reproches de la part de Staline en personne, les Français n'y étaient plus en odeur de sainteté. Il espérait découvrir à travers elle ce que l'URSS planifiait au niveau international, et comment les communistes comptaient infiltrer les milieux de pouvoir dans les pays occidentaux. Sergueï allait exploiter autant que faire se pouvait la naïveté de la belle Espagnole. Elle poserait des questions de stagiaire, dont les réponses serviraient d'autres intérêts que celui du Parti. Le lendemain, elle serait envoyée en mission au secrétariat d'État pour se documenter sur l'histoire de l'Union soviétique, et reviendrait avec un sac rempli de précieuses informations. Son sourire allait ouvrir les portes blindées et faire fondre les gardes les plus antipathiques.

Lecœur leur avait trouvé une belle chambre, dont le luxe allait satisfaire ses rêves de séducteur. L'Hotel National était somptueux, l'un des plus prisés des étrangers. Les hauts plafonds soutenaient des lustres de toutes les formes ; des tableaux immenses en couvraient les murs ; les tables rondes aux nappes blanches, constamment dressées pour le prochain repas, étaient espacées de plusieurs mètres les unes des autres. Sans surprise, un portrait du grand camarade dominait la salle à manger, mais aussi les cuisines, le bar, le salon, et figurait de surcroît dans chacune des chambres. Chose surprenante : le nombre de cabines téléphoniques. Elles s'étendaient le long d'un mur entier à gauche de la réception. Chaque étage en était pourvu. Une façon de montrer aux étrangers qu'il était impossible pour eux d'échapper à la surveillance du régime.

Balayant le hall d'un regard avisé, Sergueï repéra tout de suite quatre hommes, les yeux rivés derrière des journaux, placés bien trop près de leur visage pour être lus. La police du régime contrôlait tous les intrigants visiteurs de ce fameux hôtel.

— Ce sont des policiers ? demanda Julia, peu rassurée.

— Dans le mille. S'ils savaient comment tenir un journal, ceux-là, on les repérerait moins facilement !

Le faux couple se dirigea vers l'ascenseur, badinant comme des touristes pour ne pas attirer l'attention. Mais au fond, ils retenaient leur respiration avec le ferme espoir de passer entre les gouttes. Ils n'avaient aucune envie d'être fichés. Une fois à l'intérieur, ils ne purent réprimer un soupir de soulagement. Julia arbora un sourire complice. Il n'était visiblement pas le même qu'avec sa femme. Drôle, charmant, et même beau. Mais rien à faire, elle ne ressentait aucun désir pour lui. Alors qu'elle percevait bien, au contraire, ses regards concupiscents parcourir son corps. Oui, il la désirait. Et c'était puissant. Il faut dire que son corsage rouge la mettait fort en valeur. Ses yeux s'arrêtèrent un instant sur les deux îles, jusqu'à ce qu'ils butent sur le regard réprobateur de la jeune fille.

Non, ni le moment ni l'endroit.

Ils s'installèrent dans la chambre, et Julia s'aménagea un lit par terre avec des coussins. Sergueï, la voyant faire, se dit que ce sera bien inutile. Quand ils revinrent de leur dîner quelque peu arrosé, il passa à l'attaque. Parce qu'il croyait que les femmes modernes goûtaient volontiers à la brutalité dans les rapports sexuels, il la plaqua contre le mur et, sans qu'elle puisse dire quoi que ce soit, colla sur ses lèvres sa bouche dégoulinante, sa main gauche se chargeant de lui malaxer le sein.

— *Hijo de puta, cabrón !* mugit-elle en s'essuyant les lèvres avec sa manche.

Elle lui attrapa la mâchoire, comme il l'avait fait avec Émilie le soir où les Lecœur étaient venus dîner chez eux. Il se laissa faire, contrit d'avoir manqué son approche.

— Tu crois que tu me fais envie ? Tu crois que je suis venue pour toi ? Je suis venue parce que tu m'as convaincue de l'utilité de ce voyage pour mon avenir pro-fes-sion-nel.

— Lâche-moi, s'il te plaît. Allez, arrête. Je m'excuse !

Il fallait sûrement changer de tactique. Peut-être qu'avec le temps, elle finirait par se laisser séduire…

— J'espère bien que tu t'excuses. T'as pas intérêt à remettre la main sur moi.

— Je pensais que je t'intéressais.

— Non. Tu ne m'intéresses pas.

— Mais alors qu'est-ce que tu fous chez nous ?

— J'ai besoin d'une chambre, c'est tout.

Ne surtout pas s'énerver. Baisser la garde. Garder le contrôle. Julia desserra son emprise et s'apaisa. Sergueï en profita pour déguster une petite vengeance.

— Ah, au fait, j'ai oublié de te dire… C'est un détail, mais qui risque de ne pas te plaire.

— Quoi ?

— Voilà, *a priori*, tu ne pourras pas venir voir Thorez avec moi.

— Ah ! Et tu me dis ça maintenant ? De toute façon, j'étais venue pour faire un stage, non ? C'est toujours d'actualité, ça ?

— Pour le stage, ça risque d'être compliqué aussi.

Julia sentit Sergueï hésitant.

— Et pourquoi ?

— Parce que Lecœur a appris très récemment que les Français n'étaient plus les bienvenus aux stages de formation proposés par le Kominform. Les plans ont changé pour toi. J'ai besoin que tu récupères des documents confidentiels pour moi à Moscou. Nous avons peu de temps et je ne peux pas me dédoubler. Thorez m'attend en personne, et je me dois d'assurer ce rendez-vous, ne serait-ce que parce qu'Auguste s'est démené pour l'obtenir. Difficile de t'en dire plus pour l'instant, mais j'ai besoin que tu me fasses confiance.

Julia écarquilla les yeux de surprise. Ainsi, sa venue en URSS n'aurait aucun but politique ? Elle n'apprendrait rien, ne rencontrerait personne, ne participerait à aucune assemblée des partis communistes européens ? Elle tombait des nues.

— Tu devras te rendre au ministère de la Sécurité d'État, continua Sergueï, sans sourciller. C'est là que se trouvent les renseignements que je recherche.

Ça ne sentait pas bon. Julia commençait à bouillir intérieurement.

— Pourquoi ne m'as-tu pas expliqué tout de suite pourquoi tu avais besoin de moi, plutôt que de me faire miroiter des stages et autres entrevues en haut lieu ?

— Au départ, je pensais réellement que tu pourrais assister aux séances du Kominform. J'ai appris il y a quelques jours seulement que celles-ci n'étaient plus autorisées aux Français. Et malheureusement, tu n'es pas entrée sur le territoire en tant qu'espagnole… Dommage. Et puis, oui, je n'étais pas du tout convaincu que tu fasses des milliers de kilomètres simplement pour me filer un coup de main !

— *Coño*, là-dessus, tu n'as pas tort ! Et bien sûr, l'opération se déroulera sans difficulté ? dit-elle en lui offrant un sourire amer. Je ne risque rien, évidemment ?

Avant de répondre, Sergueï sortit de sa veste un plan de Moscou et l'étendit sur la petite table.

— Non, j'ai tout prévu. Les documents ont été mis de côté par un ami qui travaille là-bas. C'est même un cousin éloigné, Vitali Jderov. Pour entrer dans le bâtiment, qui est situé 2, place Felix Dzerjinski, voici un laissez-passer qui fait de toi une étudiante en histoire à la Sorbonne, désirant faire des recherches sur les circonstances et développements de la révolution d'Octobre, de 1917 à 1920. Comme un seul accès à ces archives-là te sera autorisé, mon cousin aura glissé dans l'un des dossiers les papiers qu'il aura trouvés.

— Et tu sais dans quel dossier tout cela doit atterrir ?

— Les fichiers seront normalement sous la pile des archives du groupe « Kommunist » de décembre 1918. Mais pour ne pas éveiller les soupçons, tu devras demander bien sûr tout le dossier jusqu'en 1920.

— Je vois. Ah, une dernière chose.

Elle alluma une cigarette.

— Donne-moi au moins une bonne raison de prendre ces risques pour toi.

Sergueï lui adressa un sourire sournois.

— Pour payer le loyer que tu nous dois, par exemple ?

— Ah, tiens, vous ne m'hébergez plus gracieusement ? Première nouvelle ! Et si j'avais accepté de coucher avec toi, tu ne m'aurais rien demandé, j'imagine ?

— Mais si, je te l'aurais demandé quand même ! Et je suis certain que, le cœur plein de reconnaissance pour t'avoir fait grimper aux rideaux, tu aurais même accepté plus facilement de me rendre ce service !

Elle ne releva pas l'excès de confiance du séducteur. Il était habile, et savait qu'elle céderait à la curiosité de pénétrer dans ce bâtiment si célèbre. C'était une mission intéressante pour une jeune militante. Certes, elle n'apprendrait pas grand-chose sur le fonctionnement de l'État russe ni sur les objectifs à l'international, mais elle aurait l'occasion de toucher de vrais documents historiques, de croiser les têtes pensantes de la sécurité intérieure, et peut-être même aurait-elle la chance de surprendre une ou deux conversations en passant dans les couloirs. Son excitation devenait palpable. Elle fumait un mégot vide, le regard perdu sur l'avenue, déserte à cette heure tardive. Julia ferma la fenêtre, se retourna et surprit Sergueï en plein déshabillage. Le tombeur avait tout à coup l'air bien ridicule, dans son slip kangourou qui lui remontait à la taille.

— Je me couche tôt, je serai parti avant ton réveil. On se retrouve jeudi. Dans l'après-midi certainement.

Il ajouta, grand seigneur :

— Allez, pour me faire pardonner, je te laisse le lit, je dormirai par terre.

Trop aimable, pensa-t-elle.

Chapitre quatre

Mercredi 25 juin 1952, maison de Maurice Thorez, Gagra, ville balnéaire au pied des montagnes abkhazes, en Géorgie

M. Thorez ne s'ennuyait pas. Bien que ses activités fussent réduites au strict nécessaire, bien qu'il ne profitât point des baignades en mer Noire, ou des randonnées dans les montagnes, qu'il affectionnait particulièrement, cela n'empêchait pas Maurice de remplir quasiment toutes ses journées. Le secrétaire général travaillait environ cinq heures par jour. Il lisait beaucoup, et dictait à sa dactylo l'ensemble des textes adressés aux bureaux politiques de France ou de Russie. Quand sa femme Jeannette était à ses côtés, elle l'encourageait le plus possible à écrire tout seul. Il fallait absolument que l'homme à la tête du premier parti de France puisse retrouver l'usage de sa main droite, sans quoi, il perdrait fatalement sa place. La rééducation était devenue une affaire politique. Celle-ci était aussi lente que l'attaque hémiplégique avait été rapide, fulgurante, même. L'homme avait récupéré petit à petit sa jambe, et son bras. Mais la main semblait faire grève. Mme Thorez donnait régulièrement au Parti des nouvelles des progrès de son époux, mais elle se gardait bien de leur révéler l'avis des médecins : la récupération ne serait jamais totale.

En cette fin de matinée du mercredi 25 juin, Auguste Lecœur pointa son nez chez les Thorez après avoir passé une nuit dans un hôtel de la ville. Il était arrivé tard dans la soirée, après une journée entière de voyage depuis Moscou, et n'avait voulu déranger personne. La demeure était un hôtel particulier, à la façade blanche garnie de moulures, plus haut que large. Un double escalier en granit menait au porche, qui abritait une haute porte ancienne en bois rouge massif, évoquant les chalets de la toundra. Sur chacun des deux battants, des bas-reliefs donnaient à voir un paysan maniant la faucille, à gauche, et un ouvrier brandissant un marteau, à droite. Le contour des fenêtres, dentelé de bois sculpté, conférait à cet hôtel bourgeois un côté kitch, qui s'inscrivait parfaitement dans le folklore traditionnel russe. *Belle demeure, pour un prolétaire*, ne put s'empêcher de penser Lecœur. Il fut conduit jusqu'à la chambre où se confinait Thorez, au premier étage, et surprit une dame de forte taille en train de lui couper sa viande. Le souvenir de la remarque d'Émilie lui traversa l'esprit, et il réprima un sourire. Il n'y avait rien de drôle à cela ! Pourtant, il fallait reconnaître l'ironie de la situation : les plus puissants au crépuscule de leur vie se trouvent aussi dépendants que des lardons de quelques mois.

Lecœur sentit qu'il n'était pas attendu si tôt dans la journée, et perçut une gêne évidente chez son hôte.

Alors que l'infirmière ramassait la vaisselle et s'éclipsait pour laisser les deux hommes seuls, Maurice s'empressa de balayer les dossiers éparpillés sur son bureau, retourna quelques documents confidentiels et s'efforça de se lever pour saluer son ami.

— Reste assis, Maurice, ne te fatigue pas.

Le chef était pourtant déjà debout. Un vainqueur. Il avait besoin de montrer qu'il en était tout à fait capable. Du haut de son mètre quatre-vingt-cinq, l'imposant personnage fit même deux pas sans se tenir à quelque canne que ce soit, le dos le plus droit possible.

— Tu as l'air en forme ! lança Lecœur, encourageant.

— Plus que tu ne le crois, dit-il en lui tendant une solide poignée de main.

— Prêt à rentrer, donc ? Ça commence à grogner, au central.

— Je le souhaite, oui. J'aimerais rentrer pour le mois de septembre, mais mon médecin refuse. Il dit que ma main a encore besoin de rééducation. Si au moins j'étais apte à me nourrir seul... Je peux prendre quelques cuillerées, mais pour couper la viande, c'est une autre affaire !

Il se remplit un grand verre d'eau et en proposa un à Lecœur.

— Fais-les patienter et envoie-leur de bonnes nouvelles ! Je crois surtout que certains ont bien hâte de prendre ma place, et me rendre responsable de la désaffection des troupes est une excellente stratégie pour me mettre définitivement sur la touche.

— C'est sûr qu'avec Duclos en prison[1] et toi ici, les autres se sentent pousser des ailes !

Lecœur usait de légèreté pour dissimuler son inquiétude. Car Thorez évinçait à tour de bras, simplement, efficacement. Il se doutait bien qu'un jour viendrait sûrement son tour. Pensif, il s'alluma une cigarette.

— Tu sais quelle était la nature des documents saisis dans la voiture de Duclos ?

1. Jacques Duclos a été arrêté le soir même de la manifestation sanglante du 28 mai 1952 pour incitation à la violence et complot contre la sûreté de l'État, dans son auto, une Hotchkiss noire. La police saisit dans sa voiture une matraque, un revolver, des documents officiels, un poste de radio, et deux pigeons fraîchement étouffés, tout de suite qualifiés de « voyageurs ». Les « pigeons de Duclos », dont il sera établi ensuite leur caractère exclusivement comestible, furent l'objet de plusieurs chansons populaires.

— Je suis au courant, oui.

La réponse péremptoire du secrétaire général n'invitait pas à la discussion. Lecœur connaissait l'existence d'un document qui devait incriminer Marty, troisième personnage en passe d'accéder au trône après Duclos et Lecœur. Le visiteur jeta un coup d'œil rapide autour de lui. Il sentait que quelque chose d'important lui échappait, que, sous cette pile de papiers, se nichait sûrement celui qui signerait quelques mois plus tard son exclusion du Parti. La sienne, ou celle de bien d'autres : ils étaient tous sur la sellette.

Une envie irrépressible de retourner toutes ces feuilles gisant sur le bureau lui démangeait les doigts. Comment pourrait-il éloigner Thorez ? Fallait-il vraiment laisser libre cours à sa curiosité ? Lecœur luttait contre sa paranoïa, que partageaient bien des ténors du Parti, dès lors qu'il fallait jouer au jeu des chaises musicales.

Maurice observait son manège, et comprit ce qui préoccupait son ami. Lecœur savait des choses. Or, Thorez avait besoin d'un homme comme lui pour mener à bien sa politique. Il devait le mettre dans la confidence. Il décida donc de lui révéler ce que contenaient les documents saisis dans la voiture de Duclos.

— Une note interne. Que j'ai écrite et signée.

Lecœur bouillait d'impatience.

— Et donc, que disait-elle ?

— De ne pas quitter Marty d'une semelle.

Lecœur sourit jaune. Il s'y attendait, évidemment, connaissant la rivalité légendaire qui opposait les deux frères d'armes. C'était loin d'être un secret d'État. Il sentait bien pourtant qu'il y avait quelque chose d'autre.

Maurice marqua un silence, les yeux perdus au niveau des chaussures de Lecœur. Il entretenait le mystère.

— Et quoi d'autre ?

— Les renseignements sont en possession d'une liste.

— Une liste ? Une liste de quoi ?

— De douze agents au service de l'Union. Mais selon mes sources, ils ont uniquement leur nom de code. Pas leur identité ni leur couverture. Et je suppose que c'est la raison pour laquelle ils gardent Jacques. J'espère qu'il résiste.

— Quoi ! Mais cela fait presque un mois ! Pourquoi me l'apprends-tu seulement maintenant ?

— C'est Jean qui se charge du dossier, depuis le début. Il les a tous prévenus. Ils sont en sécurité. Je te dis ça pour que tu te méfies, au téléphone en particulier. Évite de prononcer leur nom ou leur nom de code. Et, ce que je veux aussi, c'est que tu me retrouves la taupe qui a donné Jacques. Je refuse de croire que son arrestation est due au hasard. Quand tu rentreras, mets-toi en contact avec Jean. Et quand tu seras avec lui, envoie-moi un télégramme.

— Tu parles bien de Jean Jérôme ?

— Oui, Jérôme. Tu sais comment le trouver ?

— L'épicerie Dallinger, boulevard Brune. Le code est toujours le même ?

— Oui.

Juliette. C'était le mot de passe. L'épicier en pinçait pour Gréco.

Thorez était content de lui. Lecœur s'était apaisé et semblait prêt à tout pour lui. C'était le moment de renforcer les liens qui pouvaient l'être, quand ses plus vieux camarades le lâchaient un à un.

— Dis, tu aimes le volley-ball ? On a un match de prévu, avec des amis. Depuis que je ne peux plus jouer, j'arbitre.

Lecœur ne put cacher sa surprise. Du volley-ball ? S'il s'attendait à cela ! Et où ? Un regard à l'extérieur suffit pour qu'il aperçût dans le jardin un filet accroché entre deux grands poteaux en bois, autour duquel s'étaient déjà rassemblées cinq ou six personnes.

— Non, ne compte pas sur moi ! Je n'ai essayé qu'une seule fois au lycée, et mes avant-bras s'en souviennent.

— Bon, tant pis, je vais leur dire de trouver un autre arbitre, tu ne vas pas rester tout seul.

— Oh non, ne t'en fais pas pour moi, je serais ravi de te voir à l'œuvre, se moqua gentiment Lecœur.

C'était fabuleux. Il faut dire qu'il était difficile de ne pas se sentir en vacances, au bord d'une des plus belles plages de la mer Noire, à la courbe parfaite, et à l'eau si claire. Les bâtiments du XIXe siècle, gare, bains, casino, montés sur des colonnes, surgissaient au cœur de la végétation verdoyante de la montagne comme les ruines d'une civilisation ancienne. *Bel endroit pour une convalescence*, pensa Lecœur, envieux, tout en aidant Thorez à descendre le petit escalier qui menait au jardin.

— Ah, au fait, tu ne devais pas venir avec ton jeune instructeur, Sergueï, c'est ça ?

— Oui, Sergueï Dimitrov.

— Un Russe, j'imagine ?

— Français, d'origine russe, rectifia Lecœur.

— Et que sais-tu sur lui, exactement ?

— C'est un ingénieur en télécommunications. Son père était écrivain.

— C'est tout ? Rien d'autre ?

— Euh… si, je sais qu'il est très impliqué depuis plusieurs années, qu'il accueille chez lui tous les dimanches une cellule entière assez dynamique, dans le 13e arrondissement, et qu'il relaie de façon très satisfaisante nos directives. Je lui ai donné une mission précise lors de la dernière manifestation contre Ridgway, qu'il a pleinement remplie.

— Bien, bien. Mais t'es-tu demandé ce que son père faisait en France, pourquoi il a émigré ? Et quel genre d'écrivain c'était ?

— Je...

— Tu n'as fait aucune recherche sérieuse, Auguste. J'ai contacté le bureau de Moscou hier. Et ils ont tout de suite su me dire à qui j'avais affaire. Son père était rédacteur-conseiller à la cour du tsar jusqu'en 1916. Et tu sais bien que, si le père de cet homme s'est réfugié en France pour fuir la révolution, nous ne pourrons pas protéger le fils longtemps. Je serais même bien ennuyé s'il osait venir jusqu'ici. Accueillir un fils de « blanc », dit-il sans cacher son dégoût, et c'en est fait de mon statut de protégé en URSS. Le camarade Staline sera vite au courant et ne me le pardonnerait pas.

Lecœur, loin de s'attendre à cette réaction méfiante, n'eut pas le temps de répondre ; Thorez, tout en reprenant l'escalier en sens inverse, avait déjà envoyé un messager passer un coup de téléphone. Il s'en mordit les doigts. Comment cela avait-il pu lui échapper ? Et si c'était lui, ce Sergueï, la taupe ? Un sentiment de honte l'envahit aussitôt, laissant place à l'angoisse. En effet, si jamais l'on découvrait des vérités dérangeantes, ou pire si l'on apprenait que l'homme les avait infiltrés, et que lui, Auguste Lecœur, s'était fait duper aussi facilement, il ne donnait pas cher de sa peau. Mais Lecœur était un homme de certitudes, il ne pouvait se débarrasser si facilement de la confiance qu'il avait placée en ce jeune instructeur. Thorez lui demanda dans quel hôtel le jeune homme séjournait à Moscou. Impossible de mentir. C'était tout de même lui qui l'avait fait entrer sur le territoire soviétique. Lecœur était sur le point de dire au chef du Parti que Sergueï arrivait le jour même à la gare de Gagra, mais il se retint au dernier moment. Il devait absolument prétexter une course quelconque pour aller le cueillir sur le quai et l'avertir. Il ne pouvait se résoudre à le trahir avant d'avoir des preuves de sa duplicité.

— C'est fait, j'ai prévenu directement Molotov[1].

— Molotov ? En personne ? Tu ne penses pas que c'est un peu exagéré ?

— J'aime l'efficacité, répondit Thorez, s'avançant sur le terrain, prêt à endosser son rôle d'arbitre.

Il s'assit sur son siège, satisfait.

Sergueï avait donc un secret. Mais pourquoi avait-il voulu revenir à Moscou et se jeter dans la gueule du loup ? À l'idée qu'il pût subir des interrogatoires musclés, Lecœur éprouva un sentiment de culpabilité qui le dévorerait. Il se devait de mettre son protégé hors d'atteinte des longs bras du MVD[2].

Quand Paul Thorez, fils de Maurice, eut décoché son premier service, le poing tendu en avant et l'œil rivé sur la ligne de fond, Lecœur jeta un coup d'œil furtif à sa montre à gousset, et profita que le père fût concentré sur l'arbitrage pour s'éclipser discrètement. Le secrétaire général, passionné qu'il était par ce sport tout nouvellement sanctifié par la création de la Fédération internationale de volley-ball en France, n'eut heureusement pas un regard pour Auguste. Celui-ci arriva à temps pour accueillir Sergueï dans la très jolie petite gare de Gagra, dont les arcades de la façade étaient couvertes de toutes sortes de plantes grimpantes. Il le vit débarquer, une simple mallette à la main, en imperméable, le regard haut, suspendu à la

1. Viatcheslav Molotov, proche de Staline, et pressenti comme son successeur à sa mort, dirigeait le Kominform à qui revint en 1951 la charge de l'espionnage à l'extérieur des frontières de l'Union soviétique.

2. Le MVD était le nom du ministère de l'Intérieur de l'URSS, succédant au NKVD en 1946.

beauté des montagnes environnantes. Sergueï s'étonna de voir Lecœur ici. Il s'attendait à devoir contacter la maison de Thorez au téléphone, et à se débrouiller seul pour trouver un moyen de s'y rendre. Mais la gravité de son expression n'augurait rien de bon.

— Il faut que tu rentres à Paris au plus vite, dit Lecœur en le reconduisant vers le quai. On s'expliquera là-bas. Tu n'auras qu'à passer par le Sud. Ne retourne surtout pas à l'Hotel National.

— Que se passe-t-il ?

— Thorez a mené son enquête, et ton passé ne lui plaît pas.

— Mon passé ? Quel passé ? De quoi parles-tu ?

— Non, pas le tien, mais celui de ton père.

Sergueï n'eut pas besoin d'en entendre plus. Il ne s'attendait pas à être découvert si vite. Des Dimitrov, il y en avait de nombreux, en Russie.

— Et Julia ?

— Je m'en occupe.

— Elle va rentrer toute seule ?

— Non, je l'emmènerai, je me porte garant pour elle.

— Merci, Auguste. Je te revaudrai ça.

Il arrivait trop tard. Le risque qu'il courait était colossal, mais impossible de reculer maintenant. Le jeune homme feignit la panique et se précipita sur le quai pour rattraper le train qui repartait vers Tbilissi. Une fois accroché aux poignées de porte du dernier wagon, il attendit que Lecœur tourne le dos et disparaisse pour lâcher prise et sauter sur la voie. Le train était en pleine accélération, et la chute fut brutale. Mais Sergueï, agile, fit plusieurs galipettes avant de s'immobiliser. Il se leva aussi vite qu'il le put, déterminé. Le bureau de Thorez lui délivrerait sûrement les informations qu'il cherchait, à savoir qui se cachait derrière les noms de code figurant sur la liste retrouvée dans la voiture de Duclos. Il attendrait le moment propice pour entrer, à l'insu de toute la maisonnée, dans l'hôtel particulier.

De ce qu'il avait pu entendre de la bouche de Lecœur, la villa se situait dans les hauteurs, et surplombait la ville. Certainement une des maisons que l'on pouvait apercevoir depuis la voie ferrée, dont les couleurs vives des gigantesques portes se détachaient sur le vert de la montagne. Alors que Sergueï arpentait la rue sur laquelle donnaient la plupart de ces demeures bourgeoises, il aperçut sur le front de l'une d'elles le fameux bas-relief qui ne laissait aucun doute quant à l'obédience de ses hôtes. C'était ici.

À travers la grille, caché derrière un large poteau, il pouvait entendre les cris de victoire et les hurlements de colère que suscitait le match de volley. Combien de personnes y avait-il dehors ? Une vingtaine, peut-être. Il vit distinctement Thorez les yeux rivés sur la balle, aussi concentré que possible, puis Lecœur, assis à côté de lui, qui triturait ses doigts, l'air préoccupé. Il le pouvait, pensa Sergueï. Son instinct lui intima l'ordre d'agir vite. Tant que la maison était grande ouverte et que le match n'était pas terminé, c'était le moment idéal pour aller fouiller à l'étage. Le Russe contourna la clôture afin de trouver l'endroit parfait pour l'escalader sans se faire repérer. Il traversa ensuite le jardin comme une fusée, allant d'arbre en arbre, de bosquet en bosquet, et grimpa au seul mur se trouvant à l'abri des regards. Les ornementations le long des gouttières, ou au bord des balcons, constituaient autant de prises qui lui permirent d'accéder au premier. En quelques minutes à peine, il était devant la chambre de Thorez, dont la fenêtre ouverte laissa passer un fort courant d'air au moment où il en ouvrit la porte. Le bureau étant placé près de cette même fenêtre, certains documents volèrent et atterrirent devant les pieds de Sergueï. Il n'y croyait pas. Le sort avait-il décidé de lui donner un coup de pouce ? Jetant rapidement un regard à l'extérieur pour s'assurer que personne n'avait quitté le jardin, Sergueï prit le temps de lire les en-tête des papiers qui s'étaient glissés sous ses yeux. « Procès verbal de l'assemblée générale du Comité central du 20 mai 1952 », « Modification du scrutin… », « Bilan des manifestations, année 1951 », « À l'attention de M. Thorez, signé Charles Tillon ». Un tas de paperasse sans intérêt.

Déterminé à poursuivre ses recherches, il considéra les piles monumentales de dossiers qui prenaient la poussière sur les étagères. Le travail serait fastidieux. Décourageant au possible. Malgré son sentiment de dépit, il décida de s'y mettre, et s'attabla au bureau. Ce qui se produisit ensuite tint presque du miracle. Le jeune instructeur lâcha un tel soupir qu'une toute petite feuille, qu'il n'avait pas remarquée encore, se souleva devant lui, laissant apparaître une écriture manuscrite. Sergueï sut tout de suite qu'il s'agissait de la liste espérée. Son cœur bondit dans sa poitrine. À chaque nom qui y figurait, réel sans doute, on avait fait correspondre un nom de code, une adresse, et plusieurs pseudonymes. Dix hommes et deux femmes. Satisfait de sa trouvaille, il fourra le papier dans son paquet de cigarettes et se prépara à filer.

Chapitre cinq

Mercredi 25 juin 1952, Hotel National,
rue Mokhovaya, Moscou

Alors que le soleil moscovite dardait ses premiers rayons, l'hôtel se réveillait doucement. Dans les couloirs, des portes claquaient déjà. On entendait, comme de coutume, le cliquetis des clés qu'on tourne dans les serrures, des voix fraîches poussant des chariots à roulettes qui transportaient des petits déjeuners bien plus fournis que pendant la guerre : blinis, framboises, *tvorog* (fromage crémeux), œufs frits et *vatrouchkas*. Le tout arrosé de thé noir ou de café, selon les goûts. Dans la chambre, le ronflement avait disparu. Sergueï était parti. Tôt certainement, pour avoir le temps d'aller à Gagra et de revenir le lendemain. Julia étendit ses jambes sur le grand matelas qu'elle occupait seule. C'était la première fois de sa vie qu'elle dormait dans un lit deux places, ce qu'elle trouva fort agréable. Les odeurs du petit déjeuner lui titillaient les narines et la décidèrent à se lever d'un bond, comme happée par l'excitante mission qui l'attendait. Toilette, coiffage, jupe noire, veste en velours mauve, et pourquoi pas ce foulard blanc. Action. Au moment où elle enfilait ses nouveaux bas, en prenant bien soin de ne pas les accrocher avec ses ongles, elle entendit quelques mots russes prononcés juste devant sa chambre. L'œil sur le judas, la petite Espagnole eut un mouvement de recul. Ce qu'elle vit la refroidit. Trois hommes portant les mêmes vêtements : costume gris, sans cravate, feutre noir et pistolet Besshumnyy[1]. Ils frappèrent à la porte d'en face, et hélèrent le client. Ils ne venaient donc pas pour elle.

— *Mister Flanaghan ?*

— *Open the door !*

— *Откройте дверь !*

Aucune réaction. Le Flanaghan en question avait dû pressentir les choses. Un des trois hommes se retourna en direction de la chambre de Julia. Que faisait-il ? Il s'approcha furieusement de l'œilleton.

Une seconde plus tard, un grand fracas retentit. L'homme avait simplement pris son élan pour enfoncer la porte d'en face. Elle les regarda entrer, entendit quelques sons étouffés, puis les trois brigands ressortirent sans un mot pour se diriger vers l'ascenseur. Efficaces, les Russes. Au moins, elle savait à quoi s'en tenir. L'hôtel n'était pas un lieu très sécurisé, et en Russie, l'étranger était assez vite catalogué comme agent de l'Ouest. On pouvait même considérer que c'était un piège évident, comme l'avait été l'hôtel Luxe pendant la décennie précédente. Les étrangers qui y séjournaient se faisaient confisquer leur passeport dès leur arrivée, et certains y restaient prisonniers plusieurs années. D'autres avaient été envoyés au goulag, ou tués sur place. En résumé, si on ne montrait pas des documents officiels prouvant son appartenance au Parti communiste, il était difficile de sortir de l'hôtel, voire de retourner dans son pays. La jeune militante gardait précieusement sa carte du PC dans son portefeuille, sur laquelle étaient collés

1. Arme équipée d'un silencieux, au manche couleur cuir, alors tout récemment attribuée à la police secrète russe.

les timbres témoignant de ses cotisations. Il y avait aussi un agenda, dans lequel elle avait noté, plusieurs mois auparavant, toutes les dates des assemblées de la cellule.

Julia serra les fesses, retint sa respiration, sortit sur la pointe des pieds, marcha à grandes enjambées sur le tapis qui menait à l'ascenseur, et reprit son souffle une fois les portes refermées. Dans le miroir de la cabine, la jeune femme en tailleur faisait grise mine. Une fois de plus, ses bas n'avaient pas résisté aux mouvements compulsifs de leur hôtesse contre le bois élimé de la porte, et finirent en boule à la poubelle. Serait-elle capable de garder des collants plus d'une journée dans sa vie ? *Un asservissement de plus*, se dit Julia, qui avait toujours détesté enfiler cette matière synthétique qui lui étranglait les jambes. Un coup de brosse dans les cheveux, les escarpins aux pieds, elle sortit de l'ascenseur. Le couloir était libre, du moins pour l'instant. C'était le moment d'en profiter. Dans le hall, deux policiers ou agents du MGB en civil se tenaient toujours accoudés au comptoir. Ils ne se cachaient plus derrière leurs journaux, mais leur mine impassible et leur tête de tueurs ne trompaient pas.

Sûr qu'elle n'échapperait pas à un contrôle, cette fois. De fait, à peine Julia eut-elle le temps de se formuler ces pensées qu'un des hommes l'interpella :

— Madame ! Votre laissez-passer, s'il vous plaît.

Julia tendit fièrement, malgré les apparences, le papier signé par Auguste Lecœur, doublement tamponné par le Parti communiste français et les autorités russes, ainsi que la carte d'étudiante d'Émilie. Le planton fit la grimace.

— Où vous rendez-vous ?

Leur mentir ? Non, elle serait sûrement filée, et ses bas avaient déjà commencé le travail.

— Secrétariat d'État, section des archives.

Le policier ne put réprimer un rire narquois.
— Et vous comptez accéder à quelque chose ?
— Oui, j'espère bien.
— Eh bien, dites-nous ! lança-t-il en russe.
— Aux seules archives autorisées, lâcha-t-elle en français.
— Ah, vous ne voulez pas parler ! Ne prenez pas cette peine, nous saurons tout cela bien assez tôt. (Il fit un signe à son acolyte et annonça la couleur.) Escortons donc madame Dimitrov au secrétariat d'État.
Quand ses méninges eurent secrètement traduit la sentence, l'apprentie journaliste leva les yeux au ciel avant d'adresser aux deux gardes-chiourmes un grand sourire hypocrite.
Quelques minutes plus tard, elle était au milieu de l'avenue, en train de héler un taxi. Impossible de lire les plans dans cet alphabet. Parler quelques mots, encore, mais lire ! Loin de là. Comment allait-elle déchiffrer tous ces documents si complexes ? Croiser les doigts pour qu'il y ait des photographies, des mots traduits. Une main se posa sur son épaule, qu'elle dégagea par réflexe.
— Madame !
— Eh bien ? Que voulez-vous ?
— Suivez-nous. Venez. Nous connaissons l'endroit. Nous vous y mènerons.
Ils avaient déjà ouvert la portière. Au fond, que risquait-elle ? Ils savaient presque tout. Le plan était ficelé et ne semblait pas, en fin de compte, aussi dangereux qu'elle ne l'avait cru au début. En outre, ces deux-là, elle saurait assez tôt s'en débarrasser.
La Moskvitch 400 noire démarra en trombe et s'arrêta quelques rues plus loin devant l'étrange secrétariat d'État de l'Union des républiques socialistes soviétiques. C'était écrit en lettres capitales, là,

juste au-dessus de sa tête. Les deux agents ne décrochaient pas un mot. Deux tombes. Ils escortèrent la Franco-Espagnole jusqu'à l'accueil. Six gardes armés faisaient les cent pas sous l'auvent bétonné. Le bâtiment avait l'allure d'un immense bunker, peu élevé, mais imprenable. De lourdes portes coulissantes s'ouvrirent pour la guider vers un hall central où elle semblait attendue. Son atmosphère glaciale n'était pas une légende. Même en plein mois de juin, l'absence de lumière et de couleurs, la froideur mortuaire dans laquelle se complaisaient les secrets d'État ne faiblissaient pas. Julia ne savait pas encore s'il fallait maudire ou remercier Sergueï de lui permettre d'entrer dans ce bâtiment. Un agent d'accueil, un jeune homme bas du front et bien en chair, était au téléphone. À côté de lui, une femme d'un certain âge, grande et maigre, portant des lunettes à gros foyer, se tenait assise derrière le comptoir. Julia chercha ses mots en russe et prit son inspiration.

— Bonjour, Émilie Dimitrov, voici mon laissez-passer. Je viens consulter les archives de la révolution. Entre janvier 1917 et janvier 1920. Vitali Jderov a dû déposer une note pour moi.

— C'est Vitali qui vous a donné ce laissez-passer ? Faites-moi voir ça. Et c'est signé par Auguste Lecœur, le secrétaire au Comité central du Parti communiste français ?

La réceptionniste regarda les deux policiers qui l'accompagnaient, et crut véritablement que la jeune fille était sous protection. Elle se tourna vers son collègue :

— Leto ? Doit-on en parler à Molotov ? Attendez une seconde, mademoiselle.

La femme échangea des messes basses pendant quelques secondes avec l'autre agent. Puis elle prit le téléphone et composa un numéro. Allait-elle appeler

Vitali ou Molotov ? L'issue n'en serait pas la même. Ne pas montrer son trouble. Rester naturelle.

— Vous êtes étudiante en histoire ? Et vous faites des recherches pour le Parti ? Intéressant. Avancez, s'il vous plaît, commença la dame. Nous avons appelé Vitali, il est occupé, mais il vous a préparé vos documents. Le dossier est assez important, c'est qu'il s'en est passé, des choses, dans ces années-là ! Quand tous les feuillets auront été vérifiés, vous pourrez les consulter, c'est-à-dire dans quelques heures, si tout va bien. Bien sûr, les informations classées top secret ne vous seront pas divulguées. Ces messieurs vont vous accompagner au bureau. Mais avant toute chose, remplissez ce formulaire.

Le papier jauni de la version traduite du document révélait à lui seul le caractère exceptionnel de la requête de Julia. En effet, on n'autorisait jamais une étrangère à pénétrer les arcanes de la police soviétique. En plus des renseignements habituels, elle dut y inscrire son numéro de carte d'étudiante et sa date de délivrance, ainsi que le nom de son directeur de mémoire. Pour celui-là, elle inventa. Peut-être n'iraient-ils pas jusqu'à dépêcher un agent à la Sorbonne pour vérifier l'information…

Le ministère, de l'extérieur, était un petit bâtiment, trop petit pour ce qu'on y faisait. On ne pouvait deviner que les trois quarts de la structure étaient souterrains. Ils semblaient tout à fait prêts à survivre à une attaque nucléaire. À mesure que Julia s'enfonçait sous terre, précédée de ses deux sbires, un sentiment d'angoisse la saisit. Comment les deux agents d'accueil n'avaient-ils pas découvert la supercherie ? La photo d'Émilie sur sa carte, par exemple ? N'importe quel passage de douanes ou de frontières inspectait les choses plus en profondeur. Pourquoi les deux policiers étaient-ils restés cois ? Avait-elle eu tout simplement de la chance ? Toutes ces questions la firent soudainement transpirer. Sous terre, il ne faisait ni chaud ni froid. Tout était bétonné. Du gris du sol au plafond et de lourdes portes à écoutilles comme dans les sous-marins, pour contrer les incendies ou les attaques au gaz. Pas de mobilier ni de décoration, à l'exception de quelques portraits de Staline, sur des affiches collées à même les murs. Sur sa droite, un couloir d'une cinquantaine de mètres donnait sur six autres allées perpendiculaires. Les deux hommes s'engagèrent dans la troisième allée. La lumière était rare. Un détecteur était censé allumer chaque ampoule l'une après l'autre. Mais la moitié d'entre elles étaient grillées. Sur les portes étaient gravées des inscriptions, elles aussi dégradées. Des moitiés, voire des quarts de caractères cyrilliques… Une porte, au milieu du couloir, sembla s'ouvrir toute seule. Un vieil homme malingre aux cheveux blancs se tenait assis derrière un bureau couvert de papiers.

— Voilà. Archives.

Sans un mot de plus, les agents du MGB rebroussèrent chemin et disparurent dans la pénombre. Julia s'avança vers le vieil homme et lui tendit le duplicata de son formulaire.

— Oui. J'ai votre recherche. Mais vous devrez patienter.

Son bras s'allongea pointant le doigt vers une chaise en métal.

— Asseyez-vous là. Attendez qu'on vous appelle.

On pouvait être sûr que ça allait être long, très long…

La jeune femme craignait que les documents à récupérer ne fussent découverts par ce rat de bibliothèque. Elle ignorait d'ailleurs où le cousin de Sergueï avait pu les glisser. Il faudrait les chercher habilement. Mais comment échapper à la surveillance du fonctionnaire ? À mesure que le temps passait, les doutes l'étreignirent plus fortement. Sergueï lui avait-il menti ? Agissait-il vraiment pour son compte personnel ? La question serait posée, c'est sûr. Julia les entendait déjà : qui vous envoie ? Qu'allez-vous faire de ces informations ? Et si c'était le cas, si Dimitrov était un traître, pourquoi le couvrir ?

La jeune femme se mordit les doigts d'avoir acquiescé à ses demandes si facilement. Elle s'était sûrement sentie redevable envers un homme dont elle avait pris la femme, sans même qu'il le sût encore, et qui lui offrait le gîte et le couvert depuis plus de six mois…

Peut-être n'avait-elle pas eu réellement conscience des risques qu'elle prenait.

Deux heures s'écoulèrent, puis trois. Vers midi, le vieil archiviste se retourna et sortit de sa besace un casse-croûte informe, qu'il mangea, face à elle, impassible. Elle le regarda faire, étonnée. Lui adresserait-il la parole ? Son ventre, pour sa part, commençait à se faire bavard. Trente minutes plus tard, l'homme leva les yeux vers Julia, referma le dossier et le lui tendit.

— Voilà, nous le récupérons dans deux heures.

— Seulement ? lança-t-elle.

— Oui, car après votre passage, nous devons vérifier s'il ne manque rien avant de ranger l'ensemble.

Sans plus attendre, Julia ouvrit la chemise, et ce qu'elle découvrit l'atterra. Des textes caviardés de toutes parts, des visages grattés ou noircis, des pages littéralement arrachées, qui faisaient de ce dossier un gruyère sans nom. Elle laissa échapper un rire de dépit qu'un écho lui rendit. L'autre, là devant elle, ne décrochait pas un sourire. Il lui faisait penser à un arbre décharné. D'apparence mort, mais sournoisement vivant à l'intérieur. 13 h 30 à sa montre, et toujours aucune liste en vue. La faim la tenaillait. Il ne lui restait plus qu'une heure pour trouver les documents mis de côté par Vitali. Julia et l'archiviste échangèrent un regard suspicieux. Puis elle reprit ses recherches, tout en notant des phrases au hasard pour noyer le poisson.

Soudain, la porte s'ouvrit, faisant sursauter la jeune femme et le fonctionnaire. Deux hommes essoufflés, en uniforme, les vestes couvertes de galons, se précipitèrent dans le cagibi.

— Madame Dimitrov, veuillez nous suivre !

— Mais qu'est-ce que… ?

— Votre mari est recherché.

— Que se passe-t-il ? Mon mari est un membre du Parti communiste, nous avons nos cartes d'adhérents.

Julia fouilla énergiquement dans son sac à main.

— C'est inutile. Il a été dénoncé. Il faut nous suivre, madame, sinon, nous devrons employer la force.

Les deux hommes empoignèrent la jeune Espagnole et la forcèrent à sortir. Julia ne réalisait pas encore ce qui l'attendait. Elle suivit docilement les deux gradés qui la guidèrent vers un autre étage, un peu plus bas, où stationnaient deux agents en costume noir.

En regardant la chaise posée au centre de la pièce, Julia comprit tout de suite qu'elle allait subir un interrogatoire.

— Asseyez-vous.

Elle obtempéra. Les deux molosses se rapprochèrent.

— Dites-nous tout ! Que faites-vous à Moscou avec votre mari ?

Le premier posait les questions en russe, le deuxième traduisait en français.

Leur répondre quelque chose de clair, et vite. Moins elle réfléchirait, plus elle gagnerait en crédibilité.

— Nous sommes de fervents militants communistes à Paris, et mon mari a de l'ambition. Il voulait rencontrer M. Thorez, qui est en convalescence chez vous, afin de gagner sa confiance et devenir peut-être un jour un membre actif au Comité central du Parti communiste français.

— Depuis quand le connaissez-vous ?

— Je… Je le connais depuis 1945. Nous nous sommes rencontrés lors d'une réunion de cellule.

— Que fait votre mari, en dehors de son activisme politique ?

Question piège, que faisait véritablement Sergueï dans son bureau ? Elle ne s'en était jamais préoccupée. Ce qu'elle savait pouvait même le discréditer. Vaille que vaille. De toute façon, elle n'avait jamais été douée pour le mensonge.

— Il est ingénieur en télécommunications. Il travaille en indépendant, pour des entreprises, mais je n'en sais pas beaucoup plus.

Les deux policiers échangèrent un signe dont Julia ne comprit pas le sens. Mauvaise pioche. Elle aurait dû mentir.

— Connaissez-vous ses origines ?

Arriverait-elle à dissimuler ce qui pouvait le compromettre ? Qu'il était fils d'un Russe blanc, ça c'était sûr qu'elle le garderait pour elle. Encore une fois, la jeune femme décida de jouer la naïveté.

— Je sais qu'il est russe, et que son père était écrivain, que celui-ci est venu en France dans les années 1920. Ils ne s'entendaient pas très bien, je crois.

— Vous a-t-il dit pourquoi son père avait émigré ?

— Il m'a dit que son père était fasciné par la France, par Paris et sa culture.

— Et vous avez cru à cette histoire ?

Visiblement, eux n'y croyaient pas. Il fallait montrer tout l'inverse, et sans hésiter.

— Oui, bien sûr. Beaucoup de gens pensent que Paris est une ville merveilleuse.

— Pas vous ?

— Je pense que Moscou est absolument magnifique aussi.

— Pourquoi êtes-vous ici ? Votre mari ne pouvait-il pas venir seul ?

C'est exactement ce qu'il aurait dû faire, effectivement ! Sa présence à elle lui semblait maintenant tout à fait incongrue, presque risible. Bien sûr, elle éviterait de leur exposer les motivations personnelles et intimes de Sergueï, et n'évoquerait pas non plus l'usurpation de l'identité d'Émilie. Elle s'en tiendrait à la seule version audible en espérant que cela suffise.

— Il y a un an, le Kominform proposait encore des stages aux communistes de tous les pays. Sergueï voulait que je profite d'une de ces réunions pour visiter Moscou, et pour en apprendre davantage sur le fonctionnement de la démocratie soviétique. Malheureusement, ce n'est qu'une fois sur le sol soviétique que nous avons appris que les Français n'étaient plus les bienvenus. J'ai donc demandé à consulter des archives du secrétariat d'État sur la révolution, pour documenter ma thèse d'histoire.

— Quel est le sujet de votre thèse ? Vous avez votre carte d'étudiante sur vous ?

— Oui, tenez, la voici. Le sujet de ma thèse, c'est « Staline et les héros de la révolution », lança-t-elle fièrement, sans se démonter. Le PCF me paie mes droits d'inscription, tous mes livres, et bien sûr le voyage à Moscou.

Un peu de baratin ne serait pas de trop.

L'agent saisit la carte et sans la consulter, la rangea dans une pochette. Adieu, la carte d'étudiante, elle ne la reverrait sans doute jamais.

— Combien de temps comptez-vous séjourner en URSS ?

— Deux jours seulement. Le temps pour Sergueï de se rendre à Gagra et de revenir, et pour moi de consulter le dossier que j'étais en train d'éplucher aux archives.

— Votre mari ne reviendra pas. Inutile de l'attendre. Nos services se chargent de lui.

— Mais… c'est impossible…

Mille questions assaillirent Julia. Ils n'avaient pas encore parlé des documents qu'elle devait récupérer. Peut-être ne les avaient-ils pas trouvés ? Ou peut-être allaient-ils les sortir de leur chapeau plus tard ? Quand ils auraient cuisiné Sergueï, ou même Vitali ? Et comment retournerait-elle à Paris, sans papiers ?

— Nous pensons que vous mentez, et que vous n'êtes pas venue ici pour consulter des archives sur la révolution, mais pour récupérer des documents secrets !

— Non ! Pas du tout !

— Vous niez donc ?

— Je suis innocente ! Mon engagement est sincère, je consacre tout mon temps libre à la cause communiste, je crois profondément aux valeurs qui sont les vôtres, et ce depuis toujours !

L'argument les étonna. Était-elle naïve, ou se payait-elle leur tête ?

— Écoutez bien. M. Thorez nous a dit qu'il lui manquait un document important, une liste, des noms d'agents russes, présents sur votre territoire. Savez-vous de quoi il s'agit ?

— Non, je ne vois pas de quoi vous parlez, je…

Elle se plongea dans ses pensées, craignant le pire. Sergueï espionnait ? Pour qui ? Pourquoi ? Une panique mortelle l'envahit, qu'elle ne put dissimuler.

Ce qu'elle trouva à répondre lui parut totalement ridicule.

— Mon mari n'a pas pu voler quoi que ce soit, c'est un fervent communiste, lui aussi ! Est-ce possible que M. Thorez ait égaré cette liste ?

Les yeux terribles des deux hommes se fixèrent sur la jeune femme, qui frémit de peur. Ils échangèrent un rire narquois et quelques phrases incompréhensibles. Dix secondes plus tard, celui qui menait l'interrogatoire menotta Julia et l'attacha à la chaise. Sans un mot, ils sortirent de la pièce, la laissant seule avec ses questions.

Les Russes avaient un plan. Le froid, les crampes, la faim s'occuperaient d'elle. Ces renards avaient toutes sortes de méthodes pour atteindre leur but. La laisser croupir dans un camp n'était pas la solution la plus efficace. Lui arracher les ongles non plus, au moins pour l'instant. Étant donné sa jeunesse, et le fait qu'elle soit une femme, sûrement plus influençable, elle pouvait certainement servir à d'autres fins. Pour le moment, il fallait qu'elle les craigne. Qu'elle n'ait aucune envie de leur désobéir. Elle semblait sincère. Un peu naïve, et sans doute manipulée par ce Dimitrov. Sa ferveur les attendrit presque, d'ailleurs. Il y avait longtemps qu'ils n'avaient rencontré autant de fierté, de passion chez une militante. En réalité, ils n'avaient rien contre elle. L'interroger n'était qu'une tactique. La routine. Ils n'avaient pas trouvé les documents transmis par Vitali dans le dossier. D'ailleurs, Vitali avait-il oui ou non pris le risque de les y glisser ? Peut-être s'était-il ravisé au dernier moment, sauvant ainsi la jeune fille d'une probable mise à mort.

Tenaillé par la faim, le corps de Julia criait de toutes parts, oppressé par les crampes, et éprouvé par d'insoutenables maux de dos. Elle décida de soulager son envie d'uriner. Peut-être que d'autres douleurs s'en iraient avec elle. Tant pis pour son joli tailleur. Regardant le liquide s'écouler sous elle, la jeune femme sourit en se souvenant qu'elle avait retiré ses bas le matin même. Une intuition, sans doute.

Quand allaient-ils revenir ? Depuis combien de temps l'avaient-ils laissée ? Reverrait-elle Sergueï ?

Tout à coup, la porte s'ouvrit. Le traducteur lui apportait une gamelle qui contenait ce qui ressemblait à des lentilles accompagnées d'un morceau de pain. D'un geste mécanique, il détacha ses menottes et lui tendit une cuillère. Il ne prononça pas une seule phrase. Julia lui demanda ce qu'ils allaient faire d'elle.

— Tout dépend de vous, maintenant.

Et une fois le plat avalé, les menottes rattachées, il ressortit aussi simplement qu'il était entré. Voilà. C'était tout. Devait-elle avouer ? Non, il fallait tenir. Si elle parlait, elle précipiterait leur mort à tous les deux. Pour l'instant, ils n'avaient certainement rien trouvé, sinon, ils lui mettraient les documents sous le nez, et là, elle ne pourrait pas se taire.

Dans cette sombre geôle sans couleur et sans âme, Julia, pétrifiée par la peur, pensa vivre ses dernières heures.

Chapitre six

Vendredi 12 septembre 1952, 19 heures,
42, avenue d'Italie, Paris

Devant l'appartement 23B, des effluves alléchants de rôti de bœuf et d'oignons frits présageaient des moments délicieux, en compagnie de la plus jolie des femmes de l'immeuble. Les cris survoltés du petit Alexis, le jazz hard bop de Charlie Parker, et l'odorante chaleur sortant du poêle à bois se glissaient sous la porte comme pour capturer quiconque s'aventurerait à passer sur le palier. Une bouteille de champagne dans une main, et la clé dans l'autre, Julia fit une entrée fracassante.

— C'est moi ! Champagne ! Je l'ai eu !

Les doigts pleins de farine, Émilie se tenait devant elle, les cheveux ébouriffés et la mine fatiguée par une journée de travail et de corvées domestiques. Elle leva les yeux sur son amie, ahurie. Cette fille était incroyable. Bien sûr, Émilie pensait que Julia avait des chances de réussir cet entretien d'embauche à *Libération*[1], mais la concurrence était rude, dans les milieux intellectuels, où les femmes ne devaient surtout pas faire d'ombre aux hommes.

1. Le premier journal *Libération* a été lancé en 1941 par Jean Cavaillès et Emmanuel d'Astier de La Vigerie. Il était le journal clandestin d'un mouvement de Résistance, et fut soutenu par l'appareil financier du PCF jusqu'en 1964, année où il cessa de paraître.

— C'est vrai ? Mais c'est extraordinaire ! Je suis tellement fière de toi !

Surexcitée par la nouvelle, Émilie lui sauta au cou, manquant de la faire tomber.

— Oui, incroyable, ils m'ont donné leur réponse tout de suite. Apparemment, je corresponds tout à fait au profil qu'ils recherchaient ! Sergueï n'est pas là ?

Émilie sourit.

— Non, il n'est pas encore rentré... dit-elle en adressant à son amie un clin d'œil coquin.

— Alors on a un peu de temps pour nous... (Julia tendit à Émilie la bouteille.) On l'attend pour l'ouvrir ? De toute façon, elle n'est pas assez fraîche.

Émilie attrapa le champagne, évalua au toucher sa température, et la coinça sur le rebord de la fenêtre. Une pluie battante et froide frappait la vitre de la cuisine.

— Attention à ne pas la faire tomber, ça serait dommage de tuer quelqu'un ce soir, prévint Julia, en regardant le sol du haut du quatrième étage.

— Tu penses à une personne en particulier ?

— Ne me fais pas dire ce que je n'ai pas dit...

Pour évacuer toute pensée parasite, Julia s'interrompit pour enlacer la jeune Bretonne et l'emporter dans une danse.

Deux mois seulement s'étaient écoulés depuis son retour d'URSS. Pourtant, les jours qu'elle avait passés dans la geôle du secrétariat d'État semblaient appartenir à un autre temps. La vie avait repris son cours. La question du déménagement s'était posée, mais il était encore trop tôt pour y songer, quand elle était rentrée mi-juillet. Elle pensait pouvoir trouver rapidement un emploi, mettre un peu d'argent de côté, puis se prendre un appartement à elle, peut-être avant l'hiver. La journaliste profiterait encore quelques mois de la tendresse d'Émilie, et ce n'était pas pour lui déplaire. Quant à Sergueï, elle devrait apprendre à le supporter. Il était rentré quinze jours après elle. Maigre, la barbe piquante, les habits sales et déchirés par endroits. Au début, ils s'étaient évités, méfiants, comme deux loups rivaux jouant dans la même meute. Puis il avait parlé. Lui avait franchi des obstacles insurmontables, depuis la chambre de Maurice Thorez jusqu'à la frontière française, en traversant les montagnes du Caucase et le plateau d'Anatolie. Si la route était dangereuse, longue et difficile, elle s'avérait plus sûre pour échapper aux griffes de la police soviétique. Il avait couru, pris des rames, l'autobus et fait de l'auto-stop, fourni des papiers si bien falsifiés que les polices de toutes les frontières n'y avaient vu que du feu. L'homme de la maison avait raconté ses aventures, ses cachettes, ses frayeurs, et Julia l'avait écouté, se taisant quant à sa propre expérience. Il ne pouvait imaginer ce qu'elle avait vécu. Sergueï avait risqué sa vie, mais lui, était resté libre. Elle avait passé vingt jours privée de contacts, de lumière, d'hygiène, et de nourriture, parfois. Elle s'en était tirée. Une intervention de Thorez auprès des autorités l'avait extirpée *in extremis* des griffes du MGB. Était-elle sortie d'affaire pour autant ? Là était la question.

Le petit Alexis, du haut de ses quatre ans, débarqua à son tour dans la cuisine, en pyjama, et posa son regard sur sa mère dansant avec Julia. Elle était belle, sa maman. Avec sa robe verte, aux reflets cuivrés, qui virevoltait à un rythme effréné. Plus de cernes ni de fatigue perceptible, en tout cas pas pour un enfant de cet âge. Puis tout s'arrêta, net. Émilie, tout à coup immobile et alerte, trahit sans le vouloir sa confusion, se demandant bien ce que son fils pourrait s'imaginer. Sans lui laisser une seconde de réflexion, la jeune femme le prit dans ses bras et l'emmena dans sa chambre.

— Qu'y a-t-il, mon chéri ? Tu n'arrives pas à dormir ? Tu veux que je te raconte une histoire ?

Julia resta ainsi seule dans la cuisine. Il était 19 h 30. Elle avait environ quinze minutes, seule dans l'appartement. Le temps de faire le point. Sa journée avait été riche en émotions. Non seulement elle avait décroché un emploi, et pas n'importe lequel, mais elle avait aussi reçu un télégramme, un de ceux qui font basculer une existence. Comme chaque matin, elle était allée boire un café, et fumer une cigarette Chez René, un bar situé à deux pas de l'immeuble. Le patron, un homme à forte carrure engoncé dans un long tablier blanc, lui avait remis sans sourciller un pli, destiné à *Julia G.*, calé entre la tasse et la soucoupe. Un rendez-vous. *Demain, square des Batignolles, 17 heures*. La future reporter à *Libération* avait blêmi. Les Russes l'avaient pourtant laissée tranquille jusque-là. L'été s'était déroulé sans encombre, elle avait consacré son temps à sa recherche de travail, rendant régulièrement visite à sa propre mère qui attendait impatiemment la retraite. Les réunions de la cellule ne reprenaient qu'à la rentrée, elle avait donc mis de côté son engagement au sein du Parti, imitant les habitudes de ses hôtes. Côté Russie, pas de nouvelles, bonnes nouvelles. Naïvement, elle avait cru qu'ils l'oublieraient. Eux, là-bas. Si loin. Jamais elle n'aurait dû se laisser embarquer dans cette histoire. Qu'est-ce que ce salaud de Sergueï avait manigancé pour la compromettre elle ?

Le télégramme devant les yeux, Julia se rongeait les ongles d'inquiétude. Encourait-elle le moindre danger en se rendant seule à ce rendez-vous ?

Julia regarda avidement la bouteille de champagne. Elle avait vraiment besoin d'un verre. Discrètement, elle se servit un cognac, parce qu'il n'y avait que cette bouteille d'ouverte. Un tout petit verre, ça ne se verrait même pas.

Elle mourait d'envie de se confier à Émilie, mais elle choisit de ne pas la mêler à cela, comme elle n'avait d'ailleurs pas souhaité tout lui raconter de sa visite au secrétariat d'État, des avances de Sergueï, ou de la façon dont elle avait échappé au pire dans les sous-sols du ministère.

Elle pressentait les dangers, flairait les failles qui menaçaient leur relation, si bien qu'elle avait songé dès le début du mois d'août à quitter l'appartement. Leur complicité devenait de plus en plus visible, et Sergueï ne tarderait pas à tout découvrir. Rongée par la culpabilité, elle s'était même intérieurement décidée : en septembre, il fallait qu'elle ait vidé les lieux. Leur amour serait d'autant plus vivant et plus fort qu'il s'épanouirait ailleurs que sous les yeux du mari, du juge, de la morale. Seulement, les semaines avaient filé, et la beauté d'Émilie, offerte à son regard, lui ôtait tout courage. Ne plus la voir quotidiennement lui parut soudain inconcevable. Et puis elle craignait, en partant, d'abandonner la victoire à Sergueï. Penser à elle, prisonnière à jamais d'un séducteur, qui lui mentait comme on respire, l'idée l'horrifiait chaque jour davantage. Elle se sentirait même responsable, désormais, de la laisser à son mariage, sa prison. La passion qu'éprouvait Julia devenait véhémente, rageuse.

À l'autre bout de l'appartement, à demi étendue sur le lit de son seul enfant, Émilie n'avait pas moins l'esprit troublé que Julia. Sa bouche racontait l'histoire de *Tchouk et Ghek*, un conte soviétique, d'Arkadi Gaïdar. C'était l'histoire de deux enfants qui entraînent leur maman dans une aventure aux confins de la Sibérie, où seuls le froid et la faim les attendent. Alors que le petit se pelotonnait contre elle, sous son épaisse couverture de laine marron, les yeux mouillés par la tristesse de l'histoire, elle versait quant à elle des larmes d'angoisse. Combien de temps leur restait-il ? Julia venait de trouver un travail. C'était fini, elle s'en irait. Depuis son retour de Russie, sa belle au regard noir et profond n'avait cessé de la prévenir que ce jour allait arriver. Et elle se pointait, une bouteille de champagne à la main, brandie comme un symbole de liberté, de délivrance, qu'elle ne pourrait partager avec elle. Un sentiment de honte assaillit la jeune mère alors que ces pensées égoïstes la traversaient. Julia avait tout de même bien le droit de fêter son embauche !

Au même moment, Sergueï rentrait. Il accrocha son imper gris au perroquet, retira son feutre noir et enfila ses pantoufles. S'avançant vers la cuisine, le sourire épinglé au visage, il aperçut Julia en pleine réflexion. Le bellâtre décida de rester dans l'ombre, et l'observa depuis le couloir, la contemplant à son aise, détaillant ses formes, devinant ses courbes. Quand il se fut bien rincé les verres, il lança à Julia :

— Alors ? *Libé*, c'est bon ?

La jeune femme sursauta et poussa un petit cri. Décontenancée d'avoir été ainsi prise au dépourvu, elle attendit un peu avant de lui répondre, et fit la moue.

— Non ? Allez, tu me fais marcher, c'est ça ?

Elle le défia du regard, prit un air grave, tout en attrapant le pain, pour en découper quelques tranches pour le repas.

— Mmmh... C'est que... Ils n'ont pas voulu de moi, j'étais trop espagnole, trop à gauche, trop révolutionnaire.

— Vrai ? Mais je pensais qu'au contraire, ça les intéressait, ces profils ! Surtout une femme aussi moderne et jolie !

Émilie trouva bon de faire son apparition à ce moment-là, et c'est une autre figure qu'elle offrit à son mari.

— J'ai couché ton fils. Va lui dire bonne nuit, il t'attend.

— Bonsoir ! Tu pourrais au moins me saluer !

— Bonsoir, mon chéri, et bienvenue dans notre bel appartement ! répondit-elle avec un sourire forcé.

— Qu'est-ce que tu as encore ? Bon. Tu me raconteras, Julia, j'ai toujours du mal à comprendre.

Il bouscula à moitié sa femme et l'embrassa de force, en avançant vers la chambre du petit. L'épouse eut un mouvement de recul. Décidément, cet homme la dégoûtait de plus en plus.

Pour mettre fin à son malaise, Julia ouvrit la fenêtre et attrapa la bouteille de champagne, qui avait à peine eu le temps de rafraîchir. Émilie était restée immobile, les yeux froncés par la colère.

— Il te cherche encore, et sous mes yeux, ce goujat !

— Il est vraiment odieux ! Tu as le droit de t'énerver, tu sais ?

L'épouse retourna à ses gamelles, des idées noires plein la tête. Elle sortit le hachoir. Un gros manche en bois, une lame de boucher. Julia frémit. Puis elle vit la gousse d'ail, si petite, si tendre.

— Avec tout ce que j'ai fait pour lui, tous ces dimanches à organiser les réunions, un investissement sans faille dans le Parti. J'ai pris en charge des familles, des distributions de nourriture, de médicaments, de tracts, de… et Alexis, et…

Elle souleva et reposa les couvercles des casseroles sans mesurer sa force, ce qui provoqua un claquement épouvantable. C'en fut presque comique.

— Calme-toi, s'il te plaît… Il ne mérite pas que tu te mettes dans cet état. Il est ridicule…

Julia regarda Émilie, lui sourit. Quelques secondes plus tard, un fou rire les piqua toutes les deux. Sergueï revint et apercevant la bouteille de champagne, les deux femmes en train de pouffer, il comprit que Julia s'était gentiment moquée de lui.

— Alors comme ça, tu t'amuses à me faire des farces, ma grande ? Si c'est pas mignon ! Félicitations !

Il lui fit une bise sur le front. Julia exécrait ces comportements paternalistes. Elle abattait des murs, et on continuait de la considérer comme une petite fille ? Pendant un instant, elle voulut l'envoyer paître au paradis des mufles. Mais un coup d'œil bienveillant d'Émilie suffit à lui faire comprendre que ce n'était pas le moment d'exploser.

— Allez, donne-moi la bouteille, je vais l'ouvrir. C'est bien sympathique, de nous la faire partager.

Julia, maligne, laissa galamment l'homme prendre les commandes. Ils s'attablèrent tous les trois. On servit le rôti, encore palpitant dans son jus, et la soirée s'anima. Les coupes de champagne furent englouties, laissant le champ libre à une bouteille de vin rouge, un médoc, moins onéreux, mais tout de même goûtu. Tout en parlant de son futur job, de ses ambitions professionnelles, et du gouvernement fantoche d'Antoine Pinay, Julia rouvrit une troisième bouteille et servit de nouveau Sergueï, qui ingurgitait sans s'en rendre compte son septième verre. À ce stade, on ne lisait plus les écritures sur l'étiquette. Masquant habilement ses intentions, Julia mit les pieds dans le plat. Elle attendait cet instant depuis plusieurs semaines. C'était le moment ou jamais de lui tirer les vers du nez.

— Dis, Sergueï, j'ai envie que tu éclaircisses un point que je n'ai toujours pas bien compris : qui t'a demandé de récupérer la liste des agents russes ? Parce que tu l'as récupérée finalement, non ? Tu m'as raconté ton périple du retour dans tous les détails, mais ça, tu ne me l'as jamais clairement expliqué... Pourtant, j'ai bien failli y laisser ma peau, moi aussi...

L'homme ne cacha pas sa surprise et sembla chercher la réponse dans son assiette. Le dessert prit un coup de cuillère.

— Qui ? Eh bien, c'est... Charles.

— Tillon[1] ? Et Lecœur, alors ? Pourquoi lui n'était pas au courant que tu devais récupérer cette liste ? Ni moi, d'ailleurs...

Julia ne lui laissa pas le temps de répondre. Il fallait enchaîner.

— Et pourquoi Thorez ne te l'a pas donnée en personne ?

Cette fois, Julia laissa le temps au cerveau ramolli de son interlocuteur de traiter les informations.

— Parce qu'il a eu peur que je sois un traître, quand il a appris mes origines. Rappelle-toi que mon père servait Nicolas II, dit-il en levant son verre. Santé ! Ils ont fait leurs recherches, ces saligauds.

— Dans ce cas, pourquoi avoir risqué d'aller là-bas ? Tu ne te doutais pas qu'ils te découvriraient ?

— Oui, c'était dangereux, mais je pensais qu'Auguste me servirait de passeport, et que mon engagement en France suffirait à me blanchir... Sauf que j'ai été « blanchi » autrement !

Fier de son jeu de mots, Sergueï se resservit un verre, qu'il avala cul sec.

Émilie les observait sans piper mot. Les questions fines de Julia instillèrent le doute dans son esprit. Elle finit par comprendre à quel jeu jouait son amie et décida de se lancer à son tour :

— La liste, tu l'as récupérée, alors ?

— Oui, heureusement, dit-il fièrement.

— Où ?

1. Charles Tillon était membre du bureau politique du PCF.

— Chez Thorez.

— Et qu'en as-tu fait ?

Sergueï commençait à trouver le ton moins amical. Il tenta de se lever, mais ce fut en vain. Il retomba de tout son poids sur sa chaise dont un des barreaux craqua.

— Ah, ces chaises pourries ! Je le savais, qu'elles ne tiendraient pas cinq ans !

Le silence insistant des deux femmes lui rappela qu'elles attendaient une réponse.

— Je l'ai apportée à Jean, pour qu'il retrouve les agents et les mette à l'abri.

— À qui ?

— À Jean. Jérôme.

Émilie écarquilla les yeux, incrédule.

— C'est qui, Jean ? C'est qui, Jérôme ?

— Jean Jérôme. C'est un homme qui travaille pour le Parti, un agent secret.

— Ah, un agent secret ? Et il avait besoin de toi pour récupérer la liste ? Comment as-tu fait, alors ?

— Je l'ai trouvée.

— Tu l'as trouvée ! Comme ça ! Paf ! Elle était là ! Mais où ?

— Eh bien, dans sa chambre, paf, par terre, comme ça, paf, oui, paf.

— La chambre de Thorez ? Tu es rentré dans sa chambre ?

— Oui, je…

L'homme vacilla. Il ne pourrait pas duper ces femmes-là très longtemps, surtout sous l'emprise de l'alcool.

— C'est bien mystérieux, tout ça, reprit Julia. Franchement, Sergueï, ton histoire, elle ne tient pas debout, et je n'y crois pas une seconde. Dis-nous la vérité.

— La vérité ?

— Oui, la vérité !

— Quelle vérité ? Je viens de vous la dire !

— Je ne crois pas à cet ordre de Tillon, que tu n'as jamais rencontré à ma connaissance, ni à ce Jean Jérôme, dont personne n'a entendu parler ici avant aujourd'hui, répliqua à son tour Émilie. Et Julia n'avait pas à risquer sa vie pour ça. Alors, vas-y, on t'écoute. Tu travailles pour qui ?

Sa douce femme lui sembla brutale. C'était devenu un peu trop fréquent, depuis quelque temps. En guise de réponse, il se tut et prit le temps de la réflexion. Elles avaient raison, tout cela ne tenait pas debout. Et pourtant, il résista. Malgré l'alcool. Il fallait trouver rapidement une façon de donner un accent de vérité à ses propos. Il en allait de sa vie.

— Je travaille pour le Parti, vous le savez. Seulement, en ce moment, la direction est dans une mauvaise passe. Thorez, malade, loin de ses troupes, ne fait plus l'unanimité. En réalité, ce n'est pas la liste qui intéressait Tillon, mais un document interne et adressé à Duclos seul, que Thorez avait signé. Une note. On savait au Comité central que Jacques avait reçu quelque chose, mais personne n'en connaissait le contenu. Marty et Tillon ont préféré charger un petit comme moi de tenter de récupérer l'original du document, jugeant Lecœur trop proche de Thorez pour agir dans son dos. Or, j'ai effectivement trouvé une trace, sur un papier carbone, rangé dans une chemise, sur son bureau.

Les deux femmes l'écoutaient avec sidération. Le propos était clair et d'une logique sans faille. Bien sûr, qu'il pouvait avoir été envoyé par d'autres membres du Parti, surtout en ce moment ! C'était inattendu, mais tout à fait plausible. Chacune opina du chef en un même mouvement. Pendue à ses lèvres, Julia voulut satisfaire sa curiosité.

— Et qu'avait-il écrit de si important, dans cette note ?

— Il a ordonné leur mise sous surveillance et les accuse de complot.

Évidemment. Un complot. Cela justifiait toutes les précautions prises par Sergueï. Elles se figuraient désormais l'immense risque qu'il avait pris, et comprirent pourquoi il était resté si secret depuis son retour.

Malgré cela, Julia demeurait perplexe. Pourquoi l'avait-il envoyée au secrétariat d'État ? Pourquoi avait-il risqué sa vie à elle ? Quelles étaient ces informations confidentielles qu'elle aurait dû récupérer ?

Sergueï ne lui laissa pas le temps de poser sa question car il devina, à son regard perdu, le fond de sa pensée.

— Toi, ma petite Julia, je t'ai envoyée au secrétariat d'État pour récupérer des documents familiaux que mon cousin était censé te faire parvenir dans le dossier sur la révolution de Février. Un document en particulier devait ordonner la recherche, la surveillance ou l'arrestation de mon père, où qu'il fût dans le monde. Je sais que cette directive existe. Et le cousin ne l'a peut-être pas trouvée, ou n'a pas eu l'occasion de la transmettre.

Il mentait. Leur avouer la tragique vérité aurait été une erreur. Tout ce qu'il avait construit jusque-là se serait effondré. Elles l'auraient perçu comme une victime, ce que son orgueil n'aurait pas supporté. Elles auraient remis en cause son engagement politique, et peut-être même qu'elles l'auraient dénoncé. Et puis, le sujet était trop brûlant pour lui, sa souffrance trop vive pour être livrée à l'emporte-pièce, sur un coin de table. Inventer, sans trop s'éloigner du vrai, lui parut plus raisonnable, et même suffisant. Il pouvait tout à fait avoir mené ces recherches dans le seul but de reconquérir le cœur de son père.

Il guetta la réaction de Julia. À son air captivé, il fut certain d'avoir remporté la bataille. Pour parfaire le tableau, il joua la corde sensible. S'attarder sur elle, lui porter la main à l'épaule, et la toucher au cœur.

— Je regrette de t'avoir imposé cela. Mon père court un danger permanent, encore aujourd'hui… Et bien qu'on soit fâché depuis quelques années, cela ne m'empêche pas de tenir à lui.

Émilie, qui n'avait pas prononcé un mot depuis un moment, était littéralement stupéfaite. Assez pour que sa moue attendrie et son regard amoureux devinssent suspects aux yeux de Julia, qui se rendit compte que son amante éprouvait encore quelque sentiment pour son rival masculin. Elle assista à des échanges de regards complices. Cela ressemblait même à de la tendresse. Insupportable.

— Dois-je vous laisser ? lâcha-t-elle, prête à déguerpir tellement le malaise grandissait en elle.

Les époux tardèrent à répondre.

Le cœur d'Émilie était tiraillé. Il fallait qu'elle parle à Julia. Lui dire qu'elle l'aimait, mais qu'elle ne pouvait sacrifier sa famille. Pour elle, pour une aventure. Elle demanda à son homme de les laisser quelques minutes. Celui-ci obtempéra, presque content d'avoir semé le trouble dans l'alliance des femmes.

Tout en débarrassant la table, Émilie se dit qu'elle devait aussi mettre de l'ordre dans sa vie. Mais Julia n'était pas prête à la laisser s'échapper. Elle lui attrapa le poignet délicatement, et la saisit par la taille. Puis elle lui passa une main dans le dos, lentement et tendrement, avec une sensualité dont Sergueï n'avait jamais fait usage.

— Qu'est-ce que j'ai aperçu, tout à l'heure ? Tu crois tous ses mensonges ? Et parce que tu le crois, tu vas me dire que tu l'aimes encore ?

Émilie ne se débattait pas, malgré sa raideur elle semblait accepter l'emprise de la jeune femme. Elle se détendait. Le parfum de Julia dégageait une fraîcheur à laquelle les sens d'Émilie n'étaient pas indifférents. Julia se taisait tout en la sondant du regard. Et ces sublimes yeux noirs en amande faisaient chavirer la belle Bretonne. Elle ressentit un désir pressant, brutal. C'était fort et violent. Elle eut une furieuse envie de coller sa bouche sur la sienne, d'être nue contre sa peau, et de se laisser aller. Comme Julia la serrait, comme elle ne sentait plus rien d'autre que ce penchant naturel, en guise de réponse, elle lui donna un baiser sulfureux, bien plus palpitant que la tendresse et l'amour sans ombre des époux fidèles.

Ce fut le moment que choisit Sergueï pour débarquer dans la cuisine. Il lui fallait juste une boîte d'allumettes. Sur le pas de la porte, la stupeur le rendit quelques instants muet. Ce baiser durait, durait. Était-ce bien les deux femmes qu'il avait laissées deux minutes plus tôt ? L'alcool lui jouait-il des tours ? Au lieu de se mettre en colère, Sergueï se complaisait, la gueule ouverte, devant ce tableau de délices.

Quand Julia l'aperçut du coin de l'œil, elle s'arrêta net. Émilie se retourna et se dégagea aussitôt. Elles le fixèrent toutes deux, hagardes.

— Continuez, surtout ne vous gênez pas pour moi.

— Nous ne… commença Émilie, dont les bras s'agitaient sans savoir où se poser.

— C'est très instructif, l'interrompit-il. Je vous regarde faire, et j'avoue que cela me plaît assez. Continuez, vraiment.

Il s'approcha d'elles. De très près. Il huma lentement les cheveux de son épouse.

— Je sens quelque chose, un sentiment très puissant. Une force étrange, empreinte de désir et d'une sorte de hargne, comme une envie de se faire respecter, voyez-vous ?

D'un geste brutal, il retourna Émilie et la colla contre Julia, qui n'avait pas bougé. Il les serra l'une contre l'autre, se postant derrière sa femme, et maintint son emprise.

— Vous me trahissez, toutes les deux. Et vous me faites un joli cadeau en même temps. Que c'est beau, de voir deux femmes s'aimer, mes deux femmes, chuchota-t-il dans les cheveux d'Émilie. Que diriez-vous si on se déshabillait tous les trois ?

Julia, sentant monter en elle la force des résistants, s'assit et posa ses pieds sur les hanches de Sergueï. Elle donna un grand coup, et il bascula en arrière.

— Ouh ! La vilaine ! Elle n'est pas contente ! Tu n'as pas envie de fêter ça, on dirait !

Julia ne lui laissa pas le temps de poursuivre. En un bond, elle s'enfuit et se précipita dans sa chambre. Émilie, restée seule avec Sergueï, le tança du regard.

— Cela ne m'étonne tellement pas, venant de toi. Tu ne comprends rien, mon pauvre Sergueï. Nous nous aimons, et tu n'as pas ta place entre nous.

Elle s'ébroua, passa devant lui, éteignit les lumières, le laissant dans le noir. Comme s'il n'existait plus.

Il la suivit jusqu'au salon, la regarda ranger quelques babioles avant d'aller dormir.

— Et c'est tout ? Tu en restes là ? Vous allez me narguer longtemps comme ça ?

Il la suivait toujours. Elle ne répondait pas. Ce n'était pas le moment de parler. Il était trop alcoolisé.

— Mais réponds-moi ! Tu ne peux pas me laisser comme ça !

Il trébucha sur le cheval de bois d'Alexis, abandonné en plein milieu du passage.

— Saloperie de jouet à la con !

Il s'était cogné fort, et l'indifférence d'Émilie amplifia sa fureur.

Dans la chambre, comme à son habitude et sans changer le moindre de ses gestes, la belle dégrafa son corsage, tira la fermeture Éclair de sa jupe, retira son collant et enfila sa chemise de nuit. Elle alla vérifier qu'Alexis dormait bien, puis se coucha doucement, rabattit la couverture jusqu'au cou et éteignit sa lampe de chevet. Sergueï avait compris qu'il n'obtiendrait rien d'elle. Ni parole ni baiser. Pas ce soir.

Le bruit des voitures se raréfia. Quelques néons bleus et roses clignotaient encore à travers les persiennes. Émilie ne ronflait pas mais il sut à son souffle lent et profond qu'elle s'était déjà endormie. Lui, couché sur le lit à côté d'elle, ne trouvait pas le sommeil. Il pensait les avoir piégées, et c'était lui qui, finalement, passait pour un blousé, un cocu, un cornard. Qui n'avait rien vu venir. Mais il ne se laisserait pas faire. Il leur montrerait de quoi les Russes étaient capables. Elles comprendraient leur erreur.

La rage montait.

À côté, Julia, de nouveau seule avec elle-même, blottie dans son petit lit d'une place à ressorts, menait un combat ardu avec sa conscience. Elle se posait un nombre incalculable de questions sans pouvoir formuler aucune réponse. Où tout cela les mènerait-il ? Devrait-elle partir dès le lendemain ? Devrait-elle attendre son rendez-vous au square des Batignolles avant de décider quoi que ce soit ? Qu'allait faire Émilie avec Alexis ? Allaient-ils devoir trouver un logement tous les trois ? Il se passa une bonne heure durant laquelle Julia retourna tous les problèmes, les soupesa, les étira, les chiffonna. Interminable.

Un léger frottement derrière la porte interrompit le flot de ses réflexions. Le frottement s'arrêtait, puis reprenait de plus belle. Un animal, peut-être une souris, ou un rat ? Elle se leva, intriguée, et ouvrit la porte.

Devant elle se trouvait Sergueï, torse nu.

Chapitre sept

— Qu'est-ce que tu fais là ?

— Tu veux me voler Émilie, c'est ça ?

— Non, je…

Sergueï avança d'un pas à l'intérieur de la chambre. C'était une petite pièce, d'environ sept mètres carrés. Un cagibi sans fenêtre, qui donnait sur le couloir. Le lit occupait les trois quarts de l'espace. Il n'y avait aucun meuble, le linge était empilé tout autour, attendant sagement qu'une armoire vienne abriter un jour tout ce désordre. Ou une valise, pour fuir au plus vite cet endroit. Mais elle n'en était pas encore là. Le mâle referma la porte derrière lui, restant face à elle. Julia entendit la clé tourner. La jeune femme regarda autour d'elle. Rapidement, à la recherche d'un objet lourd, contondant ou pointu, quelque chose. Mais rien. Des vêtements, des serviettes. Elle le fixa dans les yeux, comprenant tout de suite ses intentions.

— Tu ne vas pas faire ça ?

— Si, ma jolie. Déshabille-toi, ça m'embêterait de t'arracher tes vêtements.

Julia ne bougea pas, il était à deux centimètres d'elle et ne la touchait pas encore. Il sentait le cigare, l'alcool et la transpiration. Elle tenta de le raisonner.

— Sors d'ici, vite, Sergueï. Tu vas regretter ce que tu t'apprêtes à faire.

— J'ai bien réfléchi. Crois-moi. Je pense que tu me dois bien ça. Si tu n'acceptes pas, compte sur moi pour lui donner ce qu'elle mérite, à elle aussi.

L'homme, qui face à elle feignait de trouver la situation excitante, amusante, légère, avait ruminé jusque tard dans la nuit. Il ne pouvait contrer la force de la fierté masculine ; son ego avait été blessé, plus profondément peut-être qu'il ne l'aurait voulu. Elle avait osé le prendre de haut dans la chambre de l'Hotel National, à Moscou. Depuis, le ressentiment était tel qu'il nourrissait envers Julia un désir plus fort, plus violent, incontrôlé, maladif. Il s'était mis à la détester autant qu'il la désirait. La voir fricoter avec sa femme avait décuplé sa colère et sa frustration. Il avait besoin de prendre sa part, et trouvait cela tout à fait justifié. Un donné pour un rendu. La jeune femme pouvait accepter le marché. Elle se coucherait, en échange de la protection qu'il continuerait à apporter à son infidèle de femme. Et puis, il sentait bien qu'il saurait faire revenir Émilie dans le droit chemin, qu'il avait encore un certain pouvoir sur elle, qu'elle était toujours sensible à son charme.

Sans lui laisser le temps de réagir, il la poussa sur le lit et lui colla la main sur la bouche.

— Tu ne voudrais pas réveiller Émilie, hein ?

Julia se débattait. Elle n'avait jamais connu d'homme. Elle savait qu'il lui ferait mal. Très mal. Surtout si elle résistait. Rien pour l'assommer, pour l'empêcher d'agir. Peut-être qu'elle pourrait crier, dès qu'elle sentirait sa main relâcher son emprise. Mais comment Émilie réagirait-elle ? Sergueï ne s'en prendrait-il pas à elle aussi ? Pourrait-elle vraiment lui être d'un grand secours ? Aucune échappatoire. Il pesait sur elle de tout son poids maintenant, tentant de lui écarter les jambes avec son bras libre.

— Si tu cries, je te frappe. Je vais enlever ma main de ta bouche, mais tu n'as pas intérêt à l'ouvrir, compris ? Sinon, crois-moi, je n'hésiterai pas à m'en prendre à notre amour commun. Tout se passera bien, si tu te laisses faire.

Julia acquiesça en clignant des yeux. Elle était terrorisée. Il souleva sa chemise de nuit, laissant apparaître deux petits seins ronds qu'il reluqua avidement, puis sortit son sexe de l'autre main. Il appuyait de tout son poids sur la poitrine. Elle ne le regardait plus, serrant les dents. Comment pouvait-il lui faire une chose pareille ?

— Tu fais moins la maligne, là, hein ? Tu n'en as jamais vu, une comme ça ? D'ailleurs, c'est peut-être ta première fois ? C'est ta première fois ?

Pas la peine de lui donner en plus ce plaisir. Julia ne répondit pas. Elle ferma les yeux. Qu'il fasse ce qu'il avait à faire. Cela prendrait fin à un moment, de toute façon.

Une intense douleur, comme un couteau ciselant ses chairs, lui arracha un cri que Sergueï étouffa avec sa chemise de nuit. Il la lui plaqua sur la bouche pour continuer sa besogne, sans s'encombrer de ses plaintes. Chaque coup de reins lui laminait le ventre. Elle les comptait tout en regardant le mur blanc, se demandant combien il en fallait avant que… douze, treize, quatorze… À dix-huit, Sergueï commença à s'essouffler. Subitement, il se retira, puis relâcha sa main.

Julia se racla la gorge.

— Ça y est ? Tu as fini ? Tu peux me laisser, maintenant ?

Sergueï lui sourit.

— Tu crois que j'en ai fini avec toi ? Je n'ai pas eu mon compte, ma belle, laisse-moi encore en profiter un peu, montre-moi ton joli petit cul.

Tout en prononçant ces mots, il la retourna brutalement et poursuivit ce qu'il avait commencé. Cette fois Julia prit peur. Outre les souffrances qu'il lui infligeait, l'angoisse montait de ne pas voir la fin de ce cauchemar. Cela durait-il toujours autant de temps ? Comment les femmes pouvaient-elles éprouver du plaisir à faire ça ? Ce qui l'insupportait le plus, c'était de se sentir aussi peu maître de son corps, de ses actes, d'être totalement soumise à ce monstre. Parce que oui, maintenant, Sergueï était devenu un monstre pour elle. Elle ne voyait plus son torse, mais devinait son ventre, ses poils et son horrible chose, derrière elle. Cet homme était devenu laid. Elle lui trouvait du charme auparavant. Désormais, il ne lui inspirerait que du dégoût. Pas seulement lui, d'ailleurs. Cela dégoulinerait évidemment sur toute la gent masculine. Des larmes de révolte coulèrent sur ses joues. Au bout de quelques minutes, elle ne sentit plus rien. Il était parti. Parti de la chambre. Elle ne s'était pas rendu compte du moment où il s'était retiré, n'avait rien entendu du bruit de la porte ni du « Merci » qu'il avait osé prononcer avant de disparaître. Elle avait volontairement désolidarisé son corps de son esprit, si bien que son environnement physique avait fini par lui échapper.

Elle resserra les jambes, et replia ses genoux sur sa poitrine. Elle avait mal, elle avait froid. Encore tremblante, et l'oreiller mouillé par les larmes, elle s'endormit, épuisée par la tension et la violence que son corps avait subies.

Sergueï était revenu dans le lit conjugal fier et satisfait. Il n'osait se l'avouer, bien sûr, mais sa virilité parlait toute seule : un sentiment de puissance l'envahit, il avait conquis un territoire, il était redevenu le maître des lieux.

Avant de s'endormir, Sergueï pensa un court instant au plaisir que la nouvelle situation pourrait lui procurer. Et s'il forçait Julia à rester, à accomplir tous ses désirs ? Comment s'y prendre ? Menacer de nuire à Émilie avait plutôt bien fonctionné… Jusqu'où cela le mènerait-il ?

Rêvant à la palette des perversités qu'il aurait le loisir d'exercer sur ses deux femmes, galvanisé par son impression de toute-puissance, un sommeil profond et tranquille l'emporta à son tour.

Chapitre huit

Samedi 13 septembre 1952, 16 h 30,
square des Batignolles, Paris

Le square des Batignolles, situé dans le 17e arrondissement de Paris, à deux pas de la place Clichy, fut conçu de manière à faire oublier totalement ce qu'il renfermait dans son sous-sol. Jardin à l'anglaise, où d'immenses platanes de plus de trente mètres de haut côtoyaient des arbres tout à fait exotiques, rapportés pour l'occasion du Japon ou d'Amérique, comme le séquoia géant, espèce endémique de Californie, le parc inspira autrefois les impressionnistes, mais aussi les nombreux amoureux qui venaient y échanger leurs premiers baisers devant les yeux galopants des habitués du lieu.

Tout ce petit monde, y compris les nombreuses espèces de palmipèdes qui parcouraient chaque jour le jardin en long et en large, ignorait que sous le kiosque à musique étaient enterrés des centaines de communards. Combien de cadavres Paris cachait-il donc sous des airs tendres et bucoliques ? Sous les Buttes-Chaumont, sous le Sacré-Cœur, ou dans les profondeurs de la Butte-aux-Cailles ?

Le journal *L'Humanité* ne cesse aujourd'hui encore de rappeler la mémoire de ces combattants, que les maires successifs de la ville de Paris ont condamnés à l'oubli, effaçant toutes les traces de ce bain de sang, jusque dans les cimetières, comme celui du Père-Lachaise où seules une trentaine de tombes de communards ont été disséminées dans ses quelque quarante hectares. Mais là n'est pas le propos. Laissons-les reposer en paix, car ce sont d'autres militants, livrant un combat tout à fait différent, un combat secret et sans armes, qui se rencontreraient là, quelques minutes plus tard, sur une pelouse bien entretenue, au bord du petit ruisseau de ce jardin mythique.

Le ciel au-dessus d'elle s'assombrissait de nuages gorgés d'eau. Sans parapluie, Julia ne pourrait attendre longtemps son rendez-vous mystère. Elle se dirigea donc en toute hâte vers le fameux kiosque à musique, pensant qu'elle y serait visible de loin, et qui plus est, à l'abri. La pluie commença à tomber, drue et froide. Le square, avec ce temps, était vide. Pas un cygne. Pas un bruit. Elle s'alluma une cigarette. La dernière de son paquet. Elle avait tout fumé, en quelques heures, depuis qu'elle avait quitté, au petit matin, l'appartement vicié. Elle avait croisé Émilie, ainsi qu'Alexis dans son pyjama bleu. Sergueï, lui, avait préféré ne pas se montrer. La honte, certainement. Elle ne voulait pas savoir. Et n'avait rien osé dire à Émilie. Pas pour l'instant. Elle avait prétexté un premier entretien avec le directeur du journal pour s'échapper au plus vite. Prendre l'air. Un ou deux cafés lui avaient remis les idées en place. Devait-elle sans attendre livrer Sergueï aux Russes ? Comment pourrait-elle se venger de l'humiliation qu'elle avait subie ? À peine avait-elle terminé sa cigarette qu'elle voulut en allumer une autre. Jamais elle n'avait autant fumé de sa vie. Peut-être que le mieux, c'était de disparaître. D'oublier Sergueï, et Émilie. C'était sûrement ce que souhaitait ce salaud, d'ailleurs.

Alors qu'elle observait les ondes frémissantes générées par les gouttes qui grossissaient les flaques, elle sentit quelqu'un l'approcher dans son dos. Un courant d'air froid la fit tressaillir. Souffle altéré, raclement de gorge. Un homme, sans doute, et, pour sûr, une masse. Elle tourna les talons. Devant elle se tenait un véritable géant, aux yeux minuscules, presque indiscernables, noirs et vifs. Un léger strabisme donnait l'impression qu'il regardait partout et nulle part à la fois. Des bras gigantesques pendaient de chaque côté de son imposante carrure. De petites lunettes rondes, posées au bout de son nez, adoucissaient la sévérité de son allure.

— Julia Guzmán ?

— Oui. Et vous ?

— Appelle-moi Jean, et dis-moi *tu*.

— D'accord. Jean Jérôme, c'est bien ça ?

— Tu me connais, donc. Très bien. Nous ne pouvons pas rester ici. Il y a déjà des morts sous ce kiosque, on va éviter qu'il y en ait aussi *dedans*. Je pensais qu'on pourrait marcher un peu, discrètement, sous les saules, sans être vus, mais je n'avais pas prévu que le temps ne serait pas de la partie.

Des morts sous le kiosque ? Mais de quoi parlait-il ? De toute évidence, ses paroles n'étaient pas pour la rassurer. Elle se dit que c'était peut-être pour la forme, que Jérôme avait besoin d'instaurer une certaine atmosphère. Après tout, cela coïncidait avec les méthodes qu'elle avait pu expérimenter en URSS.

— Viens, on va s'abriter au café. Tu dois être frigorifiée, sous ton imperméable, dit-il en lâchant un faible sourire.

Il avait l'air plutôt sympathique, malgré son apparence. Et après ce qu'elle venait de vivre, cette présence lui donnait un sentiment de sécurité bienvenu.

Rue Cardinet, ils choisirent ensemble un endroit simple et peu fréquenté. Un zinc, un barman, une enseigne, trois ou quatre tables bien espacées, c'était parfait. Ils commandèrent des boissons chaudes.

— Alors, je crois que nous avons beaucoup de choses à nous dire, Julia Guzmán. Laisse-moi commencer. D'abord, félicitations pour ton nouvel emploi.

Julia leva vers lui des yeux stupéfaits.

— Comment es-tu au courant ?

— Le monde est petit, tu sais.

Il laissa passer un silence, pour savourer l'effet de sa remarque. Puis il enchaîna :

— Pour tout te dire, j'ai eu un entretien avec Emmanuel, le directeur du journal, la veille du tien. Et cela a certainement favorisé ton embauche. Comme tu es et restes je l'espère une militante fidèle à nos convictions, je me suis dit que la position que tu occuperais te donnerait plus d'amplitude pour servir la cause que nous défendons.

— Tu peux être plus clair ? Que veux-tu de moi, au juste ?

— C'est d'abord une question de confiance. Ce que tu as vécu à Moscou t'a permis de comprendre que l'on attendait de toi une loyauté sans faille, et tu as été libérée sous cette condition. Sache que j'y suis aussi pour quelque chose. Parce que je me suis renseigné sur toi, et je sais que, depuis le début, tu agis avec la même ferveur qui habitait autrefois ton père en Espagne. Cela se lit dans tes yeux, dans ton caractère, et ton parcours d'étudiante. Tu n'as pas trahi ton ami russe, alors que tu aurais pu essayer de t'en sortir en le dénonçant. Mes amis ont apprécié ta droiture. Je me suis porté garant pour toi quand Auguste m'a dit que tu étais en danger. Comment vois-tu cet engagement, aujourd'hui ? Es-tu prête à continuer avec nous ?

Tout ce qu'elle apprenait sidérait la jeune journaliste. Cet homme était-il son ange gardien ? Ou devrait-elle supporter toute sa vie d'être surveillée, de devoir lui rendre constamment des comptes, de lui être à jamais redevable ? Julia se sentait piégée. Et probablement pour longtemps.

— Je te dois beaucoup, si je comprends bien. Merci, donc.

— Ne me remercie pas, réponds à ma question.

Julia savait que la réponse qu'elle allait lui fournir serait déterminante pour son avenir. Il avait misé sur elle, en quelque sorte, et voulait savoir si son investissement n'avait pas été vain.

— J'avoue que les méthodes de tes amis m'ont légèrement refroidie, je ne peux pas te dire le contraire. Une menace plane sur moi, depuis qu'on m'a dit, à Moscou, que j'allais être contactée par les services du Parti. J'ai un contrat à remplir et je ne sais pas encore lequel exactement. Contrainte et forcée, je n'ai pas d'autre choix que de m'en remettre à toi, n'est-ce pas ?

Ses derniers mots la firent bondir intérieurement. Comment pouvait-elle s'abandonner ainsi à un inconnu, le lendemain même du jour où un autre homme l'avait prise de force ? Tant qu'il ne s'agissait pas de sexe, elle se sentait prête à tout. Ou presque.

— Bien. Écoute. Ta mission, c'est d'approcher certains politiques, de gagner la confiance de secrétaires, de trouver des appuis à notre cause, en particulier au CSDN, le Comité supérieur de la défense nationale. Nous avons besoin d'informateurs sur l'évolution de la guerre d'Indochine, sur le déploiement des troupes, et la planification des attaques. La tâche sera ardue, mais prends ton temps. Tu me feras un rapport tous les mois sur l'avancée de vos relations. D'habitude, je ne m'occupe pas de cette partie-là, mais on ne laisse pas une jolie femme comme toi se débrouiller toute seule. Si tu as besoin de conseils, de quoi que ce soit, n'hésite pas à me contacter. Il te suffira de passer par le patron du café Chez René, qui t'a remis la note pour le rendez-vous. J'évite le téléphone.

Julia serra les dents. La défense nationale ? Qu'est-ce qu'elle allait pouvoir y faire ? Jamais elle n'aurait imaginé qu'on puisse lui confier une mission aussi difficile. Et elle s'en défendit aussitôt :

— Je ne pense vraiment pas être faite pour ça… Tu me demandes d'espionner ? Et peut-être même… d'utiliser mes atouts physiques pour arriver à mes fins ? Ce que tu attends de moi est totalement hors de ma portée, et je viens de décrocher un emploi…

— Que tu gardes si tu remplis ta mission.

La voyant se ronger les sangs, Jérôme tenta de détendre l'atmosphère :

— Alors, et ton ami ? Sergueï, c'est ça ? Il va bien, depuis son retour ?

Mauvaise pioche. Rien que la mention de son nom lui hérissa les poils.

À sa grimace, Jean Jérôme sentit qu'il avait mis les pieds dans le plat. Et cela, bien sûr, piqua sa curiosité. Déformation professionnelle. Il secoua la tête, avec un air interrogateur.

— Il va très bien. Mais tu ne l'as pas rencontré récemment ?

— Rencontré ? Non… C'est ce qu'il t'a dit ?

Sergueï avait donc menti. C'était bien ce qu'elle pensait. Mais pourquoi avoir mentionné le nom de Jean Jérôme ?

— Y a-t-il quelque chose que tu n'oses pas me dire ? reprit ce dernier.

Julia lâcha dans un élan poussé par la colère qui grondait en elle depuis la veille :

— Il m'a confié t'avoir remis des documents sous l'ordre de Marty et Tillon. Apparemment, des documents que Thorez détenait et qui les visaient eux. Et une liste de noms… C'est tout de même curieux que tu viennes me rencontrer, de toi-même, et que, pendant ce temps-là, Sergueï se serve de toi comme alibi !

La jeune femme resta pensive un instant. Elle se rendit compte qu'elle n'avait pas répondu à la question de Jean Jérôme. Dénoncer Sergueï, là, tout de suite, n'était-ce pas un peu prématuré ? L'agent comprit son malaise et poursuivit :

— Tu es de notre côté, Julia. N'oublie pas que Sergueï est toujours recherché en Russie. Qu'il a bénéficié de soutiens pour échapper à la vigilance de la police à la frontière. Il peut dire que c'est moi, mais moi, je te dis qu'il ment. Peut-être qu'il n'aurait jamais imaginé que je viendrais à toi, que nous ayons un échange. On me considère souvent comme un homme insaisissable.

Julia regardait sa tasse vide. Elle avait soif, mais d'autre chose.

— Tu reprendras un verre ? Du vin, de la bière ? proposa-t-elle.

— Non, merci, je ne bois pas d'alcool. Un verre d'eau fera l'affaire.

La jeune femme se leva et se dirigea vers le bar. Cet entretien prenait une drôle de tournure. Elle avait besoin de réfléchir rapidement, le temps de se chercher un demi. Tous ses soupçons s'étaient révélés justes. Sergueï n'avait jamais rencontré Jean Jérôme. Et voilà que se présentait une occasion en or de le coincer.

— Bien, mademoiselle Guzmán. Tu te trouves dans une position très intéressante. Tu vis chez un homme qui a potentiellement trahi le Parti, et qui transmet sans doute certaines informations confidentielles. Il serait sûrement judicieux de profiter de la situation pour…

— … surveiller Sergueï ?

Elle avait lu dans ses pensées et le devançait volontairement. Montrer sa motivation lui éviterait peut-être de risquer sa peau à espionner un ministère.

— Et pourquoi pas ? Nous pourrions tout à fait t'affecter à cette mission. J'en ferai part au Comité central. Mais selon moi, il est préférable de ne pas attendre leur décision pour tirer cette affaire au clair : on doit savoir à qui il a transmis les documents, et identifier leur nature exacte. D'évidence, tu as le champ libre, tu peux agir comme tu l'entends.

— Je ne vais pas le quitter d'une semelle.

— Pour commencer, tu me feras un rapport, disons, une fois par semaine. Dès que nous en saurons assez, je te le signifierai. Et à ce moment-là, nous agirons, avec ton aide, bien sûr.

— Cela peut durer longtemps ? Je n'ai vraiment pas envie de rester chez eux…

L'idée de croiser Sergueï tous les jours et de s'exposer sans doute à d'autres assauts de sa part était loin de la réjouir.

— Remets ton déménagement à plus tard. Je veillerai à ce que ton compte soit approvisionné régulièrement. En plus de ton salaire à *Libération*.

Avait-elle le choix ? Au fond d'elle, Julia ressentait une profonde envie d'en rester là, de quitter la maisonnée, et Sergueï, de ne plus voir ni sentir l'odeur de ce porc. Émilie… sa beauté. La quitter, oui, même elle. Pourquoi pas, pour tout recommencer. Et puis le Parti, si lourd de protocoles, de hiérarchie, d'enjeux. Et ce Jérôme qui ne la lâcherait probablement jamais…

D'un autre côté, c'était toute son existence depuis presque un an. Une existence qui lui avait donné des frissons, le sentiment de participer à l'Histoire avec un grand H, de vivre son époque et de connaître l'amour. Comment renoncer à tout cela sur un coup de tête, alors qu'on lui permettait peut-être d'accomplir une vengeance personnelle sous couvert de punir un ignoble traître ? Après réflexion, elle reconnut qu'elle jouerait certainement là le rôle de sa vie.

Julia hocha la tête, baissa les yeux en signe d'acceptation. Mais il fallait négocier.

— Je veux bien m'engager à espionner Sergueï, à te livrer tous les renseignements que tu voudras le concernant, mais on abandonne la première mission. Je me sens incapable de faire face à un tel défi. Le gouvernement, la défense, la guerre, les pistolets, le poison, c'est pas pour moi, tout ça. Je veux écrire, pas devenir agent secret ! Surveiller Sergueï va déjà me coûter beaucoup, après ce qu'il s'est passé…

— Puis-je savoir de quoi tu parles ? la questionna Jérôme, intrigué. Dis-moi tout.

— C'est personnel. Acceptes-tu qu'on s'en tienne à cela ?

— Naturellement. En attendant, sois bien régulière dans la transmission de tes rapports, je passe Chez René tous les vendredis, dans l'après-midi. Essaie de trouver quelque chose d'ici la semaine prochaine. Et reste-nous fidèle au sein du journal. Tu as aussi ton rôle à jouer en tant que journaliste.

Sur ces mots, un sourire à peine esquissé en guise de salut, Jean Jérôme se leva et quitta promptement le café.

Julia regarda par la fenêtre. La pluie avait cessé et, dans la minute qui suivit, des femmes, toutes apprêtées de chapeaux et de longs châles, étaient sorties de chez elles pour promener leur progéniture. L'une poussait un landau, l'autre une trottinette, et une troisième tenait dans chaque main une ribambelle d'enfants. Deux petites filles, gaies et insouciantes, faisaient avancer, à tour de rôle, grâce à un bâton, un cerceau en bois rouge. Celui-ci fut projeté sur la voie. Leur maman, qui avait vu un autobus débouler sur la chaussée, lança un cri d'alerte. Elle était trop loin pour rattraper la fillette qui s'était précipitée sur la route sans regarder. Julia fut prise d'un violent frisson, et ferma les yeux. Elle entendit le crissement des freins de l'autobus, les hurlements des passagers sur la plate-forme, ceux des passants, de la mère et de l'autre petite. Quand elle rouvrit les yeux, soulagement. La fillette de quatre ou cinq ans se tenait debout, hagarde, face à l'autobus, à quelques centimètres à peine de celui-ci. La maman accourut pour la serrer dans ses bras. Le chauffeur n'eut pas un mot gentil pour elle, au contraire. Elle se prit une volée de bois vert. Honteuse, la femme s'excusa mille fois et remercia ses bons réflexes. Comme Julia n'aurait pas aimé être à sa place ! D'ailleurs, pourrait-elle être mère un jour ? Le voudrait-elle, même ? Être responsable d'une, voire de deux ou trois vies en plus de la sienne lui paraissait un défi insurmontable.

Au moins, l'incident lui avait permis de relativiser la difficulté de la mission qu'on venait de lui confier. Son existence prenait un virage clair. Qui n'était pas celui que prenaient la plupart des femmes de son âge. C'était ainsi, et ce n'était peut-être pas plus mal.

Lorsqu'elle revint à l'appartement, Julia trouva Émilie seule avec Alexis. Sergueï avait mis les bouts et la jeune épouse ne cacha pas son plaisir à l'idée de rester en tête à tête avec Julia, sans surveillance. Car la douceur de ses caresses, dont le souvenir se faisait plus lointain chaque jour, lui manquait terriblement. Pourtant, au fond d'elle, la culpabilité commençait à se faire sentir. Peut-être que Sergueï était parti parce qu'il s'était senti incapable de faire face à la situation ?

— Il t'a dit où il était allé ? s'enquit Julia.

— Tu parles ! C'est un homme mystérieux, tu sais. C'est à peine s'il m'a embrassée avant de sortir.

Il m'a simplement dit qu'il reviendrait. Quand, je ne sais pas, mais il est parti pour quelques jours au minimum. Il avait une valise. Il a dû être très choqué de nous voir, hier soir. Et en plus, il n'a même pas dit au revoir à Alexis.

Julia ne sut quoi répondre. Elle se sentait coupable, aussi. C'était absurde, vu ce qu'elle avait subi la veille. Tout au moins, elle avait l'impression de l'avoir mérité. Parce qu'elle était en train de briser une famille, et elle ne pouvait que constater les dégâts qu'elle avait causés. C'était d'ailleurs la raison pour laquelle elle n'était pas complètement anéantie, et qu'elle avait su trouver suffisamment de force pour évacuer sa souffrance, en se persuadant qu'elle avait payé à Sergueï son dû. Elle lui avait volé sa femme, et le viol en était le prix. Point. Elle tenta cependant de rassurer son amante comme elle le put.

— C'est sûrement une affaire importante…

Julia avait prononcé ces paroles comme on épluche un légume, ses pensées accaparées par tout autre chose, déjà précipitées dans l'action à venir. Allait-elle pouvoir s'introduire dans son bureau ? Émilie en avait-elle la clé ? Devrait-elle la lui demander, ou le faire à son insu ?

— Oui, ne t'inquiète pas, j'ai l'habitude. On s'expliquera plus tard. En attendant, profitons-en, et oublions-le un moment.

Julia acquiesça. Mieux valait attendre le lendemain pour répondre aux questions qui la taraudaient. Et puis, cela ne lui ferait pas de mal, après cette terrible nuit, de convoquer la bonne humeur pour faire taire sa douleur.

Ce soir-là, les deux femmes burent plus que de raison, noyant dans le chablis leurs angoisses réciproques.

Chapitre neuf

Dimanche 14 septembre 1952,
appartement des Dimitrov

Alexis débarqua bien trop tôt dans la chambre d'Émilie. Heureusement, ses petits pas irréguliers avaient alerté la mère avant qu'il n'ouvre la porte, sans frapper, comme à son habitude. Émilie jeta d'un geste brusque la couette sur le visage de sa compagne encore endormie. Elle eut juste le temps de poser un regard amusé sur sa bouche à demi ouverte, bavant sur l'oreiller, puis se leva promptement pour prendre le gamin dans ses bras et l'emmener à la cuisine.

— Elle est où, Julia ? demanda le petit bonhomme aux yeux malicieux.

— Dans sa chambre, elle dort encore, il ne faut pas la réveiller.

— Alors on va pas faire de bruit !

Le garçon se lança dans une marche lente et désarticulée, s'approcha de la porte de la chambre de Julia qui jouxtait la cuisine, et plaqua son oreille contre le battant. Ils posèrent ensemble leur index sur leur bouche, d'un commun accord.

— N'ouvre pas, hein ?

Il n'avait pas intérêt !

Tout en préparant le chocolat chaud et les tartines de confiture, elle repensa à la nuit qu'elle venait de passer. Jamais elle n'aurait imaginé goûter autant de plaisirs avec une femme. C'était peut-être le côté interdit, l'impression de voler ces moments. Julia s'y prenait très bien, il fallait se l'avouer. Et elle semblait connaître son corps comme si elle avait vécu avec elle depuis des années. Sa manière de la toucher, de la pénétrer avec ses doigts, jamais son mari ne s'y était adonné avec autant de délicatesse. Émilie se laissa déborder par ses pensées comme le lait bouillant le fit dans la casserole.

— Maman, le lait !

— Maman a la tête ailleurs, mon chéri.

Elle lui servit son petit déjeuner, tout en continuant à revivre en pensée leur nuit d'amour. Émilie se demandait cependant pourquoi Julia n'avait pas voulu être pénétrée à son tour.

En attendant, la jeune femme aussi avait faim. Elle décida donc de manger un bout avec son fils.

— Quel jour on est ?

— C'est dimanche. On va s'habiller et aller au marché, ça te va ?

— J'aime pas aller au marsé… Est-ce que les gens, ils vont venir, aujourd'hui ?

— Quels gens ?

— Les gens de la réunion.

— Oui, bien sûr, comme chaque dimanche. Mais ils ne seront sûrement pas nombreux, et cela finira tôt, comme ça, je pourrai t'emmener au cinéma.

— Au cinéma ? Oh, oui !!

— Ils diffusent des nouveaux *Tex Avery* au Champo, en ce moment. À moins que ce ne soit aux Ursulines…

Alexis entama une danse de la joie, remuant son popotin dans tous les sens. Puis Émilie, avec toute la grâce que lui avait confiée cette nuit d'amour, se mit à chanter : « Toi ma petite folie, mon p'tit grain de fantaisie, toi qui bouleverses, toi qui renverses, tout ce qui était ma vie… », la chanson de Line Renaud que tout le monde fredonnait. Ses longs cheveux blonds défaits auxquels le soleil donnait des reflets cuivrés, sa mine reposée la rendaient très attirante. Et seul son fils, inconscient de sa chance, en profitait.

Afin que Julia puisse s'extirper de la chambre en toute discrétion, Émilie attrapa Alexis sous le bras et l'emmena se laver les dents. Julia attendait le bon moment pour sortir quand sa compagne montra son nez.

— Viens, c'est bon, il est dans la salle de bains !

En passant dans l'embrasure de la porte, Julia lui donna un baiser. Émilie avait un goût de café et de pain grillé, un goût rassurant, rappelant l'enfance, le moment où l'on quitte ses parents avant une longue journée d'école.

— Bien dormi ? Je vais au marché avec Alexis. Je suis de retour dans une heure.

Julia s'était faufilée dans le couloir en petite culotte, ses vêtements à la main. C'était elle, l'enfant ! Elle en oubliait presque la mission qui l'attendait.

— Très bien ! s'écria Julia tout en enfilant une chemise.

Elle ressortit de sa chambre, le temps d'apercevoir sa belle en train de lacer les chaussures d'Alexis.

— À tout à l'heure !

La porte claqua, et la jeune journaliste se retrouva seule, avec une bonne heure devant elle. Juste le temps qu'il fallait pour entrer par effraction dans une pièce et la fouiller. À condition de s'y mettre tout de suite. On accédait au bureau de Sergueï par le salon. Pas d'autre entrée possible à l'exception d'une fenêtre qui donnait à pic sur l'avenue d'Italie, mais il valait mieux éviter de jouer les acrobates. À sa connaissance, Émilie ne possédait pas de clé du bureau. Julia commença par observer la serrure. C'était un modèle qui paraissait des plus simples, à goupilles. Son expertise dans ce domaine ne se fondait pas sur sa lecture tardive, à quinze ans, d'*Arsène Lupin, gentleman cambrioleur*, mais remontait à ses huit ans, quand elle habitait encore Madrid et que son oncle maternel était venu chez eux pour crocheter la serrure de sa chambre. Elle s'en souvenait bien, car c'était elle la coupable, qui avait perdu la clé. Le filou, un homme jeune et beau, mais fourbe, peu lettré et plutôt malhonnête, avait d'ailleurs gagné ainsi la confiance de son beau-frère qui ne l'avait jamais très bien considéré. Il faut dire qu'il passait son temps à traîner dans la rue avec une bande de voyous qui s'amusaient à faire les quatre cents coups, pendant qu'Arturo s'engageait dans l'armée républicaine pour défendre le peuple. L'oncle, lui, n'en avait cure. La politique, ça lui passait au-dessus de la tête. Ce qui leur valait d'ailleurs de nombreuses disputes. Mais ce jour-là, il s'était racheté une conduite en permettant à sa nièce de regagner ses pénates. Sous le regard méfiant de son beau-frère, il lui avait expliqué le fonctionnement de la serrure en long et en large, étalant fièrement son savoir. Et Julia, témoin de la scène, avait profité de la leçon. Par curiosité, elle s'était même entraînée dans les années qui avaient suivi l'incident, sur les serrures de tous les appartements qu'elle avait habités.

L'apprentie cambrioleuse alla d'abord chercher deux épingles à cheveux dans la salle de bains. Elle déplia la première puis tordit l'extrémité d'une des deux arêtes afin de fabriquer un crochet. Elle plia la deuxième, formant un angle droit afin d'obtenir un « entraîneur ». Tout l'art du crochetage résidait dans une manipulation habile de ces deux outils. Il fallait donner un peu de force, mais pas trop non plus, « sentir » les goupilles bouger, se bloquer, se débloquer. Un art où la patience était mise à rude épreuve. Quand l'entraîneur fut enfoncé, elle amena le crochet et tâta chaque goupille. Julia décida de fermer les yeux pour mettre ses autres sens en alerte. Le toucher et l'ouïe se révélaient plus utiles que la vue, pour ce type de travail. Elle sentit la première goupille, celle qui se situait au fond, tenta de la faire bouger, puis sentit les quatre autres. Une fois que toutes furent bien identifiées, elle procéda à leur déplacement, jusqu'à entendre un petit « clic ». Souvent, quand on en aligne deux de suite, la première se replace dans sa position initiale. C'est très énervant. La jeune femme recommença le travail une bonne dizaine de fois, faisant preuve d'un sang-froid étonnant. Parfois, c'était la pression avec laquelle elle maintenait l'entraîneur qui était trop forte. Parfois, elle était trop faible. Les goupilles résistèrent, se bloquant et se relâchant chacune leur tour. Elles semblaient se mettre d'accord pour ne pas céder ensemble, et jouer avec les nerfs de la crocheteuse. Il ne lui fallut pas moins de quarante-cinq minutes pour entendre le déblocage total de toutes les goupilles. Elle prit à ce moment-là une grande inspiration, fit pivoter l'entraîneur d'un quart de tour et, instantanément, la porte s'ouvrit.

Elle s'attendait à y voir un certain désordre, de papiers, de livres ou d'articles accumulés dans la bibliothèque. La réalité offrait tout l'opposé. Dimitrov était un homme ordonné. Voire maniaque. Sur le bureau verni, en chêne massif, étaient disposés de façon symétrique plusieurs accessoires autour du sous-main en cuir marron. Le calepin à droite, un stylo plume en acier chromé, posé au-dessus ; le porte-crayons à gauche, qui contenait seulement le nécessaire. Puis des éléments de décoration. Un petit globe terrestre en bois marqueté côtoyait un sablier de noble facture.

Sous le bureau, un seul tiroir, fermé. En crocheter le serrure n'était pas envisageable, cela lui aurait pris trop de temps, il fallait agir vite. Peut-être que la clé se cachait quelque part ? Elle fouilla d'abord la bibliothèque. Chaque livre pouvait renfermer quelque chose, elle les ouvrit l'un après l'autre, secouant les feuillets, examinant les tranches, sans succès. Elle passa la main derrière les rayons, mais ne trouva pas la moindre clé. Pas même un document important. Ce n'était que des livres d'histoire, et des biographies. Sur une des étagères du bas se trouvait une boîte en bois contenant une espèce de disque sur lequel s'enroulait une bobine de film. Julia l'observa avec attention. Sur une autre partie de l'objet, quatre potentiomètres permettaient certainement de faire des réglages. Le nom du modèle, Studer 27, était gravé sur l'avant. En tant qu'ingénieur en télécommunications, Sergueï était amené à connaître et à savoir utiliser tous les nouveaux systèmes radiophoniques. Or, pour elle, c'était l'inconnu. Et il fallait se lancer, à l'aveugle ; faire fonctionner la machine. Elle sortit l'engin et brancha la prise sur le secteur. De minuscules diodes rouges s'allumèrent sur le côté. Elle appuya sur un interrupteur et le disque se mit à tourner. La lecture était-elle en marche ? Comment faire sortir le son de ce truc ? Elle scruta la mystérieuse boîte encore une fois. La jeune femme s'énervait de sa propre bêtise quand elle aperçut derrière une pile de livres ce qui ressemblait à un câble. Mais oui, évidemment. Elle tira le câble qui, magiquement, était relié à un casque. Excellent ! Après s'être félicitée de sa providentielle découverte, elle enfila l'objet sur ses oreilles et trouva un moyen de la relier au magnétophone.

« Krrrr… Fffff… Shshshshs. »

Grincements, crachats, sons suraigus. Non, quelque chose clochait. Elle sortit le disque et le reposa dans l'autre sens, puis actionna une flèche qui permit de rembobiner la bande magnétique. Le même son insupportable reprit. Peut-être devait-elle se servir des boutons qui tournaient ? Elle joua ainsi pendant une ou deux minutes avec les potentiomètres, qui, effectivement, diminuaient certains sons. Quand les aigus et les basses furent mis en sourdine, elle perçut un cafouillage qui s'apparentait à des paroles. En augmentant le volume, elle réussit à comprendre quelques mots.

« Biscarosse… Saint-Malo… Ploubazlanec… Bonifacio… le 14. »

Des noms de ville. Et le numéro 14. Puis des cris d'enfant lui parvinrent. Elle crut un instant que cela sortait de la bande du magnétophone. Mais non… La voix aiguë provenait de la cage d'escalier. Alexis ! Ils rentraient déjà ! Julia attrapa un papier dans la corbeille, nota rapidement les quelques mots qu'elle avait captés, puis rangea le matériel, en essayant de le remettre exactement comme elle l'avait trouvé. Enfin, elle sortit du bureau, redonna un tour de « clé » à la serrure avec l'épingle à cheveux pendant qu'Émilie et son petit franchissaient gaiement la porte. Julia, toujours dans ses pensées, analysait ce qu'elle venait d'entendre.

« Le 14. »

Si c'était une date, ça pouvait être aujourd'hui même. Ce qui aurait expliqué le départ précipité de Sergueï. Ainsi, il ne serait pas parti à cause d'elle. Mais où était-il ?

Et ces villes, toutes en bord de mer. Qu'est-ce qui pouvait bien les relier ? Il fallait absolument qu'elle voie Jérôme au plus vite.

Mais pour le moment, impossible de s'échapper. Les premiers militants ne tarderaient pas à arriver. Depuis son entrevue avec Jérôme la veille, Julia appréhendait cette réunion qui n'avait pas eu lieu chez eux depuis le mois de juin. Les copains allaient poser des questions. Or, elle était la seule à savoir que Sergueï se jouait d'eux. Elle ne pouvait garder cela pour elle. La jeune femme pensa qu'il devenait urgent de mettre Émilie dans la confidence. Elles se prépareraient ensemble et s'accorderaient sur les réponses à leur donner. Car il était presque certain que les plus haut placés savaient quelque chose. Si jamais Jeannette[1] ou Auguste se pointaient... Le petit courut jouer dans sa chambre avec une telle hâte que Julia put aborder Émilie sans attendre, en même temps qu'elle l'aidait à ranger les courses.

— Comment crois-tu que les militants de la cellule vont réagir, en voyant que Sergueï n'est pas là ? Qu'est-ce qu'on leur dit ?

— Oh, tu sais, ça peut arriver, on dira la vérité. Qu'il est en déplacement professionnel, comme d'habitude !

— C'est ce qu'il t'a dit ? Je croyais que tu ne savais rien.

— Il ne m'a rien dit, non.

— Donc, c'est ce que tu crois ?

— Pourquoi, toi, tu crois quoi ? Tu penses qu'il a une maîtresse ?

— Non. Je ne pense pas...

Encore que, vu comme il traitait les femmes...

— Eh bien, éclaire-moi, tu sembles plus au courant que moi !

— Je ne sais pas où il est allé, mais j'ai de bonnes raisons de soupçonner ton cher mari de servir d'autres intérêts que ceux de la cause communiste. Pour simplifier, j'ai des preuves que Sergueï trahit le Parti.

1. Jeannette Vermeersch était la femme de Maurice Thorez, membre du Comité central et femme influente au Parti communiste.

Émilie écarquilla les yeux. Elle sut tout de suite au ton de Julia qu'elle ne lançait pas ces accusations à la légère.

— Mais de quoi tu parles ?

— J'ai vu Jean Jérôme, et Sergueï ne lui a jamais remis aucune liste de noms d'agents ni document concernant Marty. Ce qu'il a pris à Thorez, il a dû le donner aux renseignements. Ou à quelqu'un d'autre. De toute manière, il nous a menti. Et puis…

— Et puis ?

— J'ai trouvé quelque chose dans ses affaires…

— Dans ses affaires ? Tu fouilles, maintenant ? Tu es allée dans son bureau ?

— Oui, il fallait que j'en aie le cœur net.

— Mais comment tu as fait ? Il le ferme toujours à clé !

— Une technique à moi.

— Ah oui ! Tu fractures les portes ?

— Non, j'opère, et sans trace, s'il te plaît. En attendant, ce que j'ai trouvé peut vraiment être compromettant, mais j'attends de voir Jérôme pour en être sûre. Donc, je préfère ne pas t'en parler avant. Il y a de grandes chances, après tout, que ses déplacements soient liés à des missions qui vont à l'opposé de celles qui nous occupent depuis un an. Je crois qu'il se sert de nous comme couverture.

Le visage de sa compagne avait blêmi. Elle réalisait petit à petit l'ampleur de la trahison.

— Désolée… fit Julia.

— Désolée ! C'est tout ce que tu as à dire ! Mais c'est très grave, ce que tu affirmes là ! Tu insinues qu'il nous manipule tous ? Les Lecœur, les membres de la cellule, nous deux y compris ?

Si elle savait… Ce monstre avait quand même abusé d'elle à deux pas de sa chambre…

— Je sais que c'est dur à avaler pour toi, mais comme nous recevons les copains cet après-midi, et que j'ai peur que tu sois questionnée, je préfère te mettre au courant.

La jeune femme était sidérée. Comment avait-il pu se jouer de tout ce monde à ce point ? Elle se remémora le Sergueï du début, celui qui brillait par son intelligence et sa connaissance parfaite des idéaux révolutionnaires. Il était intarissable sur le sujet. N'avait-il jamais cru à tout ça ? Au pouvoir du peuple pour le peuple ? À la fin des privilèges de caste, à l'idéal d'une démocratie qui considère chaque citoyen comme l'égal des autres ? Ne croyait-il pas au combat contre le capitalisme bourgeois ? Ne vénérait-il pas Sartre et Aragon, si fidèles au Parti ? Que lui était-il arrivé ? La jeune femme, dont la ferveur politique n'avait jamais fléchi, finit par douter de ce qu'elle venait d'entendre.

— Ce que tu dis, Julia, c'est qu'il nous a trahis depuis le début ? Tu sais que j'ai du mal à le croire ? C'est tout de même lui qui a été nommé instructeur de cellule, qui diffuse nos idées, qui m'a convaincue lui-même de la pertinence des propos de Marx, et du génie de Staline. C'est son engagement, d'abord, qui m'a séduite. Ses yeux brillaient quand il en parlait. Je ne peux pas y croire. Et à part un petit mensonge concernant cette fameuse liste, tu n'as pas grand-chose pour l'instant, si je ne me trompe.

Julia se dit qu'elle n'avait pas tort, les quelques mots qu'elle avait saisis sur l'enregistrement pouvaient difficilement suffire à établir des preuves solides de trahison. Il en faudrait certainement plus pour le faire tomber. Mais hors de question de s'avouer vaincue pour autant.

— J'ai tout de même quelque chose. Et j'irai jusqu'au bout. Que tu le veuilles ou non.

Émilie sortit de ses gonds. Que faisait Julia à comploter dans son dos, à surveiller son mari sans son accord ? Où était la femme qui avait eu tant de tendresse pour elle le matin même ?

— Tu sais ce que cela signifierait pour moi s'il était un espion au service du SDECE[1] ? Je serais traitée comme lui ! Le MGB pourrait nous poursuivre, nous livrer aux Russes, et tu sais bien quel sort on réserve aux traîtres en URSS !

— Sergueï a pu changer, depuis ses débuts. Retourner sa veste. Et trouver un intérêt à informer les renseignements français. Probablement qu'ils le paient ! As-tu accès à vos comptes ?

— Non, tu penses bien. Nous, les épouses, n'avons même pas le droit d'avoir un chéquier. Il est temps que ça change, d'ailleurs.

— Ce serait bien d'essayer de vérifier s'il gagne des sommes en plus de son salaire d'ingénieur. Tu pourrais peut-être m'aider un peu, et je te promets d'arrêter si on ne trouve rien d'autre.

— Je ne sais pas où il range tout ça, et je ne me vois pas fouiller son bureau, contrairement à toi…

Julia sentit que c'était le moment de reprendre l'ascendant.

— Ah, tu es capable, toi, de fermer les yeux ? Tu ne voudrais pas être considérée comme complice, quand même ?

Émilie fronça les sourcils. Elle se sentit piquée au vif.

— C'est une menace ?

Avant que Julia ne puisse répondre, on sonna à la porte. C'étaient eux. Déjà. Et elles n'avaient pas eu le temps de se mettre d'accord sur ce qu'elles

1. Le SDECE, Service de documentation extérieure et de contre-espionnage, était l'ancien nom de la DGSE.

allaient dire si jamais quelqu'un venait à émettre des soupçons.

Un premier couple arriva. Puis un deuxième. Et deux autres femmes encore. Au quatrième coup de sonnette, une grande dame blonde aux yeux clairs, coiffée d'un chignon bas très serré, passa le pas de la porte, un large sourire aux lèvres.

— Émilie Dimitrov ? Hélène Parmelin, journaliste à *L'Huma*. Je ne te présente pas mon amie.

Elle était accompagnée d'une autre militante, dont le visage était plus connu. Leur style était identique, jupe mi-longue, un pull à col roulé, les cheveux plaqués vers l'arrière. Mais sa bouche, plus petite, lui donnait un air plus sévère.

— Jeannette, quelle joie de faire ta connaissance !

Émilie avait puisé toute son énergie pour se rendre la plus accueillante et la plus gaie possible. Et après l'échange avec Julia, rien n'était plus difficile que de jouer les hypocrites.

De son côté, la jeune journaliste, prétextant devoir s'occuper d'Alexis, avait esquivé la séance d'accueil pour reprendre des forces. Quand elle revint au salon, elle trouva toute l'équipe installée, prête au combat.

— Julia, je te présente Hélène Parmelin, journaliste à *L'Huma*, et Jeannette Vermeersch.

— Enchantée ! Moi, c'est Julia, Julia Guzmán.

Elle n'avait rien su dire d'autre et se trouvait déjà ridicule. Trop impressionnée.

Deux autres jeunes filles entrèrent encore, que l'on n'avait jamais vues auparavant.

— Que de femmes, aujourd'hui ! lança l'une d'elles.

— Ce n'est pas si étonnant, j'ai passé quelques coups de téléphone, répondit Jeannette. Bonjour à toutes, à tous, c'est vrai que nous avons quand même deux hommes ici. Ton mari n'est pas là, Émilie ?

Et voilà, la question était posée. Émilie et Julia échangèrent un coup d'œil, puis Julia détourna le regard, laissant Émilie se débrouiller avec ses convives. Elle pensait à tout ce qu'elles venaient de se dire, et n'était pas rassurée quant au choix que ferait sa compagne. L'aiderait-elle réellement à faire tomber Sergueï ou essaierait-elle de le protéger malgré tout ? Aimait-elle plus son mari qu'elle ne l'aimait elle ? Son époux, le père de son enfant, sa situation… Tout ne se résumait pas aux sentiments. C'était de plus en plus évident, pour Julia.

— Sergueï est parti en déplacement hier soir.

Hélène Parmelin ne put contenir sa curiosité :

— Un samedi ? Il travaille donc le dimanche ?

L'embarras de l'hôtesse se fit sentir, et la gêne s'étendit à la pièce entière.

— Je… Il regrette de ne pas pouvoir se joindre à nous aujourd'hui.

Jeannette Vermeersch ne laissa pas s'installer le malaise et vint à sa rescousse :

— Aucune importance, nous n'avons pas besoin d'instructeur de cellule puisque je suis parmi vous. D'ailleurs, je vais vous expliquer les raisons de ma venue. J'ai contacté il y a peu Hélène, que j'admire pour son engagement pour la libération du camarade Henri Martin, afin de mobiliser un groupe de femmes de confiance, qui s'investissent dans les cellules, pour accomplir des actions de même type au sein de l'Union des femmes françaises. Connaissez-vous notre organisation ? Avec Eugénie[1], nous avons l'intention de montrer que les femmes aussi peuvent mener des missions militaires, et combattre notre ennemi commun : l'impérialisme !

1. Eugénie Cotton, chevalier de la Légion d'honneur, fut la cofondatrice de l'Union des femmes françaises, en 1944.

Ouf. Jeannette Vermeersch n'avait pas eu vent de la trahison supposée de Sergueï.

— Euh, oui, j'en ai entendu parler, mentit-elle. Mais je dois reconnaître que nous ne sommes pas assez impliquées dans le combat des femmes… On s'investit beaucoup pour la cellule, alors…

Préférant écourter son intervention de peur de dire des bêtises, Émilie se concentra sur son rôle de maîtresse de maison. Elle proposa du thé et des gâteaux secs à la petite assemblée, tout en veillant à ce que chacun fût installé à son aise.

Sans se rendre compte de l'état de trouble dans lequel les deux hôtesses se trouvaient, Mme Thorez, galvanisée par sa position dominante au sein du groupe, poursuivit dans le même élan :

— Nous allons donc dans un premier temps vous faire un récapitulatif des objectifs de cette association, et si vous le voulez bien, nous définirons votre rôle dans les prochaines missions qui vous seront confiées ! À l'ordre du jour, vous aviez aussi, je crois, la collecte de médicaments ?

Émilie affichait un air ahuri. Elle semblait penser à tout autre chose.

— Ah ? Nous avions décidé d'une collecte de médicaments ?

— Mais non, pas vous, Émilie, cela concerne toutes les cellules de France. Le Comité central a demandé la semaine dernière à tous les instructeurs d'organiser cette collecte au plus vite. Tu ne l'as pas inscrite à l'ordre du jour ?

Émilie avait rougi de honte. Laisser passer un ordre tel que celui-là était une erreur de taille, qui pouvait même lui coûter son statut d'organisatrice.

— Euh… non, je n'ai pas vu. Et à qui doit-on envoyer ces médicaments ?

— Mais aux soldats du Viet Minh, enfin ! Il faut lire vos courriers, madame…

Jeannette Vermeersch était offusquée de l'ignorance de son interlocutrice.

— Je… Sergueï a dû oublier de me transmettre l'information.

Là, elle était finie. Elle étrilla son mari en pensée. Jamais plus elle ne reverrait cette femme, c'était sûr. En relevant la tête, elle aperçut le sourire pincé de Julia, qui lui disait de loin : « Ah, tu vois ? »

Et si sa belle avait raison, finalement ?

Chapitre dix

Dimanche 14 septembre 1952, Rotterdam

La pluie ruisselait sur le plat pays. La ville de Rotterdam reconstruite quasi intégralement depuis le bombardement de 1940 avait perdu beaucoup de son charme. Comme à Brest ou Saint-Nazaire, le vent s'engouffrait désormais dans des avenues droites et sans âme. Une épaisse couche de nuages gris foncé couvrait l'ensemble du port. Ils avaient élu domicile, là, pour des jours entiers. Tout était gris, l'eau, le ciel, les immeubles sur terre, les bâtiments sur mer, et même les poissons. Jamais Sergueï n'aurait pensé poser un pied dans ce pays sans aspérités, sans collines, et sans couleurs. Et les tulipes étaient loin d'éclore, en ce dimanche de septembre.

Le traître sondait, jumelles à la main, la profusion de cargos qui peuplaient le port. Des navires marchands, des pétroliers, des chalutiers immenses, des bâtiments militaires, et des mouettes. Grises, elles aussi.

Les huit degrés Celsius et la proximité de l'équinoxe donnaient à la mission un caractère maussade à souhait. Des vagues déferlaient sur les jetées, d'un froid piquant et glacé. L'eau montait à vive allure dans la mer du Nord et charriait un lot de sentiments amers. Arpentant les quais, Sergueï repensa à la nuit de l'avant-veille, durant laquelle il avait profité des atouts de la belle Julia, au plaisir intense qu'il avait pris à la dominer. Pour donner un sens à son acte, il se persuadait d'être dans son bon droit. Elle était chez eux. Cette petite qui se trémoussait sous ses yeux depuis des mois l'avait aguiché, et l'avait de surcroît provoqué en embrassant sa propre femme devant lui. Il fallait lui donner une bonne raison de partir. En fin de compte, il était fier de lui. Une fierté d'homme conquérant et victorieux, un rempart contre tout sursaut de sensibilité qui aurait réussi à le culpabiliser. Un courant d'air froid lui saisit la nuque. Un démon lui avait pincé le cou.

Maudit ou pas, Sergueï était tout-puissant dans l'ici et le maintenant. C'était essentiellement grâce à lui que les services français avaient pu intercepter des communications au 44, rue Le Peletier, siège du Parti communiste, sur des navires de guerre leur appartenant. Afin d'expérimenter de nouveaux systèmes d'écoute automatisés, l'ingénieur avait installé un micro miniaturisé sur la ligne directe d'Auguste Lecœur, juste avant de partir avec lui à Moscou.

Le SDECE avait ainsi appris que le Parti communiste français, qui possédait la quasi-totalité de la flotte de France-Navigation, cherchait à vendre ses bateaux pour renflouer ses caisses. Celles-ci, en effet, se vidaient à vive allure, à mesure que se réduisaient la force et le nombre des militants, première source de revenus du Parti. Les fameux vaisseaux étaient connus pour avoir transporté une grande quantité d'armes destinées aux républicains et aux Brigades internationales pendant la guerre d'Espagne, quinze ans auparavant. La plupart d'entre eux avaient fini au fond de l'eau. Les autres, tels des chevaux réformés des courses, n'avaient plus bougé de leur ancrage depuis le début de la Seconde Guerre.

Sergueï l'aperçut de loin. Le *Saint-Malo. Un tas de rouille sur des flotteurs*, pensa-t-il.

Son flair légendaire l'avait amené dans ce port, persuadé d'y trouver, pas loin, les futurs acquéreurs. L'homme de la situation avait pour mission de les empêcher de conclure cette vente qui allait contre les intérêts de la France et du bloc de l'Ouest. Pour cela, il fallait un plan bien ficelé.

Sergueï entra dans la capitainerie. Architecture moderne, très en avance pour l'époque. Pont et poutres en bois peint, grandes baies vitrées en forme de triangles donnant sur le port et, alignés sur une rampe, des projecteurs illuminant tous les quais à proximité. De l'extérieur, un bâtiment magnifique.

L'intérieur contrastait fort. Une modeste cafétéria d'une vingtaine de mètres carrés, au mobilier en métal blanc, jouxtait quelques bureaux aux cloisons préfabriquées On investissait beaucoup sur l'image, et peu sur le contenu. Au bruit de l'ouverture de la porte, un vieux marin, accoudé à un comptoir collant de bière, jeta un coup d'œil vers lui, l'air inquisiteur. Dimitrov, en digne fils d'aristocrate, eut un mouvement de recul. La vision d'un capitaine sur le retour, clope au bec, la gueule ravinée par le soleil et la houle, le fit vaciller de dégoût. Sergueï se ressaisit et avala sa salive.

— Bonjour, monsieur. *Do you speak English ?* Je cherche à contacter les propriétaires d'un navire, le *Saint-Malo*. Pour des renseignements. Vous connaissez quelqu'un… ?

Il se fit dévisager de la tête aux pieds avant que son interlocuteur ne daigne lui répondre, mâchant des sons qui s'apparentaient à des mots.

— *Maar wat wil je van deze boot, je bent de derde, sinds gisteren*[1] *!*

---

1. « Mais qu'est-ce que vous voulez à ce bateau, vous êtes le troisième, depuis hier ! », en néerlandais.

Visiblement pas enclin à parler une autre langue, ce vieux roublard...

— *What ? I don't understand, you know ! I am french.*

— *You... three*, fit-il avec les doigts de la main.

— Le troisième ?

— *Yes.*

Le matelot se retourna vers le zinc et avala d'un trait un demi-litre de bière. Surtout ne pas interrompre un marin qui a soif.

— *Interesting. Can you give me their names ?*

— *Names ? Warum*[1] *? Ask director.*

L'homme désignait le couloir qui menait aux bureaux. Sergueï le remercia d'un signe de la main et se dirigea vers la première porte ouverte. Un autre gaillard d'une cinquantaine d'années, plus propre sur lui, rougeaud mais moins aviné, l'accueillit plus chaleureusement. Il avait tendu l'oreille et semblait avoir compris que la langue posait problème.

— Bonjour ! Monsieur ?

— Frichon, mentit Sergueï.

— Vous cherchez à joindre les vendeurs du *Saint-Malo*, c'est ça ?

— Non, pas les vendeurs, plutôt les acquéreurs.

— Ah, c'est plus compliqué, je ne sais pas si je peux vous donner ces informations, c'est... confidentiel. Pour quelles raisons voulez-vous connaître leur identité ?

— Voilà, je travaille dans les assurances. À la Nationale !

D'un geste brusque qui traduisait son empressement, Sergueï jeta son porte-documents sur le bureau, l'ouvrit et en sortit une vingtaine de faux contrats assurant des biens à plusieurs millions.

— Quand les ventes se montent à des millions, croyez-moi, on est sur le pont, sans voulant faire de

1. « Pourquoi ? », en allemand.

mauvais jeux de mots ! On traque le moindre acquéreur pour le convaincre de souscrire chez nous. C'est notre métier ! Donc, si vous avez des contacts à me donner, je vous en serais fort reconnaissant. Je pourrais même vous faire une petite ristourne à l'occasion, dit-il en lui tendant sa carte de visite.

Le directeur chaussa une paire d'épaisses lunettes rondes et examina la carte, pendant que Sergueï remballait ses documents. Il attendit quelques instants devant le bureau.

— Tant pis, je vais tenter ma chance ailleurs. C'est dommage, vous auriez pu avoir besoin de mes services un de ces jours…

Le directeur pensa à sa Volkswagen type 1, la première Coccinelle, appelée « Kever » aux Pays-Bas, « scarabée », qui commençait à crachoter pendant l'hiver. Il envisageait aussi un jour d'acquérir un bien dans le sud de la France… Ce gonze, effectivement, pourrait lui être utile. Il se leva d'un bond.

— Monsieur, revenez ! Je vais vous donner le contact des deux hommes qui sont venus hier. MM. « Leyer en Leyer ». Deux frères. Je crois qu'ils ont l'intention d'acheter ensemble.

— Merci. Leur adresse ?

— 10, Gaffelstraat. Une enseigne « Leyer Boten » figure sur la devanture. Au revoir, monsieur Frichon, dit-il en français. Je n'oublierai pas votre proposition !

— Appelez quand vous voudrez, monsieur le directeur.

En guise de remerciement, Sergueï fit un signe de tête et agita sa carte de visite, comme pour lui rappeler qu'il avait fait le bon choix.

Le Russe prit soin de vérifier que personne ne l'avait entendu ni suivi sur le chemin avant de sonner à la porte du 10, Gaffelstraat.

— *Mister Leyer ?*

L'armateur, chauve, râblé, à l'embonpoint proéminent, leva les yeux par-dessus ses grosses lunettes. Il flairait la bonne affaire. Un étranger venait-il enfin lui acheter un bateau ? L'homme ouvrit la porte en grand. L'office était poussiéreux, le ménage n'avait pas été fait depuis un moment. Le Hollandais arbora son plus beau sourire en invitant Sergueï à passer le seuil.

— Oui, Filip Leyer. Qu'est-ce qui vous amène ? Vous voulez voir notre catalogue ?

Sergueï s'avança vers l'unique fauteuil dédié à la clientèle et poursuivit dans son meilleur anglais.

— Non, je ne suis pas intéressé par l'achat d'un bateau.

La mine de Leyer s'assombrit instantanément.

— Michel Frichon, je suis assureur à la Nationale, compagnie française d'expertise et d'assurance. J'ai entendu parler de votre entreprise, et je crois que vous possédez des navires français, je me trompe ?

— Vous êtes bien renseigné. Effectivement, nous avons quelques bateaux de plaisance ancrés en Bretagne, mais ils sont déjà assurés…

— Je suis venu vous voir au cas où vous feriez prochainement une acquisition de bâtiments français. Mais peut-être n'est-ce pas le cas ?

— Eh bien, si, justement. Nous sommes sur le point de mettre la main sur un ou deux trésors de la flotte militaire, vous avez du flair, vous ! Un beau navire de guerre, un remorqueur, doté de six canons, et équipé de radars permettant de détecter des signaux à plusieurs kilomètres…

— Dites-moi, ce ne serait pas un des bateaux de France-Navigation, par hasard ?

— Si, si ! C'est ça ! Le *Saint-Malo* ! Celui qui est au large, vous l'avez vu ?

Leyer rougissait d'excitation sous son crâne étincelant de sueur. Le plat que Sergueï s'apprêtait à servir au bonhomme allait sans doute le refroidir. Il commença par remuer la tête, pour le préparer à ce qu'il allait dire.

— Ne faites surtout pas une pareille bêtise ! Leurs navires auraient dû être démolis à la fin de la guerre. La plupart d'entre eux ont subi de lourds dommages, leur coque est criblée de balles, rafistolée de partout ! Ces bateaux ont essuyé de nombreux tirs, pendant la guerre d'Espagne surtout, mais aussi après 1940. D'ailleurs, la moitié de la flotte est sous l'eau.

— Mais on m'a garanti que toutes les coques avaient été entièrement refaites…

— Foutaises ! Jamais ils n'ont eu assez d'argent pour faire la moindre réparation sur ces épaves ! Et demandez-vous pourquoi ils vendent ! Vous savez à qui appartient cette compagnie ?

— Au Parti communiste français ! dit une autre voix.

Le deuxième homme avait fait son apparition. Hormis les traits de leur visage, tout les opposait. Celui-ci avait les cheveux bruns, mesurait quarante centimètres de moins mais faisait le double de son frère en circonférence. Sergueï sentit le vent tourner. Alors, comme ça, ces Néerlandais savaient à qui ils achetaient le navire.

— Oui, au Parti communiste. (Sergueï prit un air horrifié.) Vous êtes communistes, vous ?

Pour des présentations, c'était un peu brutal. Un bref échange permit à Karl Leyer de savoir à qui il avait affaire.

Filip le regarda avec des yeux de carpe tout juste pêchée, comme si on l'avait pris la main dans le sac. Sa gêne fut absorbée par l'aplomb de son frère.

— Oh, vous savez, la politique… Nous sommes des commerçants avant tout, répondit Karl.

Sergueï les observa et laissa planer un silence. Le doute commençait à s'immiscer en eux, c'était sensible. Il fallait enfoncer le clou.

— Vous rendez-vous compte de ce qu'ils vont faire de votre argent ? Vous allez asseoir leurs prochaines campagnes électorales d'abord, et puis, grâce à vous, ils pourront envoyer des armes puissantes au Viet Minh... Ce sont nos soldats, qui se battent contre eux... Réfléchissez... Je ne suis pas un politique, je veux juste assurer des investissements viables.

Les deux hommes se faisaient face, leurs mimiques étaient claires. Ils semblaient convaincus. Sergueï continua son jeu pour parfaire le numéro, et éviter d'être démasqué.

— En réalité, je n'étais pas venu pour cela, mais pour vous prévenir que tout navire français doit maintenant recevoir une homologation. Du ministère de la Défense pour les navires militaires, de la chambre de commerce et d'industrie pour les bateaux de plaisance, les chalutiers, et les cargos. Ces homologations sont faites par nos experts. Donc, vous pourrez éventuellement avoir besoin de mes services !

Les Leyer n'écoutaient déjà plus. Ils n'avaient qu'une envie, c'était de se retrouver seuls pour consulter les documents d'expertise et les certificats que leur avait fournis l'intermédiaire de France-Navigation pour préparer la vente.

Sergueï attendit une réponse qui ne vint pas. Il les regarda s'affairer derrière le bureau à chercher des papiers, puis se leva et s'apprêta à sortir. Mieux valait disparaître au plus vite. De toute façon, c'était dans la poche.

Les deux hommes se retournèrent vers lui, et le remercièrent infiniment de les avoir avertis. Sergueï leur tendit sa carte de visite, et les salua.

D'un pas rapide, il se dirigea vers la première cabine téléphonique en vue et composa un numéro.

— Opération « Étoile de mer ». Le *Saint-Malo* reste à quai. Le *Saint-Malo* reste à quai. Je reprends la route.

Sans transition, Dimitrov rejoignit sa voiture. Il rangea son imper et sa mallette dans le coffre, puis retira délicatement sa fausse moustache. La journée avait été longue. Il était presque 17 heures, le moment de prendre place à bord du *Cap Sim*, cargo polyvalent qui assurait cette nuit-là la liaison Rotterdam-Nantes.

Il espérait qu'une semaine suffirait pour casser les ventes des autres navires, le *Ploubazlanec*, le *Biscarosse* et le *Bonifacio*.

Chapitre onze

Samedi 20 septembre 1952, vers 23 heures, appartement des Dimitrov

Un bruit de clé tournant dans la serrure fit sursauter Émilie, qui commençait juste à s'assoupir, après une soirée épuisante à tenter désespérément d'endormir son fils. Julia était allée se coucher seule, éreintée par les derniers événements et sa journée de travail au journal. Émilie aussi avait besoin de se retrouver un peu au calme, afin de faire le point. Malgré la fatigue, sa nervosité était telle qu'elle s'était réveillée plusieurs fois saucissonnée dans ses draps. Rongée par l'angoisse de revoir Sergueï après leurs découvertes. Julia se trompait-elle ? Et elle, se trompait-elle, avec Julia ? Et le pauvre Alexis, dans tout ça… Voilà que la jeune maman se remettait à culpabiliser. Les gonds grinçants de la porte d'entrée la figèrent dans son lit. Tout son corps se raidit. Non, elle ne voulait pas qu'il vienne se coucher près d'elle, pas maintenant. Plus maintenant. Son corps réagissait, plus prompt à décider que ne l'était son esprit. Elle se leva d'un bond, sans réfléchir, mue par l'instinct, enfila sa robe de chambre et décida de jouer son rôle jusqu'au bout. Pour le petit, pour ne pas subir. Il avait été capable de lui mentir si longtemps. Elle aussi devait apprendre à manipuler. Et puis qui sait s'il ne se transformerait pas en monstre en découvrant qu'il était démasqué ? Peut-être même qu'il les tuerait, tous les trois ?

Elle se dirigea vers la cuisine, son endroit à elle. Sergueï n'était pas là. Il avait rejoint directement son bureau pour y déposer sa mallette. *Pourvu qu'il ne se rende compte de rien !* Émilie ne savait pas si Julia avait déplacé quoi que ce soit. Retenant son souffle dans une immobilité parfaite, la jeune femme tendait l'oreille, à l'affût de la moindre exclamation provenant du bureau.

Quelques secondes plus tard, il se trouvait face à elle.

— Ah ! Tu es là ? Qu'est-ce que tu fais dans le noir ?

— Je t'ai entendu arriver.

— Je pensais que tu dormais…

— Non, je n'arrivais pas à trouver le sommeil.

Il s'approcha de sa femme, lui déposa maladroitement un baiser sur le front, se servit un verre de vin et s'assit en face d'elle.

— Tout s'est bien passé, pendant mon absence ?

— Tu veux parler de la réunion ?

— Oui, entre autres. Alors ?

— Eh bien, nous avons bien œuvré, sans toi !

Elle laissa planer un silence qui en disait long, et prit une inspiration.

— Jeannette Vermeersch est venue, et nous avons décidé d'organiser une collecte de médicaments pour les soldats du Viet Minh ! Et aussi, Julia et moi faisons désormais partie de l'Union des femmes françaises !

L'enthousiasme dont elle témoignait lui avait demandé un effort colossal.

— L'Union des femmes françaises ? Qu'est-ce que c'est que ça ?

— Ça ne m'étonne pas que tu n'en aies jamais entendu parler… C'est Jeannette qui a créé cette association, je crois. Avec Eugénie… Eugénie, quoi, déjà ? Enfin, avec d'autres femmes du Parti. Qui s'engagent. Pour qu'on puisse voir que les femmes n'ont pas besoin des hommes pour faire avancer la cause. Apparemment, il semblerait que ce soit le but.

Elle n'en savait pas beaucoup plus, à vrai dire. Mais cela tombait à point nommé. Elle reprenait le flambeau, se désolidarisait de lui, et jubilait que l'entreprise puisse lui déplaire.

— Ah, je vois que vous ne perdez pas votre temps, dès que j'ai le dos tourné vous complotez, vous vous rassemblez entre femmes pour ruminer votre guerre des sexes. Vous êtes ridicules, à vous bécoter dans les cuisines, dégoûtantes, même… et totalement inconséquentes… Quand est-ce que vous vous rendrez compte que vous avez besoin des hommes pour vous faire valoir, qu'une femme n'a de puissance qu'à travers celle de son mari ? C'est quand même grâce à moi que Julia a pu voyager en URSS, c'est moi qui vous ai confié la responsabilité du secrétariat, de la distribution des tracts, de…

— Mais écoute-toi ! l'interrompit Émilie, en proie à la colère. « Je vous ai confié… », « C'est grâce à moi que… » ! C'est justement cela, le problème ! On en a assez, d'avoir besoin de votre autorisation pour prendre les choses en main. C'est pour ça qu'on a besoin de s'organiser entre nous et de montrer au monde qu'on peut accomplir de très grandes choses sans qu'un homme tire les ficelles !

Sergueï lâcha un rire moqueur.

— Ouh, mais ça se rebelle, dis donc ! Qu'est-ce que tu as ? Ça y est, je suis devenu le grand méchant loup ?

Il se rapprocha d'elle pour lui grogner dans les oreilles dans l'espoir de ranimer entre eux une forme de complicité.

Émilie lui offrit un demi-sourire. Il l'embrassa dans le cou. Elle le laissa faire, la mâchoire serrée.

La sentant rétive, il but une gorgée de vin et se dirigea vers la fenêtre pour y observer les derniers passants qui rejoignaient leur immeuble, laissant la rue déserte derrière eux. Émilie avait fait tout ce qu'elle pouvait. Elle était fatiguée. Tenir une telle conversation à 23 heures, sans même s'être offert un petit remontant, c'était plus que ce dont elle se sentait capable.

Sergueï, lui, ne la lâchait pas. Il crevait d'envie de connaître en détail ce qui s'était tramé en son absence. Quand il comprit que Julia n'avait pas quitté les lieux, il harcela Émilie de questions indiscrètes sur la teneur de leurs échanges amoureux. De l'heure à laquelle elles s'étaient couchées, du lit qu'elles avaient partagé, des parties du corps que Julia avait osé toucher. Émilie tint bon. Elle ne nourrirait pas sa curiosité malsaine.

Dimitrov marqua une pause. Ses pensées couraient d'un événement à l'autre et, sans transition rationnelle, il se mit à la questionner sur des détails abordés avec Jeannette Vermeersch.

— Et la collecte de médicaments, vous savez comment faire parvenir tout cela au Vietnam ? Quel port ? Quel navire ?

Il était devenu brutal, nerveux. Ses questions devenaient un peu trop précises. Il calculait, c'était sûr. Il devait se demander comment intercepter cette livraison, comment se servir de ce que se disaient les femmes dans son dos… Mais Émilie savait maintenant déceler les manigances de ce renard.

— Pas encore. D'abord on collecte, on verra ensuite. Je vais me coucher. Je suis fatiguée.

— Attends, j'ai quelque chose à te demander.

Qu'est-ce qu'il lui voulait, encore ?

— Je viens de passer dans mon bureau. Dis-moi, tu n'y serais pas entrée, par hasard ?

Il guetta sa réaction. Si Émilie mentait, il s'en apercevrait immédiatement. Sa femme ne savait pas mentir. De fait, il vit naître dans son regard un trouble que ses lèvres ne laissaient pas paraître.

— Ah non, pas du tout, répondit-elle du tac au tac. Pourquoi tu penses que quelqu'un est rentré ?

— Un câble dépassait de l'étagère. D'habitude, je range soigneusement tous mes câbles.

— Un câble ? Un câble de quoi ?

— D'un de mes magnétophones. Regarde-moi.

Il fit deux pas vers elle et la fixa, menaçant.

— Tu me mens ! Je le vois.

— Mais non ! Ça ne tourne pas rond, chez toi !

Le ton monta d'un coup.

— Arrête ton char ! Julia et toi vous êtes entrées dans mon bureau, avoue-le !

— Chut, tu vas réveiller Alexis et Julia.

— J'en ai rien à foutre, de réveiller Julia ! Elle ne devrait même plus être ici !

Comment pouvait-elle encore dormir chez eux, après ce qu'il lui avait fait ? Il n'en revenait pas. Elle était solide, la gamine. Il croyait fermement s'en être débarrassé.

— Je te jure qu'elle n'a rien fait, comment aurait-elle pu entrer, alors que tu gardes toujours la clé sur toi ?

— Je sais quand tu mens, je l'ai vu dans tes yeux au moment où je te l'ai demandé.

— Tu déraillles, Sergueï. C'est certainement la fatigue…

— Non, ce n'est pas la fatigue. Ce câble était enroulé et rangé derrière le magnétophone, j'en suis certain. Et puis, qu'est-ce qu'elle fout encore là, Julia ?

— Il faut lui laisser le temps de trouver un autre endroit…

— Je ne veux plus la voir traîner ses guêtres dans mon appartement. Je ne veux plus qu'elle vive chez nous comme un parasite.

Il avait hurlé et cassé son verre en tapant sur la table pour faire un maximum de bruit.

Il était furieux. Inutile d'insister. Elle n'avait plus rien à lui dire. Elle pensait maintenant à sa Julia, à la douceur de ses caresses et de la vie future qu'elle partagerait avec elle.

L'avait-elle entendu hurler ? Allait-elle se lever pour venir à son secours ? Pas sûr. Elle devait bien sentir qu'il valait mieux se faire toute petite. Elle s'en irait sur la pointe des pieds le lendemain matin, et Émilie ne la reverrait pas de sitôt. Heureusement qu'Alexis dormait d'un sommeil profond.

— Calme-toi. On verra ça demain.

Tandis qu'Émilie regagnait la chambre, il la suivit tout en poursuivant l'interrogatoire :

— Comment es-tu entrée ? Comment tu as fait ? C'est elle, ou c'est toi ? Tu vas me le dire, oui ?

La jeune femme le laissa sans réponse. Elle retira sa robe de chambre le plus rapidement possible, et se glissa dans le lit, telle une anguille.

— Tais-toi. Tu m'énerves.

— Donc tu me donnes des ordres, maintenant ?

Il n'avait pas l'intention de la lâcher. Comme elle ne répondait pas, il retira la couverture et se mit à la regarder, rien que pour l'indisposer.

— Arrête ! Qu'est-ce que tu fais ? J'ai froid !

— Je t'aime. Tu es belle !

— C'est vraiment pas le moment, laisse-moi dormir.

Émilie rabattit la couverture sur elle et se retourna vers le mur. Il n'était pas dans son état normal. Les soupçons, la jalousie… Tout devait embrumer son esprit, au point de lui faire perdre la raison.

— C'est comme ça que tu réagis aux compliments que je te fais ?

Émilie le fixa cette fois, clairement, dans les yeux.

— On vient de se disputer, tu crois que j'ai envie de mots d'amour ?

En guise de réponse, il retira son pantalon et lui montra ostensiblement son désir. L'opposition de sa femme l'excitait. Moins elle le désirait, plus il avait envie de la posséder. En réalité, il brûlait d'envie de la punir. Comme il avait puni Julia.

Émilie comprit très vite que ce n'était pas pour rire, qu'il allait passer à l'acte.

— Tu sais que je n'ai pas envie, là maintenant. Tu sais !

— Oui, mais tu es ma femme, et j'ai encore le droit de faire l'amour à ma femme quand je veux !

Oui, c'était un droit, et pour elle un devoir. C'était écrit dans la loi. Il lui écarta les jambes, et entra sèchement en elle, sans mot ni caresse.

— T'es un salaud !

À ce moment précis, Émilie le haïssait. Et haïssait tous les hommes, tous ceux du moins qui se fichaient d'avoir ou non la permission.

— Oui, ma belle, oui, je suis un salaud, mais un salaud qui est fou de toi. Tu aimes toujours ça, j'en suis sûr, hein, tu aimes ?

Non, elle n'aimait pas, ne voulait pas. Et il le savait très bien.

— Je veux qu'on fasse du bruit, qu'on réveille Julia, qu'elle se dise que tu aimes te prendre ma bite. Cette gouine ne te suffira jamais, tu comprends ? Dis-moi que tu aimes ça, dis-moi que tu aimes ça !

Les coups de reins se faisaient de plus en plus violents.

— Je vais te frapper si tu ne dis pas très fort que tu aimes ça, crie, mais crie donc !

La pauvre Émilie lui fit don d'un mot, espérant que ce serait un moyen de le calmer.

Elle lança un simple « Oui ».

Mais à l'instant où il allait venir en elle, une angoisse la parcourut. Elle avait eu ses règles quinze jours auparavant. Elle pouvait tomber enceinte. Et ce n'était pas le moment.

— Sergueï, sors, viens sur mon ventre, sinon je vais tomber enceinte.

— Et alors ? Tu te feras avorter ! Je suis trop bien là.

— Non, pas trois fois. Me fais pas ça ! S'il te plaît !

Une larme coula sur sa joue. Le souvenir de ses deux précédents avortements la traumatisait encore.

Pour calmer le jeu, conscient qu'il n'y était pas allé de main-morte, Sergueï obtempéra. Il sortit et finit son affaire sur le ventre chaud de sa tendre épouse.

Encore une soirée qui se terminait en beauté. Émilie ne pouvait retenir ses larmes, des larmes de honte. Julia avait dû tout entendre, les cloisons étaient si fines.

— Je te déteste. Je ne veux plus te voir, jamais, tu comprends ?

— Vraiment ? Ça t'a vraiment mise en colère ? Tu n'as pas aimé, au moins un petit peu ? Allez, viens je vais te faire un câlin.

Il voulut la prendre dans ses bras. Il reçut en guise de réponse un crachat. Émilie prit ses affaires et alla terminer sa nuit sur le canapé. L'homme ne demanda pas son reste et dormit comme un bienheureux.

Chapitre douze

Vendredi 3 octobre 1952, locaux du journal Libération, *37, rue du Louvre, Paris*

Julia gara sa bicyclette devant le vaisseau amiral de la presse, autrement surnommé par ses habitués « le grand paquebot », qui était devenu après la guerre le fief des journaux de gauche. *L'Humanité*, *Ce soir*[1], *Libération* et *Les Lettres françaises* y avaient élu domicile, se disputant la primeur pour disposer des rotatives qui occupaient le sous-sol. Le bâtiment, admiré pour son architecture Art déco et sa haute façade en verre dominant l'angle de la rue du Louvre et de la rue du Mail, attirait les convoitises des plus grands organes de presse pour sa position centrale dans la capitale.

Il était 8 h 55 quand Julia pointa au cinquième étage. C'était là, dans cinq ou six bureaux, que les articles de *Libération*, de *Ce soir* et des *Lettres françaises* s'écrivaient. Le journal *L'Humanité*, quant à lui, disposait de la grande pièce ouverte du quatrième.

Le directeur du journal, Emmanuel d'Astier de La Vigerie, avait confié à Madeleine Jacob, journaliste à la plume féroce couvrant tous les procès depuis

1. Le quotidien *Ce soir* a été dirigé par Louis Aragon et Jean-Richard Bloch de 1937 à 1953.

la fin de la guerre, le soin de prendre la jeune Julia Guzmán sous son aile. Il avait pressenti une bonne entente entre les deux femmes. Madeleine avait en effet été l'une des premières grandes reporters de France à avoir été présente en Espagne quelques jours avant le coup d'État franquiste, le 17 juillet 1936. Elle avait vu dans sa petite protégée toute la détresse de la gauche espagnole, et s'était sentie investie d'une mission. Mais, malgré tout l'appui qu'elle pouvait recevoir de Madeleine ou d'autres journalistes, la pauvre Julia débordait de stress. Il lui fallait résoudre son problème de logement, trouver un moyen de piéger Sergueï, rendre des comptes à Jérôme, faire ses preuves au journal en pondant des articles exemplaires ou en dénichant des scoops, et ne pas oublier, surtout, d'aimer activement Émilie, qui allait sûrement quitter son mari pour elle. Paradoxalement, l'accumulation de problèmes pouvait, chez Julia, produire des effets inattendus. Dopée à l'adrénaline dans ces moments critiques, elle sentait vibrer en elle l'âme et la force d'Arturo Guzmán, son *padre* tant regretté. Son cœur battant plus vite qu'à l'accoutumée, elle se sentait capable de réaliser des performances inouïes.

En arrivant à son bureau, la jeune femme dégrafa sa veste, la jeta sur le dossier de sa chaise, et courut voir Madeleine Jacob. Celle-ci était déjà en plein débat avec l'un des éditorialistes de sa génération, Marcel Fourrier, au sujet d'un des articles qu'elle venait de rédiger à charge contre les magistrats du palais de justice. Selon elle, les peines encourues par les anciens collabos n'étaient jamais suffisantes.

— Tu en fais trop, là, Madeleine, tu es littéralement enragée ! Tu considères vraiment qu'une peine de quinze ans de réclusion est, je te cite, un « séjour longue durée en village de vacances ? » ; que les magistrats font preuve, et je te cite toujours, « d'une indulgence coupable » ?

— Excuse-moi, Marcel, mais tu sais ce que ce type a fait ? Tu sais combien de personnes cette enflure a dû dénoncer aux SS depuis son petit bureau ? Même dans l'Éducation nationale, il y a des ordures ! Il y a cinq ans, il aurait tout de suite été condamné à l'échafaud !

Le vieux grognard bougonna. L'épuration[1] avait été rondement menée et s'essoufflait. Des amnisties avaient été prononcées l'année précédente. Il fallait calmer le jeu. Et puis la haine n'était pas son fonds de commerce.

— Tu ne penses pas qu'on a assez tué de gens comme ça ?

Marcel jeta un œil à la brunette qui trépignait dans le dos de sa consœur. Un bon prétexte pour envoyer Madeleine sur les roses.

— Qu'est-ce qu'elle veut, la petite ?

La grande reporter, encore rouge de colère, fit volte-face sur les talons de ses escarpins fraîchement cirés.

— Ah Julia ! Vous êtes là ! Vous tombez bien !

Un sourire immense dévoila des dents clinquantes, d'un blanc aussi aveuglant que l'était le rouge Dior de son corsage. On l'appelait « la Diva », un surnom qu'on avait déjà commencé à lui donner chez *Vogue*.

Madeleine Jacob la fascinait par son charisme, sa présence et son culot. C'était une indécrottable, dont le monde du journalisme se souviendrait longtemps. Et, de surcroît, une femme dans un monde d'hommes, qui avait ouvert la voie à des dizaines

1. On a appelé « épuration », à la Libération, la poursuite et la condamnation de tous les collaborateurs, qu'elles fussent légales ou illégales (tondues, crimes).

d'autres. Mais cette admiration était trop souvent déçue par l'attitude supérieure de la grande reporter, qui reproduisait à l'envi, sans en avoir conscience, les défauts de ses congénères masculins.

— Que puis-je faire pour vous ? lança fièrement Julia, la tête haute.

Madeleine Jacob se retourna et lui présenta son dos.

— Vous voulez bien me raccrocher mon collier ? Impossible de le remettre toute seule.

Un test. Était-elle assistante, lèche-bottes ou journaliste ? Julia prit le collier dans ses mains, fit faire demi-tour à Mme Jacob en l'attrapant par les épaules, et la fixa durement, tout en lui offrant un sourire diplomate. Elle allait lui montrer qu'elle n'était pas du genre à se laisser faire.

— Je vous rendrais bien ce service, si cela ne ressemblait pas autant à une mise à l'épreuve de ma soumission… Nous ne nous connaissons pas très bien, et je viens de commencer chez vous, donc votre petite exigence personnelle, comme ça, de but en blanc, c'est assez maladroit de votre part, je trouve !

Son interlocutrice éclata de rire. Elle avait rarement vu une fille aussi revêche.

— Ouh, mais dites donc, c'est qu'elle a du répondant, la demoiselle ! Tout à fait ce que j'aime ! J'adore ! Tant pis pour le collier ! Suivez-moi !

La Diva glissa son bijou dans l'une des poches de son veston, tout en échangeant un regard complice avec la jeune femme. C'était gagné. Elles laissèrent Marcel planté sur son siège, les yeux éberlués. Madeleine Jacob avait compris que cette néophyte ne manquait pas d'ambition. La jeune fille, de son côté, allait devoir bosser dur.

— Qu'as-tu à me proposer ? Oui, on va se tutoyer, maintenant qu'on se connaît un peu, ça sera plus simple.

Julia préférait ça. Pour établir un rapport sain, d'égale à égale, c'était parfait.

— J'ai écrit un article sur les collectes de médicaments et de nourriture qui s'organisent à Paris pour les soldats du Viet Minh. Un autre sur les activités de l'Union des femmes françaises. Et je voulais vous proposer une interview d'Auguste Lecœur au sujet du limogeage de Marty et Tillon.

Elle avait déballé ses munitions d'un seul souffle, talonnant la Diva, sans la lâcher d'une semelle.

— Je ne vois aucun inconvénient aux deux premiers, mais pour le troisième, oublie, c'est pas d'ton âge ! Tu sais combien de journalistes politiques on a, au journal ?

— Oui, mais c'est que je connais M. Lecœur en personne, nous sommes allés ensemble en Russie en juin dernier.

— Fais ton interview si tu veux, mais je mettrais ma main à couper qu'on ne te laissera pas écrire l'article. Il y a au moins trois collègues sur l'affaire !

— Je pourrais peut-être l'écrire, juste pour essayer, pour avoir votre avis ?

Impossible de tutoyer la grande dame. Julia avait encore trop de respect pour son aînée.

— Va le voir, écris ton article, je te dirai ce qu'il vaut, mais ça restera entre toi et moi.

Et si c'était l'interview du siècle ?

Tout d'abord, elle devait préparer son sujet. Elle avait du pain sur la planche. Julia se mit donc au travail et resta toute la matinée à bûcher. Elle parcourut tous les articles que les différents journaux avaient publiés sur le sujet depuis l'éviction des deux secrétaires du Parti, et surtout ceux qu'avaient écrits ses confrères du journal. Il fallait prendre la température, trouver le ton, rester dans la ligne éditoriale.

Vers 11 heures, Madeleine débarqua de nouveau, un appareil photo à la main.

— Regarde ce qu'on vient de recevoir ! Une dizaine pour toute l'équipe, tu veux en essayer un cet après-midi ? Tu me diras ce que tu en penses !

Les yeux de Julia s'illuminèrent devant le magnifique Leica III F. Elle n'avait jamais vu pareil modèle, équipé d'un viseur additionnel. Et il tenait si bien dans ses mains !

Madeleine n'avait pas le temps d'attendre les remerciements de la demoiselle. Et puis, la voir manipuler l'objet comme un cadeau du ciel était un excellent témoignage de sa gratitude. Au moins, celle-là avait conscience de sa chance ! Quand Julia releva la tête, la Diva s'était envolée. La journée commençait sous de bons auspices. La jeune femme se mit au travail, seule avec sa machine à écrire. Les deux premiers articles furent rédigés en une heure. Le reste du temps, elle prépara sa future interview, tout en pensant aux nouvelles possibilités que lui offrait l'appareil photo – en particulier pour la mission que lui avait confiée Jean Jérôme. Tracer Sergueï, et prouver par n'importe quel moyen qu'il trahissait le Parti. Or, depuis qu'il était rentré de son mystérieux voyage, le filou s'était enfermé chaque jour dans son bureau, du matin au soir, sans offrir aucune prise à la jeune femme.

À midi, la journaliste s'autorisa une petite pause.

Elle avait deux heures devant elle, avant la conférence de rédaction. *Le temps de faire l'aller-retour*, se dit-elle. Julia avait décidé de revenir près de leur domicile, pour déposer les seuls éléments dont elle disposait contre Sergueï Chez René. Jean Jérôme avait dit qu'il y passait chaque vendredi. Mais à quelle heure ? Mieux valait s'y rendre au plus tôt. Elle embarqua l'appareil photo, emprunta un grand imperméable à un de ses collègues pour ne pas attirer les regards, puis s'engouffra dans une bouche du métro Palais-Royal. Elle était partie du journal sans réfléchir. Obéissait-elle par conviction, ou par crainte ? Telle était la question.

Alors que la rame filait vers la place d'Italie, mille choses lui traversèrent l'esprit. Comment allait-elle mener de front son métier de journaliste et les missions secrètes pour l'appareil clandestin du Parti ? N'allait-elle pas s'épuiser à courir dans tous les sens, à se cacher de tout le monde ? Allait-elle devoir sacrifier sa carrière ? Que risquait-elle vraiment ?

Elle arriva essoufflée à 12 h 25 Chez René, après avoir marché le plus vite possible depuis la place d'Italie, terminus de la ligne 5. La petite brasserie était remplie d'hommes, et ça parlait fort, comme si chacun devait à tout prix se faire entendre de tous les autres. Nombre d'entre eux venaient des ateliers alentour pour y dévorer le plat du jour ou simplement prendre un café. L'extrême sympathie du cafetier, qu'elle connaissait depuis bientôt deux ans, friande qu'elle était d'apéritifs en tout genre, attirait chez lui autant de petits patrons que d'ouvriers et d'artisans du quartier. Avec tout ce monde, et tant d'individus du sexe opposé, difficile de passer inaperçue. Cependant, René tâcha de la mettre à l'aise. Alors qu'elle s'installait au bar, il lui fit servir une assiette sans même qu'elle ait eu à la commander.

— Une Francfort-frites pour mam'zelle Julia, et un demi !

René appréciait les femmes qui ne craignaient ni les hommes ni la bière. Tandis qu'elle engloutissait la saucisse orange, bien imprégnée de moutarde forte, la jeune femme glissa la petite enveloppe destinée à Jean Jérôme sous son assiette, code convenu avec René pour la transmission des messages. Le document dressait seulement la liste journalière des horaires de départ et d'arrivée de Sergueï à l'appartement. Autrement dit, le dossier était creux. Il fallait espérer que Jérôme ait au moins tiré profit de son premier rapport, contenant les noms de ville captés dans le bureau de Sergueï. Avait-il su faire correspondre ces noms à un réseau ? À des agents, à des noms de code d'opérations militaires ou à des lieux de rendez-vous ?

Quoi qu'il en soit, depuis ce jour où elle avait relevé ces mots secrets, elle n'avait rien eu à se mettre sous la dent. Le fourbe sortait seulement le matin pour récupérer le courrier ou s'acheter des cigarettes puis s'enfermait pour le restant de la journée. Il se terrait, évidemment. Si seulement elle avait pu le suivre pendant son voyage ! Quel piètre agent secret elle faisait ! En tout état de cause, Jérôme devrait se contenter de ces minces confidences. De ce pauvre bout de papier. Pour l'instant.

Pendant qu'elle gobait ses frites, sous les yeux séducteurs de quelques ouvriers en mal d'amour, Julia s'imaginait ce qui pourrait se passer si Jean Jérôme n'était pas satisfait. Viendrait-il la chercher au journal devant tout le monde ? La ferait-il passer pour une complice ? Elle perdrait tout. Son job, sa carte du Parti… Il pourrait ruiner son avenir. Elle eut un hoquet. Elle avait bu et mangé bien trop vite.

Après avoir réglé sa note, elle sortit du café, les oreilles bourdonnantes et la tête aussi farcie que le ventre. Elle n'avait laissé ni le loisir ni le temps à aucun homme de lui faire du gringue. C'était toujours ça de gagné.

Dehors, pas un nuage dans le ciel, et l'avenue était plutôt calme pour un vendredi. Or, à peine avait-elle fait deux pas qu'un mouvement capta son attention sur le trottoir d'en face. Incroyable ! Sergueï sortait de leur immeuble, les yeux masqués derrière une paire de lunettes de soleil. Il regarda tout autour de lui, comme pour vérifier qu'il avait le champ libre, puis se dirigea vers un local niché derrière la cage d'escalier. Il semblait pressé et inquiet. Julia comprit qu'il allait prendre son vélo. Son attitude étrange la titilla. Elle ne pouvait le laisser partir ainsi, sans découvrir ce qu'il manigançait. Elle brûlait de savoir où se rendait le traître. Elle le vit s'éloigner vers la place d'Italie. Il tourna plusieurs fois la tête, comme s'il craignait d'être suivi. Julia regarda l'avenue, en quête d'un taxi. Mais pas une voiture à l'horizon. Instinctivement, elle entra de nouveau dans le café, pour demander à René de lui prêter quelque chose, un vélo ou un Solex, ainsi que son chapeau. Oui, essentiel, un chapeau, pour changer d'apparence ! Sans attendre sa réponse, elle saisit un feutre noir sur le perroquet tout en adressant à son propriétaire un clin d'œil en guise de remerciement.

— Je te le rapporte ce soir, sans faute ! Et tu n'as pas un vélo à me prêter, là, tout de suite ?

— Non, je n'ai rien de ce genre, ma jolie ! Et l'chapeau, il s'appelle « Reviens » !

Coup de chance, un taxi déboula tout près d'elle. Une magnifique Renault Colorale noire et blanche, comme pour exaucer son vœu. Elle lui indiqua la direction que Sergueï avait prise. L'auto parcourut rapidement les quelques centaines de mètres qui les séparaient de la bicyclette.

— Suivez ce vélo, s'il vous plaît !

Elle avait toujours rêvé de dire ça.

Le chauffeur, un tout petit homme chauve et moustachu, qui ressemblait à s'y méprendre au Mahatma Gandhi, avait lui aussi toujours rêvé d'entendre cette phrase, même si l'objet de la poursuite était un tant soit peu ridicule. Il jeta un regard gourmand à sa cliente dont il avait remarqué les traits féminins, sous son joli feutre.

— À vos ordres, mademoiselle !

La Renault s'élança comme une fusée sur l'avenue d'Italie, faisant décoller sa cliente du siège en roulant sur les pavés.

— Holà ! Calmez-vous, vous ne suivez qu'un vélo !

Pour ajuster sa vitesse, il pila. De toute façon, il devait attendre à un carrefour.

— Celui-là ?

Il désigna une grande bicyclette rouge sur laquelle pédalait à toute vitesse un petit homme rondouillard.

— Non, celui de devant !

Gandhi accéléra en traversant la place. Le vélo avait pris de l'avance car il se faufilait entre les véhicules. Sergueï descendit l'avenue des Gobelins à toute berzingue, les genoux en surchauffe. En voiture, le temps paraissait bien plus long.

Ils roulaient à trente à l'heure et allaient finir par se faire repérer.

— Dépassez-le !

Le duo fila sur la voie de gauche, laissant Sergueï une dizaine de mètres derrière. C'était bien calculé ; le prochain carrefour allait les stopper quelques secondes.

Sergueï les dépassa de nouveau.

Un peu plus tard, ils gagnèrent les arènes de Lutèce. Le taxi s'immobilisa, et fit comprendre à Julia que la course s'arrêtait là. Sergueï était descendu de sa monture.

Qui allait-il rejoindre ? Une femme ? Un flic ? Un espion ?

Julia lui tendit un billet tout froissé.

— Merci, monsieur !

Sa petite voix stressée la trahit. Le chauffeur ne put s'empêcher une remarque.

— Dites, ce n'est pas courant, une jeune femme qui suit un homme…

— Non, mais qu'est-ce que ça peut vous faire ?

— Dangereux ! Ce ne sont pas des habitudes à prendre ! Si j'étais votre père, je vous...

Julia le priva de sa leçon de morale, et claqua la portière.

— Papa serait fier de moi, *cabrón* !

Vexé, le chauffeur mit la gomme et disparut sans demander son reste.

Elle releva la tête. Sergueï n'était plus là. Elle s'en voulut terriblement de s'être laissé distraire par les paroles de cet abruti de Gandhi. Le vélo était garé sur le trottoir, attaché à un poteau. Julia parcourut les alentours des yeux. L'espace devant les arènes était étroit. C'était le vieux Paris, de toutes petites rues s'y entremêlaient, laissant tout juste la place à une voiture de se faufiler le long des ruines. Celles-ci n'étaient pas bien hautes ; trois ou quatre étages de gradins, pas plus. Des arènes minuscules qui témoignaient de la taille de Lutèce durant l'Antiquité. Un petit village. Julia se recroquevilla derrière un des gradins. Elle sonda le terrain depuis sa cachette, immobile comme les pierres.

D'emblée, elle l'aperçut. Assis au premier rang, sous l'ombre d'un peuplier qui avait poussé entre deux blocs de pierre. À une dizaine de mètres derrière lui, la jeune femme avait sa cible dans le viseur, et le doigt sur le déclencheur. Elle était prête à appuyer.

Quelques minutes passèrent pendant lesquelles elle le vit parcourir une feuille de chou, l'air faussement nonchalant. Puis un homme de forte taille, vêtu d'un manteau noir, pénétra dans les arènes. Julia ne manqua aucun de ses pas. Elle prit plusieurs clichés, frottant le plus vite possible la mollette avec son pouce pour faire avancer la pellicule. Une fois qu'ils furent assis l'un à côté de l'autre, elle recommença à mitrailler les deux hommes. Leur discussion semblait agitée. Elle aurait donné n'importe quoi pour les entendre. Alors qu'elle les observait à travers son viseur additionnel, elle surprit le regard fixe du gaillard qui l'accompagnait. Cette brute l'avait repérée !

Julia remballa son appareil tandis que les deux lascars gravissaient quatre à quatre les rangs de pierre qui les séparaient d'elle, armes sous le manteau. La jeune femme piqua un sprint. Tout en maintenant fermement le chapeau sur sa tête – c'était le seul élément qui dissimulait encore son identité –, Julia franchit quelques dizaines de mètres jusqu'à la bouche de métro de la place Monge, zigzaguant entre les platanes et les bacs à sable. Persuadés de l'attraper, et gênés par les piétons, ils n'avaient pas osé tirer. C'était compter sans l'agilité de la jeune femme qui bondissait dans tous les sens. À l'instant où elle s'apprêtait à dévaler les marches, craignant de la perdre de vue, l'homme au manteau noir sortit son pistolet et la visa, mais Sergueï rabattit son bras.

— Non, on va l'avoir autrement.

En bas de l'escalier, Julia bouscula le poinçonneur, qui vrilla sur lui-même comme une toupie. Les deux poursuivants étaient juste derrière elle. Elle pouvait presque sentir leur souffle sur sa nuque. Ils allaient lui mettre la main dessus. Devant elle, un métro encore à quai. Elle bondit dans la première rame, et les portes se refermèrent, comme pour exaucer sa prière. Julia se mit dos au quai afin de ne pas être visible. Elle transpirait. Son cœur battait la chamade. Quand elle eut repris son souffle, elle entendit la voix de son père gronder. Celle de sa mère aussi. Puis la sienne. Sa conscience. Mais qu'est-ce qu'elle avait dans la tête ? Risquer sa vie pour ce traître, cela en valait-il vraiment la peine ?

Et Sergueï, l'avait-il reconnue ? Il fallait espérer que non. De toute façon, les photos étaient dans la boîte. Elle n'avait pas pris tous ces risques pour rien. Les preuves étaient là !

Elle regarda sa montre. Il était 13 h 45. Elle serait juste à l'heure.

Au moment où Julia rejoignit le 37, rue du Louvre, la conférence de rédaction commençait à peine. Les papiers étaient tous prêts pour le lendemain. Après ce qu'elle venait de vivre, la jeune femme avait perdu sa langue. Elle était éteinte sur sa chaise, et les discussions s'enchaînaient sans qu'elle puisse y donner le moindre sens. Son silence passa inaperçu, tant ses confrères étaient absorbés par leurs propres affaires. Personne n'avait fait attention à elle, pas même Madeleine Jacob qui quitta le journal à 15 heures, occupée par des rendez-vous à l'extérieur.

C'était la dernière fois, la dernière fois qu'elle prenait des risques pareils. Elle ne pouvait pas se permettre de telles angoisses en pleine journée, de rater des opportunités, ou des occasions de défendre ses idées. Non, elle n'était pas faite pour ça ! Elle n'arrêtait pas de penser à l'idée que Sergueï ait pu la reconnaître, et que sa vie même pût être en danger.

Vers 16 h 30, l'apprentie journaliste profita de l'absence de Madeleine Jacob pour se diriger vers le labo photo. Elle toqua à la porte. Un jeune brun, affublé d'un grand tablier noir, lui ouvrit. Mais il resta dans l'encadrement de la porte, gardant son antre secret.

— Salut ! Je peux te laisser une pellicule à développer ?

— Pas de problème ! Tu bosses ici ? Je ne t'ai jamais vue !

— Oui, on m'a embauchée il y a trois semaines. Julia Guzmán.

Elle rembobina la pellicule, et la lui confia.

— Tiens. Préviens-moi quand ce sera prêt, s'il te plaît.

— Oh, mais ce sont les nouveaux Leica ! On t'en a donné un ?

— Pas donné, prêté. Tu l'as déjà essayé ?

— Non, pas encore. Les cordonniers sont les plus mal chaussés. J'ai beau être au développement, le seul appareil que je possède a l'âge de ma mère. Mais j'espère bien m'en acheter un cette année… Au fait, moi, c'est Jacques.

— Enchantée, Jacques.

Julia lui adressa un sourire pour le remercier. En retour, il lui fit un ersatz de salut militaire.

Sympathique, ce garçon.

À 17 heures, la jeune femme enfourcha sa bicyclette et repartit en direction de l'avenue d'Italie. Rendre son chapeau au sieur René, et vérifier que le message avait bien été transmis à Jean Jérôme, avant de remettre les pieds dans l'appartement des Dimitrov.

Rien que l'idée la fit frissonner. Dormir encore chez ce monstre…

À l'instant même où elle franchit le seuil du café, une odeur forte de tabac froid et d'huile de friteuse lui retourna l'estomac. Le taulier faisait la sieste assis dans un coin, au fond de la salle. Elle s'approcha de lui et lui tapota l'épaule pour le réveiller le plus doucement possible. Un ours, au réveil, ça peut grogner.

— René… René ?

— Qui c'est ? Qu'est-ce qui y a ?

— C'est moi, je te rapporte ton chapeau.

— Ah ! Et tu as besoin de me réveiller pour ça ?

— Pas vraiment, mais je voulais que tu saches que ton chapeau était revenu, et savoir aussi si Jean était bien passé…

— Oui, il y a une heure. Je lui ai donné ton enveloppe.

— Super, merci. Et dis, tu ne veux pas aérer, ici ? Parce que l'odeur, quand on rentre…

— Tous les bars sentent comme ça ! Pourquoi tu m'emmerdes ?

— Bon, ça va, je te laisse baigner dans ton jus. Salut !

Le gros René se rendormit aussitôt. Elle l'observa, attendrie. Sa moustache tressautait au rythme des ronflements. Sacré René !

Sur le trottoir, juste devant le café, Julia fut prise d'une violente nausée. Impossible de se retenir. Titubant au-dessus du caniveau, elle s'étonna de voir son déjeuner se faire la malle par le goulot.

La journée avait été sacrément rude en épreuves.

Chapitre treize

Samedi 4 octobre 1952, appartement des Dimitrov

Il était à peine 7 heures. Le silence de la nuit régnait encore quand Julia ouvrit un œil. Elle avait dormi d'un sommeil de plomb, mais une force inconnue l'arracha à ses rêves. La faim la tiraillait. Son corps était encore tout engourdi quand elle traversa le salon pour rejoindre la cuisine. Son pas lourd risquait à tout moment de réveiller la maisonnée, et en particulier le petit Alexis, qu'Émilie avait tant de mal à faire dormir, ces temps-ci. Le pauvre garçon sentait bien que quelque chose ne tournait pas rond. Lui qui était si mignon encore quelques semaines auparavant devenait littéralement insupportable. Il tentait d'attirer l'attention de ses deux parents par tous les moyens, sans succès.

Le marc de café croupissait dans la cafetière depuis deux jours. Julia détestait y mettre les doigts. Personne n'avait passé l'éponge sur la table. La veille au soir, Émilie s'était couchée tôt. Elle lâchait prise, c'était une évidence. Et Julia, qui n'était ni la mère ni l'épouse, avait jugé opportun de laisser un léger désordre en place, afin que Sergueï puisse prendre conscience que les tâches ménagères ne s'effectuaient pas toutes seules. Dommage, elle était la première levée, et donc la première à en être gênée. Lorsqu'elle rouvrit le réfrigérateur, et qu'une odeur forte de fromage en sortit, Julia eut de nouveau un haut-le-cœur.

Une fois attablée devant quelques tartines, l'appétit la reprit. Un furieux appétit. Et ce matin-là, elle avait envie de fruits, de fruits frais, de citron, d'oranges, de pommes. Quelque chose de revigorant. Tout en engloutissant son petit déjeuner, la jeune femme se demandait comment Émilie pouvait encore dormir à côté de ce salaud de Sergueï. Et puis, celui-là, que faisait-il à la maison, à tourner en rond ? Pourquoi ne partait-il plus, comme avant, par monts et par vaux, tous les trois ou quatre jours ? Non seulement elles n'avaient plus un moment à elles, mais en plus, il était impossible de confondre un traître qui ne sortait pas. Heureusement qu'elle avait saisi, la veille, la seule opportunité de le marquer à la culotte, et de le coincer dans les arènes.

Devant sa tasse de café noir, la jeune femme prit une décision. Impossible pour elle de laisser Émilie. Elle partirait, peut-être, mais pas sans elle. Il ne fallait surtout pas que Sergueï pense qu'il avait gagné. Julia resterait comme on tient un siège. De son côté, le mari savait sans doute que le seul moyen d'étouffer leur idylle était de n'offrir à sa femme aucun répit. La guerre était déclarée. L'Espagne contre la Russie. Cette guerre, elle la gagnerait. Émilie, Alexis et elle s'en iraient, ensemble. Tôt ou tard. La détermination, la loyauté et l'amour l'emporteraient sur la traîtrise et les manipulations. Le week-end s'annonçait joyeusement belliqueux. Et Julia avait pris les armes.

À 8 heures, Alexis ouvrit la porte de sa chambre. Il débarqua en fanfare, à cheval sur son camion à roulettes.

— Elle est où, maman ?

— Elle dort.

— Avec papa ?

— Oui, c'est fort probable, articula-t-elle du bout des lèvres.

Même le petit avait des doutes.

— Je vais les réveiller !

Allez ! Va les réveiller. Profite. Parce que, dans peu de temps, maman ne sera plus avec papa. Évidemment, Julia garda ces délicates pensées pour elle.

Des cris suraigus, provenant de la chambre, vrillèrent les oreilles de Julia. Le garçon avait certainement sauté à pieds joints sur le ventre de sa mère. Émilie sortit. Seule. Julia lui adressa un sourire. Elle était si belle, au réveil. Ses yeux de biche et ses longs cheveux blonds illuminaient toute la pièce.

— Bonjour, ma douce ! J'ai fait du café. Sergueï n'est pas là ?

— Si, mais il n'a pas l'air de bonne humeur.

Bien sûr, qu'il était là. Il allait rester dans leurs pattes tout le week-end. C'était sûrement ce qu'il devait aussi penser d'elle. Et depuis un moment déjà. Mais Julia était résistante et n'aimait pas perdre. Rien que l'idée de lui laisser Émilie la révulsait.

— Tu veux quelque chose ?

— Donne-moi le lait pour le petit, s'il te plaît.

— Un bisou d'abord !

Émilie, qui n'avait pas décroché un sourire depuis qu'elle était sortie de la chambre, se radoucit. Elle s'approcha de Julia et l'embrassa tendrement sur les lèvres. L'Espagnole en profita pour s'emplir de son odeur, en passant le nez dans sa chevelure.

Alexis courut droit dans les jupes de sa mère. Enfin, dans sa robe de chambre. Il avait vu quelque chose. Cette fois, c'était certain. Le petit garçon s'approcha de Julia.

— Pourquoi tu as embrassé maman sur la bouche ?

En guise de réponse, Julia se précipita aux toilettes, saisie d'une violente nausée. Émilie la suivit, inquiète.

— Tu es malade ?

— Je ne sais pas, je ne me sens pas très bien, ce matin.

— Tu ne veux pas aller voir un médecin ? C'est bizarre, peut-être une intoxication ? Au moins, toi, tu ne risques pas d'être enceinte !

Les derniers mots d'Émilie résonnèrent, vibrèrent dans la boîte crânienne de la jeune Espagnole. Cela pouvait-il être une possibilité ? Que Sergueï, ce soir-là… ? Il suffisait d'une fois. Une de trop. Une colère soudaine et vive monta en elle, comme une tornade. Colère d'être née femme, de subir ces lois biologiques auxquelles on ne pouvait rien. Mais devait-elle en faire part à Émilie, là, maintenant, sous le nez du coupable ? Non, elle attendrait le moment opportun.

— Je pense que ça doit être le stress, j'ai beaucoup de travail au journal, des horaires à respecter, tout est toujours urgent, la rentrée n'a pas été facile ! J'irai voir le médecin, si ça dure.

Sergueï sortit de la chambre, passa nonchalamment devant la jeune femme, sans daigner lui dire bonjour, puis se servit machinalement une tasse de café qu'il emporta. Les deux femmes échangèrent un regard qui traduisait leur étonnement. Alexis suivit son paternel à califourchon sur son camion, à l'affût de la moindre attention de sa part. Sans un mot, celui-ci se dirigea vers la porte d'entrée et posa son œil sur le judas. Avait-il entendu quelque chose ? Il vérifia que la porte était bien fermée à clé puis revint sur ses pas. Son fils le regarda avec défi. Son père allait-il enfin le remarquer, lui dire quelque chose, le prendre dans ses bras ? Au lieu de ça, il lui reprocha de tout faire pour qu'il se casse la figure. Il maugréa et poussa violemment le petit camion jusque dans le salon.

Le fils, se sentant totalement désavoué, trouva le seul moyen qu'il avait à sa disposition pour faire réagir son père.

— Papa ! Papa ! Maman a embrassé Julia !

— Quoi ?

Le fils répéta. Mais la colère visible de son père l'effrayait. Allait-il s'en prendre à lui ? Au contraire, après un temps de réaction, il prit son fils dans ses bras et lui parla avec un calme surprenant.

— Papa n'est pas content. Pas content du tout. Maman et Julia font des bêtises. Viens, on va jouer dans mon bureau. J'ai quelque chose à te montrer. Je réglerai ça après.

Il embarqua son fils et disparut avec lui dans son antre. Pour la première fois, le mari décidait seul de s'occuper de son enfant. Il avait dû réaliser tout d'un coup ce qu'il était sur le point de perdre. Mais comment rattraper toutes ces années de retard ?

Une fois qu'ils furent enfermés, Sergueï sortit de ses étagères un trésor qu'il attendait impatiemment de pouvoir partager avec son fils. Un train miniature tout neuf. La firme Jouef avait commercialisé au début de l'année toute une panoplie d'accessoires à l'intention d'un large public : des voitures de première classe, rouges, et de seconde classe, bleues ; ainsi qu'une locomotive à vapeur appelée « Diabolic ». Quand Alexis le vit sortir les rails un à un de la grande boîte verte métallique, sa joie fut indescriptible. Il était heureux, tellement heureux qu'il en oublia d'être pénible pour le restant de la journée.

Le père aussi était aux anges. Retomber en enfance pour quelques heures, alors que la tension régnait partout, c'était plus qu'il n'en demandait. Il profiterait de ce moment pour faire le vide et, peut-être, pour imaginer ce que l'avenir lui réservait. Devait-il abandonner l'idée de garder sa femme ? Peut-être qu'elle serait plus en sécurité sans lui. Mais son enfant ? Et s'il fuyait avec lui ?

Ce matin-là, il prit conscience du mal qu'Émilie lui avait fait, en le trahissant. Et ce n'était pas n'importe quelle trahison. Une femme avec une autre femme. Comment devait-il interpréter cela ? Comment leurs amis réagiraient-ils, s'ils l'apprenaient ? Il oscillait entre la honte et le dégoût. Ce mariage pouvait-il être sauvé ? Il regretta de s'être aussi mal comporté avec elle à son retour des Pays-Bas. Son implacable fierté avait eu raison de lui. Russe jusqu'au bout des ongles. Puis il s'imagina ne plus être aimé, et sentit que lui l'aimait encore. Ses yeux brillèrent de tristesse.

Son fils n'avait rien remarqué, accaparé par son train, accrochant des rails ensemble, érigeant des ponts. Heureusement.

Quelques minutes passèrent, pendant lesquelles seuls les gais « tchou-tchou » d'Alexis ponctuaient les noires pensées du père. Or, celles-ci avaient subi un virage à cent quatre-vingts degrés.

Julia était maintenant la cible de son tourment. Il passa par toute une gamme des sentiments. Les remords, d'abord, de l'avoir introduite chez lui. Et d'être tombé sous son charme. Ensuite, le sentiment d'avoir été dupé, utilisé, alors qu'elle savait très bien qu'il ne lui était pas insensible. La garce. Enfin, la haine et la jalousie. Elle lui avait volé Émilie, elle le narguait en cajolant sa femme, chez lui, devant lui, et devant son propre fils ! Comment avait-il pu tolérer cela si longtemps, pourquoi n'avait-il pas réagi plus tôt ? Pensait-il que leur relation allait tout bonnement s'arrêter parce qu'il était plus présent ? Il avait été si naïf, espérant que sa tolérance attendrirait Émilie et suffirait à reconquérir son cœur. À présent, il s'en voulait. Il fallait agir, et vite. Il allait la mettre dehors, là, sous la pluie, comme une malpropre, de toute façon, qu'avait-il à perdre, maintenant ? Il ne pouvait pas espérer qu'Émilie quitte cette femme, si elle vivait encore sous leur toit. Peut-être avait-il encore une chance de la récupérer ? Sergueï ouvrit la porte de son bureau, laissant Alexis donner vie à ses jouets. Encore en robe de chambre, il marcha d'un pas déterminé vers la cuisine, où les deux femmes discutaient déjà depuis plus d'une heure. Ce fut d'une voix calme et ferme qu'il déterra la hache de guerre.

— Julia, tu rassembles tes affaires, je veux que tu fiches le camp d'ici pour toujours. Tu fais tes adieux à ma femme, à notre fils, et tu déguerpis.

La jeune femme n'en attendait pas moins de lui. Il était d'une telle froideur que Julia craignit de réveiller le monstre en s'opposant à lui. Guzmán se leva, fit face à Dimitrov, tels deux soldats prêts à s'étriper, et par fierté, l'Espagnole retint d'abord sa réponse. Elle sondait maintenant son adversaire du regard. Était-il capable de la mettre à la porte physiquement, de jeter ses affaires par la fenêtre ? Les yeux noirs de Sergueï la fixaient intensément. Julia n'avait plus le choix.

— Je comprends, Sergueï. Je m'en vais.

Les mots que venait de prononcer si simplement son amoureuse firent bondir Émilie, qui n'avait pas imaginé une seconde qu'elle puisse rendre les armes si facilement.

— Comment ça, tu comprends ? Ça intéresse quelqu'un, de savoir ce que j'en pense ? Je dois comprendre, moi, que mon mari décide seul ? Il est hors de question que tu partes ! Tu vas aller où, d'abord ?

— Sergueï est chez lui, il a le droit de décider.

— Et nous, alors ? C'est fini ?

Sergueï répondit à sa place. Il avait repris le pouvoir et tenait à le leur signifier clairement à toutes les deux.

— Oui, c'est fini, Émilie. Et, oui, je me fiche de savoir ce que tu en penses. Si jamais je te vois encore une fois avec elle, je te promets que tu ne reverras jamais ton fils. Et toi Julia, si tu approches Émilie, je n'hésiterai pas à employer la manière forte. Va, maintenant !

— Laisse-moi juste quelques minutes. Je dois parler à Émilie, lui dire au revoir, sans que tu sois là, s'il te plaît.

— Vous avez eu beaucoup de temps, toutes les deux. Je crois que tout est clair. Prends tes affaires et la porte avec. File. Tu as cinq minutes.

Secouant la tête de dépit, Julia quitta la cuisine pour rassembler ses affaires.

La jeune épouse tambourinait des poings sur le torse de son mari. Celui-ci n'eut aucun mal à la contenir. Mais Émilie se mit à crier de fureur pour que Julia l'entende depuis sa chambre.

— Je pars avec toi, Julia !

Sergueï la maintenait, sans lui faire mal, attendant que la colère passe.

— Tu vas rester ici, avec ton fils, parce que tu es une bonne mère, et une fidèle épouse. Ne fais pas cette erreur !

Quelques minutes plus tard, Julia reparut dans le corridor, un sac sur le dos, prête à partir. Les larmes qui ruisselaient sur les joues de son amie lui brisèrent le cœur. Affichant dans son regard toute sa détermination, Julia lui fit passer tous les mots qu'elle n'avait été autorisée à lui dire. Sa tendresse, son amour, sa confiance. Et surtout, sa volonté de poursuivre le combat, quoi qu'il en coûte.

Malgré la présence du mari, elle s'adressa une dernière fois à Émilie :

— Là où je vais, il n'y a pas de place. Ni pour nous ni même pour moi. Pourtant mon cœur, lui, a toujours un espace pour t'accueillir. Nous nous retrouverons, Émilie, je te le promets.

Chapitre quatorze

Vendredi 10 octobre 1952,
locaux du journal Libération

Au cours de la matinée de ce vendredi froid et pluvieux d'octobre, au cinquième étage du 37, rue du Louvre, les sonneries hurlantes de tous les téléphones retentissaient. Les dépêches criaient les dernières nouvelles, dont les journalistes allaient s'emparer activement pour rédiger leurs prochains articles. Le directeur du journal, Emmanuel d'Astier de La Vigerie, venait de perdre son frère Henri, un compagnon de la Libération, journaliste comme lui. Toute la rédaction était sur le pont. On s'échangeait des brouillons d'éloges dithyrambiques pour cet homme trois fois blessé dans les conflits et sacré par la Légion d'honneur. Chacun y allait de son adjectif, et toute l'artillerie sémantique de la nécrologie fut sortie. La mort des uns offrait visiblement des plaisirs littéraires à d'autres. L'exercice de style fut cependant bien scruté ce jour-là : c'était tout de même le frère du patron !

Les jeunes recrues comme Julia étaient à la tâche pour suivre jour après jour le déroulement du XIXe congrès du Parti communiste de l'Union soviétique. Il était de mise que, entre journaux de gauche, l'entraide fonctionne à plein sur ce genre d'événements. Il avait suffi à certains de descendre les quelques marches qui les séparaient du journal *L'Humanité* pour y collecter l'essentiel des informations.

De leur côté, les journalistes politiques, dont Madeleine Jacob et Marcel Fourrier faisaient partie, relataient les derniers détails de la bataille d'Arrow Head en Corée, dont les morts français, combattant sous pavillon onusien, se comptaient par dizaines depuis quelques jours. Mais ceux-ci avaient tenu les positions et, malgré les attaques chinoises, ce fut à eux que revint la victoire. Les soldats français avaient mitraillé sans relâche le camp adverse toute la nuit jusqu'à l'anéantissement total de leurs ennemis. Un vrai carnage. Le congrès du Parti communiste soviétique, dont les échos parvenaient jusqu'à la rédaction de *L'Huma* et de *Libération*, encaissait sans ciller ces derniers revers. Bien que le cessez-le-feu eût été déclaré, les Soviétiques comme les Nord-Coréens n'avaient pas dit leur dernier mot.

Au milieu de la cacophonie ambiante, sous des néons éblouissants, un jeune freluquet à casquette cria à la volée :

— Julia Guzmán ! Quelqu'un a vu Julia Guzmán ?

Quelques doigts pointèrent le bureau de la jeune femme, au fond de la salle. Son prénom fut relayé de lèvres en lèvres jusqu'à elle. C'était bien la première fois que quelqu'un l'appelait sur son lieu de travail ! Qui cela pouvait-il bien être ? La journaliste accourut vers le standardiste, qui lui tendit le téléphone.

— Services secrets !

Julia regarda le jeune homme, interloquée.

— Mais non, je rigole ! En fait, je sais pas qui c'est… C'est… un homme !

La journaliste lui arracha l'écouteur en secouant la tête de dépit.

— Allô ?

— Julia ?

— Oui ?

— Jérôme, à l'appareil.

La jeune femme regarda autour d'elle, espérant que personne n'entendrait cette conversation. Pas facile de passer inaperçue, de ne pas avoir l'air de cacher quelque chose. Heureusement que la rédaction était en ébullition, ce matin !

— Tu es fou, de m'appeler ici !

— On a souvent besoin de moi, tu sais… J'ai reçu ton message Chez René. Pas mal, ta petite recherche. J'ai fait mon enquête cette semaine sur les noms de ville que tu m'as transmis, et ça y est, j'ai fini par comprendre ce qui se cachait là-dessous !

— Tu m'en vois ravie ! Si tu savais ce que j'ai enduré, pour les avoir ! Et donc, qu'en dis-tu ?

— Eh bien, ces noms correspondent à des navires de guerre qui appartiennent à France-Navigation. C'est le Parti communiste qui possède la firme. On devait vendre ces cinq-là, ce mois-ci, et la vente a étrangement capoté au dernier moment. Grâce à toi, je sais pourquoi. Tu as donné une première preuve. Mais j'en attends une autre encore, plus solide peut-être qu'un simple bout de papier rédigé par tes soins ! As-tu utilisé un des appareils photo que le journal a reçus récemment ?

— Oui, je…

Les photos… Le jeune Jacques n'était toujours pas passé les lui déposer. Une semaine qu'elle les attendait, tout de même. Était-ce à elle d'aller les chercher ?

— Normalement, j'aurai quelque chose, aujourd'hui j'espère.

— Bien, je passerai ce soir Chez René pour récupérer cela. Ne me déçois pas. Nous avons un traître à épingler, et chaque jour compte !

— Oui, à ce propos, une fois que tu auras réuni suffisamment de preuves, que comptes-tu en faire exactement ?

Jérôme hésita avant de répondre. La petite devait-elle entendre la vérité ? Il allait rester flou tout en disant les choses le plus crûment possible.

— Eh bien, selon la hauteur de la trahison, il existe plusieurs traitements. Cela va de l'exclusion simple du Parti à la mort par balle ou par empoisonnement, en passant par l'envoi dans les camps de travail soviétiques. J'en discuterai avec le chef après transmission du dossier.

Il avait dit cela avec un certain flegme qui confinait à l'ironie. On aurait dit un médecin qui commentait l'efficacité des derniers traitements contre les verrues.

— Une dernière chose… Habites-tu toujours chez les Dimitrov ?

— Non, je suis partie la semaine dernière.

— Ça va pas arranger nos affaires ! Tu n'as pas tenu bien longtemps ! Mais… Finalement, ce n'est peut-être pas plus mal pour toi, tu seras en sécurité. Nos agents vont commencer à s'approcher sérieusement de son appartement.

Cette fois, Julia ne douta pas des intentions de Jérôme. Il allait passer à la phase d'attaque. Peut-être plus vite que ce qu'il semblait vouloir dire. Et Émilie, dans tout ça ?

— Et sa femme ? Son fils ?

— Comment ça, et sa femme ? La femme d'un traître est aussi considérée comme telle, ce sont les aléas du mariage, malheureusement ! Je ne te conseille pas de la mettre au courant. Elles finissent toujours par protéger leur mari.

Julia ne répondit pas. Rien ne l'empêcherait de sauver Émilie et Alexis. Mais où iraient-ils ?

— Au revoir, j'ai du travail, je te dépose les photos Chez René en rentrant du journal.

Elle raccrocha. Comment prévenir Émilie ? Il fallait absolument qu'elle arrive à la joindre. Elle ne pouvait téléphoner, car on ne pouvait risquer que la conversation soit interceptée. Peut-être pourrait-elle guetter sa sortie ? Mais quand ? Julia traversa l'étage jusqu'à l'ascenseur pour rejoindre le labo photo. Sur sa route, elle rencontra une Madeleine Jacob en pleine course, des feuillets dans les mains, qui fonçait droit sur elle.

— Ah, Julia ! Bonjour ! Ça avance comme tu veux ? C'était quoi, ce coup de fil ?

Tout le monde était au courant. Évidemment. Son nom avait résonné dans tout le bâtiment. Julia avait trois secondes pour trouver un mensonge, et se remémorer tout ce qu'on avait pu l'entendre dire. Mission impossible. Son hésitation commençait à se voir.

— C'était… privé. Un ami de l'université qui me demandait de mes nouvelles.

Nul. Elle aurait pu trouver mieux. Ce n'était absolument pas crédible.

— Et il t'appelle au journal ? Tu lui diras de ne plus le faire, nous n'avons pas le droit d'occuper une des lignes pour des motifs privés, sauf en cas d'urgence.

— Bien, madame. Je le lui dirai. Il ne m'appellera plus.

C'était passé. Un sourire de circonstance, et l'affaire serait dans le sac. Mais la Diva la coinça encore :

— Ah oui, autre chose, je suis passée par le labo tout à l'heure, et j'ai eu la bonne surprise de voir que tu avais utilisé l'appareil photo la semaine dernière… Ces hommes, sur les clichés, tu les connais ? Tu peux m'en dire deux mots ?

Là, Julia n'en revenait pas. Ce qu'elle avait pu être naïve ! Bien sûr, qu'on la surveillait, qu'on scrutait de près tous ses déplacements, ses photos, ses relations. Or, si jamais elle révélait quoi que ce soit au journal, cela paraîtrait *ipso facto* dans l'édition du lendemain, et compromettrait la mission de Jérôme.

— C'est que… je ne peux vous révéler leur identité pour l'instant. Tout ce que je peux vous dire, c'est que je suis peut-être sur le point de démasquer un traître.

— Ah ? Intéressant ! Un traître envers qui ? La France ?

Avant que Julia ne puisse répondre, une voix venant du fond de la salle retentit, qui la sauva *in extremis* :

— Julia Guzmán ! Téléphone !

Le freluquet à casquette agitait le combiné, le visage fendu d'un sourire moqueur. La jeune femme écarquilla les yeux de honte. Qui pouvait encore la déranger au travail ? Le regard noir que lui adressa la grande reporter la fit trembler. Elle risquait tout bonnement le renvoi.

— Je vous réponds dès que possible, on en reparle vite ! lança Julia à la volée.

Sauvée ou définitivement grillée ? Son sort n'était pas encore scellé, il fallait garder espoir. Après quatre grandes enjambées, elle arracha l'appareil des mains du standardiste.

— Julia Guzmán, qui est à l'appareil ?

— C'est moi. Émilie.

Miracle. Elle allait pouvoir la prévenir. Mais à l'autre bout du fil, un silence.

— Qu'est-ce qui se passe ? Tu vas bien ?

En guise de réponse, Julia reçut une salve de pleurs, que son amie ponctua de ces mots :

— Il faut qu'on se voie. J'ai quelque chose à te dire.

— Tu sais que je n'aime pas quand tu pleures ? Dis-moi ce qui ne va pas. Je suis prête à tout entendre.

— Je préfère… te le dire en face.

— Écoute, ça tombe plutôt bien, je dois aller Chez René ce soir, après le boulot. Vers 18 heures, ça te va ?

— Oui, ça me va.

— À ce soir ?

— Oui, à ce soir.

Elles raccrochèrent. Julia mit un certain temps à poser l'engin sur son socle. Jamais elle n'avait senti autant de détresse chez son amoureuse. L'heure était grave.

Ces deux conversations téléphoniques à un quart d'heure d'écart l'avaient secouée. En plus de la honte qu'elle pouvait éprouver d'avoir reçu deux appels privés, au vu et au su de toute l'équipe, les battements de son cœur traduisaient son inquiétude grandissante. Une fois qu'elle eut remis de l'ordre dans ses idées, la journaliste se souvint que, dix minutes plus tôt, elle était sur le point d'aller récupérer ses photos au labo, au deuxième. Elle se releva donc, les jambes encore tremblantes, et se précipita dans l'ascenseur. À la clicherie, le photographe l'accueillit, un sourire aux lèvres.

— Ah ! Julia Guzmán ! Tu tombes bien, tes photos sont prêtes, j'allais justement t'appeler.

S'emparant du paquet, la jeune femme répliqua aussitôt :

— Alors, comme ça, tu cafardes ? T'as montré ces photos à tout le monde, ou quoi ? Il faut un passe-droit, pour que tu respectes le caractère confidentiel de ce qu'on te confie ?

— Tu as croisé Madeleine, c'est ça ?

— Oui, c'est ça. Tu vois juste, mon brave.

— Calme-toi, elle est venue d'elle-même, je n'ai rien fait. Elle a vu les photos qui séchaient sur le fil, et m'a demandé qui les avait prises, c'est tout. J'ai dû dire que c'était toi, désolé !

— Tu as dû… ? Eh bien, non, tu n'aurais pas dû. La prochaine fois, tu diras que c'est toi qui les as prises, d'accord ?

— Mais j'ai même pas d'appareil…

Julia était déjà partie. Pas le temps d'écouter les excuses de ce demeuré.

Le restant de la journée fila à toute allure. Elle avait mangé un sandwich jambon-beurre en corrigeant sa transcription des minutes du XIXe congrès du Parti, avait enchaîné avec la conférence de rédaction à 14 heures, puis commencé les recherches pour son prochain article aux alentours de 16 heures. Elle quitta le journal une heure plus tard et enfourcha sa bicyclette en direction de l'avenue d'Italie. C'était vendredi soir, et l'activité battait son plein au centre de Paris. Des bus bondés ramenaient péniblement les employés au bercail, à allure d'escargot, dans un concert de klaxons. Julia zigzaguait entre les files de voitures, inspirant de grandes bouffées de gasoil pour s'aérer les bronches. Elle s'arrêta une fois sur le trajet dans sa pâtisserie préférée, avenue des Gobelins, pour s'acheter une « tête de nègre », cette énorme meringue au chocolat qu'elle maintint dans sa main pendant presque un kilomètre. Traverser Paris à l'heure de pointe un vendredi soir, en tenant le guidon d'une seule main, relevait de la prouesse.

Elle gara son vélo devant Chez René et passa la porte du bistrot. Le cafetier lui adressa un signe de tête et lui servit son demi habituel au comptoir.

— Salut, René, tu peux me mettre un peu de citron, cette fois, je suis au goûter, ça sera plus doux ! Merci ! Et je te laisse ça, ce soir.

Elle repéra une pile de magazines sur le zinc sous laquelle elle pourrait glisser l'enveloppe contenant les photos. Mais avant de la lâcher pour de bon, elle la décacheta, et récupéra les négatifs. Mieux valait assurer le coup, si jamais cela venait à se perdre. Puis elle avala tranquillement son gâteau, répandant des miettes de meringue et des copeaux de chocolat partout. Une façon comme une autre d'évacuer le stress.

Un éclair survint, inhabituel en ces lieux. Les lumineux cheveux blonds d'Émilie se reflétaient dans le miroir qui faisait face à l'entrée. Julia s'empressa d'avaler sa dernière bouchée et s'essuya grossièrement la bouche avec sa manche avant de la saluer. Bien sûr, dans le bar, elles devraient rester discrètes. Julia ramassa ses affaires, alla à sa rencontre et lui indiqua une table, à l'abri des regards, de manière à ne pas être vues de la rue, au cas où Sergueï laisserait traîner un œil en passant.

L'Espagnole prit les devants :

— Tu es toujours aussi ravissante, tu sais.

Les yeux d'Émilie étaient brillants et gonflés des pleurs de la journée.

— Julia, voilà, je voulais te dire, c'est fini, avec Sergueï. Il est sans arrêt derrière mon dos. Je ne peux plus le supporter. Il faut que je m'en aille… vite.

— Donc, tu es à moi ? À moi toute seule ? Moi qui m'attendais à une mauvaise nouvelle !

— Oui, je suis à toi, et j'espère qu'on sera bientôt réunies.

— De toute façon, il faut que tu t'en ailles dès que possible. Votre appartement va être surveillé.

Émilie n'en revenait pas.

— Surveillé ? Par qui ? La police ?

— Non, les communistes, chapeautés par les services soviétiques.

— Tu veux dire que ça y est, ils ont eu des preuves contre Sergueï ?

— Oui, et si tu veux tout savoir, c'est moi qui les leur ai données.

Julia eut un rictus de satisfaction que son interlocutrice reproduisit par mimétisme. Dans le mille. Elles n'avaient plus besoin de s'expliquer, leur complicité était telle que chaque mimique, chaque mouvement de cils, de lèvres parlait à leur place. L'homme était cerné. Son sort allait être scellé. C'était une question de jours. Émilie devait donc déguerpir au plus vite.

Restait à trouver où crécher. Pour autant, la Bretonne retrouva le sourire.

Mais sans doute qu'elle ne le garderait pas longtemps, avec ce qu'elle allait entendre.

Julia en avait profité pour commander un autre demi, sans citron cette fois, pour accompagner son propos désormais teinté d'amertume.

— Je dois t'avouer quelque chose. Je n'ai pas eu mes règles.

— Comment ça… ? Tu ne peux pas être enceinte ! Je ne comprends pas… Tu as couché avec un homme, toi ?

— Sergueï m'a violée. Tu sais, ce vendredi où j'ai fêté mon embauche. Il était cuit, on l'avait bien cuisiné, d'ailleurs, ce soir-là. Quand il nous a vues nous embrasser langoureusement, ça l'a rendu fou. Excité, et furieux en même temps, il a profité que tu dormes pour venir dans ma chambre. Il m'a menacée de me foutre à la porte, bien sûr, et de s'en prendre à toi si jamais je te disais ce qu'il m'avait fait. Et puis, il a réussi à me culpabiliser. Je lui volais sa femme, sous son toit. Bref, j'étais coincée. Je l'ai laissé faire.

Stupéfaite, Émilie porta la main à sa bouche. Ses yeux hurlaient de dépit et de rage. Julia, le regard fixe, poursuivit sans ciller :

— J'aurais dû partir à ce moment-là, mais comme c'est lui qui est parti en voyage le lendemain, j'ai voulu profiter du temps qu'il me laissait avec toi.

Émilie était sous le choc. Les larmes qu'elle avait retenues deux minutes auparavant se mirent à couler. Elle avait pressé la main de Julia, un peu trop fort, débordée par la colère. Décidément, elle n'avait plus rien à faire avec ce salaud. Elle reprocha à son amie de ne pas avoir osé lui dire tout ça plus tôt. Et s'en voulut tout autant de n'avoir pu empêcher la chose, de n'avoir rien remarqué. Et dire qu'elle aussi avait dû subir les assauts de cette ordure, à son retour !

Mais inutile d'en parler. La haine était déjà là, à son comble.

— Et… tu es vraiment sûre d'être enceinte ?

— Sûre, oui.

— Mais… tu vas le garder ?

— Le garder ? Moi ? Tu me vois avec un enfant ? J'ai vingt-quatre ans, une carrière à construire, tu crois que j'ai envie d'élever un môme, toute seule, comme ça ?

— Tu n'es pas seule, je suis là ! Je peux l'élever, je…

— Non, Émilie, tu ne te rends pas compte, tu as déjà un fils à nourrir, et aucun logement pour l'instant, ce n'est pas raisonnable ! Et ce serait trop compliqué pour moi, je serais sa mère, sans véritablement l'être, sans m'occuper de lui, parce qu'au fond, je n'en ai aucune envie. Je ne suis pas faite pour ça, ou alors, c'est trop tôt. Et cet enfant me rappellera toujours la façon dont il a été conçu. Non, non, non. Je te jure que ce n'est pas une bonne idée.

Il fallait accepter ce choix. Et pour la jeune Bretonne, ce n'était pas facile. Car elle avait souhaité un autre enfant. Mais Sergueï l'en avait empêchée. Elle avait subi deux avortements. À contrecœur, et dans des conditions qu'on peut qualifier de moyenâgeuses. Elle avait pleuré ses mort-nés au-dessus de la poubelle, dans laquelle ils avaient vulgairement été jetés. L'idée que Julia subisse à son tour cette déchirure lui glaçait le sang.

— Si tu ne veux pas le garder, tu sais ce que cela signifie ?

— Eh bien, oui, je vais devoir avorter.

— Tu sais sans doute aussi que c'est un peu plus dangereux qu'un lavement ou qu'une ablation de l'appendice ?

— Tu l'as déjà fait ?

— Oui, deux fois.

— Et… je peux savoir comment ?

— Aiguilles à tricoter. Un comble, pour une couturière, n'est-ce pas ?

Julia posa des yeux hagards sur le ventre d'Émilie. Ainsi, elle s'était fait charcuter à plusieurs reprises. On n'aurait pas dit, comme ça. Sous la douceur des peaux, l'on partage parfois le secret des entrailles qui hurlent.

— Et alors ? Ça fait mal ?

Émilie colla son doigt sur ses lèvres. Ne pas dire. Ne pas entendre. Personne ne devait entendre. Pas même celles qui devaient y passer. Et Julia comprit qu'il ne fallait pas insister. Elle le saurait bien assez tôt.

— Mais pourquoi ? Sergueï et toi ne vouliez pas d'autre enfant ?

— Sergueï n'en voulait pas. Point. Il était catégorique.

Son amie encaissa. La volonté d'Émilie de garder le bébé avait maintenant un fondement. Mais tout cela ne changeait rien à sa décision. Elle était trop jeune, et n'avait pas l'instinct maternel. Pas encore, du moins. Peut-être que l'occasion ne se représenterait jamais, et tant pis. Mlle Guzmán avait un avenir. Mlle Guzmán ne se retrouverait pas sur le carreau parce qu'elle devrait coucher son moutard à 20 heures. Et on ne faisait pas un enfant pour les autres.

— Tu l'as toujours, ton contact, je veux dire, la personne qui t'a fait ça ? C'est qui ?

— Betty. Elle vit au 70, avenue d'Italie aussi. Elle s'occupe de toutes les femmes du quartier. Tu veux qu'on passe la voir ?

— Quoi ? Maintenant ?

— Pourquoi pas ? J'ai un peu de temps devant moi. Et je vais peut-être lui demander si elle connaît quelqu'un qui serait susceptible de pouvoir nous héberger avec Alexis, en attendant qu'on trouve quelque chose.

Elles remercièrent toutes deux le sympathique René, qui leur adressa un grand sourire compatissant. Un vrai barman doté d'un sixième sens profondément humain.

Ce fut dans un silence bruyant de réflexion que les deux femmes longèrent le trottoir des numéros pairs jusqu'au 70. L'immeuble de cinq étages, noirci par les gaz d'échappement, n'inspirait rien de bon à Julia. La porte cochère avait été forcée et la serrure, cassée en deux, était une invitation au cambriolage. L'intérieur contrastait fort avec la façade, avec sa cour pavée, bordée tout autour par une dizaine de fenêtres aux volets blancs, disposées en quinconce. Entre elles, un duvet de fleurs mauves, solanum ou clématite, s'étendant sur un large pan de mur, faisait encore vivre l'été. Émilie leva la tête et désigna le quatrième étage.

— C'est là-haut.

La faiseuse d'anges ouvrit la porte au premier claquement du heurtoir. On vit d'abord des yeux bleus et une houppette rousse faire le guet au-dessus de la chaîne de sûreté. Quand elle la retira, et que les deux femmes furent invitées à entrer, Julia put avoir une vision d'ensemble de leur hôte. C'était une grande femme, d'environ un mètre quatre-vingts, très maigre, aux cheveux roux, coupés à la garçonne. Clope au bec. Ses vêtements amples, cachant un corps exsangue, lui donnaient une allure dégingandée, très inhabituelle pour une femme. Elle embrassa Émilie tout en regardant attentivement sa jeune amie.

— Bonjour, ma belle ! Qui est ce joli brin d'fille que tu m'amènes là ?

— C'est Julia. Elle vit avec nous depuis presque un an déjà. Elle est journaliste à *Libération*.

— Madame ! Journaliste ! Ah, ben j'en ai pas tous les jours, des journalistes ! Faut dire que dans le 13e, à part des couturières et des serveuses…

La voix éraillée de Betty surprit Julia, qui n'avait jamais entendu le râle d'un gros fumeur auparavant. Pourtant, elle ne semblait pas si vieille. Autour d'elle, un appartement des plus classiques. Les plafonds n'étaient pas aussi hauts que dans le centre-ville. Pas de moulures encore moins d'arabesques. Au sol, le plancher élimé montrait des signes de vétusté. Des bibliothèques surchargées de livres couvraient tout le mur qui faisait face aux fenêtres. Celles-ci, donnant sur la cour, accomplissaient parfaitement leur mission. Elles éclairaient suffisamment la pièce, et ne laissaient entrer aucun son venant de l'extérieur. Il fallait espérer que cela soit valable dans l'autre sens.

Betty invita les deux femmes au salon, où elles s'assirent sur un vieux canapé en velours rouge. Sous des abat-jour jaunis par la fumée de cigarette, les ampoules diffusaient une lumière feutrée et chaleureuse, propice aux confidences.

— Alors, qu'est-ce qui vous amène ? Un polichinelle dans le tiroir, je présume ?

Julia opina.

— Et à quand remonte le dernier rapport ?

— Quatre semaines.

— Bien, ça nous laisse un peu de temps. On pourrait faire ça en fin de semaine prochaine. Au fait, pardonnez-moi, vous voulez boire quelque chose ?

La nonchalance de Betty dérangea Julia, qui tentait de dissimuler son angoisse. Comment s'y prenait-elle ? Qui était-elle pour braver la loi à son domicile et risquer des années de prison ? La mémoire de Marie-Louise Giraud, l'avorteuse guillotinée pour l'exemple sous Vichy, était encore bien fraîche, pour ne pas faire trembler toutes les faiseuses d'anges.

Dans l'attente d'une réponse qui ne venait pas, Betty surprit le regard suspicieux de la jeune femme, et devança ses questions. Après tout, elle en avait l'habitude.

— Tu t'inquiètes, c'est ça ? Je vois que la demoiselle a besoin d'être rassurée ! Pour tout te dire, ce sera mon dix-septième avortement. J'ai commencé en utilisant des aiguilles à tricoter pendant la guerre, faut dire qu'on n'avait pas accès à grand-chose, à cette époque, mais depuis peu, j'utilise une sonde. Et je n'ai jamais tué personne. Je suis infirmière à la Salpêtrière. C'est un avantage, parce que je peux me procurer en douce de la pénicilline et des curettes, au cas où… Je t'expliquerai tout cela en détail, de toute façon. Tu seras allongée sur le lit de la chambre du fond.

La crainte de Julia n'avait pas diminué, au contraire. Les détails ? Que fallait-il savoir encore ? Qu'est-ce que c'était que ces sondes ? Et pourquoi y aurait-il besoin de curettes ? Mais elle serra les dents, il fallait assumer et faire confiance. Elle lança un regard à Émilie, comme à l'affût d'une bouée de sauvetage.

— Tu seras là ?

— Oui, je viendrai. Je te tiendrai la main, et j'aiderai Betty si elle a besoin de moi.

Betty lui adressa un sourire de gratitude.

— Ah, oui, et j'oubliais, c'est trois cents francs.

— La moins chère de Paris, garanti sur absence de facture ! ajouta gaiement Émilie.

Les trois femmes rirent ensemble. Malgré la situation, Julia et Émilie sentirent que désormais une ère nouvelle s'ouvrait devant elles, une ère de liberté, toute féminine, et sûrement bien plus joyeuse.

— On se retrouve jeudi ou vendredi prochain ?

— Vendredi, c'est mieux, tu as le week-end pour te reposer, conseilla Émilie.

Au moment où elles passèrent sur le seuil de la porte, celle-ci se rappela qu'elle avait encore un problème à résoudre et en toucha un mot à Betty.

— Dis-moi, tu ne connaîtrais pas quelqu'un qui louerait une chambre ? Parce que je voudrais partir de chez moi le plus vite possible.

— Avec ton fils ?

— Oui.

— Ah, c'est plus compliqué. Je vais voir ce que je peux faire. Tu as demandé aux autres membres de la cellule ? Après tout, on ouvre bien sa porte pour héberger des Vietnamiens, alors pour une copine…

— Non, pas encore, mais l'affaire est compliquée. Je ne sais pas trop en qui je peux vraiment avoir confiance. À cause de Sergueï. Je ne voudrais pas qu'il sache où je vais et surtout qu'il connaisse la personne qui m'héberge. En toi, oui, j'ai confiance.

— Bon, je te tiens au courant.

— Tu me dis ça vite ? Je vais chercher de mon côté pendant ce temps-là.

Betty regarda Émilie et ses yeux se fixèrent sur ses lèvres. Cette femme avait vraiment quelque chose d'irrésistible. Surtout quand elle ouvrait délicatement la bouche, et que ses dents du bonheur semblaient quémander un baiser. Comme un air de la petite Brigitte Bardot, la jeune femme qui venait de faire la couverture de *Paris Match*. Si elle pouvait, elle l'accueillerait volontiers.

En quelques secondes, Julia avait capté l'intérêt que Betty portait à Émilie. Mais ce fut la fierté d'être sa compagne qui l'emporta contre la jalousie, jugeant Betty incapable de remporter la mise face à elle.

Le rendez-vous fixé, les deux jeunes femmes quittèrent l'appartement. Au beau milieu de la cage d'escalier, elles s'embrassèrent langoureusement, tout excitées qu'elles étaient par la force érotique des regards de Betty et par l'approche des jours heureux à venir.

Chapitre quinze

Vendredi 17 octobre 1952, 17 heures,
70, avenue d'Italie, Paris

— Tu as l'argent ?

Après avoir traversé la capitale à toute allure sur sa bicyclette, Julia était arrivée à l'heure, haletant encore, le cœur serré. Cette femme, du haut de son mètre quatre-vingts, avec sa voix grave et rocailleuse, l'impressionnait. Elle allait droit au but, sans s'encombrer de sentiments. Cependant, sa sécheresse n'était pas surprenante. En rendant ce service, elle prenait des risques, et pas des moindres. Et à l'évidence, cela méritait son salaire, qui, du reste, n'était pas mirobolant. Julia ne moufta pas, et après avoir déposé son sac et sa veste au portemanteau, elle sortit les billets, tête baissée. Même les femmes les plus revêches, les plus dignes ou les plus orgueilleuses succombaient à la honte d'être obligées d'avoir recours aux services de ces matrones.

— Va dans la chambre du fond et installe-toi.

Betty lui avait montré le couloir d'un simple hochement de tête. Elle se dirigea dans la pièce en question, d'un pas peu assuré, regardant tout autour d'elle, inspectant le moindre recoin, comme pour se familiariser avec l'endroit, tenter de se l'approprier, chercher dans chaque bibelot, dans chaque effluve rencontré un moyen de se détendre, de se rappeler des bons souvenirs. Là un petit bouddha, l'air satisfait, assis sous son gras-double ; là une odeur de cire à bois, ou un volet entrouvert pour laisser passer un rayon de soleil bienvenu.

Alors qu'elle s'aventurait plus loin, Julia se fit surprendre par le nombre de portes fermées. Combien cet appartement comportait-il de chambres ? Trois, quatre ? Betty y vivait-elle vraiment seule ? Qui étaitelle ? Avait-elle hérité ? À l'issue de cette traversée, qui laissa en suspens toutes ces interrogations, elle entra dans « la chambre du fond », une grande pièce joliment arrangée. Les tissus bariolés qui recouvraient le lit ou les chaises étaient assortis aux abat-jour et aux rideaux. Leur teinte chaleureuse jaune pâle et orangée adoucissait sensiblement l'atmosphère, comme pour relaxer les femmes qui devaient, par la force des choses, s'attarder là.

Julia s'assit sur le lit, et n'osa commencer à se déshabiller sans Émilie. Betty entra, une bassine d'eau bouillante dans les bras.

— Mets-toi à l'aise, on va commencer.

— Tu n'as pas de nouvelles d'Émilie ?

— Non, elle ne devrait pas tarder, pourquoi, tu veux l'attendre ?

— Je ne sais pas, ça dépend… c'est maintenant que je vais avoir mal ?

La pauvre n'avait aucune idée de la façon dont se déroulaient les choses et Betty en prenait conscience un peu tardivement, ce qu'elle regretta aussitôt.

— Excuse-moi, tu as dû me trouver un peu sèche, tout à l'heure. J'avais oublié que c'était ta première fois. J'ai cru, comme Émilie, que… Mais oublie ça. Je vais t'expliquer ce qu'il va se passer. On pose d'abord dans le vagin une sonde, c'est une sorte de tuyau en métal, qui va ouvrir le col et provoquer volontairement, dans les heures qui suivent, une infection. C'est celle-ci qui déclenchera le rejet du fœtus. La fièvre va monter, et tu perdras du sang, puis… « flop ». Tu vois ? Avec un peu de chance, tu atteindras l'objectif sans qu'on ait besoin d'aller plus loin. Ensuite, je te donnerai de la pénicilline pour éviter les complications. C'est la seule difficulté : ne pas attendre trop longtemps que l'infection gagne du terrain.

— Et si ça ne marche pas ?

— S'il ne se décroche pas, il va falloir faire un curetage. Je sais le faire, et crois-moi, il vaut mieux que ce soit moi qui te le fasse. Parce qu'il y a des médecins, à l'hôpital, qui font ça sans anesthésie, et sans délicatesse, rien que pour te faire culpabiliser d'utiliser leurs compétences pour quelque chose d'illégal. Ils sont même capables de t'insulter, tu sais. Une seule de mes patientes a dû recourir à leurs services. C'était au début, et je n'avais pas les bons instruments. Les aiguilles à tricoter, ça te dit quelque chose ? Celles qui se font ça toutes seules ne sont malheureusement plus là pour en parler. Enfin, pas toutes, mais…

Derrière le paravent recouvert de tissu chinois, l'infirmière se lava méticuleusement les mains au lavabo, et passa la sonde métallique au savon et à l'eau chaude. Pendant ce temps-là, Julia, décidée à subir cette première étape sans la présence de son amie, avait retiré pantalon, culotte et mi-bas, lentement, comme pour retarder l'événement.

Une fois sur le dos, la jeune femme vit Betty, tenant la sonde, approcher son entrejambe. Ses cuisses se raidirent instantanément, quand elle sentit s'enfoncer en elle cet objet métallique, dur et froid, aussi loin qu'il était possible. Au niveau de son nombril, quelque chose lui pilonnait les entrailles.

— Maintenant, tu peux te rhabiller.

— Vous me laissez comme ça ?

— Oui, tu dois garder la sonde, et attendre. Essaie de marcher le plus possible ce soir, il faut que le col s'ouvre. Et reviens me voir si tu as le moindre problème.

— Marcher ? Avec ça entre les jambes ? Je ne peux pas rester ici ?

— Tu sais, certaines femmes vont au travail avec, tu as déjà de la chance qu'on soit vendredi soir… Et si je ne peux pas te garder, c'est parce que j'ai un locataire qui devrait rentrer… Et puis je réserve la chambre au cas où j'aie une urgence qui débarque…

— S'il vous plaît, Betty ! Je vis chez ma mère, et je n'ai pas envie qu'elle sache. En plus, Émilie ne devrait pas tarder…

Les supplications de Julia finirent par porter leurs fruits, et la faiseuse d'anges concéda à la jeune femme une partie de son territoire pour les heures à venir.

Depuis trente minutes Émilie tentait en vain de s'extirper de son appartement. Sergueï ne la lâchait pas. Il était persuadé qu'elle voulait rejoindre Julia pour la soirée, et n'était pas prêt à la laisser partir.

— Je vais chez Betty. Tu te souviens, de Betty ?

— La faiseuse de miracles ? Ne me dis pas que tu es encore enceinte !

— Non, je vais l'aider, pour une amie dans le besoin.

— Tu me promets que tu ne vas pas voir Julia ?

— Oui, mentit-elle.

La main sur la poignée de porte, et le pied dans le couloir, elle crut un instant qu'elle s'était débarrassée du problème. Mais Sergueï courut attraper Alexis, lui enfila un manteau, et le fit grimper sur son dos.

— Alexis le grand a grimpé sur son cheval pour escorter sa maman jusqu'au village ! Nous ne laisserons pas une femme affronter seule les rôdeurs de la nuit !

— Sergueï, il est 17 h 30 ! C'est ridicule.

Suivie de près par ses deux chaperons, Émilie descendit les quatre étages de l'immeuble, ses talons claquant sur le bois sec de l'escalier.

— Regarde la blonde qui sort, c'est sa femme.

— Et lui. Il la suit. Mets-le en joue. Non. Attends.

À l'intérieur de la Traction noire, plantée face au 42, avenue d'Italie depuis plusieurs jours, les deux hommes en costume gris pensèrent un court instant pouvoir mettre la main au collet au traître.

— Il porte son fils sur son dos, dit le petit.

Le colérique Viatseslav, une armoire à glace, dont le haut du crâne touchait le plafond de la Traction, tapa violemment la crosse sur le tableau de bord.

— Merde !

— Calme-toi, Slava ! On va bien finir par l'avoir…

Son acolyte, Pierre Isard, de son vrai nom Piotr Isarevitch, de nature plus taciturne, avait été choisi exactement pour cette raison-là. Tempérer le dragon slave, le rugissant de la mer Noire.

— On est grillés, c'est sûr. Il nous scrute, sourire aux lèvres, ce salopard. Mais on ne va pas te lâcher, tu sais ! Mon copain et moi, on est coriaces. On te poursuivra partout où tu iras…

La petite famille s'arrêta sur le seuil de l'appartement de Betty. À peine Alexis avait-il posé les pieds par terre que le père idéal se transforma en véritable mari-garou. La vue de l'œilleton réveilla en lui ses instincts d'espion. Betty ouvrit timidement la porte, après avoir passé la chaîne de sûreté. Puis elle daigna présenter une moitié de visage dans l'entrebâillement. Que faisait-il là, celui-là ? Comment osait-il ?

— Bonjour, Betty, tu vas bien ?

— Je ne souhaite pas d'hommes ici, tu n'es pas le bienvenu, Sergueï.

— Ne t'inquiète pas, je suis juste venu accompagner Émilie.

— Ah bon ? Elle ne pouvait pas venir toute seule ?

— On n'est jamais trop prudent, hein ?

— Entre, Émilie ! Et vous, eh bien, vous pouvez repartir !

Comme il restait planté là, Betty se résolut à ouvrir grand la porte. Les deux adversaires se firent face et se dévisagèrent, sans dissimuler la répulsion qu'ils ressentaient l'un pour l'autre. Betty détestait les hommes en général, elle les tenait pour seuls responsables de la situation des femmes qu'elle recevait chez elle. Elle avait rencontré Sergueï lorsqu'il avait accompagné sa femme la première fois qu'elle avait avorté. Il n'était pas resté, bien sûr, ce n'était pas une affaire d'hommes, il aurait dérangé. Et puis était-ce vraiment nécessaire de lui imposer cela ?

Betty avait l'habitude de ce genre de comportement. Et encore, il était venu, bien d'autres ne faisaient pas cet effort. La deuxième fois, d'ailleurs, il ne s'était pas donné cette peine. Était-ce la honte ou l'indifférence ? Quoi qu'il en soit, Émilie n'excuserait plus son mari : c'est lui qui refusait un autre enfant et lui imposait ces souffrances. Le portrait qu'elle avait dressé de lui à cette occasion avait suffi à nourrir sa haine.

Le Russe grimaça et détourna furtivement le regard pour faire l'inventaire de tout ce qu'il pouvait apercevoir dans l'appartement. Julia ? Un autre homme ? Qui Émilie venait-elle rejoindre ? Comme il s'avançait un peu trop, la grande dame fit obstruction, après avoir laissé passer son amie. Sergueï recula d'un pas. Son allure masculine l'avait toujours dérangé. Une femme aux cheveux courts, grande et maigre, si peu séduisante, dont l'attitude hautaine laissait deviner le fond de ses pensées. Elle avait le tort de porter dans son regard le jugement moral. C'étaient eux les fautifs, tous ces hommes, avec leurs pulsions incontrôlables.

— Tu reviens à quelle heure ?

— Sans doute dans la nuit, ou demain au petit matin.

Betty devança la réponse de Sergueï, donnant libre cours à son mépris :

— Tu veux peut-être que je la raccompagne ? On ne sait jamais, si elle tombe en faisant trois cents mètres !

— Oui… ce serait bien, parce que…

Betty referma la porte aussitôt, sans lui laisser le temps de placer un autre mot.

Du canapé où elle se retournait depuis d'interminables heures pour trouver une position acceptable, Julia observait, impuissante, ses deux camarades s'affairer pour préparer le dîner. On lui proposa un petit en-cas, mais l'idée d'avaler quoi que ce soit lui vrillait l'estomac. On lui servit un verre de vin qui, au lieu de la détendre, lui donna le tournis et des haut-le-cœur. Était-ce normal ? Tâchant de ne rien laisser paraître de la panique qui lui dévorait le ventre et l'esprit, Julia se concentra sur le débat qui s'engageait autour de la table. Étonnamment, ce n'était pas son avortement qui était l'objet de la conversation, mais plutôt la situation de son amie, qui semblait plus grave aux yeux de Betty que la sienne. C'en était presque rassurant. La grande gigue occupait tout l'espace, imposait le ton et la forme, tout en pelant grossièrement des patates.

— Et tu n'as toujours pas trouvé comment te débarrasser de lui ? Tu veux qu'on t'aide à le foutre dehors ? Parce que s'il te suit jusqu'ici, laisse-moi te dire que tu es mal barrée, ma pauvre !

L'infirmière était survoltée. Elle se leva d'un bond et revint quelques secondes plus tard un livre dans les mains.

— Tu as lu *Le Deuxième Sexe* ?

Les deux femmes la regardaient les yeux écarquillés. La publication avait provoqué un tollé trois ans auparavant, même dans les milieux communistes, dont Sartre faisait partie. S'il y avait un domaine où tous les bords politiques, de l'extrême gauche à l'extrême droite, se rejoignaient, c'était bien celui de l'aversion contre toute idée d'émancipation des femmes. Beauvoir agissait contre la natalité, écrivait des obscénités, que l'époque ne pouvait comprendre. À l'exception de quelques lectrices marginales.

— C'est une alliée, une copine ! Il y a tout, là-dedans. Tu sauras pourquoi t'en es arrivée là ! De la jeune ingénue à l'épouse, en passant par la lesbienne… elle explore tous les parcours de femmes. Séductrice, narcissique, amoureuse, altruiste, soumise ou indépendante. Tu trouveras beaucoup de réponses, dans cet essai. Je le conseille à toutes les femmes que je croise, en tout cas, toutes celles qui ont besoin d'air, comme toi !

Les yeux d'Émilie se mouillèrent de larmes quand Betty la regarda d'un air réprobateur.

— Les oignons, hein ? Ils piquent beaucoup ceux-là, lança-t-elle, montrant bien qu'elle ne ferait pas cas de la sensiblerie de l'épouse.

Galvanisée par sa diatribe féministe, la faiseuse d'anges remplit de nouveau les verres de ses deux convives sans remarquer que Julia n'avait presque pas touché au sien. Celle-ci, sous la table, serrait la main d'Émilie pour lui signifier son angoisse, et quand Betty tourna le dos, elle lui chuchota des mots à l'oreille :

— J'ai envie de vomir. Je ne me sens pas bien.

— C'est normal. Ne t'inquiète pas, ça va aller.

Julia aurait désiré qu'on s'occupe d'elle, qu'on soit aux petits soins, mais elle comprenait bien la passe difficile que traversait son amie. Pour lui rendre la pareille, elle fit mine de s'intéresser à ses problèmes, au prix d'un effort considérable.

— Et… tu lui as demandé, pour la chambre ? Si elle pouvait t'héberger ?

Émilie secoua la tête. Elle n'avait pas osé.

Betty, de son vrai nom Élisabeth Vignon, était une femme intelligente, qui avait pressenti les choses. Elle ne pouvait pousser Émilie à quitter son mari sans lui offrir une solution. Depuis la mort de ses parents, à l'aube de ses vingt ans, elle occupait l'appartement familial, seule. Du moins en apparence, car malgré un abord un peu rêche, Betty avait un cœur gros comme une maison ; les gens disaient que sa grande générosité avait fait fondre son héritage en quelques mois. Elle payait les factures de ses voisines dans le besoin, ou leurs tickets de métro, hébergeait chaque semaine quiconque cherchait un refuge pour la nuit, et ne comptait pas quand il s'agissait de soutenir ses amis. Tout le quartier, ou presque, le savait. Y compris Émilie, qui n'attendait qu'une chose, que Betty lui propose son aide.

— J'ai une chambre qui va se libérer la semaine prochaine, mais en attendant, tu peux dormir dans le salon ou la chambre du fond, ça te convient ?

Enfin. La jeune femme ravala aussitôt ses larmes. En elle, c'était un séisme. Elle allait pouvoir agir, cette période de torpeur était terminée.

— Alexis pourra venir ?

— Ah, parce que tu crois que je l'avais oublié, ton lardon ? Bien sûr, qu'il pourra venir !

Julia sourit quand elle vit le visage d'Émilie retrouver sa jovialité. Mais tandis qu'elle commençait à s'attendrir, une contraction soudaine lui arracha une grimace. Pour sa part, les dés n'étaient pas encore jetés.

Alors que le petit Alexis engloutissait à la cuillère son omelette au fromage, sans se poser de questions, le père, laissé seul à son devoir, se lamentait sans bruit, serrant les dents, n'osant se formuler l'espoir d'un retour en arrière possible. Mais la bouille du garçon lui arracha un sourire. Peut-être qu'ils ne seraient pas si malheureux, tous les deux. C'était sûrement mieux que d'être élevé par deux gougnottes.

Vers 20 heures, il ramassa les morceaux de pain réduits en miettes par le bonhomme, lava les assiettes et les verres, puis envoya le petit se coucher. Déjà il tournait en rond. Son œil dériva sur la rue et il s'aperçut que les deux agents dans la Traction noire tenaient toujours le siège sous sa fenêtre. Il avait été imprudent, c'était incontestable. Et là, il était en danger.

Ce fut aux alentours de 23 heures que Julia sentit les premières montées de fièvre. Elle remarqua que le drap, jusqu'alors immaculé, était taché des premiers caillots de sang. *Sans doute un bon présage*, se dit-elle pour se rassurer. La sonde produisait son effet, l'infection gagnait du terrain, et le rejet commençait. Pourtant, les tremblements devenaient plus forts. Frissonnante et brûlante, parfois au bord des convulsions, Julia ne cessait de courir du lit au bidet, se vidant intégralement de toute substance vitale. Et cela ne suffit pas. Le fœtus ne voulait pas descendre, ni la fièvre d'ailleurs, qui lui martelait le crâne et lui dévorait le ventre. Le sang s'écoulait bel et bien, mais l'embryon restait accroché à la vie, en dépit de tout ce qu'on lui infligeait. Fourbue de fatigue, le corps exsangue, Julia s'écroulait littéralement d'épuisement. Dans un élan de survie, elle supplia qu'on abrège ses souffrances, et ne comprenait pas qu'on puisse la laisser endurer cela. Comment ses amies pouvaient-elles être devenues cruelles à ce point ? Ne voyaient-elles pas sa détresse ?

À 1 heure du matin, alarmée par les plaintes répétées de Julia, Betty décida finalement de prendre les choses en main.

— L'infection s'aggrave trop rapidement. Si on attend, elle ne passera pas la nuit.

Le regard qu'elle lança à Émilie ne cachait pas son inquiétude. Curetage. Le mot n'était pas prononcé, mais un coup d'œil sur les instruments le fit comprendre à son assistante d'un soir, qui s'apprêta, se lava soigneusement les mains, et s'adressa à Julia de sa voix la plus douce, afin de la mettre en confiance :

— On va faire ce qu'on peut pour que tu souffres le moins possible. Betty sait ce qu'elle fait. Elle va tenter de t'endormir. La dernière fois, elle avait des somnifères.

Julia, très affaiblie, avait perdu espoir et se préparait intérieurement à l'idée qu'elle ne reverrait peut-être pas la lumière du jour.

— Et ça va durer combien de temps ?

Combien de temps avant de mourir ?

— Entre dix et vingt minutes.

Betty s'approcha, une seringue à la main.

— Pénicilline. Sans ça, ma grande, tu es bonne pour la septicémie.

Les piqûres ne lui faisaient pas peur. Betty lui tapota la hanche pour lui indiquer sa cible. Tout en présentant sa fesse droite, Julia regarda par-dessus son épaule l'aiguille s'enfoncer dans ses veines brûlantes, espérant un soulagement rapide.

Puis Betty se retourna et chuchota des mots inaudibles à l'oreille d'Émilie.

— Désolée, mais je n'ai pas de sédatif puissant. À l'hôpital, les produits anesthésiants, comme les antibiotiques, sont sous clé, et le nouvel anesthésiste est un sale con qui contrôle son stock de façon bien trop consciencieuse. J'ai pu prendre à tout casser cinq cents milligrammes de pénicilline et une dose de chloroforme. Le problème, c'est qu'on a très peu de temps pour agir. Une dizaine de minutes tout au plus.

Pendant que Betty versait le liquide sur un chiffon, l'inquiétude se lut tout de suite dans les yeux de la jeune Bretonne, ce qui alarma Julia.

— Qu'est-ce qu'il y a ?

— Tout va bien se passer, Julia. Tu vas respirer à travers ce chiffon, jusqu'à ce que tu t'endormes. Nous allons ensuite démarrer l'opération.

Elle obéit, et sombra deux minutes plus tard. Les instruments qu'Émilie avait pris soin de stériliser étaient prêts à l'emploi, disposés sur un plateau. La curette, en forme de cuillère, l'écarteur, le tampon, la seringue d'aspiration, et le scalpel qui, c'était son souhait le plus fort, ne servirait pas.

Betty commença le travail.

Elle procédait avec agilité, raclant méthodiquement les parois utérines. Au bout de cinq minutes, elle sentit une résistance sous son instrument. C'était là. Il fallait décrocher la chose, au plus vite. La curette dérapa plusieurs fois. Le fœtus était solidement attaché. Betty lança un regard à Émilie, qui comprit que l'opération se compliquait. Des gouttes de sueur perlaient déjà sur leur front. Les dix minutes filèrent bien trop vite. Julia fut réveillée par une intense douleur au moment où la curette glissa sur le fœtus et heurta le fond de l'utérus. Un hurlement étouffé de larmes lui vint, comme éjecté par la douleur. Ses yeux sortirent de leur orbite à la vue de tout le sang qui s'échappait de son corps.

Au même moment, dans l'obscurité de l'appartement des Dimitrov, Sergueï se trouvait prostré derrière la vitre. Assis sur son rocking-chair, il avalait mécaniquement par gorgées un Bushmills de douze ans d'âge, pour convoquer le sommeil qui tardait à venir. Il avait commencé à faire sa valise, ne sachant pas s'il devait partir tout de suite ou s'il devait rester terré dans son appartement en attendant que les Russes en faction devant l'immeuble se lassent. Émilie allait-elle rentrer ? Le mari qu'il était encore brûlait d'envie de courir chez Betty pour lui parler mais, la seconde d'après, il changeait d'avis. Il ne savait plus ce qu'il voulait. Sergueï pensa à ce dernier mois, à son voyage à Rotterdam, à tous les déplacements qu'il avait effectués. Il décortiqua chaque rencontre, tâchant de se remémorer chaque visage qu'il avait croisé. Il avait laissé passer quelque chose. Ce jeune homme qu'ils avaient surpris aux arènes, où avait-il pu le rencontrer avant ? Il se souvint de son accoutrement, de son manteau trop large, son chapeau, son sac kaki en toile. Le sac. Mais oui ! Il y avait le même, dans l'entrée, chez Betty ! Le même, avec ses boucles sur la poche avant ! Sergueï comprit qu'il s'agissait du sac de Julia. Comment n'avait-il pas fait le lien plus tôt ?

Un sentiment de colère l'envahit, le fit bondir de sa chaise, comme un guépard à l'assaut d'une proie. Contre elle, contre lui-même. Sauf que la proie était à quelques pâtés de maisons, et qu'il était coincé là, surveillé vingt-quatre heures sur vingt-quatre, avec un enfant sur les bras. Il fallait absolument qu'il retourne chez cette bonne femme, mais comment ? Il regarda de nouveau par la fenêtre. Les agents russes n'avaient pas bougé ou presque. Il les vit affalés, endormis sur leur siège de voiture. Pourrait-il profiter de ce moment pour filer chez Betty ? Ou allait-il se résigner pour ne pas laisser son fils tout seul dans l'appartement ?

À chaque mouvement de la curette, Julia hurlait si fort qu'Émilie dut lui enfoncer un mouchoir dans la bouche pour éviter d'alerter les voisins. Ses yeux exorbités, fixant ceux de son amie, crachaient sa colère. Comment pouvait-elle lui faire une chose pareille ? Pour se venger, Julia enfonça ses ongles dans les chairs de son amoureuse, qui serra les dents et garda le silence par compassion. Émilie revivait ce qu'elle avait elle-même enduré par deux fois. À chaque grimace de Julia, à chacun de ses cris, des ciseaux imaginaires lui sectionnaient les ovaires. Jamais plus elle ne voudrait revivre ça. Elle lança à l'infirmière un regard interrogateur. Quand réussirait-elle à extraire ce corps étranger ?

Betty baissa les paupières et lui indiqua que c'était fini. Elle épongea les derniers caillots et jeta les restes à la poubelle d'un geste rageur. Les deux minutes que Julia avait endurées sans anesthésie laisseraient à sa patiente un atroce souvenir, que la jeune femme lui reprocherait sans doute. Et elle le comprendrait bien.

Quand tout fut terminé, les deux femmes retirèrent le tissu de la bouche de Julia, désinfectèrent et rangèrent les ustensiles, laissant la patiente récupérer. Vidée de son énergie.

— On l'a échappé belle. Tu sais, quand j'ai dérapé, et qu'elle s'est réveillée, Julia a eu beaucoup de chance. Je ne te dis pas comme j'ai eu peur à ce moment-là d'avoir percé la paroi… On boit un verre ?

Émilie n'était pas prête à se distraire. Non. Et si Julia ne se réveillait pas ? Comment Betty pouvait-elle être certaine à ce stade que l'opération n'ait causé aucun dégât ? La pauvre femme, aux prises avec son propre traumatisme, cédait à la panique. Elle se rua vers la cuisine, se servit un grand verre d'eau.

— Tu es sûre que tout va bien ?

— Quasi. Mais il faut qu'elle reste en observation. Croisons les doigts.

Dehors, la nuit était calme et noire. Émilie sentait le sommeil l'assaillir, mais une angoisse la tenait, plus profonde peut-être que celle de perdre la femme qu'elle aimait.

— Tu veux dormir ici ?

— Je ne sais pas. Je… Je crois que je vais rentrer. Sergueï pourrait quitter la maison avec Alexis, et je risque de ne plus jamais le revoir. Mais si je rentre, il ne me laissera pas repartir demain. Encore moins avec son fils sous le bras… Que ferais-tu à ma place ?

Betty écarquillait les yeux, surprise de devoir mener ce type de réflexion après une telle soirée.

— Pourquoi s'en irait-il ? Et avec ton fils en plus ?

— Il est suivi, menacé et recherché par les Russes, pour trahison.

— Trahison ? Rien que ça ? Et pourquoi prendrait-il Alexis avec lui ?

— Il en serait bien capable ! Par orgueil, sûrement. Et pour me punir de le quitter… Tu sais, il est prêt à risquer sa vie, pourquoi pas celle de son fils ?

— Tu as peut-être raison. Dans ce cas-là, il n'y a qu'une solution, vas-y maintenant, va le chercher, et reviens ensuite.

Effectivement, c'était bien l'idée qui avait germé en elle depuis le début de cette soirée. Elle n'avait pas le choix. Ils en étaient arrivés là.

— C'est d'accord, j'y vais. Je prends le petit et quelques affaires pour nous deux.

— Je vais vous préparer un lit. Tu m'excuseras si je ne vous attends pas ?

Betty serra la main d'Émilie comme font les femmes entre elles pour se transmettre du courage.

La jeune Bretonne parcourut d'un pas rapide les deux cents mètres qui la séparaient de son appartement, sans se poser de question, se concentrant sur son objectif.

Une fois en bas de l'immeuble, elle préféra monter les quatre étages par l'escalier, ne voulant pas se faire remarquer par ses voisins avec le bruit de l'ascenseur, puis tourna délicatement la clé dans la serrure.

Silence dans l'appartement. La voie était libre. Elle fila au dressing où elle remplit un grand sac d'habits et de chaussures, pour elle et le petit, puis se dirigea sur la pointe des pieds jusqu'à la chambre d'Alexis. Alors qu'elle passait devant celle où dormait Sergueï, elle retint sa respiration. Par l'entrebâillement de la porte, elle aperçut la valise qu'il avait commencé à faire quelques heures plus tôt. Il avait donc bien l'intention de partir, lui aussi.

Elle recula aussitôt, plus décidée que jamais à emmener son fils. Le plus dur serait de faire en sorte qu'Alexis ne se réveille pas. Heureusement, à 2 h 30 du matin, un enfant dort d'un sommeil de plomb. D'ailleurs, quand elle voulut le porter, elle se rendit compte que l'expression prenait là tout son sens. Puisant ses dernières forces dans la beauté apaisée du visage de son enfant, la jeune femme s'arma de courage. Elle s'assit au bord du lit, releva le garçon endormi, lui enfila un manteau d'une main, le maintenant assis de l'autre. Puis elle se courba pour entraîner ce petit corps si lourd sur son dos, et dans un effort surhumain, tendit ses jambes pour se retrouver debout. Il fallait encore se baisser pour atteindre le sac, qu'elle attrapa d'un geste assuré. La belle se dirigea ensuite vers la porte d'entrée, et au moment où elle la referma, elle se rendit compte qu'elle quittait vraiment son mari, cette vie, cet appartement, et tous les souvenirs qu'elle y laissait, les doux comme les amers. Pourtant, barda sur les épaules, charriant sa fierté et sa colère, la belle Émilie fila dans la nuit, sans même se retourner.

Chapitre seize

Samedi 18 octobre 1952, 10 h 30,
141, boulevard Mortier, Paris, 20e

Lorsque Sergueï s'était levé, avant l'aube, une pluie torrentielle tombait sur l'avenue, recouvrant de buée l'intérieur du pare-brise de la Traction noire qui stationnait encore en bas. Derrière la vitre opaque, bercés par le crépitement des gouttes sur le capot, les deux Russes devaient encore en écraser ferme quand Sergueï sortit de l'immeuble, caché sous un parapluie.

Après avoir constaté l'absence de sa femme, et de son fils, il s'était précipité chez Betty, avec une furieuse envie d'en découdre. Mais il avait trouvé porte close. La faiseuse d'anges en robe de chambre était restée collée à l'œilleton, et avait sagement attendu qu'il se fatigue. La colère de l'homme était telle qu'il s'était brisé une phalange en tambourinant à la porte, inondant d'insultes la moquette qui tapissait les murs du couloir.

Sans demander son reste, le Russe avait filé en taxi, direction le SDECE, afin d'engager le plan B. Ce n'était que la deuxième fois qu'il se rendait à la Piscine[1] depuis son recrutement. Un bon agent ne devait pas se présenter en personne, sauf en cas de force

1. Le SDECE était surnommé « la Piscine » en raison de sa proximité avec le stade nautique des Tourelles. Les agents le nommaient aussi « la Boîte » ou « la Crémerie ».

majeure. Tout le long du trajet, il avait gardé un œil constant sur la lunette arrière, de peur d'être suivi. Le porche de la caserne des Tourelles était gardé par une dizaine de sentinelles, armées de fusils mitrailleurs, prêtes à faire feu au moindre faux mouvement. Sergueï s'approcha de la guérite, les mains bien visibles afin de décliner son identité.

— Chopin. Pour Verneuil. Service 23.

Le militaire en faction demanda à Dimitrov de vider ses poches, puis procéda à une fouille minutieuse, en attendant l'autorisation du bureau pour laisser entrer l'individu.

— Troisième étage, droite.

Le colonel Roger Lafont, *alias* Verneuil, dirigeait les services de contre-espionnage du SDECE. Il était connu et respecté pour avoir mis en place un réseau de contre-espionnage clandestin sous le régime de Vichy, appelé le « réseau des Fleurs ». Celui-ci divisait la France en une dizaine de districts. Toulouse était « Rose », Nice « Bleuet », Marseille « Glaïeul ». Verneuil, à la direction, avait adopté le nom de « Dahlia ». Le colonel était l'un des seuls à avoir survécu aux arrestations par les sbires de Pétain ou aux assassinats par la Gestapo, dans le courant de l'année 1943. C'était un homme fort discret (à l'image de sa petite moustache bien taillée), pas très grand, presque chauve, toujours de gris vêtu, qui connaissait l'art de tout contrôler en restant invisible, à la fois forteresse imprenable et fluide évanescent.

Il avait recruté Sergueï en 1945, dans les rangs de l'École polytechnique. Sa double nationalité, son passé de jeune résistant au sein des FFL et sa spécialité dans les télécommunications en avaient fait un candidat de choix pour le contre-espionnage et les renseignements généraux. Grâce à son nom russe, le jeune homme pouvait facilement infiltrer le Parti communiste français, et se fabriquer une couverture idéale. Il collaborerait avec le service 26, aux transmissions, afin de mettre au point des systèmes d'écoute miniaturisés. C'était dans ce cadre-là que Sergueï avait pu capter, grâce à un micro placé dans l'un des bureaux du 44, rue Le Peletier, au siège du Parti communiste, l'information sur la vente des navires de France-Navigation. Depuis le début de la guerre froide, « Chopin » était devenu l'un des agents les plus respectés mais aussi des plus surveillés du SDECE. Car Verneuil n'était pas dupe. Au contact constant des communistes, Dimitrov pouvait virer sa cuti, encouragé par le pouvoir que lui octroieraient les dirigeants du Parti. Allait-il se faire approcher par le MGB et être tenté de jouer à l'agent double ?

Quand Sergueï était devenu instructeur de cellule, Verneuil l'avait convoqué au siège afin de le questionner. Il fut sidéré quand il apprit de sa propre bouche que l'ingénieur avait réussi à séduire Auguste Lecœur, afin de l'accompagner en URSS. Une aubaine pour le contre-espionnage ! Le colonel lui avait alors confié la mission qui l'avait conduit chez Thorez : récupérer, à partir de leurs noms de code, les vrais patronymes des agents clandestins du PCF, et savoir ainsi quels ministères, quels organismes, quelles entreprises françaises étaient infiltrés par les communistes. Grâce à Sergueï, douze d'entre eux furent clairement identifiés. Si les deux tiers avaient été prévenus à temps par le Comité central, et mis à l'abri par Jean Jérôme et ses amis, le SDECE en avait capturé quatre qui croupissaient dans des cellules de la caserne, depuis trois mois. Le premier travaillait à l'ambassade des États-Unis en France, les deux suivants espionnaient depuis leur poste aux PTT[1], et le dernier, sous couvert de son emploi dans une agence immobilière de

1. Avant 1959 : Postes, télégraphes et téléphones.

luxe parisienne, était parvenu à approcher des hommes politiques de tout bord.

Depuis cette aventure, Verneuil était rassuré. Sergueï avait rempli sa mission avec succès, mais surtout il leur était à présent redevable. En effet, la direction du « CE », le contre-espionnage, avait activé depuis Paris une dizaine d'agents infiltrés en territoires soviétiques, pour évacuer Dimitrov après qu'il eut volé la liste dans le bureau de Thorez. Au moins, pour une seule et unique fois, l'opération Minos[1] aurait servi à quelque chose !

Lui sauver la vie était un calcul à long terme car l'homme était précieux et dangereux. Il en savait trop pour tomber entre les mains du MGB. Ce rapatriement était une victoire totale contre les Russes, un pied de nez qui avait dû les faire sortir de leurs gonds. Le jour où Sergueï était revenu sur le territoire français, les fonctionnaires du SDECE s'étaient tous congratulés. Ce n'était pas le décollage d'une fusée, mais assez pour que Vincent Auriol, le président de la République lui-même, salue ce coup de maître.

Sergueï, toujours sur le qui-vive, toqua doucement à la porte et attendit une réaction. Derrière, silence. Au moment où l'agent colla son oreille pour voir si le bureau était occupé, celle-ci s'ouvrit en grand, faisant bondir le cœur du Russe, qui laissa échapper un cri de surprise.

— Eh bien, Dimitrov, vous nous épiez ?

— Non, je me demandais juste si… si vous étiez dans votre bureau.

— La secrétaire ne vous l'a-t-elle pas dit ? Il ne vous manquerait pas… un peu de patience, par hasard ? Que

1. De 1949 à 1954, Minos fut une opération d'infiltration réalisée par les services spéciaux français derrière le rideau de fer, qui recrutait des agents dans les pays soviétiques : Lituanie, Autriche, Hongrie, Roumanie, Tchécoslovaquie… Mais cette opération n'aboutit à rien de concret, et se révéla un gouffre financier.

venez-vous faire ici ? Vous voulez vous faire repérer, c'est ça ? Allez, entrez, je ne vais pas vous manger !

Dimitrov n'osa répondre et prit place dans le fauteuil de cuir marron que Verneuil lui présentait. Son bureau était sans doute l'un des plus beaux de la caserne. Parquet en chêne, aux lames de teintes différentes, bureau ciselé de fine marqueterie, chandeliers d'or sculpté ; toute cette richesse ne pouvait se deviner de l'extérieur, les fenêtres opaques ne laissant filtrer que de faibles rayons de lumière. À dessein, l'obscurité feutrée de l'espace encourageait toutes les confidences, comme le sourire amical que lui offrit le colonel.

— Que vous arrive-t-il, Sergueï ? Dites-moi tout.

— Je suis venu vous demander deux choses. Voilà, depuis plusieurs jours, j'ai devant ma fenêtre une Traction noire qui ne me quitte pas d'une semelle. J'aimerais, si possible, avoir une arme, un pistolet, pour me défendre en cas d'attaque. La deuxième chose, c'est que, vous voyez, je suis prêt à partir de chez moi, j'ai commencé à faire mes bagages, mais malgré tous mes efforts, je crains de ne pas pouvoir leur échapper avec une valise sous le bras ! J'ai déjà pris beaucoup de risques cette nuit. Il faut me couvrir et me donner un point de chute.

L'œil interrogateur de Verneuil s'accompagna des questions attendues.

— Les Russes ?

— En toute certitude.

— On vous a donc dénoncé ?

— Oui. C'est Julia, une jeune femme qu'on héberge.

— Comment ça ?! Qu'est-ce que c'est que cette histoire ? Depuis quand faites-vous dans les bonnes œuvres ? Vous savez que vous êtes tenu de ne partager votre toit qu'avec une seule personne, votre femme en l'occurrence ?

Honteux, Sergueï détourna le regard pour le noyer dans ses chaussettes.

— J'aurais dû prendre des précautions, c'est vrai. Julia est arrivée chez nous il y a dix mois environ. Elle venait de finir ses études et était dans le besoin. Ma femme a insisté pour qu'on l'héberge, pensant qu'elle pourrait garder notre fils de temps en temps. J'étais coincé, tout cela s'est passé lors d'une réunion de la cellule, et impossible de faire marche arrière quand il s'agit de montrer à tous qu'on est ouvert et prêt à rendre service.

Mentir lui avait toujours été d'une grande facilité. Il se rappelait en disant ces mots l'insistance dont il avait dû faire preuve pour convaincre Émilie de prendre Julia chez eux, séduit par la bouche pulpeuse et les formes généreuses de la petite Espagnole. Pourtant il s'apprêtait à la livrer aux loups.

— Me demandez-vous de poursuivre cette demoiselle ? De lui faire peur ? De la faire parler ? Vous avez dû la suivre, enquêter sur elle, et apprendre à qui elle transmettait ses informations ? En vérité, c'est une superbe occasion de remonter le réseau !

— Je n'ai pas encore eu le temps. Je viens de le découvrir, hier soir.

— Hier soir ? Seulement ! Et depuis quand vous a-t-elle démasqué ? Comment avez-vous pu vivre à ses côtés et ne vous rendre compte de rien ?

Conscient de ses manquements, Dimitrov sentit une goutte de sueur perler sur son front. Avait-il été aveuglé par la beauté de Julia, par son désir, ses pulsions, jusqu'à ne pas même concevoir l'idée qu'une femme aussi jeune, à peine connue au sein de la cellule, pût être investie de telles missions secrètes par les Russes ? C'était bien lui qui lui avait fait gravir les échelons. Comment avait-il pu être l'artisan de sa propre perte ? Cette jeune femme lui avait vraiment fait tourner la tête.

— J'étais loin de m'imaginer qu'elle irait aussi loin, me dénoncer au Parti, m'envoyer la cavalerie… Je savais qu'elle était intelligente, mais je me servais d'elle, de son origine, de son énergie, de sa passion comme d'un faire-valoir. Je pensais que le jeu pourrait durer encore, qu'elle croyait à mon engagement et à ma foi dans les idées communistes que je n'ai jamais cessé de défendre devant elle. Je lui ai bien expliqué pourquoi j'avais été poursuivi par les Russes à Gagra. Je lui ai raconté en partie l'histoire de mes parents. Je pensais qu'elle y aurait été sensible. J'ai été naïf.

Sergueï fit une pause et lança un coup d'œil à Verneuil qui secouait la tête de dépit.

— Heureusement, elle est partie, maintenant, reprit Dimitrov, et ma femme aussi, d'ailleurs.

Verneuil, en face, virait au rouge. En plus d'être naïf, ce boulet jouait-il les idiots ?

Les doigts écartés sur son bureau, le patron se leva droit comme un piquet et fixa son interlocuteur.

— Si je récapitule, vous êtes en train de me dire que vous avez hébergé gracieusement une personne qui vous a repéré depuis des mois peut-être, qui a certainement trouvé dans vos affaires des éléments à transmettre au PCF, qui vous a collé des agents au train, et que vous, du haut de votre parcours de résistant, d'ingénieur et d'agent qui défie l'Empire soviétique au-delà du mur en pleine guerre froide, vous n'avez rien vu ? Que vous n'avez rien sur elle ? Et qu'en plus, « heureusement », elle est partie ?

— Oui, mais je sais où la trouver. C'est justement ce que je venais vous dire !

— À la bonne heure. Vous allez donc me donner son adresse !

Il lui tendit un calepin, et Sergueï nota l'adresse de Betty.

— D'autre part, reprit Verneuil, vous allez faire la liste exacte de tous les éléments qu'elle aura pu tirer de vos actions : missions à l'extérieur, documents accessibles dans votre bureau, paroles échangées. Vous m'épluchez tous vos souvenirs depuis dix mois, je veux un rapport précis de toutes vos conversations, de ce qu'elle a pu apprendre quand elle était seule chez vous, et surtout, de tout ce que vous savez d'elle : ses relations amicales et professionnelles, ses déplacements, ses habitudes… enfin, je ne vous fais pas un dessin. C'est simple, je veux tout savoir.

— Oui, mon colonel.

Sergueï marqua une pause. Concentré, soumis à des pensées machiavéliques, il gribouillait machinalement des triangles sur le calepin de Verneuil.

— Juste une question, pourrait-on envisager que, de façon malencontreuse, elle disparaisse ?

Le directeur prit un air surpris.

— Vous en êtes déjà là, Chopin ? Ne trouvez-vous pas plus judicieux que nous l'utilisions pour mettre la main sur un plus gros bonnet ?

— Si, bien sûr, mais l'un n'empêche pas l'autre ! C'est aussi dans ce but que j'aimerais que vous me confiiez une arme à feu.

Cette demande ennuyait Verneuil. Le matériel, l'intendance, tout cela ne le regardait pas. Et puis, attaché à son grade et à ses fonctions militaires, l'idée d'armer des civils ne lui plaisait guère.

— Vous êtes affecté à des missions de transmission, ou des missions sous couverture, qui ne nécessitent pas *a priori* l'utilisation d'une arme. Nous allons nous charger de la surveillance de la jeune femme et de votre protection, jusqu'à nouvel ordre. Ne faites rien de plus. C'est d'accord, nous allons vous mettre en sûreté. Je vais vous trouver une planque tout de suite. Ne bougez pas.

— Non, je sais que c'est risqué, mais je dois repasser chez moi. La valise que j'ai commencé à remplir hier ne contient pas tout ce que je veux emporter. Je dois rassembler des documents, du matériel, que personne d'autre ne peut trouver à ma place.

— Vous êtes fou Chopin, on va droit à la fusillade ! C'est hors de question. On vous emmène, et vous attendrez pour revenir prendre vos affaires. Pas d'urgence. Sans vous voir, d'ici trois jours, ils auront compris que vous avez foutu le camp, et décamperont. Là seulement, vous pourrez retourner chez vous !

— Je ne pense pas, parce qu'avant de décamper, ils se seront fait un plaisir de tout mettre à sac. Peut-être sont-ils d'ailleurs déjà en train de le faire. Je regrette de ne pas avoir pris l'essentiel avec moi ce matin. J'avais la tête à autre chose. Ma femme, mon fils… Mon plan était que je revienne d'ici armé… Et qu'on vienne me chercher ensuite.

— Bien. Dans ce cas, je vous laisse mon arme de service pour la journée et je vous envoie une voiture de police dans l'heure. Mais pas d'esclandre, hein ? Vous ne l'utilisez qu'en cas de légitime défense ?

— Merci, Colonel.

Verneuil avait replongé le nez dans ses dossiers, montrant ainsi à son interlocuteur que l'entretien était terminé. Sergueï se leva et prit congé.

Alors qu'il passait la porte, le colonel le harangua une dernière fois.

— Dites, Dimitrov… Avez-vous flirté ou couché avec cette jeune femme ?

L'homme était avisé, et voyait clair dans le jeu de son agent. Sergueï avait tardé à livrer la fille. Il était sûrement amoureux. Et maintenant qu'elle était partie, il demandait aux services d'accomplir sa vengeance personnelle. Un classique.

— Non, pas du tout. Si vous saviez…

Le regard ébahi du colonel trahissait sa curiosité.

— Vous en avez trop dit… Vous avez voulu vous amuser et elle vous a envoyé balader, c'est ça ?

Le bougre voyait juste. Mais Sergueï n'allait certainement pas avouer.

— Non, non. Je ne vous cache pas que j'aurais bien aimé, mais ma femme m'a fait de telles scènes de jalousie depuis que la petite est chez nous que j'ai bien compris que je n'avais pas intérêt à y toucher ! Vous connaissez le caractère des Bretonnes ?

— Ah oui, ça, des femmes dures, et sacrément têtues ! Je vous plains !

En guise de réponse, Sergueï afficha un sourire hypocrite, dissimulant la rancœur qui le dévorait, puis referma délicatement la porte.

Même si son agent avait fait preuve d'une grande imprudence, le colonel le prit en pitié, dans un élan de solidarité masculine. Sans attendre, il décrocha son téléphone interne afin de dépêcher au plus vite sur l'avenue d'Italie une équipe d'intervention.

— Dans deux heures ? Ils ne peuvent pas avant ? Chez Maxim's ? Qu'est-ce qu'ils fichent là-bas, ils font bombance aux frais de la princesse ? Ils surveillent qui ? Appelez-les tout de suite et dites-leur d'aller chercher Chopin chez lui dès qu'ils ont fini et de me le ramener *illico* à la Crémerie ! Oui, ils savent où il habite !

Dans le taxi qui le conduisait à son appartement, Sergueï ruminait. Il se sentait piégé, réduit à l'impuissance, privé de libre arbitre, tant par les femmes que par les autorités françaises, trop timides, trop prudentes à son goût. Comment pouvait-il laisser les autres décider à sa place ? Sergueï était un homme d'action, un homme libre, qui n'hésiterait pas à régler ses comptes lui-même. C'était ce qu'avait pressenti Verneuil en le privant de moyens de défense.

Il était presque 13 heures quand Sergueï ouvrit sa porte. À mesure qu'il avançait dans le couloir, à l'affût du moindre mouvement suspect, il eut une impression étrange. Des objets semblaient avoir été déplacés, ou enlevés. Oui, disparue, la lithographie de Chagall, au-dessus de la commode. Quelqu'un était passé. Quelqu'un était peut-être même encore là. Dans leur chambre, toutes les affaires d'Émilie avaient disparu. Plus un chemisier, plus de chaussures, plus de manteau en laine, plus de machine à coudre ni aucun tissu. Chez Alexis, même constat. Sergueï eut un pincement au cœur quand il vit que le matelas du garçon avait aussi été emporté. Ses petites voitures, sa boîte à musique, ses albums. Les odeurs, les couleurs, les sons, la vie. En trois heures de temps, Betty et Émilie avaient fait table rase de son passé. Cette chambre d'enfant, désormais terne et sans âme, réveilla la rage de Sergueï ; celui-ci se rua sur le cadre de lit, qu'il souleva et brisa sur le plancher en hurlant sa colère.

— Vous êtes mortes !

Il réduisit ensuite le meuble en miettes, sautant dessus à pieds joints, jusqu'à ce que les pleurs remplacent les cris. À genoux, misérable, le visage rouge sang, il songea un instant à en finir. Il dégagea l'arme de Verneuil de sa ceinture et la pointa sur sa tempe. Mais l'action funeste n'eut pas lieu. Sergueï la retira aussitôt, n'ayant, en réalité, nullement l'intention de mettre fin à ses jours. Il se jouait la comédie, comme toujours, et même dans ces moments-là. *Pas question de faire ce cadeau aux Russes, encore moins à Émilie*, s'était-il dit. Alors qu'il se relevait péniblement devant la fenêtre, le pistolet en main, le dragon slave Viatseslav dégaina et tira sur Dimitrov. La détonation fit trembler les murs de l'immeuble. La balle venait de pulvériser la vitre du vaisselier, brisant assiettes et verres dans un fracas épouvantable.

Chapitre dix-sept

Samedi 25 octobre 1952, 70, avenue d'Italie, appartement de Betty

Julia tournait en rond. Une semaine qu'elle n'avait pas mis les pieds au journal, prétextant une mauvaise grippe. Betty l'avait clouée de force à son lit pour lui éviter d'autres infections. Il fallait que les plaies cicatrisent, et prendre le moins de risques possible. La petite Espagnole, insouciante et prête à tout pour se distinguer, se serait pourtant bien ruée sur les reportages, à cheval sur sa bicyclette. Julia perdait de l'argent. Chaque jour. Pas d'arrêt maladie pour les pigistes, et de toute façon, il était impensable qu'un médecin la voie dans cet état. Tant pis. Émilie et elle travailleraient davantage ce mois-ci. D'ailleurs, la machine à coudre fonctionnait à plein régime, et le rythme soutenu des coups de pédale témoignait de la productivité de la couturière. Même le samedi, encore plus le samedi, depuis l'aube jusqu'à la nuit.

Elles auraient dû profiter de leurs premiers moments de vie commune, sortir, s'amuser, se câliner pendant des heures, se sentir libres. Au lieu de cela, l'une était presque indigente, quand les deux autres devaient mettre les bouchées doubles pour nourrir la maisonnée, et rapporter à tour de rôle, depuis la cave de l'immeuble, des sacs entiers de charbon pour alimenter le poêle.

Julia était réveillée depuis une bonne heure déjà quand Alexis débarqua dans sa chambre, tout gai.

— Tata Julia ! Avec Betty, on a vu des détectives devant l'immeuble.

— Des détectives ? Mais comment tu sais que ce sont des détectives ?

— Parce qu'ils ont un imperméable gris, et un chapeau qui descend sur leurs yeux, comme ça.

Le petit mit ses deux mains en visière, au-dessus de ses sourcils, pour illustrer ses propos.

— Et ils fument !

— Ah bon ? C'est étrange, ça ! Et tu penses qu'ils viennent pour toi ? Qu'est-ce que tu as fait à l'école ? Tu as enfermé ta maîtresse dans un placard ?

— Noooon ! J'ai rien fait !

Julia chatouilla le petit, puis écarta doucement le rideau pour observer d'un œil la 4CV grise qui était stationnée juste sous leurs fenêtres. Trois jours qu'ils étaient là. Elles n'en avaient pas parlé à Alexis, bien sûr.

Elle surprit un des deux hommes en train de regarder dans sa direction. Elles étaient surveillées. Elles ? Non, pas toutes les trois. On ne mobiliserait pas deux agents pour une avorteuse. Émilie ? Qu'avait-elle à se reprocher si ce n'était d'être la femme d'un traître ? Quant à elle, il y avait une chance que quelqu'un l'ait remarquée, que Sergueï ait compris comment il avait été dénoncé, et par qui. Betty, les bras encore chargés, queues de poireau et fanes de carotte en panache, interpella Julia :

— Comment va la d'moiselle ? Bien dormi ? Alexis t'a dit j'imagine, qu'il a remarqué les plantons en bas de l'immeuble ? Ils m'ont dévisagée, mais rien, ils n'ont pas bougé d'un centimètre. M'étonnerait qu'ils soient là pour ma pomme !

— Ils sont là pour moi, j'en suis sûre.

Betty lâcha ses sacs sur la table de la cuisine et se tourna vers Julia.

— Comment ça ?

La jeune femme hésita, craignant la réaction de l'infirmière.

— Euh… Disons que j'ai fait quelque chose qui ne leur plaît pas.

Insuffisant. Betty n'allait pas se contenter de cela. Julia s'arma de courage et lâcha le morceau.

— J'ai dénoncé un de leurs agents au MGB. Il a dû être suivi, peut-être même qu'il a été tué, je ne sais pas…

Betty écarquillait les yeux, sidérée. Une petite bonne femme comme elle, espionne ?

— Qu'est-ce que tu me racontes ?

Sans attendre de réponse, Betty héla Émilie :

— Émilie, viens ! Je crois que ton amoureuse a des choses à nous dire !

La Singer s'interrompit aussitôt, mais la couturière se fit attendre quelques instants, laissant place à un silence gênant, pendant lequel Julia sentait son cœur battre la chamade. Cette situation ne semblait pas du goût de leur hôtesse. Allait-elle les mettre à la porte ? Émilie prendrait-elle sa défense ?

Quand la Bretonne entra dans la cuisine, Betty lança sa première attaque :

— Donc, notre petite Julia, sous ses airs innocents, est en train de m'expliquer que les agents qui sont plantés devant chez nous sont ici à cause d'elle, car elle aurait modestement contribué à faire descendre un des leurs, rien que ça ! Tu étais au courant ? C'est quoi, cette histoire ?

Julia guetta la réaction d'Émilie, mais celle-ci se tourna vers elle.

— Sergueï est mort ?

— Ah ! C'est lui que tu as livré aux Russes ? Mais Sergueï est russe ! s'étonna Betty.

Il était temps de la mettre dans la confidence. Julia lui raconta toute l'histoire par le menu.

Quand elle eut terminé sa diatribe, le silence de Betty témoignait de sa stupéfaction. L'infirmière ne savait plus si elle devait craindre ou admirer cette jeune personne, face à elle, qui recelait tant de secrets.

— Et donc, il est mort ? répéta Émilie, que cette idée angoissait.

— Je n'en sais rien. Ce n'est pas impossible. Mais je ne suis plus aux commandes, j'ai fait ma part et c'est tout.

— Et grâce à ces belles actions, nous voilà dans le pétrin ! C'est tout de même incroyable, qu'est-ce que j'ai fait pour mériter ça, moi ? Je vous offre le gîte et le couvert, et c'est ainsi que vous me remerciez ? Je veux bien que ton mari soit une belle ordure qui ne mérite que ça, Émilie, mais très sincèrement, vous me mettez dans une situation… Je préférerais que vous trouviez un autre endroit où crécher. Et le colocataire, vous y pensez ? Surveillé, lui aussi ? Vous savez qu'il a certainement quelques petites choses à se reprocher qui vaudraient bien la peine que vous débarrassassiez le plancher ?

Julia et Émilie échangèrent un regard interloqué. Un colocataire ? Betty en avait bien glissé un mot la semaine précédente, mais les deux nouvelles habitantes n'avaient pas vu son museau depuis leur arrivée. Non seulement il travaillait de 17 heures à 1 heure du matin, comme serveur dans un restaurant, mais il lui arrivait souvent de découcher.

Alors que Betty menaçait les deux amies dans l'espoir qu'elles plient bagage au plus vite, un homme noir, au corps filiforme et très élancé, se faufila à demi nu dans la cuisine. Julia fut frappée par le liseré coloré qu'il avait tracé sur sa paupière inférieure. C'était la première fois qu'elle voyait un homme maquillé.

— Bonjour, mesdames ! dit l'homme en se servant un verre de lait froid. Vous êtes les nouvelles ? Moi, c'est Rodolphe. Et inutile de demander, je ne viens pas d'Afrique, mais de la Guadeloupe. Gwada, pour les intimes !

En guise de réponse, Julia leva le verre de jus d'orange qu'elle venait de se remplir. Elle n'osa pas se présenter, ce n'était pas à elle de le faire. Betty prit les devants, tout en faisant l'économie des sourires attendus dans ces circonstances.

— Voici Émilie, et Julia. Et le petit qui lit des albums dans le salon, c'est Alexis. Je leur disais justement qu'il fallait qu'elles décampent. Elles nous ont mis la police ou je ne sais qui des services secrets au cul. Tu les as vus, en bas de l'immeuble ?

— Mais c'est très excitant, ça !

Il jeta un œil à la fenêtre puis ajouta :

— Les avoir au cul, c'est toujours mieux qu'en tête à tête !

Les bêtises de Rodolphe, heureux de pouvoir afficher, dans l'intimité, son homosexualité, ne semblaient pas amuser la propriétaire.

— Oui, enfin, avec tes affaires nocturnes, tu n'as pas intérêt à te faire choper… Il avait quel âge, le dernier que tu as ramené ? Dix-neuf ans ? Vingt ans ? Tu sais que tu risques une belle amende, ou de la prison, pour ça ?

Julia releva la tête et dévisagea Rodolphe, qui l'intriguait au plus haut point. Jamais elle n'avait vu un homme noir d'aussi près. Ses pommettes hautes, ses yeux en amande, ses muscles saillants, et sa large carrure la déstabilisèrent totalement. Il lui sembla que c'était la première fois qu'elle trouvait un homme beau. Vraiment beau.

— Et comment as-tu débarqué ici ? Tu es communiste ?

— J'aurais pu, s'ils ne nous considéraient pas eux aussi comme des criminels… Mais c'est effectivement par leur intermédiaire que je suis arrivé dans ce merveilleux appartement ! Son extraordinaire propriétaire a tout de suite compris ce qui nous rapprochait. N'est-ce pas, Betty ?

Le sourire éclatant du jeune homme fit craquer l'infirmière, qui fut obligée de lui rendre la pareille. Le Guadeloupéen en profita pour tenter de faire retomber la tension qui s'était installée entre les trois femmes depuis que Betty leur avait demandé de mettre les voiles. Il colla, avec grâce, ses longs doigts sur sa bouche.

— Je pense à quelque chose. Admettons qu'ils cherchent Julia, et que c'est elle qu'ils veulent suivre. Vous pourriez, par exemple, je dis ça comme ça, moi, mais, pourquoi pas, prendre la même apparence toutes les trois, pour les dérouter. Qu'en dites-vous ?

Betty et Julia échangèrent un haussement de sourcils et une moue indécise. Quant à Émilie, ses yeux s'arrondirent d'excitation.

— J'ai gardé des chutes de tissu de l'ouvrage de ce matin. Je peux nous coudre trois jolis foulards que nous disposerons sur nos cheveux !

La propriétaire fit la grimace. Un foulard sur sa tête ? Ressembler à une ménagère ? Une paysanne ? Quelle idée !

— Je suis la plus grande, ils m'identifieront tout de suite. Personnellement, je ne suis pas sûre de vouloir porter ça. Si c'est pour qu'on me suive en plus !

— Allez, Betty, par solidarité pour Julia ! l'encourageait Rodolphe.

— Et pourquoi je ferais ça ? J'en ai déjà fait bien assez.

— Je dois absolument prévenir un de mes contacts de la situation, reprit Julia, et de préférence, sans passer par le téléphone. Je suis peut-être sur écoute.

Émilie, de son côté, était déjà à l'œuvre, sa machine à coudre laissant de nouveau entendre le ronronnement de son moteur, rythmé par les va-et-vient de l'aiguille. Les foulards seraient bientôt prêts. Les trois occupants de l'appartement ne laissaient plus le choix à leur hôtesse. Betty devrait céder, et vivre constamment sous les yeux de deux indécollables sangsues du gouvernement. Quand Émilie reparut avec les trois foulards, dont le vert pâle était ponctué d'une myriade de fleurs de mimosa, Rodolphe, toujours aussi peu vêtu lui-même, s'empressa d'habiller les trois femmes.

— Oh, les trois Grâces ! Que vous êtes mignonnes, comme ça, que vous êtes…

— C'est bon, épargne-nous tes commentaires, l'interrompit Betty. Ça m'énerve ! Et dis-moi, Julia, en quoi est-il si important, ce message que tu veux porter à une de tes connaissances ? Est-ce que ça vaut vraiment le coup qu'on se ridiculise à ce point ?

— Cela me paraît plus que nécessaire. Je dois savoir, pour Sergueï. S'il est vivant, mort, si ma mission est terminée ou non. Je dois aussi les prévenir qu'on est surveillées. C'est une obligation. Sans quoi, je peux être accusée de trahison à mon tour.

À ce moment-là, Alexis débarqua dans le salon et piqua un fou rire à la vue du tableau : trois jupes, trois dos, trois têtes couvertes d'un fichu vert et jaune.

— Mais qu'est-ce que vous faites ? Vous jouez à colin-maillard ? Je peux jouer aussi ?

Rodolphe prit l'enfant à part et lui glissa un mot à l'oreille :

— Tiens, Alexis, tu pourrais me montrer ta maman du doigt ?

Le petit hésita un instant. Il s'attarda un moment sur le derrière de chacune, et finit par reconnaître les fesses maternelles.

— Émilie, ton fils t'a reconnue. De dos. C'est rassurant pour toi, non ? On va espérer que la police ne connaisse pas aussi bien votre physionomie, hein ? Mais il a hésité quand même !

— Alexis, tu vas venir avec nous, et tu resteras avec Julia. Les agents qui sont en bas de l'immeuble croiront que c'est moi qui t'accompagne et ne la suivront pas.

Betty, encore grimaçante, retira son foulard et cette jupe flottante qui l'encombrait.

— Désolée, les filles, vous ferez votre manège sans moi. C'est trop ridicule. Vous en faites trop. Il faut que cela ait l'air naturel ! L'une de vous devrait mettre un pantalon. Toi, Émilie, mets un pantalon. Et déguerpissez, j'aimerais bien me reposer, moi.

Le Guadeloupéen tiqua. Il semblait partager la déception des deux femmes. En retour, celles-ci le remercièrent, car grâce à lui, l'infirmière semblait avoir abandonné l'idée de les expulser de chez elle.

Le tour fonctionna à merveille. Ce n'était pas que ces agents étaient idiots, mais ils étaient tout simplement un peu usés, et leurs rouages manquaient d'huile. Et puis, surveiller des femmes, c'était une mission qu'ils considéraient comme dégradante. Qu'allaient-ils bien pouvoir tirer des actions de ces dames, à l'école, aux courses ou à la blanchisserie ? Déjà, le matin, la rousse était allée au marché. Intense moment d'espionnage ! Là, ils avaient devant eux des jumelles. Même caboche, même fichu, mêmes lunettes noires. L'une partait avec un petit garçon, l'autre allait seule de son côté.

— Elles nous embobinent, ces deux-là ! La logique voudrait que la femme qui accompagne le garçon ne soit pas Julia.

— … Mais si elles nous tendent un piège, il faut suivre celle qui est avec le petit, tu n'es pas d'accord ?

— Seulement, si elles sont malignes, elles auront devancé nos déductions. Je suggère donc que l'on suive la femme qui est seule.

— Tu sais que tu n'es pas bête, toi !

Une chance sur deux.

Débarrassée des deux pots de colle, Julia, serrant la petite main d'Alexis, était tranquillement allée porter son message Chez René à destination de son seul interlocuteur, Jean Jérôme. Elle le pria de lui délivrer absolument la missive dans l'heure, et d'obtenir de lui des réponses aussi rapides. Autour du zinc, plusieurs ouvriers commentaient les dernières nouvelles, s'écharpant sur la culpabilité de Gustave Dominici, le fils d'un fermier des Alpes, qui venait d'être inculpé dans l'affaire du triple meurtre de la famille Drummond. René se pencha vers la jeune femme, pour lui parler à voix basse, par-dessus le double obstacle que constituaient le zinc et sa bedaine.

— Eh bien, c'est que tu deviens exigeante, ma p'tite Julia ! Je ne peux pas joindre Jean directement, tu sais bien… Quel jour on est ? Samedi ? Il n'est pas passé hier… S'il ne vient pas aujourd'hui, j'enverrai quelqu'un au siège, ça te va ?

— Non, c'est trop urgent. Tu n'as pas un moyen de faire quelque chose ? Je ne pourrai pas revenir. Ils nous suivent. Et j'ai besoin de savoir, pour Sergueï.

— Sergueï ? Que veux-tu savoir ?

— S'il a été tué.

— Je sais que son appartement a été visé par des tirs. Il y a une semaine. Vous n'avez pas eu de nouvelles depuis ?

— Non, aucune. Mais des agents ont vite débarqué devant chez nous.

René s'interrompit pour servir un verre à un camarade communiste qui martelait le zinc, puis relança la conversation pour calmer ses ardeurs.

— Et toi, Joseph, tu penses qu'il est coupable, Dominici ?

— Je dirais que non, pour moi, c'est un coup des services secrets américains. Je crois à la version du Parti. Qu'est-ce que cet Anglais venait faire dans ce coin-là, où d'habitude il n'y a aucun touriste ? Espionnage ! C'est sûr ! D'ailleurs, *L'Huma* a publié l'agenda de Drummond, où est noté un rendez-vous à Lurs, le jour même du meurtre… Un Anglais, qui a un rendez-vous dans les Alpes, pour quoi faire, hein ?

René lui servit un pastis plutôt clair. Excité comme il était, le Joseph, mieux valait s'assurer qu'il rentre sur ses deux pieds. Julia, au courant de l'affaire, ne put s'empêcher d'intervenir :

— Mais vous avez vu qu'on a retrouvé des armes chez le secrétaire de la cellule locale ? Je crois qu'il a été exclu du Parti. Il s'appelle Paul Maillet, il me semble.

— Non, ce n'est pas lui, le criminel, le PCF n'est pas mêlé à ça, reprit Joseph. Paul Maillet, il s'est mêlé de ce qui ne le regardait pas, c'est lui qui a dénoncé Gustave. Il aurait dit à la police que la petite était encore vivante quand Gustave était arrivé sur les lieux. Et chez nous, on n'aime pas ceux qui collaborent avec les poulets.

Le petit Alexis, au milieu de ces conversations d'adultes, montrait des signes d'impatience. Sa tête n'atteignait pas encore le zinc, et René ne l'avait même pas remarqué. Julia lui fit un clin d'œil l'implorant de bien vouloir attendre encore quelques minutes. Puis elle attrapa le taulier du regard pour l'attirer de nouveau vers elle. La jeune femme tenait dans sa main un bout de papier chiffonné.

— Je te donne le numéro de téléphone de Betty. Attention, nous sommes peut-être sur écoute. Fais vite, s'il te plaît.

René la regarda partir. Beau brin de fille. Les ouvriers la reluquaient toujours quand elle disparut de l'autre côté de l'avenue.

Émilie, quant à elle, suivie par deux costumes gris, s'était amusée à les balader, de rue en rue, de magasin en magasin. Emportée par son rôle, elle se laissait aller à imiter la démarche de Julia, sa précipitation, prenant un bus pour faire deux stations, puis un autre, courant ici puis là, sans autre but que d'éloigner les moucherons de leur véritable cible. Elle rentra deux heures plus tard, pour le repas, les mains vides ou presque, rien que pour énerver ses poursuivants. Julia était revenue bien avant elle et avait eu le temps de préparer le déjeuner. Elles passèrent l'après-midi à rire des aventures d'Émilie, à jouer avec Alexis, et à faire connaissance avec leur colocataire, qui leur fit goûter pour la première fois un fameux cocktail appelé « ti-Punch ».

Ce ne fut que deux jours plus tard, à son travail, que Julia reçut l'appel qu'elle attendait. Ce n'était pas Jérôme, mais un autre homme, qui ne s'était pas présenté.

— L'oiseau s'est envolé. Votre mission est terminée. Merci de ne plus chercher à nous contacter.

Puis la tonalité. L'homme avait raccroché.

Chapitre dix-huit

Jeudi 20 novembre 1952, appartement de Betty

Durant tout le mois de novembre, les trois femmes avaient montré patte blanche, cherchant à n'éveiller aucun soupçon. Bien sûr, les vigiles avaient fini par les distinguer, et Julia s'était trouvée constamment épiée, en particulier sur son lieu de travail, et dans tous ses déplacements. Cependant, c'était devenu une habitude. Elle en arrivait au point de les saluer chaque matin en partant au journal, ou de leur faire apporter le café, quand elle savait qu'elle ne sortirait pas pendant plusieurs heures. Ils n'apprendraient rien avec elle. À aucun moment elle n'avait cherché à établir la moindre communication avec des agents du Parti. Ces pots de colle finiraient bien par lâcher prise ! En effet, depuis quelques jours, on ne voyait plus aussi fréquemment la 4CV grise devant le 70. Les deux sbires se contentaient maintenant de suivre la jeune femme le matin jusqu'au 37, rue du Louvre, de la filer le soir au retour, puis attendaient sagement que les lumières s'éteignent dans l'appartement pour quitter les lieux.

Aux alentours de 18 h 30, sur l'avenue des Gobelins, Julia pédalait encore éclairée par la faible lueur de sa dynamo. Ses pensées naviguaient en eaux troubles, au rythme de ses coups de freins et accélérations.

L'entrée dans l'hiver n'aidait pas, et les semaines écoulées après l'avortement, constamment sous surveillance, avaient plombé son appétit de liberté, égratignant l'amour, ternissant la joie qui était la sienne lorsque Émilie et elle s'étaient trouvées au beau milieu du printemps. Malgré le soutien de Betty, son engagement indéfectible envers les femmes en détresse, et sa verve communicative, les deux amoureuses n'échappèrent pas au spleen qui suit la passion dévorante des premiers mois.

Approchant de la porte d'entrée, Julia s'étonna du calme qui régnait dans l'appartement. D'habitude, elle entendait les casseroles claquer, l'unique robinet de la cuisine cracher son bouillon, et le gnome qui excellait dans l'art de faire vibrer les tympans de la maisonnée. Mais là, rien de tout cela. Un silence, inquiétant. Elle accrocha sa veste au portemanteau, retira ses escarpins, puis avança lentement, tâtant les murs jusqu'à la chambre qu'elle partageait avec Émilie. Pas à pas, des pensées noires apparurent. La jeune femme sentait bien que quelque chose n'allait pas. Son amie s'ennuyait, c'était évident. Et elle la comprenait. Ces derniers temps, la petite Espagnole, avec sa fierté toute latine, n'avait pensé qu'à elle. Elle avait été égoïste, avec ses histoires de filature, ses interviews ratées, sa carrière en suspens, ses douleurs au bas-ventre, ses échecs de femme libre. Julia frissonna en pensant qu'Émilie pouvait même regretter d'avoir quitté Sergueï. Avec lui, au moins, elle était visible, elle était quelqu'un.

Tout en craignant le pire, elle poussa la porte de la chambre et découvrit un spectacle qui lui ôta de l'esprit toute pensée négative.

Elle avait surpris sa belle en pleine toilette, assise dans la pénombre, nue sur une chaise, les pieds dans une bassine en zinc d'eau fumante. Julia l'observa un instant, sans qu'elle s'en aperçoive, passer un gant humide autour de son cou, descendre entre ses seins, puis entre ses cuisses. La jeune femme essora le gant, et reprit le même chemin, pour se rincer. Ses cheveux détachés, rabattus sur sa poitrine, d'une blondeur éclatante, son corps svelte et luisant dans le clair-obscur transformaient le tableau en véritable œuvre d'art. C'était sa Vénus. Julia se sentit fondre. Émilie l'avait-elle remarquée ? Ou faisait-elle semblant de ne pas la voir ?

— Bonsoir !

La jeune Bretonne sursauta ou feignit la surprise.

— Oh ! Tu es là ! Tu rentres tôt, aujourd'hui !

— Non, il est bientôt 19 heures, tu sais.

— Déjà ?

Aussi vive qu'une lionne, Julia s'approcha d'elle et l'embrassa. Elle ne put s'empêcher de lui caresser un sein. Avide, brûlante.

— Tu t'es débarrassée d'Alexis ? Et Betty n'est pas rentrée ?

Émilie se releva aussi sec et attrapa une serviette.

— Oui, Alexis est chez la voisine, jusqu'à demain matin. Betty ira directement là-bas.

— Comment, là-bas ? On va quelque part ?

La Vénus se rhabillait. À mesure qu'elle enfilait soutien-gorge, gaine, bas et chemisier, Julia descendait les marches de l'escalier du désir.

— Tu as oublié ? L'AG de l'UFF[1] ?

— Oui, complètement. On doit y aller ? Tu es sûre ?

— Un peu, que je suis sûre ! J'ai bien envie de sortir, tiens, passe-moi ma jupe noire.

Vaincue, Julia la lui tendit sans conviction, et la retint du bout des doigts quand Émilie l'attrapa.

1. Assemblée générale de l'Union des femmes françaises.

— J'aurais bien aimé profiter d'un temps avec toi. Nous deux.

La mimique de sa comparse parla d'elle-même. Elle était décidée et rien ne pourrait contrecarrer ses plans, au grand regret de Julia, qui s'avoua vaincue.

— D'accord, d'accord. On y va.

En quelques minutes, elles étaient déjà sur l'avenue, prêtes à héler le premier taxi qui se présenterait. Difficile d'en distinguer un dans ce fourmillement de lumières jaunes et rouges. Pourtant, elles n'eurent pas à attendre. Attiré par leurs quatre gambettes, une Peugeot 203 gris clair, affichant « libre » sur son aile droite, sortit de la file ininterrompue de voitures. De sa voix la plus grave, le chauffeur les aborda :

— Bonsoir, mesdames, je peux vous emmener quelque part ?

— Oui, au 12, *bis* de la rue d'Astorg, dans le 8ᵉ, cria Julia pour se faire entendre au milieu du vrombissement ambiant. Et rapidement, si possible !

— À vos ordres, mademoiselle ! C'est comme si c'était fait !

Le bonhomme voulut rouler des mécaniques. Il tirait le volant à gauche, à droite, à leur donner mal au cœur.

Chaque jeudi entre 18 heures et 20 heures, l'Union des femmes françaises se réunissait dans l'intimité de cet appartement de la rue d'Astorg. Au programme, discuter de la ligne politique de l'association, dresser le bilan des actions de la semaine précédente et de celles à mener pour la suivante, puis choisir les articles à rédiger pour leur revue hebdomadaire intitulée *Femmes françaises*.

Les mères de famille avaient souvent bien du mal à se libérer sur ce créneau. Elles devaient obtenir l'accord de leur mari, à condition bien sûr que le dîner soit préparé à l'avance, ou de faire garder leurs enfants par une voisine. C'était pour cette raison que la majorité des actions de l'association, à Paris comme en province, se faisait en journée, durant le temps scolaire. Partout, elles s'organisaient pour devenir des citoyennes actives, promouvoir le travail à salaire égal, pour ouvrir des crèches et des garderies, ou militer pour la paix.

Émilie avait œuvré tout le mois en ce sens, en distribuant des tracts à la sortie de l'école, ou au marché, prolongeant ainsi son engagement au sein du Parti communiste. « Nous n'enverrons pas nos fils faire la guerre à l'Union soviétique ! », proclamait-elle fièrement, les affichettes dans une main, Alexis dans l'autre.

Ce soir-là, Jeannette Vermeersch et Eugénie Cotton les honoraient de leur présence, or, rares étaient les moments où ces deux figures de la fédération étaient réunies. Un grand jour. Julia et Émilie passèrent le seuil sans se faire remarquer, pour découvrir un appartement bondé. On entrait au milieu de l'activité délirante d'une rédaction. Une cacophonie de piaillements suraigus vibrait au rythme frénétique des machines à écrire. Puis elles se frayèrent un chemin jusqu'au salon où étaient attablées les deux dirigeantes. Autour d'elles, une douzaine de militantes à l'allure soignée, aux ongles manucurés, aux lèvres maquillées, ne perdaient pas une miette de leurs paroles, et exprimaient librement leurs points de vue.

Sur un fauteuil, elles aperçurent Betty qui crayonnait sur un bloc-notes, l'air pensif. La discussion à table portait sur la position du Parti concernant l'accouchement sans douleur dont le premier venait d'être pratiqué en France. Les débats étaient houleux. Julia comprit tout de suite pourquoi Betty s'était mise à l'écart. Elle ne pouvait prendre la parole sans qu'on la soupçonne d'un interventionnisme militant au regard de son métier d'infirmière. Au vu des réactions encore très timides envers ce qui consistait pour elle un progrès indiscutable, la grande rousse préféra garder le silence. Un jour, la société serait prête, et ce jour-là, elle serait la première à œuvrer pour la défense d'une maternité épanouie.

— Julia, tu pourrais parler, toi.

Qu'est-ce qui lui prenait, tout d'un coup ?

— Moi ? Moi qui ne veux pas d'enfant, tu penses que j'ai quelque chose à dire ?

Émilie lui donna discrètement un coup sur le pied, comme pour la faire taire. Julia releva la tête et vit que tout le monde l'avait entendue. Jeannette Vermeersch saisit l'occasion pour la tancer depuis sa chaise en bois :

— Qu'est-ce que j'entends, mademoiselle Guzmán, tu ne veux pas te marier ?

Les murmures chuintants des femmes glacèrent le sang de Julia, qui se sentit aussitôt prise au piège. Évidemment, pour cette grande dame comme pour les autres, ne pas vouloir d'enfants, c'était s'interdire le mariage. On ne pouvait choisir d'élever sa progéniture seule, encore moins de refuser une descendance à son mari. Si l'on ne souhaitait pas être mère, on choisissait forcément le célibat.

Julia ne pouvait en aucun cas continuer à provoquer ces femmes qui, certes, défendaient leurs droits et leur indépendance, mais seulement au sein du mariage, du couple, et de la maternité.

— Je… C'est que je suis jeune, et j'ai un travail qui m'occupe beaucoup.

— Comme toutes les ouvrières que nous soutenons aujourd'hui ! Tu changeras d'avis. Les enfants, c'est l'avenir, il faut reconstruire. On compte sur toi ! Notre objectif est justement de permettre aux femmes d'avoir un travail tout en étant mères, c'est un impératif économique, et sociétal ! Notre devoir à toutes, en quelque sorte !

Derrière ses lunettes et son sourire bienveillant, Julia percevait la reine mère, la matrone, aimable et calculatrice, qui ne rend de comptes à personne, et à laquelle personne n'ose désobéir.

Surtout ne rien répondre.

Le silence qui suivit parut trop long à une des militantes qui tenta naïvement de dévier la conversation.

— Pour l'hommage à Paul Éluard, j'ai pensé que nous pourrions publier un poème d'une amie qui écrit…

Eugénie Cotton fronça les sourcils. Vieillissante, mais toujours aussi vive, elle demanda la parole d'un simple clignement de l'œil. Jeannette acquiesça et laissa la directrice s'exprimer.

— Laissez cela à *L'Humanité*, si vous voulez. Permettez-moi de le dire, on ne fait pas dans la nécrologie, ici. Ce n'est pas que je n'aime pas la poésie, mais notre assemblée se réunit pour traiter de sujets sérieux. Nous avons déposé une demande au Parlement pour que soit révisée la loi sur le mariage. Indépendance financière, droit au travail des femmes, c'est de cela que nous devons parler. Paul Éluard… Paix à son âme, oui. Et voilà, nous sommes quittes !

Émilie, toujours debout, derrière le fauteuil dans lequel Betty avait disparu, se gargarisait du discours de la doyenne. Jeannette sentit son regard bleu accrocher la conversation, et se retourna pour mieux l'observer.

— Eh bien, Émilie, madame Dimitrov, tu n'en es pas à tes premiers pas… Dis-nous, que penses-tu du mariage ? Y trouves-tu ton équilibre ?

L'épouse chercha ses mots un instant quand une des femmes attablées, plus âgée, prit la parole à sa place :

— Madame Dimitrov ? La femme du traître ? Que fait-elle ici, Jeannette ?

Jeannette Vermeersch esquissa un petit sourire de satisfaction. Elle avait révélé l'identité de la jeune femme, sans ménagement, et les personnes qui l'entouraient avaient réagi au quart de tour, au son de ce nom maintenant détesté qui avait circulé dans toutes les cellules parisiennes. Celles du sud de la capitale avaient dû se répartir les adhérents de la cellule Italie-Tolbiac, en attendant qu'ils retrouvent un lieu pour se réunir.

Émilie se faisait attaquer sur le simple fait d'être mariée à un traître. La jeune femme devait à tout prix se défendre.

— J'ai quitté mon mari. Je vis avec Julia, et Betty, ici présentes. Nous sommes très engagées, et fidèles au Parti. Nous partageons les mêmes valeurs. Je t'assure que je n'ai rien à voir avec tout ça.

— C'est la vérité, je vous le jure, renchérit Julia.

— Moi, je ne la crois pas, reprit la femme d'âge mûr, je ne la connais pas. Jeannette… tu as bien un document, non ?

— Nous ne pouvons normalement exclure personne de la Fédération. Seulement, il y a des cas particuliers qui font jurisprudence. Et ton mari, en se rendant coupable de haute trahison, et parce qu'il est activement recherché par nos services, est concerné au plus haut degré. C'est pourquoi, dit Mme Vermeersch en brandissant une feuille de papier couverte de caractères d'imprimerie, je suis en devoir de te notifier ton exclusion du PCF, Émilie, au motif que ton mari est coupable des faits précités. Je vais te demander de partir, s'il te plaît.

Julia vit Émilie vaciller, et se posta derrière elle pour l'empêcher de tomber. La pauvre femme, qui avait fait tant d'efforts pour soigner son image durant les dernières semaines, se faisait mettre au ban du Parti, comme une paria. Où qu'il se trouvât, Sergueï frappait encore. La jeune couturière reprit ses esprits, pour sauver l'honneur et sortir dignement.

Sans cacher sa surprise et son indignation, Betty se leva tout net du sofa où elle s'était avachie quelques minutes plus tôt et rejoignit ses deux amies pour manifester clairement sa position. Julia, de son côté, ne put s'empêcher de répondre à l'attaque de la dirigeante :

— Nous avons toutes été trompées par cet homme, Jeannette, et Émilie la première. Sergueï doit être poursuivi et mis en prison. Là-dessus, nous sommes d'accord. Mais mon amie ne mérite pas le traitement inique que vous lui réservez, depuis votre tour d'ivoire. Elle a distribué des tracts tout le mois pour défendre la paix en Indochine, matin, midi et soir. Et elle continue à croire, comme nous, que le communisme est la seule solution à l'égalité entre les peuples, entre les hommes et les femmes, entre la dirigeante et la couturière.

Elle marqua une courte pause pour laisser le temps à son interlocutrice de bien saisir la portée de ses paroles, puis poursuivit en la pointant du doigt :

— Vous ne nous enlèverez pas cette conviction, et nous poursuivrons la lutte à notre échelle. Vous faites erreur, madame, une grave erreur, et j'espère que, si nous faisons appel de cette décision, il y aura quelqu'un pour nous entendre. Croyez-moi, je ferai tout pour réhabiliter mon amie. Nous nous reverrons très bientôt.

Sur ces mots, la petite brune tourna fièrement les talons, et fit signe à ses deux complices de s'engager vers la sortie.

Tout s'était arrêté autour d'elles, silence des machines à écrire, silence des lèvres et regards baissés. Tout sentait la honte et le malaise. La tirade avait produit son effet. Une fois sur le trottoir, tout excitée, Betty s'esclaffa, se couvrant la bouche de ses mains.

— Eh ben dis donc ! Ce que tu lui as envoyé ! Je ne savais pas que tu avais un tel talent d'actrice, on n'est pas au bout de nos surprises, avec toi, Julia !

— Actrice ? Mais je ne jouais pas du tout, là ! C'était sincère !

— Enfin, je veux dire que tu n'y vas pas avec le dos de la cuillère, c'est ce qu'il fallait, vraiment !

Julia sourit et observa Émilie, dont les yeux flottaient dans un océan de vide.

— Merci, lui dit-elle. De m'avoir défendue.

Puis le coquillage se referma. Betty et Julia se retinrent de réagir. Il fallait laisser décanter tout cela.

Il était presque 21 heures quand elles arrivèrent à l'appartement. Émilie récupéra Alexis, engoncé dans un pyjama bleu trop petit, et remercia la voisine, qui lui rendit aussitôt ses remerciements, ravie qu'elle était de ne pas avoir à s'occuper du marmot jusqu'au lendemain. L'enfant entra dans l'appartement en trombe pour se ruer sur son camion à roulettes.

Elles n'avaient pas fait deux pas que la sonnerie du téléphone les fit sursauter toutes les trois. Qui pouvait bien appeler à cette heure tardive ? Comme elle était la plus proche du combiné, Émilie décrocha, fébrile. Julia tendit l'oreille et entendit la voix de l'opératrice, puis celle d'un homme, qu'elle soupçonna aussitôt être celle de Sergueï. Elle fronça les sourcils et interrogea Émilie du regard. Celle-ci cligna des yeux en guise de confirmation. À l'autre bout du fil, c'était un flot incessant de paroles, dense, rapide, incontrôlé, qui contrastait avec l'attitude d'Émilie, muette, glaciale. Peut-être expliquait-il ce qu'il lui était arrivé ?

Peut-être voulait-il la revoir ? Peut-être même lui demandait-il pardon ?

— Jamais. Tu ne le reverras jamais. Va au diable, Sergueï.

Et elle raccrocha.

Sans un mot, Émilie se retira dans sa chambre. La curiosité de Julia s'était heurtée à un mur. Quelques minutes plus tard, à travers les cloisons, l'on put percevoir les faibles hoquets de ses pleurs.

Chapitre dix-neuf

Samedi 22 novembre 1952, la Maison russe,
1 rue de la Cossonnerie, Sainte-Geneviève-des-Bois

— Monsieur Dimitrov ! Quel bon vent vous amène ?

Sergueï, se souvenant de ses leçons de bonnes manières, ôta son chapeau et salua la soubrette qui l'accueillait, en mimant une révérence.

— Bonjour, mademoiselle, mon père est là-haut ?

— Comme à toute heure de la journée. Il ne sort plus du tout, en ce moment. Si seulement vous pouviez le convaincre…

— Ah, c'est un dur à cuire, et vous m'en voyez navré !

Sergueï sortit un billet de cent francs de sa poche intérieure et le tendit à la jeune femme.

— Cent francs ? C'est un peu exagéré, tout de même !

— Mais non, mais non. Prenez.

La charité est trop souvent motivée par des intérêts à peine dissimulés. Or, pour Dimitrov, la somme n'allait même pas suffire à combler les manques que son absence prolongée allait susciter. Mais il pouvait difficilement donner davantage sans éveiller les soupçons.

La Maison russe n'était pas une simple maison de retraite. D'ailleurs, M. Dimitrov père, qui n'avait que soixante-huit ans, était loin d'être grabataire. Non, il y avait été placé par son fils trois ans auparavant, alors qu'il souffrait d'une profonde dépression. Plutôt que de le laisser à sa solitude, Sergueï avait trouvé auprès de l'institution de Vera Mestchersky un moyen de ramener son père au plus près de l'âme de son pays, parmi les survivants au régime bolchevique. Estropiés, malades, vieillards ou sans le sou, les Russes blancs étaient accueillis dans ce havre de paix par une princesse déchue, à qui une lady anglaise avait fait don d'un petit château en Seine-et-Oise.

Elle avait pris soin d'y recréer tout un décor digne de la Russie tsariste. Des matriochkas de toutes les provinces, des boîtes à musique, et des dames en porcelaine ornaient chaque manteau de cheminée. Dans le salon d'hiver, où était dressé le sapin, des icônes en feuilles d'or et aux couleurs vives, représentant le Christ ou la Vierge Marie, illuminaient la pièce. On y parlait russe, on y mangeait russe, et l'on y priait orthodoxe.

Sergueï grimpa le large escalier de marbre. Il entra sans attendre de réponse.

Quand il le vit assis devant sa fenêtre, son fils remarqua ses cheveux trop blancs, trop longs.

— Bonjour, papa.

Espérant une réaction, il l'interpella de nouveau. L'homme se retourna et dévoila une longue barbe blanche qui le vieillissait de vingt ans. Le fils écarquilla les yeux en essayant de reconnaître son père sous ces traits d'ermite de la taïga.

— Mais que t'est-il arrivé ? Tu ne veux plus te tailler la barbe ?

Il s'approcha, mais n'osa l'embrasser. Cet homme lui faisait peur. Sa bouche disparue sous les poils, on ne voyait plus que ses deux yeux noirs, brillants et durs comme la pierre de tourmaline. Il lui prit la main, et la mit dans la sienne, comme lorsqu'il était enfant, espérant que cela éveille en lui un souvenir.

— Papa, je sais que je ne suis pas beaucoup venu, ces derniers temps.

Le vieil homme secoua la tête. Il entendait donc, il l'avait reconnu.

— D'abord, je voulais te dire que je n'ai pas réussi à obtenir les renseignements que tu m'as demandés. Je suis bien allé à Moscou, avec une amie, au mois de juin. Elle a réussi à pénétrer jusqu'aux archives de la police d'État. Là, notre cousin était censé avoir déposé les documents concernant l'arrestation de maman dans un dossier sur la révolution de 17, mais Julia n'a rien trouvé, elle m'a dit qu'elle avait fouillé partout… Et il n'y a pas de raison de remettre sa parole en question…

Le fils interrogea son père du regard. Celui-ci semblait tourmenté.

— De toute façon, qu'est-ce que cela changera ? Tu la crois vraiment encore en vie ? Après trente-cinq ans, elle ne te reconnaîtrait même pas…

Sergueï s'arrêta. Le sujet était brûlant. Depuis toutes ces années, Viktor Dimitrov était comme muré dans la honte. Il avait raconté une fois, quand son fils avait atteint l'âge de douze ans, comment sa mère avait disparu. Du bout des lèvres, par devoir, en retenant ses pleurs, et sa colère. Mais l'épisode n'avait pas donné lieu à d'autres développements. Contrairement au discours que Sergueï avait tenu à Émilie et aux camarades de la cellule, le jeune adulte avait tout de suite expliqué à son père les véritables raisons qui motivaient son adhésion au Parti communiste. Mais celui-ci était resté sceptique quant à l'issue de la démarche. Son fils allait-il se laisser embrigader ? Pouvait-il vraiment trouver les réponses qu'il cherchait ?

Viktor Dimitrov avait depuis longtemps cessé d'espérer revoir un jour Lidvina. Tout cela appartenait au passé. Il l'avait abandonné, par deux fois. En quittant le pays sans un regard en arrière, et en préférant la croire morte. Sa lâcheté le dévorait. Parfois, il tentait de se justifier en se disant qu'il n'avait pas eu le choix, pour sa vie, comme pour celle de son fils.

Et quand, malgré la souffrance, il lui arrivait de penser à elle, il enfouissait profondément ses plus beaux souvenirs, épargnant à Sergueï toute remarque la concernant, afin qu'il se concentre sur sa vie, son avenir.

Une larme glissa sur la joue du vieil homme. Mais au lieu de froncer les sourcils, de grogner, d'éructer, il serra la main de son fils en lui adressant un sourire.

Un remerciement. Pour le geste. Après tout, il avait essayé, et risqué beaucoup pour obtenir ces renseignements.

L'esprit agité, Sergueï pensait déjà à la suite. Il se leva subitement, fit le tour de la chambre, puis se dirigea vers la porte pour vérifier qu'aucune oreille indiscrète ne traînait dans le couloir. Assuré de leur tranquillité, il retourna s'asseoir près de son père et reprit à mi-voix :

— En revanche, papa, il y a quelque chose qui va te plaire. En cinq ans, j'ai réussi à me faire une place de choix : instructeur de cellule. Ce qui m'a permis, en côtoyant des têtes, d'amasser quelques renseignements utiles.

Grimace de dégoût.

— Figure-toi que j'ai pu me rendre chez Thorez à Gagra, et que j'ai retrouvé une liste de noms d'agents russes qui sévissent en France. On avait déjà intercepté leurs noms de code, dans le véhicule de Duclos. Tu sais, l'affaire des pigeons ? Bon, eh bien maintenant, douze agents ont pu être identifiés et sont sur le point d'être arrêtés ou le sont peut-être déjà.

Hochement de tête. Changement de ton. Le père afficha un sourire de fierté.

— Cependant…

Sergueï marqua une pause.

— J'ai été dénoncé. On m'a exclu du Parti et le MGB est à ma recherche. Même ici, je ne suis pas en sécurité. Il va falloir que je quitte la France au plus vite. Cela fait presque un mois que je me cache, que je change de piaule tous les jours ou presque.

Tout en parlant, il alla vérifier à la fenêtre que personne ne l'avait suivi. Pas une silhouette dans le jardin ni derrière la clôture, pas une voiture garée devant le portail. Encore quelques minutes, et il s'en irait. Il se retourna vers son père, et s'adossa au mur extérieur, à côté de la vitre.

— Tu sais, on peut encore y croire. Elle est peut-être toujours en vie. Je ne comprends pas pourquoi tu ne te bats pas plus que cela.

Le père fronça les sourcils.

— Tu penses qu'elle nous a oubliés ? Qu'elle ne tenterait pas, si elle en avait les moyens, de nous retrouver ?

— Ça suffit, Sergueï.

La voix du père, brisant un silence de plusieurs mois, désarçonna son fils.

— C'est ton combat, plus le mien, je suis trop vieux, maintenant. Tu sais que l'espoir me ronge à petit feu. Je ne veux plus entendre… Tais-toi, s'il te plaît.

Viktor tourna la tête et son visage se referma. Sergueï laissa passer un long silence, avant de reprendre :

— Ah et… Émilie est partie, elle aussi. Elle n'a pas supporté la trahison, ce qui était prévisible. Mais elle m'a trahi à son tour. Qu'elle aille au diable.

Le vieil homme releva la tête pour regarder son grand fils debout face à lui, dont le regard ressemblait tant au sien quand il s'était lui-même retrouvé seul après l'arrestation de Lidvina. Une parole voulait sortir. Cela lui raclait la gorge.

— Al… Alexis ?

Son petit-fils, comme Sergueï avant lui, le maintenait en vie. Son émotion était palpable. Sergueï allait affronter la solitude, comme lui, et cela lui donnait le vertige.

Le jeune homme s'agenouilla devant le paternel et lui mit les mains sur les genoux.

— Alexis, j'espère qu'il va bien. Je ferai tout pour lui, papa. Promis. Maintenant, je dois te quitter. Adieu.

Et Sergueï se leva, embrassa son père pour la dernière fois sur les deux joues, avant de quitter définitivement la Maison russe, puis la France.

Chapitre vingt

Vendredi 16 janvier 1953,
locaux du journal Libération

Embauchée à temps complet depuis le début du mois de janvier, Julia devait se battre désormais pour s'imposer devant la kyrielle de jeunes journalistes du sexe opposé. Il fallait jouer des coudes, parcourir tout Paris à bicyclette ou en taxi, se montrer sur tous les fronts. Culture, politique ou faits divers, elle bondissait sur l'actualité comme une lionne sur sa proie, quitte à sauter des repas, ou à négliger sa vie privée. Après une courte semaine de repos à la fin décembre, la jeune femme s'était mise au travail sans relâche, arrivant pour le petit déjeuner, et quittant les lieux à des heures où l'on ne croise plus de filles seules dans les rues. En quinze jours seulement, elle avait perdu deux kilos, et toutes les forces qu'elle avait peiné à reconstituer pendant les fêtes.

Les relations entre l'Est et l'Ouest se révélaient plus tendues que jamais. Le 7 janvier, le président Truman avait déclaré détenir la bombe H, une bombe à hydrogène, des milliers de fois plus puissante que celles qui avaient détruit huit ans plus tôt Hiroshima et Nagasaki. Il s'était même dit prêt à anéantir l'URSS en cas de conflit ouvert. Le monde entier retenait son souffle.

Depuis son bureau, Julia entendait régulièrement des bruits venant du quatrième étage, des hourras, des cris de guerre, des engueulades et d'autres réactions épidermiques. À *L'Huma*, l'ambiance était électrique. C'était une bande de forcenés, de déchaînés, qui savaient qu'ils pesaient sur l'échiquier politique comme aucun autre journal. Quelquefois, la jeune Espagnole regrettait d'appartenir à l'équipe du cinquième, un journal de trop, une feuille de chou, qui se vendait mal. Mais vaille que vaille, elle avait déjà la chance de détenir un poste stable, et de se trouver plutôt bien entourée.

Ce matin-là, des échanges tendus entre journalistes se poursuivaient dans l'escalier, et Julia ne put s'empêcher d'en descendre quelques marches pour se rapprocher du curieux brouhaha qui sévissait à l'étage du dessous. De loin, certains l'avaient déjà remarquée. Il faut dire que la beauté de la jeune femme pouvait difficilement passer inaperçue. En effet, les deux hommes qu'elle croisa ne manquèrent pas de lui adresser leurs regards les plus séducteurs. L'un d'eux osa même se lancer :

— Mademoiselle Guzmán, c'est ça ?

— Oui, enchantée. Et vous ?

— Francis Cohen, correspondant pour *L'Humanité* à Moscou.

— Dites-moi, je peux me permettre de vous demander ce qu'il se passe ? On vous entend bien, de là-haut !

Les deux hommes se regardèrent, méfiants. Comment cette néophyte pouvait-elle croire qu'elle leur volerait un scoop aussi facilement ? Ils poursuivirent en direction de l'ascenseur. Francis, malgré ses réticences, se retourna, poussé par son irrépressible besoin de séduire.

— C'est dommage, je vous aurais bien offert un café !

Il avait à peine prononcé ces mots qu'il s'en mordit les doigts. Julia s'empressa de sauter sur l'occasion :

— Avec plaisir ! J'ai justement un petit quart d'heure, je serais ravie de faire votre connaissance !

En l'espace de quinze minutes, la maligne sortit le grand jeu, leur livra son engagement communiste depuis sa plus tendre enfance, et la ferveur avec laquelle elle défendait ardemment les intérêts du Parti auprès des siens, des militants, des ouvriers. Son père lui avait légué sur le champ de bataille la mission de ne jamais faiblir dans le combat contre les fascismes, quels qu'ils fussent. Un devoir qu'elle honorerait jusqu'à l'épuisement. Sentant qu'elle suscitait chez ses interlocuteurs un intérêt certain, voire de l'admiration, elle tenta de nouveau de leur sortir les vers du nez.

— Et vous ne voulez toujours pas me dire ce qui agite toute votre rédaction ? Vous savez, je lirai bien vos titres tout à l'heure…

Julia perçut dans les yeux des deux journalistes un semblant d'acquiescement. Elle avait gagné.

— L'événement qui nous occupe autant, c'est la révélation d'un complot en URSS. Des médecins juifs auraient assassiné plusieurs membres du gouvernement, dont Jdanov.

— Qu'est-ce que c'est que cette histoire ? Des médecins assassins, vraiment ?

— Oui. La *Pravda*[1] a publié un article il y a trois jours, titré : « Sous le masque des médecins universitaires, des espions tueurs et vicieux ». Le même article dénonce un « complot de bourgeois sionistes ».

Julia fit une moue exaspérée.

— Encore le complot juif international ! Est-ce que Staline est devenu fou ? Ils ont des preuves contre eux ?

Francis reprit :

1. La *Pravda* était le journal officiel du Parti communiste soviétique.

— Eh bien, de ce que je sais, certains sont détenus depuis six mois. La mayonnaise est si bien montée que même le médecin personnel de Staline a été incarcéré.

— Je comprends. C'est un peu gênant, tout ça. Vous allez mentionner le mot « juif » dans vos articles ?

— C'est justement là que le bât blesse. La France n'est pas prête à lire ni entendre de tels propos. Lecœur fait pression pour qu'on appuie la version officielle, qu'on dénonce le complot comme étant un complot sioniste, mais nous essayons de le dissuader de prononcer de tels mots. Nous avons beaucoup trop de juifs parmi nos adhérents pour suivre les dernières orientations de la politique russe…

— Je suis franchement étonnée. Je pensais que les communistes et les juifs étaient liés pour toujours par leur opposition commune au fascisme, et au nazisme ! Si Sacha savait cela !

Francis Cohen soupira. La propagande soviétique réussissait même à convaincre les personnes les plus éclairées, à des milliers de kilomètres du territoire.

— Sacha ? Qui est Sacha ?

— Mon beau-père. Il a été déporté en 42, comme tant d'autres. Je l'admirais beaucoup. On a vécu nos plus belles années, avec lui. Il me manque autant que mon père. Et il était communiste, lui aussi. Brigades internationales, c'est comme ça qu'il a rencontré mon père, juste avant sa mort.

— C'est tellement injuste.

— Mais vous aussi, vous… vous vous appelez Cohen…

— Oui. Moi aussi. Ma famille est passée au travers, grâce à des fermiers du Limousin. Puis je suis entré en Résistance. Ensuite *L'Huma*. Je suis de ce bord-là, comme beaucoup d'entre nous, parce qu'on sait qui nous a aidés après la guerre. Les mairies communistes.

Mais attention à cette vision un peu trop angélique. La population juive a toujours été suspecte pour Staline, et le rapport qu'il entretient avec les juifs est pour le moins ambigu. Tantôt ils servent à unir l'URSS contre le fascisme, tantôt ils menacent l'idéologie par leur internationalisme bourgeois. Méfie-toi… Ce n'est jamais tout blanc ou tout noir ! Bon, je dois retourner au journal. On est appelés à se revoir, de toute façon ?

— La prochaine fois, c'est moi qui vous invite !

— Ne me vouvoyez pas, je ne suis pas si vieux !

Julia répondit par un sourire, et salua les deux journalistes. Dès qu'ils eurent le dos tourné, elle se précipita au standard du journal et demanda au jeune homme à casquette, celui qui l'avait tant charriée à ses débuts, de composer le numéro d'Auguste Lecœur. L'opérateur, piqué par la jalousie, la dévisagea et prit un ton hautain.

— Madame veut parler au numéro deux ! Madame a ses entrées au Parti !

— Eh oui, Pépi, c'est comme ça !

Pépi, c'était son surnom. Plus mignon que Pierre Picard. Celui-ci tourna le cadran, numéro après numéro, avec une lenteur administrative, comme pour se donner de l'importance.

— Voilà. Ça sonne. C'est chez lui, mais il ne répond pas.

Julia lui prit le combiné des mains, car le bougre ne voulait pas lâcher. Après cinq ou six sonneries, un « clic » se fit entendre. Quelqu'un avait décroché.

— Bonjour ! Auguste ?

À l'autre bout du fil, un homme, qui se demandait bien quelle personne, l'appelant par son prénom, se cachait derrière cette jolie voix.

— Julia. Julia Guzmán, vous vous souvenez ? Le dîner chez les Dimitrov en mai dernier ? Il faut absolument que je vous voie. J'ai des questions à vous poser et c'est urgent. Pensez-vous que vous pourriez vous déplacer au journal ? Je suis encore surveillée par les services de renseignements, je pense.

Lecœur ne sut quoi répondre. Il n'osait prononcer un mot. D'où téléphonait-elle ? Le téléphone était-il sur écoute ?

— Tu as de la chance de me trouver, je passais en coup de vent. Nous pourrions peut-être nous voir dans le courant de la semaine prochaine... Attends, il faut que je consulte mon agenda.

Le tutoiement. Elle n'avait pas osé, la chose ne lui était pas du tout naturelle. Pourtant, Julia comprenait que cette familiarité forcée encourageait les grands à la modestie, tout en flattant l'ego des plus petits. Il fallait profiter de cette perche tendue pour l'obliger à répondre à ses questions.

— Excuse-moi, je me permets de te tutoyer aussi, ça te va ? En réalité, cela ne peut attendre. N'as-tu pas une trentaine de minutes à m'accorder dans la journée ?

L'homme resta un moment silencieux. Cette petite ne manquait pas de culot ! Il se souvint de certains de ses atouts auxquels il n'était pas insensible et se dit que retarder sa prochaine entrevue pour passer un peu de temps en agréable compagnie ne serait pas pour lui déplaire.

— Là où tu as trouvé Jean la première fois. Dans une heure.

— J'y serai.

Le square des Batignolles. Pourvu qu'il ne pleuve pas, cette fois ! Lecœur avait certainement les réponses qui lui manquaient, au sujet de ce complot de médecins juifs assassins. Julia brûlait d'envie d'écrire cet article. Il était pour elle. Une interview exclusive de Lecœur à ce sujet, c'était une chance de faire exploser les ventes, et de dépasser *L'Huma.* Elle aurait la position officielle du Parti, en même temps que celle, plus personnelle, d'Auguste. Que pensait-il, lui, de tout cela ? Oserait-il appuyer devant elle la thèse du complot ?

Et elle profiterait bien évidemment de l'occasion pour le questionner sur Sergueï.

Quand elle le vit arriver à l'heure du rendez-vous, sous le kiosque à musique, Julia constata que l'homme était amaigri. Lui qu'elle considérait comme une force de la nature, impassible et imperturbable, revêtait ce jour-là un tout autre costume. Avant de s'asseoir sur le banc, il jeta à plusieurs reprises des coups d'œil derrière lui.

— Je n'ai pas été suivie, fit la jeune Espagnole, espérant le rassurer. Le SDECE doit être occupé ailleurs.

— Ah ça, oui, ils ont de quoi être occupés, avec ce que ton ami leur a livré sur un plateau !

— Mon ami ? Ne redis plus jamais cela ! Je hais Sergueï. J'ai des raisons profondes de le haïr. Il nous a tous trahis. Les militants, toi, sa femme, son fils. D'ailleurs, j'attends des nouvelles. On m'a demandé il y a deux mois de ne plus entrer en contact avec qui que ce soit au Parti. J'ai attendu suffisamment. Il faut que je sache. Où est-il ? Quand allez-vous le coincer ?

— Tu me demandes des comptes, Julia ? Sais-tu qui est en ce moment entre les griffes du SDECE ? Mon ami Albert Igoin, directeur de France-Navigation, et agent des services clandestins du Parti. Dénoncé sans doute par ton… par Dimitrov. Toutes les identités d'Albert ont été dévoilées par un certain « Chopin », de toute évidence le nom de code de cette crapule.

Lecœur tressaillait de froid. Une brise glaciale s'était levée autour d'eux, faisant virevolter les dernières feuilles mortes.

L'homme resserra son col.

— Viens, on va marcher, sinon, on est bon pour les gelures.

Dès qu'ils furent dissimulés par les conifères, Lecœur reprit :

— Il nous a échappé. Plusieurs fois. J'ai lancé Georges Beaufils à sa poursuite. C'est lui qui est chargé des recherches maintenant.

— Dès que tu auras du nouveau de ce côté, préviens-moi, s'il te plaît. Avant de le faire disparaître…

Le second du Parti ne cacha pas son étonnement. La gamine n'y allait pas par quatre chemins. Elle avait d'ailleurs un certain don pour manipuler son interlocuteur, et des charmes dont elle usait fort à propos.

— Je comprends. Tu veux te venger personnellement, c'est ça, Julia ?

— Oui, c'est à peu de choses près ce qu'il faut entendre.

— De toute façon, il n'y a rien de si urgent, étant donné que les recherches n'avancent pas… Si tu ne m'as dérangé que pour ça… La prochaine fois, je ne sauterai pas dans le premier taxi pour t'obéir, toute mignonne que tu es !

— Non, attends… Si je t'ai téléphoné, c'est parce que j'ai appris que tu allais publier une réaction officielle, au nom du PCF, après l'article publié par la *Pravda* il y a trois jours, sur le complot des médecins… juifs.

— Tout à fait, c'est mon rôle. Et ? Quelle est ta question ?

— J'en ai deux : vas-tu appuyer l'idée qu'il s'agit d'un complot juif et suivre la direction clairement antisémite qu'est en train de prendre le Comité central ? Ne penses-tu pas que cela puisse blesser des militants de confession juive, au risque de les perdre aussitôt ?

Lecœur, surpris de la franchise des deux questions, hésita quelques instants avant de répondre. Cette gamine était décidément bien informée.

— Je vais, je pense, éviter le terme de « juifs », ou de « complot sioniste ». Tu as bien raison, ce n'est pas le moment, chez nous, de raviver le feu antisémite. Et ce serait comme tu le dis une catastrophe pour le Parti. En revanche, je n'hésiterai pas à dénoncer des assassins qui opèrent pour le compte de l'espionnage anglo-américain. Qu'ils soient juifs ou non, peu m'importe. Les faits sont graves. Ce sont des terroristes, et tous les liens qui unissent ces médecins à la CIA ont été prouvés, lors de leurs procès à Moscou.

— J'entends, répondit Julia. Mais que diras-tu si Staline décide de lâcher Israël ?

— C'est déjà en train de se faire. Que veux-tu, il a raison, il faut protéger les intérêts soviétiques.

— Donc, tu es d'accord avec le fait que les juifs ne peuvent pas vraiment être communistes ?

— Non, tu vas trop loin…

Le numéro deux du Parti semblait dérangé par la question, car elle mettait le doigt sur les réflexions qui avaient nourri ses derniers échanges avec Thorez.

— Je dis, reprit-il, que les juifs ont parfois des intérêts qui ne sont pas les mêmes que ceux des Soviétiques, dans l'ensemble. Ne me fais pas dire ce que je ne dis pas.

— Eh bien justement, tu viens de le dire. Les intérêts en question sont des intérêts capitalistes, c'est ça ? Soyez clair : ils ont tous de l'argent, ils ont toujours cherché à capitaliser. Donc, ils ne peuvent être communistes. Moi qui pensais qu'on luttait ensemble contre le nazisme, le fascisme, l'extrême droite. C'est quand même pitoyable, ce retour à l'antisémitisme primaire…

— Les fascistes sont partis. Les temps changent.

— Certes…

Julia n'avait plus envie d'échanger sur ce sujet avec ce béni-oui-oui à la botte de ses supérieurs. Si elle était fascinée par les avancées politiques extraordinaires que le communisme avait apportées aux Français, cela ne l'empêchait pas de voir clair dans le jeu des puissants. Elle avait lu Machiavel. Le Prince change d'avis en flairant l'opinion du peuple, dresse ses rivaux les uns contre les autres, et s'entoure de flatteurs, acquis à sa cause, prêts à bondir sur la première opportunité. Et Lecœur était l'un d'entre eux.

Tandis qu'ils marchaient d'un pas rapide pour se réchauffer, Julia sentit que son interlocuteur montrait des signes d'impatience. Elle-même se demandait comment elle pourrait rattraper le coup. Il consulta sa montre, puis posa son regard sur elle.

— Nous avons terminé ? J'ai beaucoup de travail. Je tâcherai de t'informer au sujet de Dimitrov.

— Attends… une dernière chose…

Lecœur lâcha un soupir qui traduisit son exaspération. Décidément, cette jeune femme ne le quittait plus.

— Tu n'es pas sans savoir que Sergueï m'a dénoncée au mois d'octobre, comme agent clandestin du Parti. J'ai tout fait pour que le SDECE ne puisse rien obtenir de moi. Je n'ai fait que mon travail, je n'ai eu aucune relation avec Jean Jérôme, je ne suis pas retournée voir mes interlocuteurs. Mais je suis fatiguée d'être surveillée, et je voudrais savoir comment tu fais. Me conseilles-tu de déménager ?

— Je ne te le conseille pas particulièrement. Où que tu habites, ils te retrouveront, de toute façon, que ce soit chez toi, ou là où tu travailles. Ils interrogent, puis vous relâchent. On a l'habitude, tu sais ! Même Jacques y a eu droit. Si tu n'as pas d'activité particulièrement suspecte, ils finissent par se lasser, et changer de crémerie. Fais-toi oublier quelque temps et évite les déplacements.

La jeune femme prit note de ses remarques, et remercia vivement son interlocuteur pour le temps qu'il lui avait accordé, dissimulant à merveille sa profonde déception. Quand ils se séparèrent, au beau milieu d'une allée bordée de buissons épineux, Julia supposa qu'elle voyait cet homme pour la dernière fois.

Elle enfila ses gants et son bonnet, enroula son écharpe autour du cou, enfourcha sa bicyclette et rentra dare-dare au journal pour y retrouver le confort du chauffage central. Le vent cinglant qui lui raclait les joues attisait sa combativité, sa ténacité. Elle rédigeait mentalement son article pour prendre de l'avance et se gargarisait du fait que, même avec le peu d'éléments dont elle disposait, elle serait capable d'écrire un bon papier. Malgré le froid, chaque dizaine de mètres parcourue la rapprochait de la victoire. L'énergie qu'elle déployait à pédaler serait la même qui lui ferait parcourir la planète, conquérir les cœurs et côtoyer les grands de ce monde. Un jour, elle s'envolerait, se promit-elle.

Dans la pénombre de son petit bureau au cinquième étage du Paquebot, Julia rédigea l'article qui la fit connaître du cercle restreint des journalistes « politiques ». Elle réussit avec habileté à expliquer la politique officielle du Parti, défendue par Lecœur, tout en émettant des réserves : l'idée du complot sioniste bourgeois arrangeait bien les intérêts de Staline dans sa guerre contre l'impérialisme américain. Un tournant dans sa carrière.

Émilie, pendant ce temps, se contentait de son petit monde de mères au foyer, échangeant travaux de couture contre services de garde, recettes de cuisine contre remèdes de grand-mère. Ce n'était pas la grande vie, mais pouvait-elle espérer davantage ?

Son quotidien se satisfaisait pleinement de l'esprit de liberté qui régnait dans cet appartement régenté par des femmes, peuplé parfois de visiteurs impromptus, aux conversations riches et animées. Et puis, Julia était là, elle avait toujours quelque chose à raconter. En fin de journée, Émilie attendait son retour avec impatience. L'apéritif, le jazz dont elles raffolaient toutes les deux, Betty, qui regorgeait d'anecdotes désopilantes sur les urgences de la Pitié-Salpêtrière, tout lui faisait oublier la pauvreté de sa condition.

Quand Julia revint ce soir-là, un exemplaire de son journal sous le bras, criant victoire, débordant de fierté, elle l'accueillit le plus chaleureusement du monde. Sa Julia devenait une grande dame.

— Et tu sais la meilleure ? *Ce soir* veut que je travaille pour eux. Alors, d'Astier m'a proposé une promotion, pour me garder. Ils se battent pour moi, ce n'est pas extraordinaire, ça ?

Émilie lui offrit son plus beau sourire. Une joie débordante et sincère l'envahit, elle embrassa son amie avec fougue, à l'abri du regard d'Alexis, puis recula, poursuivant ses félicitations. Pendant un court instant, une pensée incontrôlée crispa son expression. Un éclair de jalousie, qu'elle refoula aussitôt. Heureusement, Julia n'eut pas le temps de le sentir. Émilie, avide de curiosité, avait saisi le papier et s'était précipitée au salon pour lire son article. La journaliste lisait dans les yeux de sa compagne, et observait ses réactions. Son avis comptait.

Sa lecture terminée, l'expression d'Émilie s'assombrit. Elle posa le quotidien sur la table basse et s'écria :

— Qu'est-ce que ça veut dire, Julia ? Staline serait antisémite ? Tu ne crois pas au complot ? C'est pourtant tout à fait vraisemblable, je ne comprends pas... Jdanov a été empoisonné, c'est un fait, non ?

La surprise fit hoqueter Julia. Elle prit le temps de réfléchir afin de lui apporter la meilleure réponse possible.

— Je n'ai jamais dit qu'il était antisémite ! Je dis juste que récupérer cette idée de complot juif international bourgeois sert les intérêts des communistes dans le contexte de guerre froide que nous traversons. Tu penses vraiment que je vais trop loin en affirmant ça ?

— Mais, et si c'était tout simplement vrai ?

— Ta réaction m'étonne, Émilie, tu sais quand même que cette idée a été relayée par les nazis, qu'elle a alimenté toutes les théories antisémites, même bien avant Hitler, par les Français, les Russes, les Allemands. Ça a toujours été le prétexte pour mener des persécutions contre les juifs.

— Oh, c'est pas la peine de me faire une leçon d'histoire… Dans le cas présent, on peut se demander, étant donné que l'URSS est en guerre avec les États-Unis, si ces médecins n'ont pas cherché à nuire au pouvoir, et tenté un coup d'État. Pour moi, c'est plausible.

Julia écarquilla les yeux.

— Je rêve ! Tu crois réellement que des médecins pourraient devenir des assassins du jour au lendemain ? Ça ne te paraît pas absurde ?

— Pourquoi ? Ils ont tous les poisons du monde à leur disposition ! Et être médecin, c'est pas forcément un gage de vertu. J'en connais, moi, des charlatans, dans les villages. Les Knock !

Émilie n'était pas idiote, mais parfois un peu têtue. Elle tenait bon, et ne se laissait pas faire quand elle avait décidé quelque chose. Parfois contre l'évidence.

— Tu détestes qu'on émette la moindre critique sur Staline. C'est ça, ton problème, tenta Julia. Tu refuses d'admettre qu'il puisse être malhonnête. Qu'il puisse mentir !

— Oui, je ne vois pas pourquoi il mentirait ! Il a de bonnes raisons de penser ce qu'il pense. Si mon bras droit se faisait empoisonner, je…

— Il faudrait déjà être certain qu'il s'agisse d'un meurtre, et si c'en est un, l'enquête doit être menée de façon totalement indépendante… Je ne suis pas sûre que ce soit le cas !

— Enfin, c'est l'URSS, tout de même ! Avec toutes les commissions, les assemblées qui existent là-bas, un seul homme ne peut contrôler à lui seul toute la communication ! Tu es trop naïve, contesta Émilie, sûre d'elle.

— Je te retourne le compliment, c'est ta crédulité qui est pathétique, Émilie.

Agacée, Julia évita d'argumenter pour ne pas envenimer la conversation, déjà houleuse. Elle s'en voulait un peu d'avoir été si sèche. Après tout, n'était-ce pas elle qui avait fait preuve de candeur, la veille, face à Francis Cohen ? Depuis qu'Émilie avait été exclue du Parti, elle cherchait coûte que coûte à montrer à quel point les camarades s'étaient trompés en la bannissant. Qu'ils n'avaient pas su mesurer sa loyauté, renforcée bien au-delà de ses convictions par la trahison de son mari. Et Julia n'était pas dupe de ce transfert affectif. Elle ne pouvait que pardonner la confiance aveugle qui guidait son amie dans cet entrelacs de déceptions. Son univers s'était retrouvé sens dessus dessous. Cela, elle le comprenait et le pardonnait.

Betty revint de la Pitié-Salpêtrière au beau milieu d'un silence retentissant. Le piano de Duke Ellington cherchait à se faire entendre sans succès. Les notes s'envolaient du Gramophone pour se perdre dans l'ombre des rideaux. L'infirmière trouva les deux femmes assises chacune dans un coin du canapé.

— Bonsoir, je vous dérange ?

Émilie salua Betty d'un mot, et regagna la cuisine.

— Qu'est-ce qu'elle a ?

— On s'est un peu disputées, mais rien de bien grave. Je vais aller lui parler.

— À quel sujet ?

— Staline. Et les juifs.

— Ah, génial ! Vous auriez pu m'attendre !

Betty avait le don de détendre l'atmosphère.

— Tu la trouves comment, Émilie, en ce moment ?

— Plutôt bien, à part le fait qu'elle s'ennuie un peu. Ses journées doivent lui paraître assez monotones, à côté des nôtres.

— Tu as raison.

Julia imaginait bien ce qu'elle aurait ressenti si elle avait dû passer le plus clair de son temps à la maison, comme Émilie. Ce qu'elle avait fui. Ce qu'elle refusait elle-même de vivre un jour. Suivant le modèle de nombreuses femmes, sans se poser de questions sur son avenir à elle, Émilie s'était sacrifiée pour son époux, et pour son fils. Pour elle, Julia était une fenêtre ouverte sur le monde libre, elle était sa transgression, son péché mignon. Quand Julia revint la voir pour la serrer dans ses bras et se faire pardonner, elle fondit en larmes.

— Tu as pitié de moi, n'est-ce pas ? Je n'ai rien à t'offrir. Tu es tout pour moi, et moi, qu'est-ce que je suis ? Une bonne ménagère ? Une femme dupée, assez naïve pour ne pas avoir compris que son mari jouait un double jeu depuis si longtemps ? J'ai si honte, Julia. Toi, tu brilles, tu franchis des murs, tu n'as peur de rien. Je me sens toute petite, à côté de toi.

Alexis, à côté de la cuisinière, était témoin de la scène. Sans trop comprendre, il s'avança doucement vers sa mère pour lui faire un câlin et sécher ses larmes. Émue, la maman le prit sur ses genoux et le couvrit de tendresse, puis elle lui demanda de les laisser discuter. Julia attendait son tour. Lorsque le garçon eut quitté la cuisine pour rejoindre Betty au salon, Julia enlaça de nouveau son amoureuse.

— Ne dis pas ça. Je n'ai jamais eu pitié de toi. Je t'aime d'un amour puissant et sincère, parce que tu es quelqu'un d'extraordinaire. Tu sais à quel point j'ai été renversée par ta beauté dès les premiers jours, combien tu me fais rire, et comme tu m'impressionnes par ton courage, ta ferveur, ta ténacité. Tu es une femme forte, Émilie. Et pleine de talent.

Émilie secouait la tête. Non, elle ne savait pas faire grand-chose, ce n'était pas vrai.

— Tu sais coudre tes propres vêtements, et tu chantes magnifiquement ! Ce que je veux dire, c'est que tu as en toi des trésors qui ne demandent qu'à être exploités. Émilie, il faut que tu croies en toi.

La jeune mère, se frottant les yeux, répondit dans un demi-sourire :

— Je suis épuisée, Julia.

Entendant cela, la jeune Espagnole songea non sans regret aux rêves qu'elle s'était formulés la veille. L'ironie du sort ! Elle voulait conquérir le monde, voyager, atteindre les sommets de l'honneur, quand la personne qu'elle aimait le plus s'étiolait dans la pénombre d'un appartement !

— Je suis là, dis-moi ce que je peux faire pour t'aider, tu sais que je ferai tout pour que tu sois heureuse.

— Mais je le suis, Julia. Je te vois tous les jours, j'ai un fils adorable, des amis sincères. Je ne manque de rien, vraiment.

Ses mots, trahis par le ton, fleuraient le mensonge.

Pour autant, Julia avait-elle besoin de la questionner ? Ne savait-elle pas que sa présence, au lieu de lui apporter l'odeur de la liberté et l'ouverture sur le monde, mettait en évidence ses manques et sa frustration ?

Devait-elle réfréner son ambition pour redonner de l'équilibre à son couple ? Ou était-ce à Émilie de chercher un moyen de s'épanouir, seule ?

— Tu sais que je peux garder Alexis, si tu veux avoir une activité. Il faut s'arranger pour que tu aies plus de temps pour toi, non ?

Au moment où elle prononça cette phrase, Julia savait qu'elle ne pourrait tenir parole, du moins pas régulièrement. Ses horaires pouvaient changer d'un jour à l'autre. Un déplacement, un événement tragique, et la soirée y passait. Impossible de compter sur elle. Émilie en était consciente et ne demandait rien à Julia pour cette raison. Une maman devait être patiente. La vie s'ouvrirait à elle un jour.

— Oui, merci, mais ça va. T'inquiète pas. Allez viens, on va dîner. Betty doit s'ennuyer, sans nous.

Un voile de mélancolie suivit les échanges des deux femmes le restant de la soirée. En dépit de leur volonté, elles savaient au fond d'elles qu'un ver rongeait déjà le fruit de leur passion.

Chapitre vingt et un

Nuit du jeudi 5 au vendredi 6 mars 1953,
siège de l'Agence France-Presse,
place de la Bourse, Paris

En compagnie de trois autres journalistes du service des écoutes russes, Alexis Shiray et Arcady Stolypine prêtaient l'oreille depuis minuit, casque vissé sur les oreilles, et cigarette au bec, aux communiqués de plus en plus inquiétants de la radio officielle du régime soviétique, Radio Moscou. Depuis la veille, les deux collègues se tenaient sur le qui-vive, se relayant sans interruption, dans l'espoir d'être les premiers à rendre public l'événement le plus important au monde depuis la Libération. Un troisième journaliste russophone surveillait étroitement le fil de l'agence Tass[1], tandis que deux autres rédacteurs se tenaient prêts à transcrire les informations russes en dépêches. À 2 h 06 à Paris, soit près de 4 heures à Moscou, une voix grave et solennelle résonna sur les ondes de l'unique radio soviétique. Shiray éructa. Dans un jaillissement de consonnes trop appuyées, et de *r* roulés à la russe, l'homme arrosa ses confrères d'incontrôlables postillons.

1. L'agence Tass était l'agence télégraphique de l'Union soviétique.

— Ils interrompent le programme ! Ils disent qu'une annonce sera bientôt faite ! Tenez-vous prêts !

Mais ensuite, l'onde se tut pendant plusieurs secondes, laissant l'auditeur en suspens, comme si la diffusion s'était tout bonnement arrêtée ou que le speaker n'avait pas branché son micro. Et juste après ce court laps de temps, la musique reprit, comme si rien ne s'était passé.

Shiray interrogea Stolypine du regard.

— Tchaïkovski ?

— *Niet !* Rien à voir. C'est Prokofiev[1]. Tu n'y connais rien, c'est pas possible !

Stolypine cracha son mégot au sol et l'écrasa machinalement du bout de ses orteils. Interruption, de nouveau.

Silence.

— Qu'est-ce qu'il se passe ? demanda Shiray.

— On n'entend plus rien, répondit un autre.

— Si, écoutez, un tic-tac, reprit Stolypine, comme les battements d'une horloge. C'est peut-être celle de la radio, à tous les coups, ils ont oublié d'éteindre le micro de la station.

Jamais les programmes ne s'étaient interrompus comme ça.

— Maintenant, ils remettent la musique ! Mais qu'est-ce qu'ils foutent, à Moscou ?

Cinq minutes plus tard, à 2 h 11, un speaker reprit l'antenne, et annonça la mort du grand camarade.

La réaction de la petite équipe fut instantanée. Ils n'attendirent pas une seconde pour se jeter sur les bandes perforées à destination des téléscripteurs.

---

1. Peut-être les journalistes russes savaient-ils déjà que le grand Prokofiev, compositeur éminemment célèbre de la musique des films d'Eisenstein, de nombreuses symphonies, ballets et concertos (et connu en France pour la musique du conte pour enfants *Pierre et le loup*), s'en irait exactement en même temps que Staline, sans que les Russes puissent, de fait, rien faire pour lui rendre hommage.

Aussitôt, les mots « Staline décéda » inondèrent les postes de transmission des radios nationales, et des rédactions du monde entier. En avance sur Londres et New York, l'AFP détenait là son premier scoop.

Vendredi 6 mars, 7 heures, 70, avenue d'Italie

Comme chaque matin, Julia attrapa une serviette et alla faire sa toilette sur le palier, où se trouvait l'unique salle de bains du quatrième. Une simple baignoire sabot surmontée d'un vasistas donnant sur l'escalier par lequel on apercevait parfois les pieds des habitants du cinquième. Elle espérait toujours devancer son jeune voisin, qui avait tendance à vider le ballon d'eau chaude sans se préoccuper des autres. Heureusement, cette fois, pas de tapis mouillé ni de sol glissant. Elle était la première. Dans un nuage de vapeur, elle laissa son esprit divaguer, songeant aux derniers mois qui s'étaient écoulés. Suivant les conseils de Lecœur, elle avait fait profil bas, n'était pas sortie ou presque, n'avait effectué aucun déplacement en province, ce qui avait conduit le SDECE à abandonner temporairement la surveillance. Si Émilie se réjouissait de la présence quotidienne de Julia, la journaliste, elle, trépignait sur place, brûlant d'envie de bouger, de voir du monde, et de donner un coup d'accélérateur à sa carrière. Difficile de continuer comme ça, elle devait avancer.

De Sergueï, aucune nouvelle. Disparu de la circulation. Et si elle était inquiète, Émilie le cachait bien. Une attitude surprenante pour quelqu'un qui avait partagé sa vie pendant des années. C'était à cette indifférence que Julia mesurait le bonheur d'Émilie d'être libérée. Elle ne posait jamais de questions concernant son mari. Quand le petit réclamait son père, elle le disait parti pour un long voyage. Parfois l'Afrique, parfois l'Australie. Alexis n'était pas dupe. Les deux femmes lui racontaient des histoires, pour gagner du temps, mais aussi pour le faire rêver à des aventures incroyables. Un jour, Julia lui avait même dit que des agents secrets lui avaient confié une mission de la plus haute importance, mais que personne n'en connaissait la destination. Ce qui n'était pas loin d'être vrai.

Pieds nus sur la moquette, serviette nouée sur la poitrine, Julia franchit les quelques mètres qui séparaient la salle de bains du palier.

Le sèche-cheveux dans une main, la jeune femme tendit le bras pour donner un tour au commutateur de la TSF. La petite lampe verte s'alluma. 7 h 30. L'heure du flash.

« Le cœur du compagnon d'armes de Lénine, le porte-drapeau de son génie et de sa cause, le sage éducateur et guide du Parti communiste et de l'Union soviétique, a cessé de battre le 5 mars 1953 à 21 h 50, heure de Moscou. »

En entendant ces mots, Julia eut un instant le souffle coupé. Elle éteignit puis ralluma le poste, pour être certaine qu'elle ne rêvait pas. Elle chercha la BBC. « *Staline is dead.* » Tout à coup, elle se transforma en furie, jonglant avec ses vêtements, son bol de chicorée, et sa brosse à cheveux pour sauter dans le premier taxi qui l'emmènerait à la rédaction. Elle pesta contre elle-même d'avoir minaudé dans la salle de bains, pendant que le monde entier était sous le choc. Sous le choc. Oui, c'était bien le mot. Le Petit Père des peuples n'était plus, mais qui pouvait croire cela ? Comment croire au trépas d'un immortel ?

La journaliste avait quitté l'appartement le pain dans la bouche en laissant la radio allumée, sans même avertir Émilie.

Dans la rue, les vendeurs de journaux hurlaient à s'en décrocher la mâchoire : « Deuil pour tous les peuples ! Le grand Staline est mort ! Achetez *L'Humanité* ! »

Les journaux avaient déjà sorti les éditions spéciales ! Évidemment. Pourquoi n'avait-elle pas pris la permanence de nuit cette semaine ? La jeune femme enrageait. Elle arrêta un taxi, et grimpa en criant : « Au Paquebot ! » Le chauffeur lui répondit avec un accent qu'elle reconnut sans hésiter comme étant celui de la patrie soviétique :

— Vous êtes journaliste ? Vous allez avoir beaucoup de travail, aujourd'hui ! La Russie pleure, tout le monde pleure, regardez !

Et c'était le cas. Des passants livides lisaient les journaux, atterrés, les yeux nimbés de larmes. Julia les observa derrière la vitre, en songeant à ce qu'il devait se passer au même moment en URSS.

— Mais, si vous voulez savoir, c'est pour moi jour de fête ! Une nouvelle ère commence !

La remarque ne manqua pas son effet. Julia lâcha le morceau de pain qu'elle avait commencé à mâcher entre deux syllabes. Les paroles du vieillard lui furent tout à fait odieuses. Comment pouvait-il se permettre cela, alors qu'un quart de la planète perdait son maître, son sauveur ! C'était bien le jour à faire la conversation avec un Russe blanc ! Julia n'était pas d'humeur à entendre les arguments de l'ennemi. Elle l'envoya sur les roses.

— J'ai ma carte au Parti. Si vous poursuivez, je n'hésiterai pas à vous dénoncer pour outrage.

L'homme ne pipa mot et rengaina sa joie. Il marmonna quelques syllabes dans sa barbe, et accéléra, pour se débarrasser au plus vite de sa communiste de cliente.

Une fois sur les lieux, Julia Guzmán ne leva pas les yeux et se précipita dans l'antre du bâtiment, qui, tel un grand cachalot, avalait des dizaines de journalistes sur le pied de guerre, prêts à dégainer leur plume pour commenter les dernières heures de l'homme d'acier.

Les éclats qui s'échappaient de la rédaction de *L'Huma* ne dissimulaient aucun secret. Les ventes du jour allaient exploser, ce qui redonnerait quelques années de vie au journal communiste. Au-dessus, à *Libération*, l'ambiance était plus terne. Nul ne ressentait l'excitation qui était la sienne. C'était un jour comme un autre, avec son lot de bonnes et de mauvaises nouvelles.

Pour la jeune Espagnole, la situation était incompréhensible. Que faisaient-ils tous, sur le ponton à 8 heures, assis tranquillement derrière leur bureau, comme si l'on avait eu un banal Conseil des ministres à commenter ? Comment pouvaient-ils être si avachis, alors qu'elle bouillait littéralement depuis qu'elle avait entendu « la » nouvelle ? Il fallait sonner l'alarme.

— Réveillez-vous ! Staline est mort ! Vous vous rendez compte de ce que cela signifie ? On a des milliers de choses à écrire, entre les interviews au PCF, le suivi des funérailles, l'hommage des Russes au génie soviétique, le bilan, la succession…

Autour d'elle, vingt paires d'yeux fatigués, de regards dépités. La Jacob daigna répondre à la gamine :

— Tu comprendras qu'un scoop pareil va faire le beurre de nos voisins du dessous. Les collègues auront beau faire, ce ne sera pas notre semaine ! Et puis, je vais te dire une chose, si tu veux recracher la même soupe qu'eux, autant que tu ailles toquer à leur porte !

Julia comprit que son enthousiasme avait quelque peu débordé du vase étroit que lui offrait l'ensemble de la rédaction. Elle avait réussi à vexer la Diva, qui n'aimait décidément pas couvrir les grands événements. Ou peut-être le feignait-elle quand elle voyait systématiquement ses concurrents lui passer devant. La grande reporter s'était fait une raison, depuis qu'elle avait décidé de travailler pour *Libération*, un petit journal, pour lequel elle était plus libre de proposer des sujets, mais qui ne la porterait sûrement jamais au-devant de la scène. C'était une enquêtrice, endurante, qui s'engageait dans de longues batailles : des procès-fleuves, des combats de grandes dames, ou des guerres de dix ans.

À 8 heures, la jeune journaliste quitta sa rédaction, au vu et au su de tous ses confrères, attirée comme un aimant par l'effervescence qui régnait aux étages inférieurs. Elle dévala l'escalier jusqu'au rez-de-chaussée, pour voir les passants s'agglutiner de plus en plus nombreux devant le Paquebot à l'affût d'une dernière nouvelle. Elle courait d'une personne à l'autre, recueillant les commentaires, s'imprégnant de leurs réactions. Au milieu de ce désordre, une poignée de livreurs se frayèrent un passage, un immense rouleau de tissu noir sur les épaules. Comme ils semblaient perdus dans le hall de l'immeuble, Julia les escorta. Dans l'escalier, un petit brun aux cheveux gominés vint à leur rencontre, trébuchant presque sur sa jeune consœur.

— Tiens, Julia ! C'est bien Julia ? Guzmán, de *Libé* ?

La jeune femme sourit intérieurement car elle était incapable d'identifier son interlocuteur. En un mouvement de tête, elle jaugea son vis-à-vis, essayant de mesurer à son apparence sa position dans la hiérarchie du journal. L'homme, d'âge mûr, était vêtu d'un pantalon en laine gris foncé qui montrait des traces d'usure aux genoux ; quant à sa chemise, elle portait clairement la marque de son célibat : deux boutons manquaient à l'appel. Mais pouvait-on réellement lui en tenir rigueur ? D'ailleurs, Julia se ravisa aussitôt. Un vrai communiste ne devait briller que par son intelligence. Sous la Gomina devait sûrement se cacher un grand cerveau. Peut-être était-ce l'occasion de tenter sa chance ?

— Oui, je suis bien Julia Guzmán. Comment me connaissez-vous ? Cela m'intéresse, car j'aurais aimé savoir si un poste se libérait…

Le reporter, qui venait de saisir un bout du rouleau noir, l'interrompit :

— Moi, c'est Yves Moreau. Tu pourrais attraper l'autre bout, et m'aider à le porter au cinquième ?

— Oui, je… Bien sûr. Qu'est-ce que c'est ?

— Un bandeau noir.

— Ah ! Et vous y avez inscrit quelque chose ?

— Rien. C'est juste un bandeau noir.

— Ah… Pas un mot d'hommage ?

— Avec les moyens qu'on a, on va se contenter d'accrocher son portrait au centre ! Il devrait arriver dans quelques minutes, on a dû le faire venir du siège[1].

Malgré la gravité de la situation, l'opération se déroula dans la bonne humeur, toute la rédaction de *L'Huma* se mobilisa pour participer à l'événement. Des cris fusaient des fenêtres du deuxième et du troisième étage du Paquebot : « Tire vers toi ! », « Plus haut ! », « Incline-le ! Comme ça ! », « Redresse, redresse ! » Une petite récréation matinale. L'odeur du café, encourageante, s'était répandue à loisir dans les locaux, et la perspective d'un succès attendu électrisait l'atmosphère de la rédaction.

— Duclos va faire son annonce officielle ! entendit Julia.

En un clin d'œil, les journalistes se ruèrent autour des deux postes de radio de la maison pour écouter la voix du chef intérimaire.

1. Le siège du PCF, au 44, rue Le Peletier, 9e arrondissement.

Pendant ce temps-là, personne ou presque ne prêtait attention à la jeune intruse, qui avait suivi les autres dans les locaux de *L'Huma*. Elle se fondait dans le décor, tentait de se faire oublier. Du moins, c'était ce qu'elle pensait. Julia n'avait pas remarqué que l'un d'entre eux avait les yeux rivés sur elle depuis quelques secondes.

— Alors, *Libé* envoie ses mouchards ? Ce n'est pas la première fois, mademoiselle, que l'on vous voit fouiner par ici !

Elle se retourna.

Un homme d'une trentaine d'années, grand brun aux yeux clairs, le nez droit et pointu, affichait par sa cravate et son costume bien taillé son appartenance à la caste supérieure. Julia reconnut le rédacteur en chef.

— Que faites-vous ici ?

Il fallait séduire. Une pincée d'accent espagnol. Cela marchait à tous les coups. Si elle s'en était totalement débarrassée, elle savait en user quand il le fallait. Cette petite touche exotique faisait littéralement fondre les hommes.

— Je suis venue pour vous aider à accrocher le bandeau. Un de vos journalistes me l'a gentiment demandé. Yves Moreau.

Le rédacteur en chef leva les yeux au ciel, sans un commentaire. Malgré sa froideur, Julia poursuivit, imperturbable :

— Si je puis me permettre, j'aimerais beaucoup travailler pour votre journal. Je suis une amie d'Auguste Lecœur. Je suis très admirative de votre parcours, en particulier votre position sur la guerre d'Indochine lors de la venue de Ridgway en mai dernier. Vous avez du cran, monsieur Stil[1].

1. André Stil a été nommé rédacteur en chef de *L'Humanité* en 1950, à l'âge de vingt-neuf ans.

André Stil restait de marbre. Les flatteries de la donzelle n'allaient pas réussir à l'extraire de ses pensées, tout occupées par l'organisation de la journée et le contenu de la prochaine édition. D'un geste, il chargea une secrétaire de raccompagner Julia à la porte.

— Vous nous déposerez votre curriculum dans la semaine. Maintenant, si vous voulez bien regagner votre maison, mademoiselle... Nous avons du pain sur la planche.

La mine contrite, la jolie brune dut reconnaître qu'elle s'y était très mal prise. Le moment était vraiment mal choisi. Qu'est-ce qui lui avait pris ? Avait-elle besoin de se sentir aimée à ce point qu'elle ne pouvait s'empêcher de se mettre en avant un jour de deuil national ? Pourquoi ne se contentait-elle pas de faire son boulot, comme tout le monde ? *Tais-toi donc !* se gronda-t-elle.

Alors qu'elle regagnait les bureaux de *Libé*, elle tomba nez à nez avec Madeleine Jacob, dont la mine sévère annonçait une salve de reproches.

— Alors, mademoiselle Guzmán, l'air est-il meilleur au quatrième ? Tu vas nous quitter, c'est ça ?

Julia ne répondit pas immédiatement, se demandant comment raccrocher les wagons avec son mentor. Son attitude avait dû sembler bien arrogante.

— Pas sûr ! Je suis désolée pour mon comportement de tout à l'heure. Quand je sens du mouvement, je ne peux m'empêcher de plonger dans le tourbillon. Et la rédaction était si calme, ce matin...

— Tu es une fille curieuse et ambitieuse, Julia. Mais il faut que tu sois patiente. Nous avons tous commencé par les chiens écrasés, et il n'y a pas de raison que tu y échappes. Tu nous as montré de l'intelligence, du culot, de la débrouillardise. Continue, et tu iras loin. Pendant ton absence, j'ai parlé au rédac chef. Tu seras notre reporter pour couvrir les faits divers. Ça t'intéresse, le reportage ?

Les yeux de Julia s'illuminèrent. Urgences. Voyages. Rencontres. Victimes. Coupables. Son cœur frétilla de plaisir.

— Oh, oui, évidemment ! Vous pouvez compter sur moi. Je ferai mes preuves. Merci, Madeleine.

La Diva lui adressa un sourire et tourna les talons, lui laissant le champ libre pour accéder au standard.

Son regard se déporta sur la petite opératrice qui lui faisait face. Mignonne, yeux pétillants à souhait.

Devant elle, Pepi lorgnait lui aussi la standardiste.

Julia s'approcha et prit sa place au comptoir.

— KEL[1] 10-64, s'il vous plaît.

Même jour, 8 heures chez Betty

Alors que Jacques Duclos prononçait les premières syllabes du discours officiel du Parti, Émilie triturait machinalement le poste de TSF, le nez sur la cafetière italienne, qu'il fallait surveiller de près.

— Café bouillu, café foutu ! dit-elle à haute voix sans prêter encore attention aux mots qui sortaient du récepteur.

« Le camarade Joseph Staline était malade depuis plusieurs jours déjà… »

Le petit Alexis, debout sur un tabouret, hypnotisé par l'œil vert de la radio à lampe, qui permettait de régler la fréquence, interrompit sans vergogne la tragique annonce :

— C'est où, Radio Luxembourg ?

1. KEL est l'abréviation de Kellerman.

— Alexis, ne change pas de station sans me demander ! Remets tout de suite Paris-Inter !

L'enfant était ravi, il pouvait de nouveau actionner l'œil du dragon. Sur Inter, Duclos poursuivait, à peine audible.

— Ils parlent de qui… ?

— De Staline, maman ! Ils ont dit Staline.

Émilie augmenta le volume. Elle espérait avoir mal entendu. Mais déjà des cris se faisaient entendre chez les voisins.

— Mort ? Mais comment…

La vision de la jeune femme se troubla, elle vacilla, et tomba sur sa chaise, raide comme un piquet, tandis qu'Alexis quittait son observatoire de lumière verte pour retrouver Pif le chien dans les pages de *Vaillant*[1]. L'innocence de l'enfant, heureusement sourd à la détresse de sa mère.

Émilie ne sut pas tout de suite ce qu'elle ressentit vraiment. C'était comme si son cœur était devenu si petit que personne ne pouvait plus l'entendre battre, même en y plaquant son oreille, comme si ses doigts n'avaient plus de prises sur les choses, et que tout lui tombait des mains. Au-delà de cet entremêlement de voix d'hommes qui se disputaient les ondes, et inondaient les lieux, elle eut le sentiment que le monde entier était en train de l'abandonner. Sergueï, les militants, leur guide, ils étaient tous partis, sans un regard pour elle. Julia aussi la quitterait un jour pour parcourir le monde, comme Alexis, quand il serait grand. Et elle finirait seule. Tout ce qu'elle avait construit, tout ce en quoi elle avait pu croire disparaissait, mois après mois.

---

1. *Vaillant* était un magazine communiste pour enfants, créé en 1945 pour concurrencer Mickey et les super-héros américains présents dans les comics. Dès sa sortie, ce fut un succès. 100 000 exemplaires furent vendus en 1947. Ce fut l'ancêtre de *Pif Gadget*.

Émilie subissait les effets de la cristallisation. Car Joseph Staline incarnait, sans qu'elle en eût conscience, tout un pan de sa jeunesse, et des valeurs morales qui l'avaient forgée : la sécurité paternelle, la loyauté d'un mari, et la force de ses idéaux.

Hébétée, elle pleura sans bruit, debout, hanches calées contre la cuisinière.

Le café se mit à bouillir.

— Zut ! Quelle idiote !

De sa manche gauche, elle essuya ses larmes, tout en retirant la cafetière du feu.

Le téléphone émit une sonnerie stridente, la tirant de sa torpeur. Elle sentit son cœur bondir dans sa poitrine. Qui cela pouvait-il être ?

Elle n'aimait pas cet engin qui pénétrait dans sa vie sans qu'on lui en donne la permission. Depuis qu'elles étaient venues s'installer chez Betty, Émilie avait dû l'utiliser une fois ou deux seulement.

— Allô ?

— Émilie ? C'est Julia. J'espère que je ne te dérange pas. Tu as entendu ?

— Oui, à l'instant.

— Je n'ai pas pu m'empêcher de t'appeler, c'est l'effervescence, ici. Tu devrais venir voir ça, les gens se rassemblent en nombre devant l'immeuble, l'émotion est immense.

— Je ne sais pas, Julia. Je ne me sens pas très bien. Tu… Tu sais comment il est mort ?

— Non. Pas encore. Mais ça ne devrait pas tarder. Apparemment, ça faisait quelques jours qu'il n'était pas bien, on…

— Je suis sûre qu'il a été assassiné, l'interrompit Émilie.

Elle avait prononcé ces mots sur un ton grave qui ne laissait aucun doute quant à son état psychique. Julia tenta alors une diversion :

— Rien n'est moins sûr ! Il était bien protégé, tu sais… Pour parler d'autre chose, j'ai tout de même une bonne nouvelle : Jacob vient de m'affecter aux reportages. Je commencerai par les faits divers, mais je pense que j'aurai vite d'autres sujets. Enfin je verrai du pays !

La jeune journaliste se heurta à un silence qui en disait long. Elle regretta aussitôt sa sortie, mais attendit tout de même la réaction de son amie.

— C'est bien, je suis contente pour toi, lui dit-elle d'un ton morne. Désolée, j'ai du mal à me réjouir, dans un moment comme celui-là…

— Tu es certaine que tu ne veux pas venir ? Au moins à l'hommage qui sera fait au siège dimanche ?

— Ce n'est pas une bonne idée. Je risque de rencontrer des gens qui ne souhaitent pas ma présence.

Pauvre Émilie, elle aurait continué à donner son temps, son énergie, ses mains, sa vie entière pour ce parti qui ne voulait plus d'elle.

— Personne ne se formalisera que tu déposes un mot, ou une fleur, qu'est-ce qu'ils peuvent bien te dire ? C'est important pour toi, non ?

Obéissant à la prudence, Émilie hésita avant de répondre :

— D'accord, je viendrai. Avec Alexis.

— Super… Je retourne à mes articles. On se voit ce soir. Je t'aime !

Quand Émilie raccrocha, Julia crut entendre une sorte d'écho dans le combiné. De l'air, un souffle, ou des restes de voix, pendant quelques secondes à peine. Puis le silence.

Étrange. Étaient-elles encore sur écoute ?

Chapitre vingt-deux

Dimanche 8 mars 1953, 11 heures,
siège du Parti communiste, 44 rue,
Le Peletier, 9e arrondissement, Paris

Sur le fronton du 44 trônaient les yeux noirs et la moustache du grand camarade. Un portrait, bien plus impressionnant que celui qui avait été érigé sur la façade de *L'Huma* en plein centre d'une immense toile noire. Dans un murmure collectif, à l'heure où tous les catholiques de France accomplissaient leur devoir dominical, la grande famille communiste française, adhérents comme fervents militants, s'apprêtait à rendre un dernier hommage à leur guide suprême. Émilie et Alexis s'étaient glissés dans la file d'attente, longue de toute la rue. Une suite de mines tristes, de joues creusées et d'habits noirs. Des cannes côtoyant des culottes courtes. Feutres usés et sombres châles attendaient sagement leur tour pour écrire un mot de condoléances sur le livre d'or, présenté sur une simple table dressée pour l'occasion.

Dehors, la grisaille menaçante semblait vouloir apporter son lot de larmes pour participer à l'événement.

Alexis se prit à déchiffrer syllabe après syllabe le texte que le Parti avait choisi de faire figurer sur la façade, à gauche du portrait de son auteur.

« La paix sera conservée et consolidée si les peuples prennent en main la cause du maintien de la paix et s'ils la défendent jusqu'au bout. »

Même s'il n'y comprenait rien, il se réjouissait de faire la fierté de sa maman, sous le regard ébahi des camarades.

— Il est intelligent, vous en avez, de la chance !

Émilie sourit à la remarque, sans réellement y prêter d'importance, tant elle était nerveuse au milieu de cette foule hostile. Depuis qu'elle était sur les lieux, elle sondait le trottoir et la rue à la recherche de Julia, qui était partie plus tôt afin de récupérer son Leica au journal. La journaliste se faisait attendre.

Au rythme lent du pas funéraire, la distance qui les séparait du livre d'or s'amenuisait. Tant pis, ils s'y pencheraient sans elle.

— Maman, je veux écrire dedans, s'il te plaît !

— Non, tu es trop petit, laisse-moi faire.

Émilie inscrivit les mots suivants, sous ceux d'un juif rescapé d'un camp grâce à l'Armée rouge : *Ton message de paix est inscrit pour toujours dans nos cœurs. Jamais mon fils ne fera la guerre à l'Union soviétique. Émilie.*

Tandis qu'elle tendait le stylo à un vieil homme aux yeux malicieux, Alexis retira son pouce de sa bouche, brandit son mouton en peluche le plus haut possible et s'écria :

— À moi ! À moi !

L'homme, d'un geste théâtral, invita l'enfant à exécuter son désir. Il rassura la mère, qui craignait qu'Alexis ne gribouille ou fasse des ratures sur le livre sacré.

— Laissez-le donc, de là où il se trouve, le grand Staline comprendra bien.

Les deux adultes observèrent scrupuleusement les doigts frémissants de l'enfant tenant le porte-plume.

— Là, tu le trempes doucement… Utilise le buvard. Voilà, pour éviter les taches.

Aidé de sa maman, qui guidait sa main, le petit traça des mots qui traduisaient son manque affectif depuis le départ de Sergueï, cette époque bénie où le Petit Père des peuples et son parti unissaient encore ses parents.

Mon cher papa Joseph, ton petit Alexis, 5 ans.

La maman, débordée par l'émotion, embrassa son fils si fort qu'elle faillit l'étouffer. Et tandis que les personnes qui les entouraient se pâmaient devant les exploits du jeune garçon, une femme au regard furibond l'invectiva du haut de son un mètre cinquante :

— Qu'est-ce qu'elle fait là, celle-là ! C't'une traîtresse au Parti et elle ose montrer sa gueule de vipère !

Sans prévenir, la bonne femme se rua sur elle. Émilie, le souffle coupé, lâcha Alexis et leva instinctivement les coudes pour se protéger. Un coup partit, qu'elle sut esquiver de peu.

La jeune Bretonne releva la tête, fixa les yeux noirs de son assaillante, et se planta face à elle. Elle la reconnaissait ! Cette femme était venue un dimanche, chez eux.

— Laisse-moi tranquille ! J'ai autant le droit que toi d'être ici aujourd'hui. J'ai toujours été loyale ! C'est mon mari qui… Tu ne peux pas juger, tu ne sais pas…

Murmures. La tension était palpable. La vieille continuait à vociférer, tandis qu'Émilie s'évertuait à déployer un arsenal d'arguments pour se justifier. Certains commençaient à lui crier de partir. Un monsieur qui tenta de la défendre se trouva coincé entre deux abrutis qui lui tinrent tête. Puis on l'insulta de nouveau. Des bras menaçants se rapprochaient.

Au même instant, sur le trottoir d'en face, Julia venait de sauter de la plate-forme d'un bus. Quand elle vit le visage d'Émilie au milieu de cet attroupement, elle n'en crut pas ses yeux. Aussitôt, elle était sur place. Un tumulte s'ensuivit. De toutes parts, on sentait venir l'orage.

— Mme Dimitrov est exclue de ce parti, et madame veut revenir ?

— Restez chez vous, faites-vous oublier, on veut pas d'espions, ici !

— C'est la femme de c'traître de la cellule place d'Italie !

Des noms d'oiseaux fusèrent, et Julia et Émilie s'extirpèrent du groupe, sans leur tourner le dos. La fille d'Arturo Guzmán y alla elle aussi de ses jurons, lancés en espagnol de son plus bel accent madrilène. Puis, face à eux, et par défi, elles entamèrent en chœur « L'Internationale ».

Lorsqu'elles furent enfin seules et hors de portée des invectives, elles se regardèrent et se mirent à rire à gorge déployée. Julia n'avait pas lâché la main d'Émilie, dont le cœur battait à tout rompre. Sa belle était là, qui l'aimait, la protégeait.

Elle porta la main sur son visage et dévora Julia des yeux. Durant ces quelques secondes, qui leur parurent infinies, une seule pensée les traversait.

Non, elles ne pouvaient s'embrasser là.

Elles étaient face à face, et n'entendaient plus rien. Il n'y avait plus qu'elles, et le monde, derrière, s'effaçait. Ailleurs, elles auraient dansé la valse… Rien n'aurait pu arrêter ce moment.

Au loin, des pneus crissèrent, rompant brutalement le charme qui les envoûtait. Elles se retournèrent toutes deux, cherchant du regard le véhicule suspect.

Lorsque Émilie comprit ce qu'il venait de se produire sous leurs yeux, elle blêmit et poussa un hurlement :

— Alexis !

La panique saisit la jeune maman qui criait déjà le nom de son fils unique partout autour d'elle. Les deux femmes se mirent à alerter toute la rue, avançant ensemble, courant main dans la main. Julia, elle-même sous le choc, sentit son amie chanceler et la rattrapa avant qu'elle ne s'effondre.

— Comment il est, vot' p'tiot ? leur demandait-on.

Dans les bras de son amie, Émilie dressait inlassablement le portrait de son fils à tous ceux qui voulaient bien l'entendre :

— Il est brun, il a cinq ans, il porte un manteau à capuche bleu marine et une culotte marron à bretelles ! Mon Alexis ! Julia, fais quelque chose ! Je t'en supplie !

Émilie était tombée à genoux, en pleurs.

Sans réfléchir, Julia épaula son amie et l'allongea sur un banc public en bois. Au contact de l'humidité glaciale, la jeune mère reprit vite ses esprits et se remit en position assise dans les secondes qui suivirent.

Les gens autour se faisaient fuyants, et s'évaporaient littéralement. Ces deux folles en avaient trop fait.

Julia sut qu'elle devait prendre les choses en main si elles voulaient retrouver le petit. Elle chercha un policier du regard, et en aperçut un qui faisait des allers-retours le long de la file d'attente. Il semblait s'ennuyer ferme. Julia se précipita pour l'avertir. L'homme, ravi qu'une belle jeune femme se décide à le sortir de sa torpeur, suivit Julia jusqu'à la mère éplorée.

— Madame. Votre enfant n'est plus là, c'est ça ? Quel âge a-t-il ? Décrivez-le-moi.

Julia répondit à la place d'Émilie.

— Il a cinq ans, porte un manteau à capuche bleu et un bas marron.

— Quelqu'un vous a-t-il vue avec lui ?

— J'ai un zoom, sur mon objectif. Cela peut peut-être nous aider à les retrouver ?

Elle tendit l'appareil à Émilie qui était la seule à pouvoir identifier ces témoins.

— Où sont-ils passés ? C'est flou…

Julia lui sourit et régla elle-même la focale de l'appareil.

— Ah, là, je vois une dame en vert, elle a félicité Alexis tout à l'heure ! Le vieux monsieur qui avait invité Alexis à écrire sur le livre d'or et les quelques personnes qui les entouraient étaient les seuls qui avaient prêté attention à l'enfant. Mais où étaient-ils ? Julia sortit son appareil photo.

Émilie se retenait d'imploser. À chaque seconde, il fallait murer le parcours des larmes. Rester alerte, garder sa dignité. Julia bondit vers la dame pour la rattraper, suivie de près par l'agent de police. De loin, Émilie les vit discuter. Enfin, Julia revint, à bout de souffle.

— Elle a vu, il y a cinq minutes à peine… la silhouette d'un homme accompagné d'un petit au loin… qui lui ressemblait.

— Par où sont-ils partis ?

Julia fit la moue.

— Par là.

Elle étendit son bras vers une foule désormais compacte de sympathisants, de journalistes, de curieux de tout bord, et d'un nombre grandissant de familles qui avaient décidé de se donner rendez-vous là, à l'endroit où on avait vu le petit Alexis pour la dernière fois, en ce dimanche 8 mars 1953.

Chapitre vingt-trois

Dimanche 22 mars 1953, appartement de Betty

La détresse d'une mère dont l'enfant disparaît du jour au lendemain est d'une telle violence qu'elle ne supporte aucune comparaison. Chaque matin depuis quinze jours Émilie recevait un coup de poignard en plein cœur. Chaque jour, une boule de plomb s'installait dans son ventre, lui déclenchant des vomissements compulsifs quand elle tentait, pour survivre, d'avaler quelque chose. Elle avait épuisé ses larmes et la quasi-totalité de ses forces. Son état de santé se dégradant jour après jour, Betty lui avait rapporté de l'hôpital des succédanés d'aliments broyés, que l'on donne habituellement aux malnutris, ainsi que des doses de somnifères. « Alexis voudra retrouver sa maman en forme », lui disait-elle pour l'encourager.

La pauvre femme dépensait le peu d'énergie qui lui restait pour se rendre chaque matin à vélo au commissariat du 9e, rue Chauchat, où elle venait s'enquérir de la progression des recherches. Une trotte depuis l'avenue d'Italie. Mais l'activité physique la maintenait en vie. Et l'effort lui redonnait de l'espoir.

Tandis que l'inspecteur Mahaut, en charge de l'affaire, avait remué ciel et terre pour retrouver l'enfant, Julia, de son côté, avait fait publier l'avis de disparition dans les différents journaux qu'abritait le Paquebot.

Mais pas un témoin, pas une piste ne se profilait à l'horizon.

Un point, cependant, concentrait l'attention de l'enquêteur : le père restait introuvable, ce qui faisait de lui le suspect numéro un.

Un soir, Betty et Julia se retrouvèrent dans la cuisine.

— C'est évident qu'il est mêlé à tout ça, lança Julia.

— Certain, oui.

Elles chuchotaient, de peur d'être entendues par la mère.

— Quelle ordure ! Lui enlever son enfant…

Dès que les bouches étaient closes, un silence assourdissant reprenait place, leur rappelant si fort l'absence d'Alexis. Pas de musique dans l'appartement. Ni le bruit du train électrique. Ni le roulement du tambour ni le son de l'harmonica. Pas de pas trottinant dans le couloir ni de « maman » répétés à chaque seconde. Au loin, presque imperceptibles, se faisaient entendre des hoquets venant de la chambre d'Émilie.

Betty fit signe à Julia d'aller rejoindre la mère du petit, pour l'épauler, pendant qu'elle s'attaquerait à la préparation du dîner. Celle-ci acquiesça, résignée. Après tout, elle était là pour ça, la soutenir, lui apporter du réconfort. Mais après tant de jours, l'Espagnole ne trouvait plus les mots. La jeune femme tentait vainement de s'imaginer quelle pouvait être sa douleur. Incommensurable, évidemment. D'ailleurs, avait-elle déjà aimé quelqu'un comme on aime son enfant ? Elle ne le saurait sans doute jamais.

Elle se dirigea à pas feutrés vers la chambre. Mais Émilie ne s'y trouvait pas. Les hoquets venaient d'ailleurs. La porte de la chambre d'Alexis, entrebâillée, laissait filer un faible rayon de lumière dans le couloir. Julia poussa la porte et trouva Émilie sur le lit encore défait de son fils, pressant un petit singe en peluche contre son nez, afin de capturer la moindre odeur qui restait de lui. Elle était étendue sur le ventre, si belle avec ses cheveux blonds défaits qui se déployaient sur toute la largeur de son dos, jusqu'au creux de ses reins…

Julia fut si discrète qu'Émilie ne la sentit pas entrer. Dans la pénombre, sa compagne enjamba le train électrique, puis le château de cubes, en faisant attention à ne rien casser.

Émilie n'osa relever la tête, de peur que Julia n'aperçoive ses yeux rouges et bouffis, ses cheveux emmêlés, son visage tout ruisselant. Pourtant, son amie perçut sa gêne, s'assit à côté d'elle, et lui caressa les cheveux et le dos, le plus légèrement possible.

— Tu sais, il y a de grandes chances que Sergueï l'ait emmené.

Émilie se retourna et se redressa, tout en séchant ses larmes avec sa manche.

— Et si c'est le cas, il y a de fortes chances qu'Alexis soit encore en vie, reprit Julia.

La mère du petit secoua la tête.

— Il… Pourquoi aurait-il fait ça ? S'encombrer d'un enfant ? Alors qu'il m'a poussée deux fois à avorter ?

— Pourquoi ? Je ne saurai pas te répondre. C'est sûr que c'est assez incompréhensible. Peut-être qu'il veut se venger de toi ? Te faire du mal ?

Émilie lui jeta un regard dépité.

— Ah, ben, si c'est pour ça qu'il l'a fait, il a réussi.

— En tout cas, c'est notre seule piste, et c'est la plus plausible.

Julia posa des mains rassurantes sur les cuisses d'Émilie.

— On va le retrouver, ne t'en fais pas. Vois de ton côté si les recherches de la police avancent. Moi, je vais relancer mes contacts, je suis sûre qu'on le retrouvera. Ne t'inquiète pas.

Émilie lui adressa un regard désespéré, que son amie comprenait. N'avait-elle pas déjà cherché à le retrouver depuis quatorze jours ? Et aucun signe de vie ! Il était introuvable, même par les agents russes. Julia prit son amie par le bras, et la tira hors de la chambre d'Alexis.

— Allons dîner, maintenant, il faut que tu reprennes des forces.

Le lendemain, Émilie enfourcha sa bicyclette, descendit l'avenue des Gobelins puis la rue Monge, traversa la Seine et l'île de la Cité, et enfin prit la diagonale de Châtelet à l'Opéra, sans prêter attention à la joyeuse activité qui l'entourait, aux affiches immenses, dans les différents cinémas qu'elle croisa, de Jacques Tati fumant la pipe sur la plage de Saint-Marc[1]. Non, la vie autour d'elle ne méritait pas qu'on s'y arrêtât. Seul Alexis comptait.

S'accrocher à l'idée que le père avait enlevé son fils lui redonnait espoir. Elle ne voulait plus jamais imaginer qu'il avait peut-être disparu pour toujours. À chaque coup de pédales, la colère montait en elle et lui insufflait l'énergie nécessaire pour avancer.

Au commissariat du 9e régnait un calme rare, si bien qu'elle fut très vite reçue par l'inspecteur Mahaut. C'était un gaillard d'une quarantaine d'années que le crâne déjà bien dégarni et les cheveux grisonnants vieillissaient prématurément. Ce matin-là, face aux questions que lui posait la jeune femme, l'homme resta étrangement évasif. Les recherches ne donnaient rien, certes, mais ne pouvait-il pas au

1. Le film *Les Vacances de monsieur Hulot* était sorti au cinéma fin février 1953 et connaissait alors un immense succès.

moins justifier des efforts de la police pour retrouver son mari ?

— Mais que faites-vous exactement ? Combien de personnes avez-vous envoyées à sa recherche ? Qui avez-vous interrogé ?

Mahaut paraissait embêté.

— Eh bien, comme vous le savez, en début de semaine dernière, nous avons transmis la photo ronéotypée du portrait que vous nous avez transmis aux préfectures, ainsi qu'aux différents commissariats parisiens, avec mention d'alerte pour enlèvement. Et on a lancé quelques interrogatoires, mais… cela n'a rien donné.

En réalité, on lui avait retiré l'affaire. Son supérieur, un commissaire d'une étrange bonhomie, avait pourtant fait dans la dentelle : « Là-haut, on nous intime de ranger notre filet à papillons, parce que celui que tu veux attraper, il a apparemment les ailes un peu trop larges pour toi ! »

Perdu dans ses pensées, l'enquêteur prit un air de dépit et soupira.

— J'espère que vous retrouverez vite votre petit.

De son côté, Julia prenait les choses en main depuis le standard du journal. Pourtant presque quinze jours après, ses tentatives pour prévenir Jérôme et Lecœur étaient restées lettre morte. Elle devait réessayer. Elle fit composer le numéro du « 44 », le siège du Parti, et tomba sur une secrétaire à qui elle demanda si Auguste Lecœur était sur place.

— Julia qui ?

— Julia Guzmán. Il me connaît.

— Bien. Guzmán, Julia Guzmán. Je note. Il vous rappellera.

Elle avait prononcé tous les *u* à la française. Julia en eut des fourmis dans les doigts. Elle allait devoir patienter, plusieurs heures peut-être.

Tandis qu'elle regagnait son bureau au cinquième, l'âme peu encline au travail, le jeune journaliste s'octroya un bref regard sur les dernières dépêches de l'AFP, que ses collègues auraient la chance de pouvoir étayer dans de longs articles documentés. Elle y découvrit qu'en URSS Malenkov succédait à Staline, que l'Italie et la France se décidaient enfin à percer un tunnel sous le Mont-Blanc, et que le Président se félicitait d'avoir réussi à vacciner presque toute sa population contre la diphtérie. Le monde avançait. On allait même créer une armée européenne de défense. La machine à écrire étincelante de Julia semblait avoir une montée d'encre. La journaliste tapota nerveusement sur le rouleau, y enroula une feuille, poussa le chariot à droite, leva le doigt au-dessus d'une touche, et… se ravisa. Non, ces sujets n'étaient pas pour elle.

Parmi les faits divers à traiter, certains lui redonnèrent du cœur à l'ouvrage. Une femme avait fini par avouer le meurtre de son mari. *Bien fait pour lui. Ça devait être un salaud !* Julia hésita un instant entre entamer le récit de cet aveu et se plonger dans celui du vol d'un million et demi de francs et de bijoux, chez un couturier de Neuilly. Un cambriolage d'importance, sans conteste. Mais le cœur de Julia penchait pour les femmes. Et une meurtrière, ça, c'était inspirant. Mue par la rage qui bouillonnait en elle depuis le soir où Sergueï avait abusé d'elle, Julia se jeta à corps perdu dans l'écriture de son article, arguant, sans l'ombre d'une preuve, de la légitime défense, afin de justifier le passage à l'acte de cette épouse meurtrière.

Quand son papier tomba dans les mains de Madeleine Jacob, celle-ci se fendit d'un éclat de rire retentissant.

— Mais on ne peut pas publier ça ! Tu prends complètement parti pour elle… Tu dois rester objective, ma grande.

Ah, cette condescendance. Que c'était énervant ! Julia savait bien qu'elle n'était pas dans les clous, mais elle pouvait tout de même espérer que son texte soit validé ! Après tout, il n'était pas impensable d'imaginer que les journalistes pussent donner leur opinion, même dans le récit d'un fait divers !

Elle recommença sa besogne, et mit cette fois le plaisir et la littérature de côté, fourrant une dizaine de formules impersonnelles dans son article afin d'effacer toute subjectivité. En trente minutes, la jeune femme rendit, grimace aux lèvres, une copie lissée, sans âme, sans pitié aucune, sans une once d'humanité. Tout ce qu'on attendait d'elle. Le néant.

Deux heures plus tard, elle n'avait toujours pas reçu d'appel. Elle faisait face à sa machine à écrire, dans laquelle une feuille blanche, nue, immobile, semblait cristalliser son impuissance. Chaque sonnerie de téléphone faisait battre son cœur plus fort. Pourquoi Auguste ne rappelait-il pas ? L'avait-il volontairement effacée de son répertoire ?

Dévorée par l'impatience, la jeune femme revint à la charge, et recontacta le siège du Parti. La secrétaire l'envoya sur les roses : elle avait transmis le message, mais M. Lecœur n'avait pas eu le temps de la rappeler.

Le temps, vraiment ? Julia commençait à connaître ces manières d'hommes politiques qui ne veulent pas avoir affaire aux journalistes. Son charme ne suffisait plus, elle devenait encombrante. Elle raccrocha, la boule au ventre, car elle sentait bien les choses…

Submergée par l'émotion, Julia dut retenir des larmes qui montaient en elle. Il fallait se rendre à l'évidence : elle ne pouvait pas aider son amie. Aucune de ses démarches n'avait abouti, ni les annonces ni les articles, et son principal contact la lâchait. Se greffait là-dessus le sentiment d'être reléguée aux basses œuvres d'un petit journal dont le nombre de lecteurs n'atteignait pas les cent mille. Au milieu du hall et des rapides allées et venues des journalistes du Paquebot, tandis qu'elle cherchait vainement un mouchoir pour dissimuler sa tristesse, Julia se fit houspiller par sa supérieure :

— Et ce cambriolage ? Au boulot, il me le faut pour 16 heures. Qu'est-ce que t'attends ?

Tête baissée, au bord de l'implosion, la journaliste se remit au travail avec résignation. Elle froissa plusieurs feuilles de papier qu'elle jeta violemment à la corbeille en insultant d'abord Sergueï, puis la Jacob, qui, finalement, tout en feignant de la prendre sous son aile, avait fait d'elle sa petite esclave.

On entendait de loin chacune des lettres que Julia frappait avec force pour venir à bout d'un paragraphe. Elle usa plusieurs bandeaux d'encre, éructant sa colère, ravalant sa frustration.

Les jours suivants passèrent, sans davantage de réjouissances, sans nouvelles, ni de Sergueï, ni de Lecœur, ni de Jérôme, ni d'agents russes. Les appels au secours s'étaient noyés, Julia et Émilie étaient devenues invisibles. Honteuses, perdues, elle ne se parlaient plus que par bribes, signes, gestes. « Toujours rien ? »

Et, comme chaque fois, Julia secouait la tête.

Elle ne pouvait s'empêcher de penser à leur amour qui s'était révélé si passionné juste avant la disparition d'Alexis. Que c'était injuste ! Jamais elles ne retrouveraient cette légèreté ni la force de leurs sentiments. Elles avaient tout perdu.

Au petit matin du jeudi 2 avril, au journal, alors que Julia parcourait, comme à son habitude, les derniers bulletins afin de garder un pied dans le monde du vrai journalisme, une forte odeur de tabac à pipe envahit l'atmosphère, précédant la silhouette charismatique d'Emmanuel d'Astier de La Vigerie.

— Mademoiselle Guzmán, levez-vous donc, j'ai quelque chose à vous proposer, suivez-moi dans mon bureau.

Il poursuivit sa route sans la regarder, comme un monarque à qui l'on obéit sans sourciller.

— Vous me demandez de couvrir le retour de Maurice Thorez ? Il revient, non ? C'est ce qui se dit dans les couloirs !

Des étincelles fusaient dans le cœur de Julia. De quoi d'autre aurait-il pu s'agir ? Un meurtre ? Ou, mieux, un crime politique ?

Elle le suivait toujours, véritablement mordue par l'ambition, s'imaginant au plus près des puissants, mettant au jour leurs plus secrètes décisions, courant d'un rassemblement à l'autre, se faisant l'amie, la confidente de ceux qu'elle admirait depuis son petit bureau de neuf mètres carrés.

Sur son passage, elle entendit les commentaires de ses collègues :

— Thorez ? Va falloir faire encore tes preuves, pour celui-là, cocotte !

— Paraît qu'il a reçu son visa, elle a peut-être raison, la p'tite. Il a attendu que Staline décanille pour se décider à rev'nir, mais il est peut-être trop tard… Les loups rôdent ! Le chef va-t-il réussir à rester sur le trône ? Marty, Tillon… Il en a déjà écarté deux. Duclos et Lecœur bénéficient encore de sa confiance, mais pour combien de temps ? J'imagine déjà le titre de l'article : « Thorez : la reconquista ! »

Julia se retourna vers la rédaction et leur décocha un clin d'œil, avant d'entrer dans l'antre du maître.

Chapitre vingt-quatre

Jeudi 2 avril 1953, bureau du directeur du journal Libération

Emmanuel d'Astier de La Vigerie, debout près de son bureau, ralluma sa pipe, tout en faisant signe à sa jeune employée de s'asseoir.

— Je ne vous sers pas un verre, j'imagine ?

— Oh, si, au contraire, allez-y.

Lever de sourcils surpris. La néophyte voulait passer pour une dure à cuire. Et elle eut droit à un retour provocateur.

— Un whisky ?

L'homme ponctua sa question d'un rictus moqueur.

— Avec de la glace. Merci, répondit la jeune femme avec aplomb, comme si boire un whisky en matinée était une chose banale pour elle.

D'Astier de La Vigerie sourit. Il avait déjà eu vent de ses qualités, mais le manège auquel il assistait suscita d'autant plus son intérêt pour ce petit bout de femme. Culottée, ambitieuse, prête à tout. Tout ce qu'il fallait pour devenir un excellent reporter. Au-delà de son charme, qui à lui seul ouvrirait sans doute bien des portes.

— Je vais aller droit au but. Nous cherchons quelqu'un de motivé, de disponible, et qui connaît nos pratiques éditoriales pour assister notre correspondant permanent en Algérie, Albert-Paul Lentin.

Julia blêmit de stupeur. L'Algérie ? C'était si loin. Un autre monde ! Mais pourquoi elle ?

— C'est urgent, reprit d'Astier. Lentin a besoin d'aide pour couvrir les élections municipales qui ont lieu à la fin du mois. J'ai pensé que cela pouvait vous intéresser. Vous n'avez pas d'obligations familiales ? Départ mardi, pour six mois minimum.

Le visage triste d'Émilie passa comme une ombre devant les yeux de Julia. Évidemment, impossible d'invoquer le prétexte d'une relation féminine. Alors, oui, elle lui répondit qu'elle était libre. Libre. Et, chose nouvelle, l'idée ne lui déplut pas, ce qui la perturba néanmoins.

— C'est une opportunité pour votre carrière, poursuivit le directeur, et, du reste, comme vous serez correspondante pour *Libération* et *L'Humanité*, vous bénéficierez d'une rémunération en conséquence.

La journaliste n'en revenait pas. Elle se sentait à la fois honorée, et quelque peu usurpatrice.

— Mais, vous avez demandé à d'autres collègues avant moi ? Vous savez, je ne connais pas grand-chose à l'Algérie. Je lis des articles, mais je ne me suis pas beaucoup penchée sur la question coloniale durant mes études, et…

Le chef l'arrêta net.

— Peu importe. Ça vous intéresse ou non ? Si oui, vous avez trois jours pour étudier toute l'histoire de l'Algérie, connaître les partis, les noms des journaux et leur orientation politique, les derniers incidents, le contexte économique et social, lire le Coran, apprendre l'arabe, tout le toutim.

Estomaquée, Julia secouait déjà la tête à l'idée de fournir un tel travail en si peu de temps.

— Non, je plaisante, vous n'aurez pas à aller jusque-là, sauf si l'envie vous en prend !

Sur ces mots, d'Astier se tut pour sonder le visage de la petite Espagnole. Bouche entrouverte, des questions plein la tête, du désir, de l'inquiétude, aussi.

— J'ai un ami là-bas, qui vous accueillera dans ses bureaux, comme il l'a fait avec Lentin. Le directeur d'*Alger républicain*, Henri Alleg. Membre du Parti communiste algérien, militant anticolonialiste, c'est un sacré personnage ! Un bon vivant ! Son cheval de bataille à lui, c'est de construire des passerelles entre les communistes et les nationalistes. Pour faire avancer les deux causes ensemble. Il vous confiera des missions, en plus de celles que vous jugerez utiles.

— C'est-à-dire ? Que je jugerai utiles ? Je m'en remets à vous, je suis certaine que vous avez déjà un paquet d'idées de sujets à traiter !

— En effet.

Le maître des lieux, que la question coloniale passionnait, se mit à faire les cent pas, se rongeant les ongles, tourbillonnant autour d'elle.

— D'abord, dresser le portrait des candidats du PCA[1] les plus susceptibles de remporter les élections, et faire en sorte de vous rapprocher d'eux, afin d'analyser les tendances. Faire un article depuis les villages sur les actions du PCA pour défendre les droits du peuple. Un autre sur Émilie Busquant, que vous devez absolument rencontrer, c'est une femme étonnante, pleine de peps, une vraie communiste, engagée. C'est elle qui a cousu le premier drapeau de l'Algérie et qui a conduit son mari, le fameux Messali Hadj, vers le syndicalisme. Il est en exil à Paris en ce moment. Mais tu auras… Je peux te tutoyer ? Tu auras tout le temps de t'imprégner de ces histoires une fois sur place.

1. Parti communiste algérien.

L'homme tira une nouvelle bouffée de sa pipe en regardant sa jeune recrue dans le blanc des yeux. Avait-il fait le bon choix ? N'était-ce pas un terrain miné pour une demoiselle de son âge ?

— Prends le temps de réfléchir, discutes-en avec ta famille, tes amis. Et reviens vers moi avec une réponse définitive d'ici à samedi. Ça te va ?

— Oui, merci !

La jeune femme avait le tournis. Les mots étaient restés bloqués dans sa gorge. Au fur et à mesure qu'elle s'éloignait du directeur, Julia réalisait ce qu'on venait de lui proposer. Et, au fond de son cœur, le dilemme grandissait. Elle oscillait entre l'envie de bondir de joie, et le déchirement que lui procurerait la séparation avec Émilie. Le sentiment de culpabilité l'empêchait de laisser exploser son bonheur.

Comment allait-elle lui annoncer cela ?

Julia passa le restant de la journée à faire des recherches, à lire tous les articles qu'elle trouva aux archives sur l'Algérie, à questionner ses collègues, à s'imaginer là-bas. Il y faisait beau et chaud. Les palmiers. Le couscous. Et la lutte sociale.

Elle se prit à rêver.

Avant de quitter le bureau, Julia passa par le standard où elle trouva Pepi en verve devant l'opératrice, un joli brin de fille, qu'il tentait vainement de séduire depuis plusieurs semaines. Sans vergogne, la journaliste interrompit sa litanie d'exclamations surjouées.

— Dites, vous n'avez reçu aucun appel aujourd'hui, à propos de l'annonce ? Pour Alexis ?

Tous les deux lui offrirent leur plus beau sourire compatissant, tout en secouant la tête. Une fois de plus, ce fut une réponse négative. Julia se rongeait les sangs à l'idée d'annoncer ce départ imprévu à Émilie. Comment pouvait-elle s'éloigner dans un moment pareil ?

Quand elle arriva à proximité du 70, avenue d'Italie, elle dépassa une femme sans âge, qui traînait derrière elle, avec peine, un chariot rempli de charbon de bois. L'hiver avait été rude, et le printemps tardait à se faire sentir. Le plus souvent, c'étaient les hommes qui remplissaient ces corvées ingrates, parce qu'elles réclamaient des bras solides. Certains montaient quatre ou cinq étages, tous les jours, chargés comme des mulets. Julia, par pitié, se retourna. Elle avait vu une vieille dame, mais quel choc elle ressentit quand elle vit que cette femme n'était autre que son Émilie ! Ses beaux cheveux blonds cachés sous sa capuche, son dos courbé… Chaque jour passé sans son enfant accélérait un peu plus sa métamorphose. Émilie s'enfonçait, lentement mais sûrement, dans les ténèbres du désespoir, et sa jeunesse, sa beauté s'envolaient à jamais. Julia, la mine compatissante, accourut pour la tirer d'affaire, et partagea son fardeau jusqu'au quatrième étage de l'immeuble. À ce moment précis, ses bras et son sourire étaient tout ce qu'elle avait à lui offrir. Et malgré l'immense générosité qu'elle portait en elle, ses gestes ne suffisaient pas à réconforter Émilie, qui eut à peine un mot de remerciement pour son aide.

— Tu tombes à pic, dit-elle. J'espère que c'est la dernière fournée avant l'hiver prochain. J'ai toujours trouvé que traverser des hivers difficiles était une épreuve essentielle dans la vie. Et cela me fait sentir plus proche de ce que vivent chaque année nos camarades en URSS.

Quelle gaieté, pensa Julia.

Une fois au chaud, l'Espagnole alluma le poêle, pendant qu'Émilie entamait la préparation du dîner en épluchant oignons et carottes. Betty, qui revint de l'hôpital à ce moment-là, apprécia grandement l'atmosphère chaleureuse de l'appartement. Julia fut tentée de mettre de la musique, comme elles l'avaient si souvent fait, mais son hésitation devant le tourne-disque fut tout de suite perçue par Émilie.

— Vas-y, mets un disque, je ne vais pas t'en empêcher.

— Tu es sûre ?

— Je ne peux ni rire ni danser, mais cela me fera du bien d'écouter quelque chose…

Alors qu'Émilie quittait momentanément le salon, Betty s'approcha de Julia et lui glissa quelques mots à l'oreille. Leur amie ne prononçait plus le nom d'Alexis depuis plusieurs jours. Au début, elle s'était dit qu'Émilie tentait certainement de se concentrer sur autre chose, de reprendre goût à la vie. Mais la veille, saisie d'un accès de fureur, la mère, orpheline de son fils, avait tout bazardé ou presque. Vêtements, objets, même son petit lit. Betty l'avait retenue de jeter aux ordures les jouets les plus précieux, le train électrique, par exemple, et bien sûr, les photographies. Elle avait réussi à sauver une poignée de vêtements, une lampe, et une boîte à musique. Sa réaction était insensée, inconsciente. La triste femme perdait complètement espoir. Sergueï n'avait toujours pas donné de signe de vie, et plutôt que de lui donner raison en exprimant quotidiennement sa souffrance, elle avait décidé d'enterrer son enfant avec les restes de son ancienne vie.

Betty alla se servir un verre de Campari, avec des glaçons, comme à son habitude, et proposa à Julia de l'accompagner.

— Betty, j'ai une annonce à lui faire, mais je ne sais pas comment.

La grande rousse plissa les yeux, afin de sonder son interlocutrice. Julia poursuivit, sa voix à demi couverte par celle de Patachou, qui retentit bien trop fort pour le silence ambiant. « Mon Dieu quel bonheur, mon Dieu quel bonheur, d'avoir un mari bricoleur ! Boîte à outils ! boîte à outils ! »

— On vient de me proposer un poste de correspondante en Algérie. Départ lundi. Un contrat de six mois, renouvelable.

Le visage de Betty, égayé un moment par la chanson, changea brusquement d'expression. Elle fronça les sourcils et avala sa salive de travers.

— Pas vrai ? Et tu vas accepter ?

Julia baissa les yeux.

— Je ne peux pas me permettre de refuser sous prétexte qu'une amie a besoin de moi. Cela ne leur suffira pas. Il leur faut des époux, des maris, des enfants, des parents. Je pourrais décliner, mais une occasion pareille, cela ne se présente qu'une fois dans une carrière. Je ne sais pas quoi décider, Betty. Je suis mal. C'est vraiment pas le moment de laisser Émilie…

— Ça, tu l'as dit. C'est pas le moment. Le mieux, c'est que tu en discutes avec elle.

La nouvelle ne plaisait pas à Betty, c'était flagrant. Elle ne prenait même pas la peine de développer, la question étant bien trop délicate pour qu'elle daigne s'en mêler.

Dans la cuisine, Émilie chantonnait. « Mon Dieu quel bonheur… d'avoir un mari bricoleur ! » Sa voix retrouvait sa légèreté. On y croyait presque. Julia la vit entrer dans le salon, sourire aux lèvres. Non, il fallait attendre encore, la laisser profiter de cette joie fugace avant que d'autres sentiments ne l'empoisonnent de nouveau.

Enfin, au milieu du repas, Julia se décida à cracher le morceau, d'abord en tâtonnant. Elle lui présenta la proposition et lui laissa aussitôt l'opportunité de donner son avis, voire de prendre la décision ultime. « Si vraiment c'est trop difficile pour toi, je resterai. Tu n'as qu'un mot à dire. » Mais Émilie n'était pas dupe : quel degré de sincérité accordait-elle à cette phrase ? La suite, un cortège d'arguments imparables, dévoilait malgré elle ses motivations : c'était « une extraordinaire opportunité de carrière », de « rencontres uniques », et un retour « seulement » six mois plus tard… « Je te donnerai des nouvelles régulièrement », lui assura-t-elle, par-dessus le marché. Que répondre à cela ? Et que pouvait-elle bien lui offrir en retour, avec les drames qu'elle traversait, sa colère quotidienne, la tristesse de ses soirs et l'ennui mortel de ses journées vides sans son enfant ? Au fond d'elle, comme elle la comprenait ! Et que c'était difficile en même temps de la laisser s'en aller !

Retenant ses larmes, la gorge serrée, Émilie formula une conclusion qui lui demanda un courage indéniable.

— Tu sais combien ton absence me fera souffrir, mais au point où j'en suis, cela ne changera rien à mon état. Ta carrière est importante pour toi, et je ne veux pas être celle qui t'aura brisé les ailes. Accepte.

Par ses mots, Julia se rendit compte que la femme qu'elle avait tant aimée était peut-être plus puissante et plus forte qu'elle ne le croyait. Qu'à côté d'elle, même si une passion brûlante la poussait à déplacer des montagnes, elle se sentait lâche et égoïste. Émilie avait le sens du sacrifice, ce qui n'était pas son cas.

Julia leva des yeux gênés sur Betty, qui se tenait debout, le flacon de sels dans le dos, prêt à l'emploi. L'infirmière non plus ne cachait pas sa surprise. Émilie était donc prête à affronter la solitude. Peut-être en avait-elle assez, de voir ses amies perdre leur temps à la réconforter, et repartir toujours insatisfaites et malheureuses ?

La soirée fut forte en émotions. Les trois amies trinquèrent à leur histoire passée et à venir, se souhaitant de trouver leur bonheur, les yeux mouillés de larmes. Le prénom d'Alexis ne fut pas prononcé par respect pour Émilie.

Quand celle-ci s'allongea sur son lit, elle eut l'impression de n'avoir plus de corps. Soit il s'était envolé, évanescent, déjà parti dans les brumes de l'au-delà, soit il était si lourd qu'il s'était enfoncé sans elle dans les profondeurs de la terre, oublié du monde des vivants.

Chapitre vingt-cinq

Mardi 7 avril, 1953, 10 heures, 70, avenue d'Italie

Au lendemain du lundi de Pâques, Émilie traînait son chariot de courses rue Bobillot, où, même après un jour férié, les quelques commerçants du marché peinaient à attirer le chaland, faute d'être suffisamment visibles de l'avenue. Les légumes d'été se faisaient attendre, et ceux d'hiver faisaient la gueule. Le gros boucher aussi la rebutait, avec son tablier jauni, et ses doigts reluisants tartinés de graisse de porc. Rien ne lui faisait envie. Même l'odeur, d'habitude irrésistible, des poulets qui rôtissaient, lui souleva l'estomac. Elle revint à l'appartement avec une laitue déjà flétrie, et un unique filet de cabillaud. Blanc. Pâle. Triste.

Du bout des doigts, elle le plongea dans l'eau bouillante sans ménagement ni assaisonnement, faisant fi de toutes les leçons de cuisine que sa mère lui avait données, puis resta plantée devant, les yeux dans le vague. Une mousse se formait qui l'entraîna dans les nuages. Au-dessus des mers grises et blanches que l'on aperçoit à travers un hublot. Julia était là-haut, dans son avion. Chaque seconde plus loin. À mesure qu'elle s'éloignait, Julia devenait peu à peu une image, un souvenir. Était-elle jalouse ? Lui en voulait-elle ? Non. Elle connaissait son amie. Une pile électrique, un tourbillon, une enflammée. Il fallait la laisser s'évader. Comme un homme. Un chevalier, que sa dame laisse partir en croisade afin qu'il assouvisse ses désirs d'exploits, de combats, d'héroïsme. Elle reviendrait dans quelques mois, et lui rapporterait des bijoux en argent, des tissus brodés de fils d'or fin, des robes d'Orient de couleur rouge, ocre, toutes plus scintillantes les unes que les autres.

Tandis que durcissait le pauvre filet de poisson sous l'écume bouillonnante, la sonnerie stridente du téléphone la fit sursauter.

La jeune femme accourut, fébrile, craignant que l'infâme appareil ne fût porteur de mauvaises nouvelles.

— Allô ? murmura-t-elle.

— Madame Dimitrov ? Inspecteur Mahaut à l'appareil.

Battements de cœur.

— J'ai quelque chose de très difficile à vous annoncer. Un avion s'est écrasé ce matin et...

Avant même que l'enquêteur ne poursuive, Émilie l'interrompit, tétanisée :

— Julia ?

— Qui ?

— Julia Guzmán. Mon amie. Elle a pris l'avion ce matin pour Alger.

À l'autre bout du fil, court silence. Dans l'intervalle, Émilie se dit qu'il était improbable que l'inspecteur en charge de l'enquête sur la disparition d'Alexis lui annonce celle de Julia.

— Non. Là, pour vous dire les choses le plus simplement possible, un avion s'est écrasé dans la Manche, et on a retrouvé le nom de votre mari sur le registre de l'aérodrome du Touquet.

Soupir de soulagement.

Mahaut répéta alors, pour être certain qu'elle l'avait compris.

— C'est votre mari Sergueï Dimitrov qui a disparu. À bord d'un Tiger Moth. Un avion léger, fragile. Le pilote, un certain David Leak, a été retrouvé empêtré dans son parachute, flottant sur l'eau. Son passager n'a pas eu le temps de sauter. M. Leak a été interrogé en fin de matinée par mes confrères au Touquet.

Silence d'Émilie. Elle imaginait la scène, le pilote, agile et prêt à tout pour sauver sa peau, et son mari collé à son siège, pétrifié par le vertige. Pourquoi diable avait-il pris l'avion ? Il en avait si peur ! Il lui avait toujours dit que c'était du luxe, un moyen de transport de bourgeois, dont le seul privilège était de s'octroyer une chance de mourir de façon spectaculaire.

Sergueï était mort. Et ça ne lui faisait ni chaud ni froid.

Elle se sentit obligée de poser une question.

— Et vous avez retrouvé le corps ?

— Non. En ce moment, deux hélicoptères quadrillent la zone de l'accident. Mais comme cela fait moins de vingt-quatre heures que l'avion a plongé... M. Dimitrov n'a pas pu remonter à la surface...

Elle espérait presque qu'on ne le retrouve pas. Cela éviterait les frais d'obsèques, la paperasse, et l'achat d'une concession au cimetière.

Un instant, elle pensa pouvoir ranger ses souvenirs au fond de sa mémoire. Comme pour se débarrasser de lui un peu plus vite, elle interrompit son interlocuteur, accélérant le débit, ce qui contraignit Mahaut à articuler dans le vide.

— Bien, vous me tenez au courant s'il réapparaît ? Je reste là.

Elle s'apprêtait à raccrocher quand elle s'écria :

— Attendez !

Le pauvre enquêteur s'était fait dézinguer les tympans.

— Juste, je réalise une chose... Alexis n'était donc pas avec lui ? Il est donc dans les mains d'un autre... ?

— Je vous avais dit que j'avais une mauvaise nouvelle...

Émilie sentit ses jambes trembler. Elle retint sa respiration.

— On a bien retrouvé quelque chose à la surface. Mais ce n'est pas Sergueï. C'est...

Mahaut hésitait.

— J'écoute, lança Émilie, fébrile.

— Un mouton en peluche. Blanc.

La jeune femme avala sa salive de travers et toussa si fort que sa voix dérailla.

— Vous voulez dire... *son* mouton ? articula-t-elle.

— Oui... Et le pilote l'a confirmé, Alexis était bien dans l'avion. J'ai demandé pourquoi son nom ne figurait pas sur les registres, et le pilote a répondu qu'on ne l'aurait pas laissé partir à trois dans un biplace. Or, il avait été correctement rémunéré, si vous voyez ce que je veux dire. Je suis désolé, madame Dimitrov, vraiment désolé. N'hésitez pas à rappeler si vous avez des questions. Bon courage.

Puis il raccrocha, mettant un point final aux questionnements de la jeune mère, qui avait déjà perdu connaissance.

Chapitre vingt-six

Novembre 1953, chambre d'Émilie, 70, avenue d'Italie

Les corps de Sergueï et d'Alexis n'avaient pas été retrouvés. Les recherches avaient duré une semaine, avant d'être abandonnées, laissant penser que le père et le fils reposaient à jamais dans les profondeurs de la Manche. Depuis ce mois d'avril tragique, Émilie avait sombré dans un trou sans fond. Elle était restée allongée tout le printemps, puis tout l'été, même lorsque le soleil dardait ses puissants rayons à travers les rideaux. Chaque jour durant, elle passait son temps les yeux rivés au plafond, la gorge nouée dans le silence.

Le 8 mars 1953 était resté gravé comme le jour où Alexis, fidèle à sa destinée de petit komsomol[1] de France, avait suivi dans la mort le grand camarade. La chambre d'Émilie, d'ailleurs, était devenue une véritable chapelle ardente érigée en l'honneur d'un vieux moustachu et de celui d'un adorable garçon de cinq ans. Sur sa coiffeuse, qui ne servait plus, faute de sorties, trônait le portrait de Staline sur fond noir, découpé dans le magazine *France Illustration*, puis mis sous verre au lendemain des obsèques. Autour de lui, comme les branches d'une étoile, étaient disposées

1. Komsomol : nom courant de l'organisation de la jeunesse communiste du Parti communiste soviétique.

plusieurs photos d'Alexis éclairées à la bougie. Pour couronner le tout, une collection entière d'affiches du Parti communiste français tapissait les murs de la chambre, laissant une place béante à la fenêtre, qu'Émilie avait habillée de lourds rideaux en velours rouge. Dans son antre, depuis les tréfonds de son lit, elle continuait à croire aux idées de la révolution socialiste. Quand l'absence des êtres chers et la solitude vous rongent au point de vous faire perdre le sens de l'existence, se consacrer à une cause plus grande que vous, plus noble, devient votre seule chance de survie.

Son exclusion du Parti n'était toujours pas digérée, et elle refusait de passer à autre chose. Pour le deuil, c'était pareil. Les deux événements se trouvaient sur des chemins parallèles, liés par un destin commun. Son exclusion comme l'enlèvement de son fils avaient été aussi injustes l'un que l'autre et avaient fait vaciller sa loyauté et son amour. En conséquence, Staline et son fils, ensemble, devaient symboliser à jamais l'engagement, et l'intégrité de la jeune femme.

De l'autre côté de la Méditerranée, la nouvelle de la mort d'Alexis avait bouleversé Julia au point qu'elle avait téléphoné chaque jour à Émilie pendant son premier mois sur le territoire algérien. Tout de suite, elle lui avait proposé de reprendre l'avion dans l'autre sens, mais Émilie s'y était fermement opposée, ne souhaitant surtout pas assombrir l'avenir de son amoureuse, ou peser sur elle comme un fardeau. Elle n'aurait pas fait revenir le petit, de toute façon. Et Betty était là. Julia avait accepté, impuissante, la liberté que lui offrait son amie, mais elle mit plusieurs semaines à défaire ses bagages, à lever les yeux sur le nouveau monde qui l'entourait, à désirer apprivoiser cette terre hostile. Conscients des problèmes que traversait la jeune femme, les journalistes qui l'avaient accueillie avaient tout fait pour l'aider, l'intégrer, la familiariser avec cet environnement inconnu. Peu à peu, au fil du temps, ses appels à Émilie s'étaient faits moins fréquents, jusqu'à ce qu'elle décide de leur préférer le courrier. À l'écrit, ses sentiments s'étendaient, cheminaient, s'intensifiaient, procurant ainsi à Émilie un réconfort certain.

Betty, de son côté, se démenait en vain pour choyer son inconsolable colocataire. Mais ses décoctions, bains chauds et cataplasmes ne suffisaient pas à raviver l'étincelle de vie qui manquait à son amie. Elle lui faisait la lecture, l'encourageait à prendre l'air, lui contait ses aventures, mettait de la musique. Ensemble, elles lisaient à tour de rôle les lettres de Julia, dont les enveloppes garnissaient la boîte aux lettres à intervalles réguliers. D'Oran, d'Alger, de Tlemcen ou de Constantine, les récits de la jeune Espagnole enchantaient les deux femmes. Elles s'imaginaient rouler sur des pistes infinies, s'imprégnaient de l'odeur des épices, sentaient le vent chaud du désert souffler dans leurs cheveux, et entendaient même les feuilles des oliviers frémir sous la brise matinale. Julia, de là où elle était, s'était donné pour mission de les emmener au pays des rêves. Ses rencontres étaient toujours extraordinaires, vives et passionnées. Les paysans arabes et berbères lui réservaient un accueil chaleureux au sein de leurs réunions, afin que la parole du peuple parvînt jusqu'à la capitale. Grâce à l'action des syndicats, un vent de liberté soufflait sur l'Algérie et tout cela justifiait son engagement, son départ, et aussi son absence. Betty savait bien à quel jeu Julia jouait depuis le continent africain, en édulcorant les choses à ce point. Elle apportait sa contribution, qui n'était pas des moindres.

Depuis plusieurs semaines, Betty s'acharnait à convaincre Émilie de reprendre le travail. Elle n'osait le lui dire, mais en réalité, l'argent commençait à manquer. Pourtant, physiquement, la jeune veuve et mère éplorée n'était pas encore en état de tenir dix heures par jour dans un atelier de couture ou dans n'importe quelle autre usine. Il fallait trouver autre chose.

Finalement, un samedi matin, Betty prit une décision et l'annonça à Émilie en lui apportant le petit déjeuner.

— Je vais reprendre l'activité clandestine.

Betty guetta une réaction. Mais en face, rien que le silence.

— Depuis que vous vous êtes installées, je n'ai pas réitéré, pour ne déranger personne, et parce qu'on avait un peu plus d'argent. Or, autour de moi, il y a des besoins. Deux femmes sont venues me voir il y a quinze jours. Je les avais orientées vers une de mes connaissances, à Ivry, mais elles ont toutes les deux souffert le martyre, ont perdu mille francs chacune, et j'ai revu l'une d'entre elles à l'hôpital la semaine dernière. On a dû lui retirer l'utérus. Je te passe les détails.

Émilie ouvrit de grands yeux interrogateurs. Betty continua :

— J'ai besoin d'une assistante, comme la dernière fois, avec Julia. Si tu es d'accord. Tu fais l'infirmière, et moi le chirurgien. Tu prépares les ustensiles, rassures la patiente, apporte l'eau chaude, les serviettes propres, etc. Qu'est-c't'en dis ?

Émilie prit un temps avant de répondre. Du sang. Des larmes, encore. Non, elle ne pourrait pas.

Betty vit Émilie lever les yeux sur le mur de droite, près de la fenêtre. Elle observait cette affiche, qu'une camarade avait récupérée pour elle à la dernière assemblée de l'Union des femmes françaises. Une ouvrière, debout, le regard haut, son enfant mort dans les bras, collé à sa poitrine.

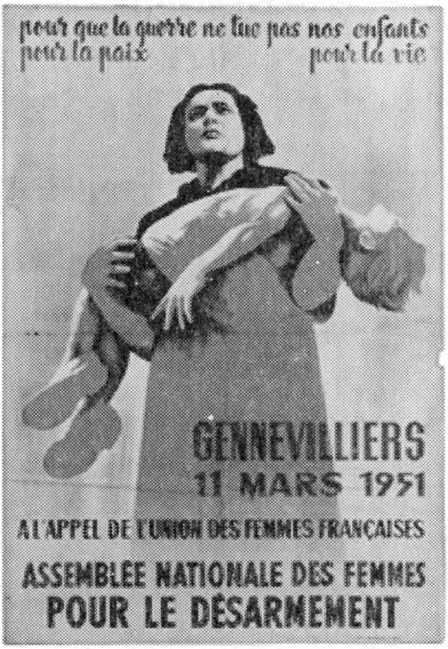

Betty n'eut pas besoin de mots pour sentir ce qui troublait son amie.

Émilie frissonnait. Elle sentit une main chaude recouvrir la sienne. La faiseuse d'anges poursuivit, sans relâcher la pression sur son bras.

— Pense à Julia, Émilie. À la liberté qui lui permet de travailler, de voyager, de s'épanouir, pense aux femmes qui ne peuvent assumer une énième bouche à nourrir, pense à celles qui tombent amoureuses d'un oiseau volage, prêt à décoller à la moindre contrariété. Et je ne parle pas du pire.

Elle laissa passer une mouche avant de poursuivre :

— Mais si c'est trop pour toi, je comprendrais.

Émilie resta muette. Dépitée, Betty se releva et se tourna vers la fenêtre. L'amertume la gagnait.

— Tant pis, je me débrouillerai, fit-elle, à bout d'arguments. Mais sache que nos finances sont au plus mal. Si tu pouvais reprendre la couture à la maison… au moins…

L'idée fit son chemin. En début de semaine, Émilie se décida enfin à sortir, et à peine avait-elle passé le seuil d'un atelier de l'avenue de Choisy qu'elle fut embauchée. On lui permit dans un premier temps de travailler deux jours, pour un essai. La petite couturière fut tout de suite très entourée, acceptée, incluse. On prenait soin d'elle, on la ménageait. Cela faisait longtemps. Lors des pauses, d'habitude, les ouvrières se plaignaient beaucoup de leurs conditions de travail, mais par respect, elles se taisaient devant Émilie. La rumeur avait vite couru. La nouvelle avait perdu son fils dans un accident d'avion. Aucun malheur n'était plus grand, et toutes ces femmes avaient bien honte de leurs problèmes sans importance. Un jour, la Bretonne les pria de faire comme si elle n'était pas là.

— S'il vous plaît, j'ai besoin de penser à autre chose, et votre silence n'arrange rien, dit-elle.

C'est ainsi qu'elles recommencèrent à discuter de leur marmaille, de l'école, du prix des denrées alimentaires, de leurs salaires misérables, et de la bite molle du patron. Elles riaient fort, elles riaient gras, et ce fut pour Émilie un commencement de guérison.

L'une des filles, Josie, l'apostropha un matin à la pause de 10 heures.

— Y a un appel à la grève, jeudi. Tu es des nôtres ? Moi, je suis à la CGT, et Ficelle aussi. Et toi ?

Ficelle, c'était une femme d'environ vingt-cinq ans, qui en paraissait treize, plate et filiforme, les cheveux raides comme du bois.

En entendant cela, Émilie sourit. Reprendre la lutte. Bien sûr, qu'elle serait de la partie, et cette fois du côté des ouvrières, pas des mères au foyer. Elle le ferait pour Alexis. Et pour Julia. Elles seraient ainsi liées, si éloignées fussent-elles, par le cœur, et par l'esprit.

La perspective d'une manifestation l'excita au plus haut point. Elle eut soudainement l'impression de retrouver son axe de rotation : donner, se donner, pour les autres, pour soi-même. La jeune couturière s'empressa de questionner ses camarades sur les slogans à inscrire sur les bandeaux, sur l'assemblée générale à venir, et se proposa d'écrire une motion à l'adresse du patron de l'atelier. Quand la journée fut terminée, avant de rentrer, elle fit des emplettes à la droguerie afin de confectionner les pancartes : tasseaux de bois, clous, pot de peinture noire. Elle emporta tout son barda et rejoignit l'appartement, le sourire aux lèvres, pour la première fois depuis le mois de mars. En arrivant, elle découvrit dans la boîte aux lettres une nouvelle missive de Julia, qu'elle mordit à pleines dents, puisqu'elle avait les mains prises.

Quand elle ouvrit la porte, les bras chargés, l'enveloppe à la bouche, le pot de peinture tomba, sans s'ouvrir heureusement, et le bruit du choc résonna dans tout l'appartement.

Émilie ne s'habituait pas au vide laissé par les départs successifs d'Alexis, puis de Julia.

En toute discrétion, pour ne pas déranger les fantômes, elle posa ses affaires et rejoignit sa chambre rouge, seule pièce encore chaude de l'appartement. Elle prit place sous les portraits de ses idoles, et leurs regards bienveillants.

Devant ses yeux, l'enveloppe jaune ne demandait qu'à être ouverte. Émilie brûlait de curiosité. Les six mois étaient écoulés depuis cinq semaines déjà, et sans doute que Julia avait dû prolonger son contrat sans l'avertir. Malgré l'évidence, Émilie espérait fort qu'elle lui annonçât son retour, même tardif. Peut-être avait-elle eu besoin de rester un peu plus longtemps en Algérie, et qu'elle en expliquerait les raisons dans sa lettre. Quoi qu'il en fût, pourvu qu'elle rentrât au plus vite. Sans attendre Betty, elle la décacheta et la lut à voix haute pour meubler le silence.

Alger, dimanche 15 novembre 1953

Chère Émilie,

J'espère que tu vas bien, et que tu as pris tes marques dans ce nouvel atelier, que le travail ne t'épuise pas trop. Comment te sens-tu ? Et Betty ? Arrivez-vous à joindre les deux bouts ? N'hésite pas à me dire si vous avez besoin d'argent.

Voilà, je ne vais pas y aller par quatre chemins. Tu te souviens d'Émilie Busquant ? Je t'ai parlé d'elle au printemps, parce qu'elle était une figure de la lutte syndicale, une femme fascinante, avec qui j'avais passé de longs moments à échanger sur l'avenir de l'Algérie quand je suis arrivée. Nous avons discuté de tous les sujets, colonisation et indépendance, République et lutte des classes… C'était quelqu'un de passionnant, et d'une grande modestie. Jamais je n'ai ressenti une telle connivence qu'entre elle et moi.

Ces derniers mots la crispèrent. Une autre Émilie ? « Jamais je n'ai ressenti une telle connivence… » Ainsi, Julia lui annonçait qu'elle en aimait une autre ? Qu'elle était maladroite ! Avait-elle besoin d'entendre cela ? Voulait-elle lui donner le coup de grâce ?

Tout en grimaçant, la jeune Bretonne reprit sa lecture en se rongeant les ongles.

Messali, son mari, peut-être le sais-tu, est toujours assigné à résidence en France, pour avoir osé faire germer des idées démocratiques dans les moindres recoins du pays. Il n'a pas cessé de lutter pour que la voix des petits, et surtout celle des Algériens en général, soit entendue, en créant le PPA[1]*, puis le MTLD*[2] *quand le PPA a été*

1. Le Parti du peuple algérien a été fondé en mars 1937.
2. Le Mouvement pour le triomphe des libertés démocratiques a été fondé en 1946, alors que le PPA était devenu illégal.

*interdit. Certains ici lui vouent un véritable culte. Mais tu te demandes sûrement pourquoi je te raconte cela. En réalité, Mme Messali est morte le mois dernier. Elle était dans le coma déjà depuis une semaine et s'est éteinte le jour où son homme a reçu officiellement l'interdiction de revenir la voir une dernière fois. Un cortège immense s'est formé pour conduire son cercueil au port. Celui-ci était entièrement recouvert par le drapeau algérien, qu'elle-même aurait confectionné dans les années 1930. C'était grandiose. Plus de dix mille personnes ont suivi la marche, dont la CGT, les délégations d'*Alger républicain, *de* L'Algérie libre, *de l'Association des femmes musulmanes d'Algérie, de l'Union démocratique des femmes d'Algérie, du PCA, des Scouts musulmans, et j'en passe ! Je pense que l'Algérie s'est rendu compte à cette occasion qu'elle existait déjà, dans les faits, en tant que nation.*

Tout ça pour t'expliquer que c'est à cette occasion que j'ai rencontré des personnes fort intéressantes, dans différents groupes. Nous avons les mêmes combats de cœur, des valeurs communes, et ici, tout est encore à faire ! Je sens l'Algérie bouillonner. Je rêverais, comme Émilie Busquant, de la voir indépendante et libre.

Des choses vont se produire ici, qui vont bouleverser l'histoire de l'Algérie. Je ne peux pas rentrer maintenant. Il faut absolument que je rapporte ce qui se passe. Parce qu'il nous faut en France des partisans de l'indépendance. Notre mission est primordiale. Pour les Algériens, pour la gauche française, par solidarité envers mes confrères, qui sont en danger permanent. J'espère que tout ira bien pour toi. Je devrais pouvoir rentrer pour Noël.

Bien à toi,

Je t'aime.

Julia

Ce n'était pas cette Mme Messali qui était à craindre. La pauvre. C'était l'Algérie tout entière qui lui volait sa Julia ! Les derniers mots de la lettre glissèrent entre les doigts d'Émilie, comme des au revoir lointains que l'on peine à entendre, quand le train s'en va et que l'on reste, comme un idiot, sur un quai désert.

Chapitre vingt-sept

Mercredi 7 novembre 1956, siège de L'Huma,
6, boulevard Poissonnière

Une foule en colère s'était rassemblée devant les nouveaux locaux de *L'Huma.* Une autre, aussi furieuse, se dirigeait vers le siège du Parti communiste, au 44, rue Le Peletier, pierres au poing, prête à dégainer. Les étudiants, traditionnellement acquis à la cause socialiste, s'insurgeaient pour la première fois de façon unanime contre la répression violente des forces soviétiques à Budapest. Car la Hongrie venait de subir un assaut de taille : des tanks avaient envahi la capitale, bloqué la liaison entre Buda et Pest, et fait plusieurs milliers de morts, tirant sans distinction sur les civils et les soldats hongrois.

D'un œil inquiet, Julia observait la manifestation depuis son nouveau bureau, à l'étage, où siégeait le journal *L'Humanité*, pour qui elle travaillait depuis qu'elle était revenue d'Algérie à l'automne 1955.

Voir ces jeunes agités hurler dans la rue lui rappela les scènes d'émeutes bien plus violentes dont elle avait été témoin là-bas. Ici, elle se sentait inutile. Elle n'avait pas voulu rentrer. Pourtant, une chose avait précipité ce retour : l'amour et la ténacité d'une mère esseulée. Plusieurs mois auparavant, à la suite des massacres de Constantine du mois d'août 1955, la mère de Julia, Igneza, avait réclamé de pied ferme son retour en France, auprès du journal *Libération* et de *L'Humanité*. Elle avait beau croire dur comme fer à la lutte des classes, il était hors de question que le socialisme lui vole une autre vie !

André Stil, depuis les bureaux du Paquebot, assailli par les appels désespérés de Mme Guzmán, l'avait donc fait rapatrier, prétextant un appel vers une autre mission. Et elle était rentrée à l'automne, sur un navire de la marine marchande, au port de Marseille, puis avait pris le train jusqu'à la capitale, le cœur rempli d'amertume.

Les mois qui avaient suivi n'avaient pas été des plus gais. Son caractère s'était endurci. Son courage, ses espoirs, sa vitalité étaient restés là-bas, en Algérie. Chaque jour, elle se sentait plus lâche de l'avoir abandonné en pleine guerre.

C'est trop dangereux, reviens au plus vite, ce n'est pas ton pays, lui avait écrit Igneza, morte d'inquiétude, dès les premières échauffourées au début de l'hiver 1954. Par habitude, Julia avait ignoré ses atermoiements. Puis, lorsqu'un de ses collègues avait disparu pendant plusieurs semaines à l'automne suivant, la journaliste avait commencé à comprendre que la menace qui pesait sur elle était bien réelle. Seulement, cela n'avait pas suffi à la convaincre de plier bagage.

Sans se démonter, Igneza avait fini par sortir l'artillerie lourde : elle était malade, terriblement malade. Un cancer du foie, au moins ! Si Julia ne rentrait pas *illico*, elle risquait de ne plus jamais la revoir. Devant un tel déploiement d'armes affectives, la jeune femme avait capitulé. Elle pouvait difficilement accuser sa mère de mentir, même si elle la soupçonnait fort d'avoir exagéré les choses, comme d'habitude. Et puis, elle pouvait bien lui faire ce cadeau, celui de ne pas perdre son unique enfant.

Comme elle comprenait !

Depuis son retour, Julia courait d'un chevet à l'autre, auprès d'Émilie, puis d'Igneza, quand elle n'était pas envoyée à des centaines de kilomètres en reportage.

Si pendant ses deux années algériennes la journaliste avait maintenu une correspondance régulière, elle s'était aperçue, une fois à Paris, que la distance les avait éloignées, en dépit de leurs efforts. Alors que la vie de Julia s'ouvrait constamment à de nouveaux horizons, et des rencontres incroyables, celle d'Émilie se resserrait sur le quotidien de ses quelques camarades couturières, sur les allers-retours de Betty à l'appartement, et sur l'espace conquis de sa chambre rouge où elle passait les quatre cinquièmes de son temps libre.

La première fois où la jeune Espagnole avait remis les pieds au 70, elle avait été surprise par l'apparence qu'avait prise cette petite chambre où elle avait jadis connu des nuits si douces. Les rideaux de velours rouge, sur lesquels Émilie avait brodé au fil doré la faucille et le marteau, les affiches du Parti qui couvraient tous les murs, du sol au plafond, les portraits de Staline, dont le premier faisait des petits chaque fois qu'Émilie s'autorisait une virée aux puces de Montreuil : tout cela la mettait très mal à l'aise. La nationalité quittait son amie.

Une âme à la dérive.

Complices, Betty et Julia ne s'étaient pas empêchées, lors de sa dernière visite, d'échanger quelques clins d'œil désabusés, empreints d'une pitié sincère.

Perdue dans ses pensées, en ce sombre mercredi de novembre, la journaliste, l'oreille affûtée au bruit des émeutes, sentit que, dehors, la pression montait. Une poignée de manifestants voulaient pénétrer dans le hall. Ils criaient à travers les vitres : « Le PC, hors la loi ! Des armes aux Hongrois ! Thorez au poteau ! »

Ces mots pénétrèrent comme des épées au fond de ses entrailles. Un frisson glacial lui parcourut l'échine. Sa colère, enrobant sa révolte, se réveilla, vive, aiguë, foudroyante. Ces fachos ne savaient pas à qui ils avaient affaire !

Elle se rua sur l'immense porte que ses collègues tentaient de barricader et se jeta au-devant de ces jeunes étudiants, qui pour la première fois se soulevaient contre les organes du Parti communiste français.

Elle hurla à ses collègues de défendre leurs positions, de prendre les armes, de la couvrir.

Mais elle était seule, et désarmée.

Elle était partie sur un autre champ de bataille, sur les collines du Pingarrón ou les montagnes de Kabylie.

Depuis l'intérieur, deux d'entre eux la regardèrent, bouche bée. Que pouvaient-ils faire face à plusieurs centaines de personnes aussi énervées ? Que fabriquait Julia Guzmán ? Était-elle devenue folle ?

Ils la virent se faire frapper. Et tomber. Elle reçut une salve de coups de pied dans le dos, avant de rouler sur le sol.

Les deux journalistes, agglutinés à la vitre et dévorés de honte, décidèrent de sortir, afin d'aider leur collègue blessée. Ils brandirent le drapeau blanc, en annonçant à voix haute qu'ils porteraient plainte.

En moins d'une minute, la foule s'était dispersée.

— Quelle folie, Julia ! Mais qu'est-ce qu'il t'a pris ?

Son visage était tuméfié, mais ses membres bougeaient. Une chance ! L'un des deux voulut la prendre dans ses bras pour la ramener au chaud, mais la jeune femme poussa un cri déchirant.

— J'appelle les secours ! lança l'autre.

La secrétaire de la rhumato de la Pitié-Salpêtrière fit trembler les murs en interpellant Betty depuis sa cage de verre.

— Betty ! Téléphone !

L'infirmière en chef, intriguée, songea tout de suite à Émilie, qui partageait son quotidien depuis plusieurs années.

Betty porta le combiné à son oreille.

— C'est Julia. Je suis à Hôtel-Dieu. En observation, apparemment, je n'ai que deux côtes cassées.

Betty était stupéfaite. C'était bien la première fois que Julia lui téléphonait, à l'hôpital en plus.

— Comment ça, « que deux côtes » ? Qu'est-ce qui s'est passé ?

— J'ai craqué. J'ai défendu l'honneur socialiste. J'ai voulu me les faire, tu comprends, ces p'tits connards d'extrême droite.

— Qui ? Mais de quoi tu parles ?

— Des manifestants, qui ont pris d'assaut le journal. Je suis sortie, je les ai insultés, j'ai pas voulu rester les bras croisés pendant qu'on se faisait humilier. Je dois avoir ça dans les tripes. C'était pas malin, parce que j'avais pas vraiment de quoi leur faire peur. Et mes collègues, tout un ramassis de gros lâches !

Betty ne sut quoi répondre. Julia exagérait, comme toujours.

— Tu ne crois pas que tu es allée toi-même te fourrer dans les emmerdes ? Tu sais ce qu'on dit : « Courageux, mais pas téméraire ! » Tes collègues, ils sont pas aussi fous que toi ! Fais gaffe, Julia. C'était idiot. Vraiment.

— Oui, je m'en rends bien compte. Une pulsion m'a prise, et…

Julia s'interrompit, honteuse, tandis que Betty soupirait pour marquer sa désapprobation.

— Tu as prévenu Émilie ?

— Non. Je n'ai pas osé. Elle ne comprendrait pas que je prenne des risques pareils… Et puis, dans son état, pas sûr qu'elle soit en mesure de m'aider. Ne lui dis rien, s'il te plaît. Il faut la protéger. Elle me fait peur, tu sais.

Le matin même, Julia avait quitté l'appartement tôt, sans prendre le temps de lui dire au revoir, l'esprit déjà occupé par ses premiers rendez-vous. Et puis, de toute façon, son amie dormait toujours. Après quoi elle s'éveillerait, irait chercher le journal dans la boîte aux lettres, prendrait son petit déjeuner, et irait se recoucher. Jusqu'au soir. D'habitude, quand Betty rentrait du travail, elle se levait, traînant ses guêtres jusqu'au canapé, afin de partager avec elle un verre de vin rouge, récompense quotidienne. Parfois, elle restait enfermée dans sa chambre, et on l'entendait pleurer pendant des heures. La mort d'Alexis résonnait dans toutes les pièces.

Six mois auparavant était paru dans le journal *Le Monde* un article dévoilant le contenu d'un rapport secret du XXe congrès du Parti communiste de l'Union soviétique. On y découvrait d'abominables révélations : le gouvernement précédent eût été coupable, pendant toute l'ère stalinienne, de nombreux crimes perpétrés sur des innocents, des milliers d'innocents… Des gens qu'on avait torturés pour obtenir des aveux, et d'autres qui avaient été dénoncés grâce à ces méthodes… Elle avait appris ces horreurs que Khrouchtchev avait dites sur Staline… Elle avait lu scrupuleusement toutes ces phrases, et même ce qui était écrit sur le culte de la personnalité, notion qu'elle avait bien du mal à saisir…

Même si elle n'avait d'abord pas cru à ces élucubrations, quelque chose au fond d'elle rongeait petit à petit ses plus profondes convictions. Mais pas au point d'abandonner le maître. Si les murs avaient tremblé, la maison tenait toujours debout. Émilie garda ses rideaux rouges, ses rituels et tout le décor communiste, quitte à subir les moqueries des visiteurs. De temps en temps, seulement quand elle ne pouvait se contenir, son regard s'embuait de larmes devant le portrait si digne et si beau de son sauveur.

Si, autrefois, celui-ci illuminait son visage, aujourd'hui, il le rendait pâle et triste. Sans doute y voyait-elle une partie de sa jeunesse, déjà envolée ; peut-être y percevait-elle aussi ses failles, ses fragilités, et ses erreurs. Sa vie faite de trahisons et de désespoir. Julia aussi l'avait abandonnée, trop longtemps. Ses lettres, si légères et si brillantes fussent-elles, n'avaient pas pu dissoudre le fer de sa douleur.

Et maintenant, Staline !

Elle avait ressenti de la honte, sans pouvoir l'exprimer. Fidèle à elle-même, elle refusait de « déstaliniser » sa chambre, comme elle l'avait fait avec celle d'Alexis. Tuer Staline, c'était tuer son fils une seconde fois.

Or on ne pouvait pas ! Le peuple avait son mot à dire !

C'était à peu près à ce moment-là, au mois de février 1956, au moment de la révélation par Khrouchtchev des crimes commis pendant la période stalinienne, qu'une dépression profonde s'était emparée d'Émilie. La jeune femme tenait de plus en plus souvent des propos inconséquents seule face au mur de sa chambre, était sujette à des crises d'angoisse répétées, brillait par son mutisme, ou couvrait le silence de pleurs frénétiques. La situation devint grave, à tel point qu'un jour, on avait demandé à Betty de venir chercher sa colocataire à l'atelier de couture, en lui intimant de la faire interner au plus vite. Ce que Betty n'avait pas fait : en digne infirmière qu'elle était, et elle pouvait bien veiller sur une personne proche, c'était la moindre des choses.

— Pour tout te dire, reprit Betty, au bout du fil, je pensais que c'était elle qui me téléphonait. Ou l'hôpital, pour elle. Je suis aussi inquiète que toi, tu sais. Je dois t'avouer que je pense sérieusement à lui trouver une place dans un institut, finalement, elle devient vraiment difficile à gérer. D'ailleurs, je me suis permis d'entamer des démarches, pour voir dans quel service elle pourrait être admise…

Betty marchait sur des œufs, sans conviction, et craignait la réaction de Julia. Ce qu'elle connaissait des hôpitaux psychiatriques la rebutait au plus haut point. Camisole de force, médicaments lobotomisants, enfermement, maltraitance physique. Un cauchemar que personne ne souhaitait à ses proches.

— Il faut qu'on en parle, Betty. Tu passes me prendre ? Ils m'ont donné des anti-inflammatoires, et je dois garder le lit pendant quinze jours au moins.

— Je travaille ce soir, mais je vais essayer de me libérer. Je te dépose à la maison, et j'y retourne.

Ce soir-là, comme rarement dans sa carrière, Betty quitta la Salpêtrière en beau milieu de sa garde, vers 22 heures. Elle alla chercher sa voiture, garée depuis des semaines sur le boulevard de l'Hôpital. La nuit noire laissait difficilement paraître les halos de lumière des réverbères calfeutrés dans la brume.

Après plusieurs essais infructueux, la 2 CV fit roucouler son moteur. L'air chaud lui réchauffa instantanément les chevilles. C'était déjà ça.

Il lui fallut quinze minutes à peine pour rejoindre l'Hôtel-Dieu. Julia l'attendait assise dans une chaise roulante immobile, le long du mur du hall d'entrée, prête à sortir.

— Mais, tu peux marcher ? s'inquiéta Betty.

Julia se leva et fit lentement quelques pas jusqu'à elle. Oui, elle en était sûrement capable. Quelques secondes peut-être… Pourtant, elle continua, le dos penché, les coudes sur le thorax, pour se précipiter ensuite dans la voiture.

— Tu es d'accord avec l'idée de me garder quelques jours, moi aussi ?

Cette tournure délicate interpella Betty qui fronça les sourcils en signe de désapprobation, avant de sourire.

— Bien sûr, tu pourras rester !

La d'moiselle Vignon roulait toujours trop vite, en grande nerveuse qu'elle était, et n'hésitait pas à faire étalage de son panel d'insultes :

— Dégage, colle à bitume, encrasseur de pistons !

Puis, sans transition, elle poursuivait la conversation avec sa passagère qui, emmaillotée dans sa couverture, l'écoutait, sage et immobile, concentrée sur sa douleur.

— Hier soir, j'avais des amis à la maison. On a parlé des événements en Hongrie. Émilie était là, terrée en boule sur le canapé. Toute la soirée, ils ont dézingué le Parti communiste, la politique de Staline, le culte de la personnalité, les dénonciations… Ils n'avaient pas vu la chambre d'Émilie… Je… Je ne les avais pas mis au parfum, tu vois le problème ?

Julia restait impassible, du moins c'était ce qu'elle laissait paraître. Betty, pour autant, enchaîna :

— Tu aurais vu sa tête… Elle s'est décomposée. Je l'ai vue verdir en face de moi ! J'ai cru qu'elle allait les foutre dehors ! Au lieu de cela, elle s'est levée raide comme un piquet, a regagné sa chambre, sans un mot, et on ne l'a plus revue de la soirée. Je suis partie ce matin vers 6 heures, et elle n'était pas levée encore.

En entendant cela, Julia en avait oublié sa propre douleur. Cependant, au lieu de poursuivre l'échange, elle appuya sa tête engourdie contre la vitre, et plongea au cœur d'un tourbillon de pensées. Émilie avait tant changé. Elle n'était plus celle qui dansait au moindre air de musique, qui chantonnait à chaque instant de la journée, qui virevoltait et riait sous cape, aux fourneaux ou derrière les rideaux. Disparue, la belle blonde mystérieuse et lascive, qui vous entraînait, vous ensorcelait de ses doigts de fée…

Cette femme-là n'existait plus. La colère et la noirceur étaient entrées au plus profond d'elle et l'avaient transformée. Sa ferveur politique, cristallisée dans le culte de Staline, avait cédé la place à la frustration, à la jalousie, à la haine de ceux qui pouvaient ternir la gloire du grand camarade. Son fils et elle l'avaient aimé plus fort qu'un père. Et celui-ci ne les avait jamais trahis.

La jeune Espagnole se sentait au fond d'elle terriblement coupable d'avoir voulu voler de ses propres ailes, et d'avoir abandonné Émilie au moment où elle perdait son fils unique… Infiniment coupable.

Et l'idée de devoir affronter cela de nouveau la pétrifiait.

Betty le sentit. Elle devina tout de suite ce qui taraudait son amie.

— Tu n'y es pour rien, Julia. Tu n'aurais pas pu faire revenir Alexis. Ni empêcher sa disparition… Les mères qui perdent un enfant peuvent sombrer pendant des années. Et tu l'as bien aidée, avec tes lettres ! Je me souviens qu'elle les attendait avec impatience, comme une petite fille. Ensuite, quand tu es rentrée, vous n'étiez plus comme avant… C'est la vie.

Betty grimaça. Elle sentait bien que ses arguments ne suffiraient pas à la convaincre. Julia avait sa part de responsabilité, c'était indéniable.

— C'est ma faute. Si j'étais restée, j'aurais pu éviter la chute. Je l'ai laissée, c'est un fait.

Il y eut un silence.

— Quelquefois, ça nous dépasse, il faut accepter qu'on ne puisse pas tout contrôler. N'oublie pas Sergueï, qui, lui aussi, a son rôle dans l'histoire. Tu imagines ce qu'elle a subi ? Trahie, abandonnée, méprisée. Il a fait comme si elle n'existait plus, il l'a punie. Du jour où il a pris Alexis avec lui jusqu'au jour où ils ont eu cet accident, pas un télégramme, pas un appel. Même le gosse a dû en souffrir atrocement.

— Punie, à cause de moi…

Betty lança un regard noir à Julia.

— Non, pas à cause de toi ! C'est lui, l'homme cruel et égoïste, qui n'a rien compris, ni à l'amour, ni à la paternité, ni à la loyauté entre époux, ni au plaisir des femmes, c'est un mou qui change de parti comme de chemise, un homme faux, un serpent qui t'envenime de belles paroles. Certes, il était jaloux, mais personne ne se venge comme ça !

Tandis que Betty se garait sauvagement devant le 70, une pluie battante s'abattit sur l'avenue.

— Elle arrive à point nommé, celle-là !

Pestant contre les éléments, l'infirmière s'extirpa de la petite voiture, en prenant soin d'éviter de tremper les sièges.

— Attends-moi là, Julia. Je vais te descendre une paire de cannes anglaises. J'en ai gardé à la maison, à force…

Quatre étages à monter. Julia lança son regard au-dessus d'elle. La fenêtre aux rideaux rouges était éclairée. Émilie était là. Que faisait-elle ?

À mesure que Betty approchait de l'appartement, elle s'étonna du bruit qui s'en échappait. De la musique, bien trop forte. Elle reconnut Piaf, dont la voix chaude et rocailleuse envahissait tout l'espace. Sa chanson parlait d'une femme, seule et triste, qui voit des amants rentrer dans une chambre d'hôtel miteuse.

La pauvre essuie des verres et fait du café. Elle aurait espéré vivre quelque chose, elle aussi. Comme ce que vivent « les amants d'un jour ». Jusqu'à la fin de la chanson, la serveuse nettoie des verres.

Et après ? Y avait-il un après ?

Le disque tournait sans surveillance, dans un salon éclairé d'une unique petite lampe de chevet.

— Émilie ? Tu es là ?

Betty n'obtint aucune réponse. La porte de la chambre de sa colocataire, entrouverte, laissait filtrer un filet d'air froid qui lui glaça les jambes. D'un geste brusque, l'infirmière l'ouvrit plus grand, et aperçut son amie, vêtue d'une vieille chemise de nuit blanche à dentelles, debout sur le rebord de la fenêtre, lui offrant son dernier sourire. À peine ouvrit-elle la bouche pour crier que celle-ci sauta, légère, l'âme emportée par le vent.

Le corps se fracassa à terre.

Ses cheveux blonds flottaient encore au-dessus de son linceul immaculé quand Julia, hébétée, comprit ce qu'elle venait de voir. Elle claqua la portière de la voiture et hurla à la mort.

Sous les rafales de pluie et de vent et malgré la douleur, elle se précipita vers la jeune femme qui respirait encore.

Betty criait, elle aussi, depuis la fenêtre, là-haut. La colère, la rage de ne pas être arrivée à temps l'empêchaient de prononcer le moindre mot. Ses hurlements couvraient la voix de la Môme Piaf.

— Appelle une ambulance ! l'implora Julia, de toutes ses forces, tout en tenant les joues d'Émilie entre ses mains.

— Pourquoi tu as fait ça ? Pourquoi ?

Elle l'embrassa près de la bouche pour la laisser respirer. Des larmes ruisselèrent sur leurs deux visages.

— Ne meurs pas, mon amour, ne meurs pas. Pardonne-moi ! Je t'aime, tu sais.

Alors que ses lèvres cherchaient à former un dernier mot, que son souffle tentait éperdument d'émettre un son, sa gorge se remplit de sang et ses yeux se révulsèrent.

Après une course échevelée dans l'escalier, Betty la rejoignit sur le trottoir, et tenta vainement de ranimer leur amie, jusqu'à l'arrivée des secours. Julia, allongée à côté du corps d'Émilie, lui étreignait le bras en se contorsionnant de douleur.

Le décès fut prononcé à l'hôpital, peu de temps après son arrivée aux urgences, laissant Julia et Betty répandre leurs larmes et crier leur douleur.

Chapitre vingt-huit

Mercredi 14 novembre 1956,
siège du Parti communiste

Devant le siège incendié du Parti communiste français, Julia prenait acte de la terreur infligée par les hordes fascistes contre lesquelles elle avait osé brandir le poing sur le parvis des locaux de *L'Huma.* Missionnée par le journal, elle allait répliquer cette fois par voie de presse, dans le seul but de laminer ces vermines d'extrême droite. Il leur fallait un article de fond, plus étayé que les précédents. Les militants, ayant réintégré les locaux après une semaine de décontamination et de remise en état partielle, auraient certainement davantage de recul pour livrer leur analyse de l'événement. Suivant la ligne des Soviétiques, et celle de *L'Humanité*, elle les accuserait de soutenir des rebelles violents, des terroristes hongrois, prêts à tuer leurs voisins pour le pouvoir et l'argent. Pour la première fois dans l'histoire, le Parti communiste connaissait en France une grande défaite. L'invasion de Budapest par les Russes, en pleine guerre froide, avait déclenché un mouvement de protestation sans précédent contre les « rouges ». D'abord menée par des étudiants pacifistes, la manifestation avait été récupérée par l'extrême droite, qui trouvait là l'occasion idéale d'en découdre avec les « cocos ».

Julia sortit son Leica de sa boîte et commença à bombarder la façade de photos cadrées en gros plan. Elles donneraient à cet événement un reflet d'apocalypse : poutres et affiches à moitié rongées par le feu, portes à moitié fondues, vitres brisées, portraits et slogans réduits en cendres. L'incendie, qui avait eu lieu dans la soirée du 7 novembre, avait ravagé le rez-de-chaussée et le deuxième étage.

Faisant fi de la douleur, la journaliste s'était remise au travail, après une semaine noire, pendant laquelle elle avait découvert, le cœur anéanti, le circuit de la mort en France : de la morgue au funérarium, des pompes funèbres au cimetière. L'enterrement d'Émilie s'était déroulé dans un cadre intimiste, autour d'une poignée de parents et amis, venus de Bretagne, qui l'avaient désignée du regard comme seule responsable des malheurs de leur fille. Sans aucun ménagement, ils lui avaient adressé la parole uniquement pour lui demander de participer aux frais des obsèques, ce à quoi Julia consentit tout naturellement.

L'épreuve avait été rude, et la jeune femme dut trouver une échappatoire pour ne pas sombrer. Travailler sans relâche était le seul moyen de ne pas laisser la culpabilité la submerger.

Alors qu'elle prenait des poses de plus en plus recherchées pour prendre la photo parfaite, des questions et des doutes l'assaillirent, qu'elle n'avait jamais osé se formuler auparavant.

Et s'ils avaient en partie raison, ces étudiants pacifistes ? L'invasion de la Hongrie pouvait-elle se justifier ? Les Hongrois n'étaient pas tous des terroristes ni tous des fascistes. Les images diffusées pour la première fois à la télévision française étaient sans appel. Les Russes avaient envoyé les tanks sur les avenues de Budapest, menaçant la foule de leurs canons, et les journalistes faisaient état d'un millier de morts parmi le peuple hongrois. La répression soviétique révélait sa puissance, et sa volonté de contrôle absolu sur les territoires alliés. Émilie n'avait peut-être pas supporté que l'on transforme ses idoles en monstres sanguinaires. Pouvait-on rester insensible à toutes les accusations que l'on entendait de plus en plus en France ? Staline avait été un « dictateur », il avait instauré un véritable « culte de sa personnalité » auquel Émilie s'était adonnée avec la foi d'une religieuse. Un vent de révolte avait fait s'écrouler le château de cartes que la jeune mère s'était construit pour atténuer ses douleurs personnelles. Depuis que les masques étaient tombés, Émilie faisait face à ses fragilités de femme trahie, à sa détresse morale, à son deuil, au champ infini de ses erreurs.

C'était cela qui l'avait tuée.

Julia aussi apprenait des siennes. Elle les connaissait, ces jeunes petits fachos énervés, ces parachutistes tout droit revenus du front indochinois, impatients d'en découdre avec les communistes. C'étaient les mêmes qu'en Algérie. Ces têtes brûlées étaient partout, sur tous les fronts, prêts à détruire leurs idéaux, leurs convictions de l'intérieur… Des gens détestables, haineux, racistes. Elle s'était opposée à eux par réflexe, comme on défend sa propriété assaillie par l'ennemi. Les répercussions de la guerre d'Algérie se ressentaient aussi en métropole, dans ces moments de tension. Mais là, il fallait raisonner. Ce n'était pas parce qu'elle luttait contre cette centaine de salauds d'extrême droite qui s'en étaient pris au siège du Parti que les Soviétiques étaient irréprochables.

Même Aimé Césaire avait quitté le navire depuis la révélation des crimes staliniens. Des intellectuels prenaient leurs distances ; les dérives du pouvoir soviétique étaient maintenant avérées.

Tous prenaient parti et défendaient leur position, comme dans les tranchées. L'humanisme des uns s'opposait à l'idéologie des autres, et tout se confondait, se mélangeait, au gré du courant, oppresseurs ou opprimés, selon l'endroit où on était né, ou selon l'engagement politique de ses parents. De quelque bord que ce fût, chacun se targuait d'être plus engagé pour la cause du peuple que les autres. Pourtant, tous aujourd'hui étaient prêts à prendre les armes pour assassiner leurs adversaires politiques. C'était ça, la guerre. Malgré la violence des dernières semaines, Julia restait convaincue que les idées communistes étaient les plus susceptibles de protéger les pauvres de l'inégalité, de la faim, des maladies et de l'ignorance, parce qu'en URSS, on ne laissait personne sur le bas-côté. On ne mourait pas de faim ni de froid. Ce système méritait bien que l'on se batte pour qu'il existe ! Elle continuerait à défendre son « camp », mais pourrait-elle tenir longtemps sa position ?

En parcourant les étages, elle trouverait sûrement un certain nombre de militants prêts à livrer des témoignages assez poignants pour faire flancher cette kabbale anti-communiste.

Julia pénétra dans le hall, où régnait encore un désordre apocalyptique. Les portes et fenêtres endommagées laissaient passer l'air froid et la pluie, mais les employés tenaient leur siège, et refusaient de le laisser à l'abandon. Ils avaient déplacé l'accueil au premier étage, en haut de l'escalier qui portait encore les stigmates d'une bataille acharnée : les moquettes arrachées par endroits, le fer de la rampe défoncé. Derrière une table dressée sur le palier, une petite brune en tailleur gris lui demanda de décliner son identité et la raison de sa venue.

— Julia Guzmán. Je suis journaliste à *L'Humanité*. Je suis venue recueillir des témoignages sur l'assaut que vous avez subi mercredi dernier. Y avait-il des personnalités présentes ? Qui a été blessé parmi vous ?

La jeune femme dévisagea Julia.

— Personnellement, je n'étais pas là, mais vous pouvez vous rendre au secrétariat si vous voulez. Vous voyez ce couloir ? C'est la première porte à gauche, lui répondit-elle sèchement.

La journaliste s'avança jusqu'au secrétariat, où elle formula de nouveau sa requête devant une autre femme, d'une quarantaine d'années, plus ronde, et moins rigide que la première.

— Julia Guzmán de *L'Humanité* ? Mais j'ai déjà lu quelques-uns de vos articles, il me semble ! Vous venez d'Algérie, non ?

— Je suis espagnole. Mais je suis restée deux ans et demi en Algérie. Au bon moment, comme vous le savez. J'aurais mille choses à vous raconter, mais je suis là dans un objectif bien précis, je cherche des témoignages sur l'assaut qu'a subi le siège la semaine dernière : étiez-vous ici mercredi dernier ?

— Oui, j'étais là. On a essuyé quelques tirs de bouteilles enflammées, qui ont brisé les vitres et mis le feu. Ils étaient vraiment déchaînés, ces jeunes ! Ils criaient : « Thorez assassin ! » Vous vous rendez compte ? Ils ont même utilisé un bélier pour enfoncer les portes. Heureusement que notre système de blindage tout droit importé d'URSS a fonctionné. Et que les pompiers sont arrivés à temps pour éviter que tout l'immeuble ne brûle.

Cela, elle le savait déjà. Il lui en fallait davantage.

— Et vous, que vous est-il arrivé ?

La femme haussa les sourcils.

— Oh, moi, rien. Si ce n'est qu'on est restés bloqués pendant un certain temps avant que les secours n'arrivent, et que je n'ai pas pu regagner mon domicile avant 22 heures. Mais bon, vous savez, je ne suis pas du genre à me laisser impressionner.

Julia fit la grimace. Le matériau manquait de souplesse. C'était même du béton armé. Ces révolutionnaires étaient des durs à cuire. Ce ne serait pas avec ça qu'elle ferait pleurer la ménagère.

— Vous sauriez me trouver quelqu'un qui a pris part aux combats ? Qui a défendu le bâtiment ? Qui a été blessé ?

La bonne femme opina du chef. Oui, il y en avait. Quasiment toute l'équipe présente s'était mobilisée contre les assaillants. Sauf quelques femmes, dont elle, qui furent mises à l'abri dès les premières échauffourées.

— Attendez, je vais voir si Gaston est disponible, je crois bien qu'il était sur les lieux. Je l'ai vu passer tout à l'heure.

Gaston Plissonnier, autrefois artisan chaisier, était un des seuls membres du Comité central à être présent au siège ce soir fatal du 7 novembre. La secrétaire disparut dans un petit bureau, puis pencha aussitôt la tête dans le couloir, en direction de Julia, avec un sourire aux lèvres et en faisant un clin d'œil, l'invitant à s'approcher.

— Monsieur Plissonnier ?

En face d'elle, un homme d'une quarantaine d'années, dont l'air sérieux, les cheveux clairs bien lissés, les lunettes à grosse monture et le double menton se conformaient parfaitement à l'image que l'on se fait de l'autorité, se tenait droit dans un fauteuil à bas coût, devant une pile de dossiers jaunis.

— Appelle-moi Gaston, c'est le privilège de tous nos camarades de *L'Huma.* N'aie pas peur, assieds-toi.

Une seule chaise en bois, collée au mur, devait servir occasionnellement aux visiteurs de passage dans ce bureau minuscule.

— Je suis là temporairement, j'ai dû déménager, suite à l'incendie du deuxième. On a sauvé ce qu'on a pu. Qu'est-ce qui t'amène, mademoiselle… mademoiselle comment ?

— Guzmán, Julia Guzmán.

Les yeux de son interlocuteur virevoltèrent de gauche à droite. Peut-être avait-il déjà entendu son nom quelque part…

— Je cherche des anecdotes, des témoignages sur les incidents de mercredi dernier. Ton collègue m'a dit que tu étais sur les lieux. As-tu participé toi-même aux combats ? Y a-t-il eu des blessés sur place ?

— J'étais là, oui, et j'ai entendu du grabuge dans l'escalier, les plus jeunes se sont précipités pour tenir la porte et opposer une résistance aux assaillants. C'est dehors que ça a chauffé, surtout. Des blessés, on en a eu par dizaines, parmi les militants. Pour ma part, j'ai reçu un morceau de verre sur le bras, quand ils ont fait exploser la vitre au deuxième. Là, regarde.

Il dénoua son bouton de manchettes et retroussa sa manche pour montrer à Julia sa blessure de guerre : une éraflure de trois centimètres.

— La bouteille enflammée est arrivée à mes pieds. J'ai juste eu le temps de récupérer deux ou trois cartons avant de me réfugier à l'étage du dessus. C'est aussi moi qui ai informé la police, et les cadres supérieurs de ce qui se passait.

— Duclos ?

— Oui. Et Thorez.

— Comment ont-ils réagi ? Quelles consignes t'ont-ils données ?

Plissonnier marqua un silence. Thorez lui avait dit de ne surtout pas mentionner le fait que la sécurité des lieux laissait à désirer, et qu'ils avaient été à deux doigts de devoir abandonner le bâtiment.

— Personnellement, j'ai trouvé que les secours avaient mis un temps fou à intervenir… Mais c'est toujours comme ça, quand on voit les flammes gagner du terrain à toute allure. Cependant, sans notre système de blindage, c'est tout l'étage qui aurait brûlé. Les portes coupe-feu ont plutôt bien fonctionné.

Julia se souvint des poignées fondues qu'elle avait aperçues en entrant. Un système parfait. Pas de doute là-dessus !

La journaliste prit deux ou trois notes, sans conviction. Un fiasco, cette visite au 44. Pas un martyr, pas une victime, que de fiers soldats victorieux, ou de peureux employés qui s'étaient barricadés en attendant que ça passe. Tout s'était joué dans la rue. Comme d'habitude. La jeune femme soupira, referma son carnet et attrapait sa sacoche quand lui vint une question, qui lui brûlait les lèvres.

— Et tu as connu Lecœur ?

Plissonnier fronça un instant les sourcils.

— Oui, bien sûr, c'est même lui qui m'a fait entrer ici. Pourquoi ?

— Je l'ai bien connu, et… j'étais en Algérie quand il a été exclu du Parti. Je peux te demander, en te promettant mon silence, ton avis sur ce qui lui est arrivé ?

L'homme secoua la tête. La sincérité pouvait lui coûter cher, très cher. Lecœur avait été pour lui plus qu'un camarade. Un ami. Or, dès que Gaston Plissonnier était devenu membre suppléant au Comité central en 1954, on lui avait fait entendre qu'on retirerait à Lecœur le suivi des fédérations, et qu'on le lui confierait à lui. Sinon, ouste. Plissonnier avait donc, malgré lui, pris la place de celui qui l'avait promu. Peu après, son ami Auguste faisait l'objet d'une exclusion en règle dont le bruit avait retenti dans la France entière. Tout le monde savait que Duclos et Thorez craignaient sa montée en puissance. On avait trouvé un prétexte pour l'écarter. Des papiers retrouvés chez l'un, un témoignage chez l'autre, et c'était fait. Lecœur avait osé critiquer la politique du maître et s'était retrouvé accusé de complot.

— Je ne peux te dire exactement ce que j'en pense, si ce n'est que j'aurais aimé continuer à travailler avec lui. J'ai repris l'organisation des fédérations, et j'avoue avoir été très impressionné par son travail. Il a notamment fait émerger des instructeurs de cellule, qui étaient censés devenir les futurs cadres du Parti. Malheureusement, suite à l'affaire Dimitrov, ce chantier a été abandonné. C'est bien dommage. Ce vivier partisan s'est totalement évaporé. Ils auraient été bien utiles, aujourd'hui !

Julia bondit de sa chaise.

— L'affaire Dimitrov ? Tu en as entendu parler ?

— Ça oui, et pas qu'un peu ! C'est à ce moment-là que Lecœur et moi sommes devenus amis. On a mis ensemble un plan pour le coincer, mais cette ordure nous a échappé.

Plissonnier sortit une cigarette de son tiroir et en proposa une à Julia, qui accepta sans réfléchir, tant elle était absorbée par le récit de son interlocuteur. Ils tirèrent ensemble leurs premières taffes, qui emplirent subitement le petit bureau d'une épaisse fumée.

— Puis Dimitrov est mort, continua Julia.

L'homme ne dit mot. Sûre d'elle, elle poursuivit :

— C'était il y a trois ans. Un accident d'avion. La police l'a annoncé à sa femme, que je connais personnellement. Enfin, que je connaissais. Elle est décédée, elle aussi. Mercredi dernier, justement.

Plissonnier haussa les sourcils de surprise.

— Toutes mes condoléances… C'est terrible. Elle était bien jeune, si je ne m'abuse. Ton âge, à peu près, non ?

— Oui, c'est cela.

Julia pencha la tête, et se frotta le front, pour retenir les larmes qui mouillaient déjà ses yeux. La douleur était fraîche et tellement vive encore. Son interlocuteur, par respect, laissa le silence du deuil s'installer, avant d'oser reprendre. Pendant ce temps-là, il observa attentivement la jeune femme.

Plissonnier avait enfin recollé les morceaux. Ce visage inconnu, aujourd'hui si triste, était bien celui de Julia Guzmán, la jeune recrue clandestine de Jean Jérôme, celle-là même qui avait débusqué le traître, il y avait de cela bientôt quatre ans. Ce nom l'avait frappé, quand il l'avait lu dans le dossier. Typiquement espagnol, peut-être juif. Plissonnier s'était demandé comment une jeune femme étrangère avait pu se retrouver dans une situation pareille, questionnée par les Russes, exfiltrée d'URSS pour soupçons de trahison, et travaillant pour eux depuis son appartement de l'avenue d'Italie en espionnant son hôte, traître au Parti, ainsi qu'au journal où on lui avait trouvé une place. Ce parcours l'avait frappé d'admiration. C'était une vraie héroïne ! Pourtant, elle avait disparu des radars depuis trois ans, sans qu'il en eût connu la raison. Mais voilà qu'elle reparaissait comme par magie, au moment opportun. Elle était sans aucun doute bien informée.

— Dis-moi la vérité : tu es au courant, et tu es venue pour ça.

— Au courant de quoi ?

— C'est la raison pour laquelle tu es ici aujourd'hui. Tu veux me soutirer des informations.

— Mais des informations sur quoi, à la fin ?

Plissionnier se mordit la lèvre. La jeune femme ne savait donc rien ? Devait-il la mettre au parfum ? Son hésitation attisa la curiosité de Julia.

— Eh bien, dis-moi. Il semblerait que tu aies des révélations à me faire ?

— Dimitrov est en vie. Sa présence a été signalée à Londres.

La nouvelle glaça le sang de la jeune journaliste, qui peinait à croire ce qu'elle venait d'entendre.

— Quoi ? Mais qu'est-ce que c'est que cette histoire ? Comment peux-tu en être sûr ?

— Un agent du KGB infiltré dans les services de Sa Majesté l'a identifié. Selon les informations qu'il nous a fait parvenir, il ne fait aucun doute qu'il s'agit de lui.

Julia secoua la tête comme pour sortir d'un mauvais rêve.

— Je ne peux pas y croire ! Ce salaud est en vie ! Quand je pense qu'Émilie…

Julia serrait les dents aussi fort que ses poings. Elle bondit de sa chaise, impétueuse, faisant valser les quelques feuilles qui dépassaient du bureau, puis entama des allers-retours frénétiques de la chaise à la porte en proférant un flot d'insultes en espagnol. Puis elle se rapprocha vivement de Plissonnier, qui commençait à se demander s'il avait bien fait de déterrer le cadavre.

— Et comment se fait-il que tu ne me le dises que maintenant ? J'ai pourtant supplié Jean et Lecœur de me tenir au courant s'il y avait quoi que ce soit de nouveau à son sujet, que j'étais prête à faire des kilomètres pour le retrouver… Je ne comprends pas.

— Je te dis qu'on vient seulement de mettre la main sur lui ! De toute façon, Jean n'aurait pas pu t'informer, puisqu'aujourd'hui il s'occupe des finances et uniquement des finances. Quant à Lecœur… je te rappelle qu'il a été exclu du Parti. Il est loin de nous, maintenant. Au Comité central, la nouvelle ne s'est pas beaucoup répandue. On en a parlé dans les bureaux, à huis clos. On a cherché à étouffer l'affaire. Il ne faut surtout pas montrer aux adhérents et aux militants que les traîtres nous échappent, voire qu'on s'est fait berner par un homme qui a mis en scène sa propre mort !

— Tes explications ont un sens… Mais tu aurais dû nous contacter ! Émilie, son épouse, s'est suicidée. Suicidée, tu comprends ?

Julia avait haussé la voix. La fureur l'emportait. Si elle avait su tout cela sept jours plus tôt, sept petits jours seulement…

— Peut-être que l'espoir de revoir son fils l'aurait rendue à la vie…

Plissonnier avait négligé ce détail. Le couple avait un fils, et celui-ci avait été déclaré mort dans l'accident d'avion. L'homme grimaça.

— Je suis désolé. Vraiment. À vrai dire, on a clôturé le dossier peu de temps après la réception du message du KGB. Sans se poser de questions. Sur notre territoire, il valait mieux pour tout le monde qu'on continue à le croire mort.

Julia ne cachait pas son exaspération, secouait la tête de dépit, brûlait d'envie de s'en prendre à ce bonhomme qui lui annonçait la bouche en cœur qu'on venait de retrouver son pire ennemi.

Gaston Plissonnier, impuissant à soulager la détresse visible de son interlocutrice, se leva pour raccompagner Julia à la porte.

— Encore une fois, je comprends que tu sois en colère. Il nous a eus à plate couture et ce qu'il a fait à sa femme est absolument inhumain ! Si je croyais à l'enfer, je dirais qu'il y mérite sa place.

— Et où se trouve-t-il ?

— Je peux toujours te donner un contact à Londres susceptible de connaître le dossier, si ça t'intéresse ? C'est un membre du Parti communiste anglais.

Évidemment, qu'elle était intéressée. Une vraie piste, enfin ! Plissonnier fouilla un instant dans son tiroir à la recherche d'un document, une sorte de répertoire secret sans doute, puis griffonna un nom accompagné d'un numéro de téléphone sur une carte de visite, qu'il lui tendit du bout des doigts.

— Matthew Wilby, appelez-le de ma part. Il saura qui vous êtes.

D'un geste furtif, Julia s'empara de la précieuse carte, qu'elle regarda attentivement.

— Merci, mais je suis sûre que tu as en ta possession d'autres informations… Dis-moi où il se trouve exactement.

Plissonnier fit la moue. Cette petite ne l'obligerait pas à divulguer des éléments d'un dossier qui ne devait en aucun cas sortir du bureau.

— Ne me fais pas perdre mon temps, sinon je révèle tout dans les journaux, insista Julia. La trahison de Sergueï, sa cavale, sa mort maquillée par le SDECE, les trois ans qu'il a passés en liberté avant d'être retrouvé par les Russes à Londres, et la volonté du Parti d'étouffer l'affaire pour ne pas passer pour des idiots… C'est ça que tu veux ?

Son interlocuteur secoua la tête, comprenant maintenant à qui il avait affaire. Une journaliste coriace qui savait très bien manipuler son monde. Une professionnelle, en somme.

Julia le vit retourner à son armoire, ressortir une chemise, dans laquelle il retrouva le Télex du KGB sur lequel figurait en toutes lettres l'adresse de Sergueï : *99, Sudbourne Road.* La jeune femme ne cacha pas son énervement en récupérant le papier. Plissonnier, lui, paraissait bien embarrassé.

— Tu sais, j'aurais préféré que tu te tiennes loin de tout ça, ce n'est pas sans risque… Fais attention, Julia.

Encore un qui la prenait pour une incapable. Malgré tout, elle accepta son conseil, qui partait sans doute d'un bon sentiment. L'Espagnole se laissa reconduire à la porte. À peine sortie, des pensées noires lui vinrent, comme une vision tirée d'un cauchemar. Elle imaginait Sergueï, depuis un confortable appartement, assis dans un fauteuil molletonné, le regard cynique, se gaussant allègrement d'échapper à tous ses poursuivants.

Chapitre vingt-neuf

Lundi 26 novembre 1956, vers 13 heures,
à bord du Côte d'Azur, *à quelques kilomètres*
au large du port de Calais

S'opposant à un vent violent, Julia poussa de toutes ses forces la lourde porte en acier trempé qui menait sur le pont du bateau. Sans surprise pour un mois de novembre, l'air était glacial et la mer démontée. La nausée la terrassait depuis de longues minutes, sans que Betty, qui l'accompagnait, ne pût rien faire pour la soulager. Elle devait dompter seule ce mal de mer sournois. Agrippée au bastingage, Julia mit en application les préceptes de l'infirmière : regarder l'horizon, se concentrer sur le seul point de stabilité dans son champ de vision et avaler de grandes bouffées d'air.

Au loin, déjà visibles malgré la grisaille, se dessinaient les falaises anglaises. Douvres les attendait. Puis Londres, qu'elle ne connaissait pas et qu'elle aurait préféré découvrir dans d'autres circonstances.

Tandis que la petite Espagnole, dont le teint approchait dangereusement celui de la Manche, se tenait maladroitement penchée au-dessus des vagues, Betty accourut auprès de son amie, et lui colla sa paume sur le haut du crâne.

— Fais gaffe ! Tu vas te faire repérer ! la sermonna-t-elle. Tiens-la bien.

Julia se redressa, main sur la tête, et regarda Betty droit dans les yeux.

— De quoi j'ai l'air, là ?

Quelque chose clochait. Les cheveux, les yeux, tout semblait de travers. L'eau ruisselait sur ses joues. Embruns ou larmes, peut-être un mélange des deux.

— Tu n'as pas l'air bien, ma pauvre. Attends, je vais t'arranger.

Comme une grande sœur, elle lui sécha le visage, lui passa les doigts dans les cheveux et effaça les traces de maquillage qui avaient coulé sous ses paupières.

— Je ne savais pas que j'étais sujette au mal de mer !

— Peut-être que ce n'est pas que le mal de mer, tu dois être aussi chamboulée par ce qui nous attend…

Betty sortit une cigarette et l'alluma sous son manteau pour se protéger du vent. Elle en proposa une à Julia, qui refusa d'un geste.

— Non, je ne pense pas. Je suis résolue à faire comme on a dit. Œil pour œil, dent pour dent. Je ferai tout pour récupérer le petit.

— Je ne sais plus, Julia. Et si Alexis se plaît là-bas avec son père ? Et puis, Sergueï ne nous lâchera jamais ! Il va tout de suite alerter la police, c'est évident. On les aura à nos trousses, on va risquer la prison et…

— Non, car on ne va pas l'enlever, mais faire en sorte qu'il vienne avec nous de son plein gré. Quand il saura qui est réellement son père, crois-moi, il n'aura pas de mal à nous suivre.

Betty continuait à montrer des signes de nervosité, qui n'échappèrent pas à Julia.

— J'ai les papiers d'Émilie, on passera la frontière au retour exactement comme on l'a fait à l'aller. Une mère a tout à fait le droit de voyager avec son fils sans l'accord de son mari. On n'est pas en Algérie ! Et puis, il n'y a eu aucun divorce, aucune ordonnance du juge accordant la garde à Sergueï, donc je ne vois pas ce qui poserait problème pour l'embarquer avec nous s'il le souhaite !

— Oui, c'est sûr, mais quand même, Sergueï peut…

— Sergueï ne pourra rien du tout. Tu verras.

Julia mentait délibérément. Elle ne voulait surtout pas que Betty s'aperçoive qu'elle était en réalité morte de peur. S'il y avait bien quelque chose qu'elle ne maîtrisait pas, c'était Sergueï, ses relations, ses manigances. Le salaud était capable de tout. Il fallait absolument trouver un moyen de le neutraliser afin qu'il ne se lance pas à leur poursuite.

Alors que la petite Espagnole s'attachait à élaborer toutes sortes de plans pour éliminer la menace Sergueï, Betty lui fit part d'une crainte :

— Et si jamais nous ne trouvions pas Alexis ?

Le navire franchissait les vagues de face, à pleins gaz, seul moyen de les surmonter et de ne pas chavirer. Impossible de faire machine arrière.

Une lame profonde fit décoller le pont de l'horizon, lequel s'affaissa d'un coup avec le ressac. Les deux amies laissèrent échapper un cri, ensemble, qui scella leur complicité.

Quelques instants après, sa réponse en tête, Julia regarda Betty en lui adressant un sourire étrange. D'un air calme, apaisé, elle prononça ces mots qui firent trembler l'infirmière :

— Si Alexis n'est pas là, s'il a réellement disparu, ou s'il est réellement mort dans l'avion, je tiendrai Sergueï pour responsable d'un double meurtre. Et crois-moi, je me débrouillerai pour qu'on lui fasse la peau.

Chapitre trente

Lundi 26 novembre, vers 16 heures,
gare de St. Pancras, Londres

Après plusieurs heures de route à bord d'un car assurant la liaison Douvres-Londres, Betty et Julia se retrouvèrent en plein centre de la capitale anglaise, devant la célèbre tour victorienne au clocher pointu de la gare St. Pancras. Elle dominait cet impressionnant monument de brique rouge et blanc, dont les arcades de style néogothique semblaient s'enfiler à perte de vue.

De cette fourmilière on entrait et on sortait si vite qu'il était impossible de suivre quelqu'un du regard plus de quelques secondes. L'heure de pointe, furtive et tourbillonnante, les emporta dans sa folie tempétueuse. Julia et Betty restèrent figées un instant, totalement désorientées.

Devant elle, l'Euston Road offrait à ses piétons un large trottoir sur lequel Betty et Julia se faufilèrent parmi de nombreux hommes portant chapeaux melon et gabardines, imperméables et costumes en tweed. À pied comme à bicyclette, et même en tenant un parapluie, les Anglais savaient se frôler, se croiser, sans jamais se bousculer ni s'insulter. Des « *sorry* », et des « *please* » fusaient, lancés à la volée, par habitude, comme pour ne pas entacher l'image de *gentlemen* dont certains se galvanisaient.

Alors qu'elles assistaient au ballet frénétique des *businessmen* à l'heure de pointe, une station de taxis apparut miraculeusement sous leurs yeux, de l'autre côté de la chaussée. Julia jeta un coup d'œil à sa gauche, et s'apprêtait à traverser quand Betty la retint par le col. Un bus rouge à deux étages, *the famous double-decker bus*, lui passa sous le nez à toute berzingue.

— Hop, hop, hop, jeune fille, on roule à gauche, ici !

Vieux réflexe.

Elles attendirent quelques minutes avant de héler le premier taxi disponible en vue.

— *99, Sudbourne Road, please !*

L'œil collé à la vitre du *cab*, Julia parcourait les rues du regard, s'imprégnant de l'activité qui les entourait.

À côté d'elle, Betty, ses grandes jambes coincées derrière le siège du chauffeur, fixait la route devant elle, crispée, muette. Julia se voulut rassurante.

— Ne t'inquiète pas, pour ce soir, on vérifie s'ils sont là tous les deux, c'est tout. Ensuite, on avisera en fonction.

Mais il en fallait davantage pour apaiser Betty. Un nombre incalculable de « si » lui martelait la tête : et si Sergueï les apercevait ? S'il décidait de les séquestrer toutes les deux ?

Elle n'osait plus dire un mot. Son amie portait le flambeau de la vengeance, et elle avait le sentiment que rien ne pourrait plus l'arrêter.

Elles découvrirent un quartier calme, aux rues bordées de maisons à *bow-windows*, auxquelles chaque habitant semblait avoir l'obligation de suspendre la traditionnelle jardinière de géraniums. *English codes.* Le taxi s'arrêta devant la seule habitation exemptée de fleurs, au jardin en friche.

— *Here is the 99th, ladies !*

Pas étonnant.

Elles remercièrent le chauffeur d'un geste de la main, lui donnèrent quelques shillings afin de payer la course, puis s'avancèrent vers la clôture, Betty quelques pas derrière Julia, comme au ralenti. Le nom inscrit sur la boîte aux lettres les arrêta net.

— Nicolas Dickinson. Ce n'est pas chez lui…

— Une couverture, Betty. Tu ne t'attendais quand même pas à ce qu'il ait gardé son nom ? Allez viens. On avance. Et couvre-toi le visage, on ne sait jamais.

L'infirmière obéit sans moufter. Autour d'elles, une nuit sans lune plongeait doucement le quartier dans la pénombre… De l'extérieur, la maison semblait vide. Julia colla une oreille à la porte mais n'entendit aucun bruit. Les deux femmes guettèrent un mouvement, un éclat de lumière, le son d'une voix, ou un raclement de gorge. Mais rien ne venait.

— On dirait qu'il n'y a personne…

— Bon, eh bien, partons, alors !

— Attends une seconde !

Betty ne faisait pas la fière. Elle avait bien voulu accompagner son amie, la soutenir dans sa démarche, mais avait-elle réellement eu le choix ? Elle n'aurait pas pu la laisser partir seule. Dans la vie, il faut parfois se jeter à l'eau, même si elle est impure ou corrompue.

Julia avait agrippé la poignée de la porte d'entrée et s'apprêtait à l'actionner.

Ça y est, elle va entrer… se dit Betty. Il était sûr qu'elle n'allait pas respecter sa parole ! Toujours la même chose, avec ces filles du Sud, un sang trop chaud leur brûle les veines !

Une seconde plus tard, un couloir sombre s'offrit à leur regard.

— C'est ouvert ! murmura Julia. Bizarre. Reste dehors, je vais faire un tour.

Il ne lui fallut pas longtemps pour comprendre ce qu'il s'était passé dans cette maison. Le salon était sens dessus dessous. Au sol gisaient des dizaines de livres, tous ouverts, les pages déchirées, des dossiers dont les feuilles étaient éparpillées çà et là, ainsi que des objets de toutes sortes, brisés comme s'ils avaient été pris dans une tempête.

Julia monta l'escalier recouvert d'un tapis brun élimé, et s'étonna de trouver l'étage bien moins dérangé que le rez-de-chaussée. La chambre de Sergueï contenait tout au plus un lit et un placard, renfermant quelques vêtements abandonnés que Julia reconnut non sans éprouver une désagréable sensation.

— Betty, tu peux venir. Il n'y a pas âme qui vive ! On arrive trop tard… Monte voir !

L'infirmière, craintive, passa le nez à l'intérieur, les sens en éveil, prête à réagir au moindre mouvement. La rousse gravit les marches à pas feutrés. Julia vint à sa rencontre et la prit par la main.

— Regarde.

Elle l'avait menée jusqu'à la chambre d'Alexis.

Une petite chambre d'enfant, d'une dizaine de mètres carrés seulement. Le lit était intact, des Dinky Toys, disposées avec soin sur l'étagère, semblaient ne pas avoir bougé depuis longtemps, à en juger par la poussière qui les recouvrait. Quant à l'armoire, elle enfermait encore la quasi-totalité de ses vêtements. L'atmosphère de la pièce manquait de vie. Quelque chose ne tournait pas rond.

Malgré tout, les deux femmes échangèrent un sourire, et tombèrent dans les bras l'une de l'autre, bouleversées par leur découverte : punaisée au mur, une photo du petit devant un grand gâteau au chocolat, soufflant sept bougies.

— Il est vivant ! s'exclama Betty, au bord des larmes. C'est extraordinaire ! Si seulement Émilie était avec nous !

L'instant suivant, en proie à un doute aussi soudain que douloureux, Julia se dégagea de son étreinte.

— Oui. Il l'est, du moins il l'était il y a quelques jours encore.

L'infirmière écarquilla ses grands yeux verts, assaillie d'images sombres et de tristes souvenirs.

— Hein, tu penses qu'il est en danger ?

— Sans doute, d'après l'état de la maison…

Mais Julia, qui ne se laissait pas déborder par l'émotion, redescendit au salon, déterminée à retrouver l'enfant le plus vite possible. Sans attendre, elle fit un examen rapide des documents qui jonchaient le sol.

— Les Russes ont tout retourné, j'espère qu'ils nous laissé quelque chose d'intéressant…

Elle posa le pied sur la première pile, et la balaya du bout de sa chaussure.

— Là, des factures ! Là, des quittances de loyer…

Betty, elle, s'accroupit et entreprit de lire plus attentivement chaque feuillet qui l'entourait.

— Ça ne coûte rien de jeter un œil : ce qui est digne d'intérêt pour nous ne l'est peut-être pas pour eux.

Encouragée par son amie, Julia l'imita dans un autre coin de la pièce, tout aussi envahi de paperasse. Après quelques minutes de recherches et de lectures infructueuses, entre actes notariés et livres de comptes, l'Espagnole remarqua sur une des étagères de la bibliothèque une boîte en fer ouverte et vide. La jeune femme retourna le coffret, et alors qu'elle tentait de rabattre le couvercle, elle constata que quelque chose en gênait la fermeture : le double fond s'était décollé.

Elle le retira délicatement et découvrit une lettre manuscrite rédigée en français, qu'elle parcourut en quelques secondes. Une missive, signée de Viktor Dimitrov. Muette de stupeur, Julia ne pouvait articuler un son. Pendant un temps, Betty ne prit pas conscience du trouble dans lequel Julia était plongée.

La petite Espagnole, l'œil fixé sur l'accoudoir du fauteuil, désespérément vert, semblait digérer la nouvelle. Tout à coup, l'infirmière bondit en hurlant de joie.

— J'ai trouvé ! Je crois bien qu'Alexis est en pension ! C'est une facture au nom de St. James School. Il y a une ligne « *lodging* » et une ligne « *full board* ». Ça veut bien dire qu'il y dort, non ? Elle date du mois de juin dernier, mais il y est sans doute resté aussi cette année !

Comme son amie n'avait aucune réaction, Betty tourna la tête vers elle et la vit perdue dans ses pensées.

— Julia ? Qu'est-ce qui t'arrive ? Tu as entendu ce que je viens de te dire ? On va pouvoir retrouver Alexis !

— Oui… Je… C'est ce que je viens de lire qui me…

— Eh bien, dis !

— J'ai trouvé cette lettre, signée de Viktor Dimitrov, écrite à la Maison russe, à Sainte-Geneviève-des-Bois. Elle date du mois d'octobre 1953. Viktor est le père de Sergueï. Il lui traduit une missive que son neveu Vitali lui a fait parvenir d'URSS. Écoute.

Mon cher fils, ce que tu vas apprendre te bouleversera sans doute autant que moi. Je te traduis ici la lettre de ton cousin Vitali, que je viens de recevoir.

Cher oncle Viktor,

Si tu lis cela, c'est que notre amie commune a bien reçu sa dernière collection de poupées, dont, j'espère, elle fera bon usage dans sa charitable Maison russe !

Depuis la mort du grand Staline, l'accès aux données de l'administration centrale pour les petits fonctionnaires a été facilitée, et j'en ai profité pour faire quelques recherches au sujet de tante Lidvina.

J'ai eu accès à sa fiche complète. Et ce qu'elle a vécu est terrible. Comme tu t'en es douté tout de suite, elle a été incarcérée en 1923, sous le motif d'activités « antisoviétiques ». Elle effectue ensuite un passage en prison à Moscou et signe des aveux : elle déclare avoir comploté contre les bolcheviques en organisant des réunions interdites chez elle. On l'envoie aux îles Solovki, où elle participe aux travaux d'abattage du bois, pendant trois ans. Puis elle est libérée, mais on l'empêche de retourner là où vit sa famille, en la forçant à rejoindre un kolkhoze près de Novgorod, où elle travaille dans les champs. Là, elle se remet en couple au début de l'année 1936 avec un certain Kraev, mais quelques mois plus tard, on la dénonce de nouveau. Le NKVD l'embarque, la questionne, et réussit une fois de plus à obtenir des aveux, que j'ai sous les yeux. Elle affirme avoir mené des opérations de sabotage dans une aciérie. Qui sait ce qu'elle a dû endurer pour admettre une pareille chose… Elle prend une condamnation sévère, devient « ennemie du peuple », considérée de surcroît comme récidiviste. On la déplace ensuite dans un autre camp pour femmes, près de Perm, à l'est de Moscou. Là-bas, elle accouche d'une petite fille en 1937, qu'elle nomme Taline. Malheureusement, celle-ci meurt du typhus ou d'une autre maladie à l'âge de deux ans. Lidvina reste au camp jusqu'en avril 1953, où elle est évacuée avec de nombreux autres prisonniers amnistiés à la mort de Staline. Nul ne sait où elle se trouve actuellement, mais elle est sans doute encore en vie.

Brûle ma lettre dès que tu la recevras.

Bien à toi,

Ton neveu Vitali

Voilà Sergueï. Tu sais ce qui est arrivé à ta mère. Je me sens tellement coupable de l'avoir abandonnée. Quand je pense à ce qu'elle a enduré pour nous protéger, toi et moi… Ma souffrance est immense. Nous ne la retrouverons sûrement jamais… mais tu ne peux pas savoir combien je suis heureux qu'elle soit encore en vie aujourd'hui. Je donnerai tant pour l'embrasser une dernière fois !

Prends soin de mon petit-fils.

Viktor

Pour les deux femmes, qui découvraient en même temps un douloureux secret de famille et le sort inique que l'URSS pouvait réserver à des personnes innocentes, cette lettre provoqua un véritable tremblement de terre. L'injustice avait balayé l'idéal. La liberté suffoquait dans les prisons, l'égalité criait famine.

— C'est horrible ! Pauvre femme… Tu crois qu'Émilie en savait quelque chose ?

— Je ne pense pas qu'il lui en ait parlé. Sinon, elle l'aurait soupçonné de mentir ou de vouloir trahir le Parti. Elle n'aurait jamais pu croire une chose pareille. De toute façon, il est fort possible que Sergueï n'ait eu aucune idée de ce qu'elle a traversé. Ni son père. La lettre date de 1953… Vitali non plus ne savait rien ! Toute l'information était contrôlée.

Tandis que Julia repliait soigneusement la lettre de Viktor Dimitrov pour la recoller sous le couvercle de la boîte en fer, le sens que l'on pouvait donner à ce geste délicat lui sauta aux yeux. Elle prenait soin d'un document appartenant à son pire ennemi, et ce faisant, un insupportable sentiment de pitié venait perturber son cœur. Elle pensa très fort au suicide et à la douleur de son amie pour s'empêcher de s'apitoyer sur le passé de Sergueï, et entreprit de retrouver son sang-froid.

Betty sortit un instant sur le palier prendre un bol d'air frais. La température approchait zéro degré. Elle s'alluma une cigarette et tenta d'imaginer ce que pouvait signifier une vie entière passée dans un camp de travail. Le ventre noué de tristesse. À la seconde même où elle passa le seuil de la porte, Julia fit vibrer ses tympans.

— Betty, où as-tu mis la facture de la pension ? Je vais leur téléphoner, pour m'assurer qu'Alexis est bien là-bas !

— Eh bien, cette lettre ne t'a pas beaucoup émue, on dirait.

Julia eut un mouvement de recul, surprise par le ton de reproches de sa remarque. Les révélations sur sa mère, aussi tristes fussent-elles, ne pouvaient effacer toutes ses manipulations ni tous ses mensonges. Et en aucun cas elle ne devait laisser le doute s'instiller en elle et la contaminer. Sa mission relevait de la justice. L'honneur de leur amie devait être défendu, quoi qu'il en coûte. Et le souvenir du viol lui rappela que c'était aussi le sien qu'elle défendrait.

— Je ne perds pas de vue ce qui nous amène ici, Betty. Je comprends que tu sois très affectée par cette découverte, mais cela n'annule en rien ce qu'il a fait à Émilie. Il a quitté le territoire en enlevant son fils, et en le faisant passer pour mort ! Notre amie, mon amante, est morte de chagrin, de désespoir !

Julia avait retrouvé sa colère, et articulait chaque syllabe le plus clairement possible, comme si elle devait se faire comprendre d'une étrangère.

Perplexe, Betty lui tendit sans un mot le document qu'elle avait laissé à même le sol.

Julia se dirigea vers le téléphone noir, seul objet posé sur le buffet du couloir, et composa le numéro de la pension. Quelqu'un décrocha après plusieurs sonneries.

— Bonsoir, hum… Je suis la mère d'Alexis Dimitrov, je viens d'arriver en Angleterre, et je voudrais voir mon fils au plus vite. Est-il là ? Puis-je lui parler ? dit-elle dans un anglais approximatif.

À l'autre bout du fil, un silence inquiétant suivit sa question, parsemé de bribes de conversation dont elle ne put saisir la teneur.

— Nous n'avons pas d'Alexis Dimitrov ici.

— Ah… Euh, peut-être Alexis Dickinson ?

Il y eut un silence au bout du fil.

— Oui, on a un Alex Dickinson. Mais je ne comprends pas, une dame est venue le chercher il y a trois jours. Avec une décharge signée de son père. Elle s'est présentée comme son associée, mais…

Julia ne cilla pas et improvisa en un tournemain, tout en masquant son angoisse :

— Savez-vous où elle l'emmenait ?

— Malheureusement non… Je ne pourrais pas vous dire… Probablement rejoindre son père, chez lui, ou dans un lieu de villégiature. Entre nous, je ne pense pas qu'il s'agisse de son associée, si vous voyez ce que je veux dire. Quoi qu'il en soit, je vous conseille de vous rapprocher de votre ex-mari.

— J'en prends note, madame. Une dernière chose. Vous pourriez me décrire cette femme ?

— Oh, oui ! Car elle a une sacrée paire de jambes ! Environ un mètre quatre-vingt-cinq, avec ses talons. De grands yeux bleus, des pommettes saillantes. Une femme élégante, et très impressionnante.

Blême, Julia remercia son interlocutrice avant de raccrocher, sans lui poser davantage de questions. Betty n'eut aucunement besoin de demander des explications : la mine déconfite de Julia parlait d'elle-même. Elles avaient eté doublées.

— Il n'est pas question qu'il nous échappe, cette fois ! lâcha la journaliste. Et je sais qui va pouvoir nous aider. On ne lui laissera pas le choix.

Chapitre trente et un

Mardi 27 novembre, 11 h 30, The Lamb & Flag, Covent Garden

Après une heure de marche sous une belle lumière d'automne dans les ruelles de Soho, Betty et Julia arrivèrent au point de rendez-vous, un ancien pub, logé dans un vieux bâtiment en brique rouge datant du XVIIe siècle.

Une pancarte accrochée sur la devanture servait d'appât à une clientèle avide d'anecdotes croustillantes sur le passé horrifique de la cité londonienne : un poète avait versé son sang à cet endroit trois cents ans plus tôt, assassiné par deux mercenaires commandités par son pire ennemi.

À cette heure bien matinale pour un tel endroit, le tenancier, debout sur le seuil, sondait le ciel pour s'enquérir de la nécessité ou non de dresser une terrasse pour la journée. De sa mine désabusée, les deux femmes tirèrent des conclusions météorologiques. Encore une fois, le beau temps ne durerait pas.

— Bonjour, c'est ouvert ?

— *Of course, come in ladies !*

L'homme s'écarta de la porte tout en les laissant frôler son ventre imposant. Un écriteau les fit bondir intérieurement : « Interdit aux chiens et aux enfants ».

Sympathique, se dirent-elles.

Heureusement, l'intérieur dégageait davantage de chaleur que son hôte. Sous une lumière tamisée, une immense gravure représentant des clients en train de festoyer, peut-être deux siècles plus tôt dans ces mêmes locaux, surplombait une banquette en cuir rouge, couvrant toute la largeur de la pièce. Quelques tables en bois, pour deux personnes, invitaient aux discussions intimes.

Les deux amies investirent l'une d'entre elles, en attendant l'arrivée de Wilby. Quelques minutes passèrent, et bien qu'elles fussent seules, personne ne vint prendre leur commande. Leurs regards inquisiteurs finirent par alerter le cafetier, qui vint à leur secours.

— Vous n'êtes pas d'ici, vous ! On ne sert qu'au bar ! C'est la règle ! Mais bon, comme c'est vous, je veux bien prendre votre commande. Qu'est-ce que vous voulez ?

— On prendra deux cafés, ça te va, Julia ?

Celle-ci acquiesça, en même temps que l'homme répondait par la négative.

— Ah, mais c'est un pub, ici, pas un salon de thé ! Demandez-moi n'importe quelle bière, et je vous la sers !

Décidément, ils avaient des façons, ces Anglais !

— Euh, une blonde pour moi, et pour toi ?

— Une rousse, répondit Julia en lui adressant un clin d'œil complice.

Mais encore une fois, ce comportement déplut au taulier pour qui le début du service commençait décidément très mal.

— Quelle taille, le verre ? Une pinte ? Un demi ? éructa-t-il.

— Demi, demi, s'il vous plaît, merci.

Exaspérée, Betty émit un gros soupir, qui fit sourire son amie.

Julia jeta un coup d'œil à l'horloge. Wilby avait quinze minutes de retard, et étant donné la difficulté à le convaincre de venir, elle craignait qu'il eût déjà changé d'avis. D'abord, il avait commencé par leur demander d'utiliser un autre téléphone, par crainte d'être écouté. Ensuite, alors qu'elles avaient trouvé une cabine deux rues plus loin, il avait répété qu'il n'était au courant de rien, qu'il ne pouvait pas les aider et qu'elles feraient mieux de rentrer en France. Mais Julia n'avait rien voulu lâcher et, comme avec Plissonnier, il avait fallu brandir des menaces : « J'ai des amis au *Guardian*, avait-elle bluffé, je leur dirai qu'un enfant a été enlevé à la pension St. James, que les communistes sont responsables. La police et les journalistes ne vous lâcheront plus d'une semelle. » Finalement, le bonhomme avait baissé la garde, et convenu d'un rendez-vous dans ce pub de Covent Garden. Un endroit touristique, suffisamment neutre pour ne pas éveiller les soupçons des fouineurs.

Vers 11 h 50, un petit homme râblé au regard chafouin, casquette grise vissée sur le crâne, fit tinter la clochette de la double porte d'entrée. La présence signalée d'une grande rousse l'aida à retrouver rapidement ses contacts parmi les quelques clients qui les avaient rejointes depuis leur arrivée.

— Mesdames ? Julia ? Et…

— Betty. Bonjour !

La beauté de Julia provoqua chez ce camarade d'âge moyen un frisson agréable qu'il ne put dissimuler. Il lui offrit son plus beau sourire, découvrant une denture jaunie par le tabac. Les deux femmes échangèrent un regard complice et plissèrent les yeux de dégoût.

La bouche du type se resserra vivement quand il aperçut l'expression de Betty. C'était bien maladroit de sa part.

— Asseyez-vous, monsieur Wilby, nous vous attendions.

L'homme obéit, et se décida à parler le premier.

— C'est un bel endroit, n'est-ce pas ? Vous savez que c'est un des plus vieux pubs de Londres ? J'adore cette atmosphère sombre et chaleureuse. Vous avez lu les pancartes dehors, qui vous racontent l'assassinat de John Dryden. Palpitant, non ?

Sans doute par nervosité, il enchaîna sans attendre de réponse :

— Dès que j'entre ici, j'ai envie de boire une pinte. D'ailleurs, si vous le permettez, je vais m'en commander une de ce pas.

Encore une fois, ni l'une ni l'autre n'eurent le temps d'ouvrir la bouche : Matthew Wilby se ruait déjà sur le bar. Betty et Julia eurent comme l'impression qu'il fuyait la conversation.

Mais l'Espagnole rassura son amie. Calme, sang-froid. Elles obtiendraient ce qu'elles étaient venues chercher. S'il était nerveux, c'était qu'il avait certainement des choses à cacher. Quand il revint, une Guinness à la main, Julia s'empressa d'entrer dans le vif du sujet avant qu'il n'oriente la discussion sur les prisonniers de la Tour de Londres ou sur l'histoire de Guy Fawkes[1].

— Monsieur Wilby, commença-t-elle en chuchotant, on va gagner du temps. Nous sommes convaincues que ce sont des agents russes qui ont enlevé Alexis. Ils se sont certainement servis de lui comme

1. En 1605, Guy Fawkes est désigné comme le chef d'une conspiration visant à faire exploser la Chambre des lords, dans le palais de Westminster. Une lettre anonyme le dénonce, et la police retrouve Fawkes chez lui avec des explosifs. Il est torturé puis condamné à mort. Le jour de l'exécution, il saute de l'échafaud et se brise le cou, pour échapper au supplice. On célèbre la victoire contre cette « conspiration des poudres » tous les 5 novembre en Angleterre en brûlant l'effigie de Guy Fawkes sur un bûcher.

appât pour contraindre Sergueï à venir jusqu'à eux. Voulez-vous bien nous dire où ils se trouvent ?

— Je ne vois pas de quoi vous parlez… Jamais nos alliés n'auraient enlevé un enfant… Ce ne sont pas des barbares !

— Ne mentez pas, nous savons qu'une femme est venue le chercher, avec des papiers d'identité au nom d'Alex Dickinson. Le patronyme de couverture de Sergueï. Sa maison a également été fouillée, c'est un désordre sans nom…

— Et qu'est-ce qui vous fait croire que ce n'est pas une amie à lui qui est venue chercher son fils ?

Julia secoua la tête.

— Les deux événements sont trop proches pour ne pas être liés ! Et les Russes auraient de bonnes raisons d'utiliser le petit dans cette histoire, vous ne croyez pas ?

Wilby haussa les sourcils.

— Comme vous y allez… C'est un peu fort, tout de même.

Le politicien marqua une pause, but une gorgée de l'épais liquide noir que contenait sa chope, puis releva la tête pour faire face aux deux jeunes femmes.

— Il y a une chose que j'ai du mal à comprendre. Cela ne vous suffit-il pas d'imaginer votre Sergueï entre de bonnes mains ? Correctement pris en charge ? Prêt à subir le châtiment qu'il mérite pour avoir trahi le Parti ?

Julia se figea un instant, et consulta Betty du regard.

— Non, cela ne nous suffit pas, enchaîna l'infirmière. Il doit nous rendre des comptes. On a besoin de le voir, parce qu'il nous a personnellement été… nuisible.

Devait-elle parler de cela ? Un signe de tête de sa camarade l'encouragea à continuer :

— Il a violé Julia.

L'air intrigué de Wilby, son demi-sourire et ses yeux concupiscents arrimés au décolleté de la petite Espagnole dévoilaient davantage un intérêt pervers qu'un élan de compassion. L'argument ne suffirait pas. Les deux femmes, déjà, secouaient la tête de dépit.

— Il a enlevé son fils à sa propre mère, et il l'a fait passer pour mort. Notre amie, Émilie, s'est suicidée, après trois ans d'un deuil trop douloureux pour elle. Ça vous émeut un peu plus, ça ?

Le bonhomme commençait à comprendre ce qui animait les deux jeunes femmes.

— Et vous venez d'apprendre que le petit n'était pas mort…

— Vous pigez vite. Donc, on a besoin de retrouver l'enfant. Pour Émilie.

— Je suis désolé, mais je ne peux rien faire pour vous. Je ne sais pas où il se trouve.

Cette fois, Julia perdit patience. Le rustre ne voulait pas lâcher le morceau. Il avait sans doute des instructions. Le secret ne pouvait être divulgué. Julia réfléchit, avalant quelques gorgées de son demi, puis fixa Wilby.

— Comprenez bien que si vous ne nous donnez pas l'adresse de l'endroit où le père et le fils sont séquestrés, vous pourrez dès demain vous retrouver incarcéré pour complicité d'enlèvement, de maltraitance sur mineur, et non-assistance à personne en danger. Les lois sont claires, et sont les mêmes en Angleterre qu'en France. Parce que, s'ils veulent faire parler Sergueï, vos agents doivent forcément porter la menace sur le petit, non ? Vous avez pensé à ce qu'il est en train de vivre, le pauvre garçon ? Si son père ne parle pas, que pensez-vous qu'il va se passer ? Nous sommes les seules, Betty et moi, à pouvoir le faire parler. Parce qu'on a des arguments qui concernent sa vie privée, la relation qu'il entretient avec son fils.

Betty, approuvant d'un hochement de tête, ajouta :

— Non seulement on peut le faire parler, mais on peut aussi confirmer ou non certains éléments que Sergueï divulguerait sous la menace. Après tout, c'est Julia qui a été la première à débusquer ce traître et à le livrer au KGB.

Au son de ce mot banni d'Angleterre, Wilby écarquilla les paupières et darda des regards inquiets tout autour de lui, comme si les murs avaient des oreilles.

— Shhh shhh… Taisez-vous !

— Réfléchissez bien, Matthew, insista Julia.

L'homme se caressa le menton, pour se donner une contenance. Il avait plutôt bien résisté, jusque-là. À chaque seconde qui passait, le camarade évaluait la confiance que lui inspiraient les deux femmes et sa propre capacité à honorer celle des Russes. Tous les trois se regardaient en chiens de faïence, attendant que l'un ou l'autre rendît les armes. Après un moment de silence, Julia renchérit en douceur et usa de sa voix enjôleuse :

— Il faut sauver le petit, Wilby. Essayez de négocier avec eux : j'obtiens de Sergueï les informations qu'ils recherchent, et en échange, ils me confient Alexis. S'il vous plaît.

Cette fois, Julia sentit un fléchissement, à peine perceptible. Le coin des lèvres de l'Anglais remonta d'un demi-centimètre. Il souriait. C'était gagné.

— Je vais voir ce que je peux faire. Attendez-moi ici, je reviens dans moins d'une heure.

Chapitre trente-deux

Même jour, East End London, vers 15 h 30

L'après-midi était déjà bien entamé lorsque Betty et Julia débarquèrent sur Wilmot Street, dans le quartier de Bethnal Green à Londres. C'était une de ces rues bordées de maisons mitoyennes en brique, situées à quelques mètres à peine de l'usine qui employait leurs habitants. Celle-ci crachait une fumée noire de 6 heures du matin à 23 heures le soir, intoxiquant toute la population, quand le vent ne leur était pas favorable. Alors que les deux jeunes femmes découvraient le dénuement dans lequel vivaient les familles d'ouvriers, elles sentirent en elles gronder la révolte et crier l'injustice. Des enfants pieds nus, peu vêtus pour la saison, côtoyaient des hommes désœuvrés, alcoolisés, à moitié endormis sur des marches d'escalier. À peine avaient-elles mis le pied hors de la voiture que ces enfants les assaillirent pour leur demander quelques shillings ou un morceau de pain. L'un d'entre eux tendit à Julia un bras si maigre, si pâle qu'on aurait dit qu'il allait se briser au moindre coup. Un autre garçon, derrière lui, observait de son seul œil valide la tractation en cours, prêt à bondir sur son camarade dès qu'il aurait fait sa récolte. Sur les visages de ces jeunes adolescents, l'innocence et l'amitié souffraient sous l'emprise de la faim ; la rage de vivre, ou plutôt de survivre, écrasait les généreux. La pitié submergea les deux amies, qui mirent la main au porte-monnaie. Au moment où elles distribuèrent à chacun d'eux les dernières pièces qui leur restaient, le garçon rachitique bondit littéralement de joie. Jamais on ne lui avait donné une somme aussi importante. Une livre sterling.

— Donne-moi ça, cria le borgne derrière lui. Tu as des dettes, tu te souviens ?

C'était donc dans une de ces petites bicoques délabrées que les Russes avaient décidé de séquestrer Sergueï, moyennant une somme d'argent assez importante pour éloigner son locataire et acheter son silence.

Wilby les avait prévenues : il fallait fuir le quartier après la nuit tombée, surtout pour de jolies femmes comme elles. Ni Julia ni Betty ne souhaitaient dépendre du personnage mais elles acceptèrent volontiers son offre de repasser les chercher à 18 heures, devant le numéro 36. « Les *cab* ne viennent même pas jusqu'ici ! », leur avait-il soufflé à travers ses dents jaunes. Il en profitait, le diable. Peut-être caressait-il l'espoir d'obtenir quelques faveurs en échange des services rendus.

Quand il fut reparti, les regards las des alcooliques les accompagnèrent jusqu'au porche, puis se détournèrent aussitôt, pour contempler, hagards, leur précieuse bouteille de gnôle. Plus grand-chose ne les animait, ces vieux gaillards.

Betty frappa trois coups légers à la porte, puis deux autres. Mais personne n'ouvrit.

— Pourtant, c'est bien ce qu'il nous a dit, on frappe trois fois, puis deux, non ? Je retente ?

— Oui, vas-y plus fort, ils sont peut-être dans une autre pièce.

L'infirmière réitéra l'expérience.

Cette fois, les Russes les réceptionnèrent. Ou du moins, la Russe. Une femme. Blonde, cheveux courts. Immense. Et d'une beauté glaçante. Ses grands yeux, d'un bleu-gris pâle, presque transparent, s'effaçaient derrière de hautes pommettes saillantes. À sa main, une arme de poing, qu'elle tenait le long du corps, semblait frétiller d'impatience à l'idée de servir enfin à quelque chose.

— Entrez, dit-elle avec un accent qui ne trompait pas. Vous êtes Julia Guzmán ?

— Oui, répondit Julia en s'avançant. Et voici Betty, une amie, vous n'avez rien à craindre d'elle.

— Êtes-vous armées ? Je dois vous fouiller. Montrez-moi votre sac. Et levez les bras.

Peu familières de ces usages, les deux Parisiennes se contentèrent d'abord d'opiner du chef, en grimaçant, avant d'exécuter son ordre.

— Faites ce que je vous dis, tout de suite.

Nerveuse, celle-là, se dit Julia. Les deux femmes obtempérèrent. Elles vidèrent le contenu de leur sac, retirèrent leur manteau et écartèrent les bras, pour se livrer aux mains tatillonnes de l'espionne.

— Par ici !

La Russe les dirigea d'un geste de la main vers un salon obscur, où se tenait un homme, plus âgé qu'elle, le visage raviné et le cheveu rare, assis sur une chaise en métal. Il fumait un gros havane, de telle sorte que la fumée envahissait tout l'espace, obligeant les deux jeunes femmes à plisser les yeux.

— Leonid. Les voilà.

L'agent tourna la tête et les dévisagea un instant avant d'entamer les présentations, qui ne furent pas des plus amicales. Celui qu'on venait d'appeler Leonid ne bougea pas de son siège.

— Alors comme ça, vous dites que vous pouvez réussir mieux que nous à faire parler Dimitrov ? Qui êtes-vous ? Pour qui vous prenez-vous ? Je vous préviens tout de suite que, si vous voulez nous piéger, vous ne survivrez pas vingt-quatre heures.

Betty regarda Julia avec des yeux révulsés. Dans quel pétrin s'étaient-elles encore fourrées ? Elle aurait aimé questionner sa camarade, prendre le temps de discuter de sa stratégie, mais tout s'était enchaîné sans qu'elles aient une minute à elles. Julia était une fille intelligente. Pas d'autre choix que de lui faire confiance.

— Quand nous avons appris que vous déteniez Sergueï, nous étions très contentes, articula Julia bien lentement afin qu'ils saisissent la simplicité de son message. Cela fait trois ans que nous le cherchons comme vous. Avez-vous trouvé son fils ?

— *Da*. Nous l'avons emmené juste après avoir embarqué le père, c'était le meilleur moyen d'obtenir de lui des renseignements.

Julia ne put réprimer un sourire. Alexis était là, dans cette maison, à quelques mètres seulement.

— Où est-il ?

— Il est dans une chambre, là-haut.

— Pouvons-nous le voir ?

— *Niet*. D'abord, vous devez faire parler Dimitrov. Il est muet depuis deux jours. Nous avons bien menacé de tuer le petit, mais Irina m'en empêche. Les femmes sont de mauvaises espionnes, trop sentimentales.

La grande blonde n'apprécia guère sa remarque, mais ne répondit pas. Elle semblait gênée, car son acolyte n'avait pas foncièrement tort. Elle se sentait incapable de porter la main sur un enfant. Cette tactique d'intimidation avait ses limites et Sergueï l'avait sans doute bien senti, maître qu'il était dans l'art de la manipulation.

Ayant bien perçu dans quelle impasse les deux compatriotes se trouvaient, Julia tenta de gagner leur confiance.

— Je connais votre pays. Moscou. Magnifique ville. J'ai été interrogée longtemps, en juin 1952, par les services de police, qui pensaient que je venais voler des documents. Mais ils ont su que j'étais communiste. Je leur ai martelé que je croyais dur comme fer au système économique de l'URSS, à l'Internationale, au pouvoir du collectif sur l'individualisme, que j'abhorrais le capitalisme, qui confisque l'argent du travail de tous, pour enrichir un seul homme. Mes amis au Parti communiste français m'ont appuyée, et fait libérer. J'ai ensuite servi le Parti dans des affaires clandestines. C'est moi qui ai confondu Sergueï, qui l'ai traqué dans ses sorties secrètes, et qui l'ai livré au Parti. Vous pouvez me demander tout ce que vous voulez le concernant.

Les deux Russes l'avaient écoutée patiemment. Sans l'interrompre. En vrais professionnels, ils savaient ne rien montrer de leurs émotions, et rester implacables.

— Irina, emmène la dame visiter le garçon, dit-il en désignant Betty. Ce sera mieux, si on discute en tête à tête avec Mlle Guzmán.

L'injonction de Leonid déstabilisa Julia. Elle aurait aimé être la première à revoir Alexis. Depuis quelques minutes, elle débitait son discours avec cette unique idée en tête : le retrouver, l'embrasser, entendre enfin sa voix. Une seule chose comptait : sauver le petit des griffes de ces *matadores* et rentrer en France le mettre en sécurité, le plus loin possible de son père.

Betty, de son côté, entrevoyait déjà le rayon de soleil qui l'attendait là-haut. De tout son cœur, elle espérait trouver un petit bonhomme en bonne santé, disert, affable, et plein de vie.

Julia regarda Betty monter les marches de l'escalier en bois, suivie de près par sa chaperonne, toutes deux s'animant de concert comme de longs pantins articulés.

— Asseyez-vous, ordonna Leonid.

Julia prit place face à lui. La table sur laquelle reposait le cendrier semblait avoir été assemblée par le locataire des lieux, à partir de matériaux hétéroclites, trouvés sans doute au milieu d'une décharge.

— Pourquoi êtes-vous autant intéressée par Dimitrov ? Pourquoi ne pas nous laisser nous occuper de lui ?

— Une histoire personnelle. Sa femme était une amie très proche, et il lui a fait beaucoup de mal. Il lui a fait croire que son fils et lui étaient morts dans un accident d'avion au-dessus de la Manche.

— Oui, cela, nous savons. C'est aussi ce que nous avons cru dans un premier temps. Les services français et anglais ont bien travaillé dans ce sens, pour le protéger. Dites-moi d'abord ce que vous savez de ses activités.

— Je ne pourrais peut-être pas vous dire plus que ce que vous savez déjà : il a livré douze agents clandestins du Parti au SDECE, dont Albert Igoin, qui a été emprisonné à la suite de sa dénonciation. Il a aussi empêché la vente de navires de guerre appartenant à France-Navigation, une société dont le Parti communiste français possédait quatre cinquièmes des parts, et s'apprêtait grâce à elle à renflouer ses caisses.

— Oui, il nous a avoué tout cela. Nous avons même réussi à savoir autre chose : c'est aussi lui qui a permis l'arrestation de Jacques Duclos en mai 1952, révélant aux services de renseignements qu'il gardait des documents secrets dans sa voiture.

Julia prit un air ébahi. Il avait si bien caché son jeu, le jour où Lecœur était venu dîner chez eux !

— Ah, ça, je ne le savais pas ! Vous avez dû sacrément bien le cuisiner, pour qu'il vous livre ces informations !

— Nous avons nos méthodes. Mais ce n'est pas tout. Il nous a dit aussi qu'il avait fait tomber Auguste Lecœur, en faisant introduire chez lui des éléments compromettants, afin de le discréditer au sein du Parti. Thorez, qui a toujours eu confiance en lui, n'a pourtant pas douté une seconde de la véracité de ces documents, et a accusé légitimement son vieil ami d'avoir fomenté un complot contre lui, ce qui a conduit à son exclusion, il y a deux ans.

Julia fut si surprise que ses coudes en glissèrent de la table. Jamais elle n'aurait pensé que Sergueï pût être à l'origine de la destitution de Lecœur. Et pourtant, maintenant qu'elle en avait la preuve, tout cela lui paraissait évident. Dimitrov savait que Lecœur était le seul qui l'eût connu aussi intimement, le seul capable de le traquer, malgré l'annonce de sa mort.

— Incroyable ! Mais alors, que vous faut-il de plus ? Il n'a plus rien à vous livrer ! Il vous a tout dit !

— Voyez-vous, je n'ai que faire de vos petites querelles franco-françaises. Nous ne sommes pas venus jusqu'ici pour régler les comptes de votre parti. La solidarité internationale ne va pas jusque-là. Il a parlé, pensant que cela nous intéresserait, et que cela suffirait à épargner son fils. En revanche, ce que nous n'arrivons pas à comprendre, c'est la raison pour laquelle il est ici à Londres. Je veux savoir pour qui il travaille, quels projets il a menés hier et mène encore aujourd'hui. Nous soupçonnons qu'il soit passé à l'étape suivante, et qu'il agit désormais contre nous directement. C'est de cela que j'aimerais que vous parliez avec lui. Peut-être avez-vous des arguments que je n'ai pas ? Quelques doigts en moins n'ont pas suffi, semble-t-il !

Leonid osa un rire sarcastique. Était-ce de l'ironie, ou avait-il vraiment usé de la torture sur Sergueï ? Julia préféra laisser cette question en suspens. Elle se rendrait compte bien assez tôt de la situation quand le Russe se déciderait à la lâcher.

— J'ai d'autres arguments, comme vous le dites. Laissez-moi essayer. Mais je n'ai d'intérêt à vous aider que si vous m'accordez quelque chose en échange.

— Dites-moi.

— Vous me laissez récupérer le petit. D'ailleurs, que ferez-vous de lui si Sergueï ne parle pas ?

— Qu'il parle ou non, on emmènera l'enfant. Il faut le rééduquer. Il y a beaucoup de familles qui ont besoin de bras en URSS. On pourra certainement l'intégrer aux komsomols.

Julia avait entendu parler de cette organisation qui prenait en charge tous les jeunes pour les former aux idées communistes, et les faire participer à l'effort commun, dans les kolkhozes.

— S'il vient avec nous, nous l'éduquerons dans la droite ligne du Parti, mentit Julia, il rendra ainsi hommage à sa mère, fervente admiratrice de Staline, qui est morte de chagrin il y a trois semaines à peine. Vous pouvez compter sur nous.

L'agent releva le menton et fronça les sourcils, étonné par la terrible nouvelle. L'émotion affleurait sur son visage, faisant trembler imperceptiblement sa lèvre supérieure.

— Dans ce cas, nous avons un accord. Vous pouvez descendre.

Les mots de l'espion résonnèrent en elle, son cœur bondissant dans sa poitrine. Elle allait enfin lui faire face. Seule à seul. Le moment qu'elle attendait depuis si longtemps allait enfin arriver.

— Descendre ?

— Oui. Là, dit-il en lui montrant une porte blanche. Au fond de la cuisine, il y a une cave au sous-sol. C'est pour cela que nous avons choisi cet endroit. Je vous enferme à clé. Quand vous remonterez, vous frapperez trois coups forts, puis deux coups légers. Si vous avez le moindre problème, criez à l'aide.

Une fois en haut de l'escalier, Betty s'étonna du silence qui régnait à l'étage. Avaient-ils endormi cet enfant ? Lui donnaient-ils suffisamment à manger et à boire ? Irina ne répondit pas à l'avalanche de questions que lui posait l'infirmière, et se contenta de donner un tour de clé dans la serrure, sans même lui accorder un regard.

Alexis était agenouillé sur un vieux tapis, absorbé par deux petites voitures Dinky Toys, qu'il s'amusait à faire entrer en collision après plusieurs loopings dans les airs. Il était si concentré qu'il ne quitta pas tout de suite son terrain de jeux quand les deux femmes eurent passé le seuil.

— Alex ! Tu as de la visite !

Betty se demandait si le petit allait la reconnaître. Elle s'approcha du tapis et retira ses chaussures, pour se mettre à son niveau, entrer dans son univers. L'une des deux voitures, une 2 CV, à quelque chose près identique à la sienne, offrit à l'infirmière un prétexte idéal pour lancer la conversation.

— Oh, mais c'est ma deudeuche ! Tu te souviens, Alexis ? On l'avait prise ensemble quand tu étais petit, pour aller en Bretagne ?

Alexis fronça les sourcils et fixa Betty de ses grands yeux marron. Entendre le français lui faisait un drôle d'effet. D'ailleurs, il ne sut pas tout de suite retrouver ses mots. Que se passait-il ? Qui était cette dame qui lui parlait de la Bretagne ?

Betty n'osait pas poursuivre. Il fallait laisser le temps à ses petites méninges de travailler, et surtout, ne pas le brusquer. Le pauvre avait déjà traversé tant d'épreuves. Cependant, il semblait tout à fait en forme, à part quelques cernes, des traits un peu fatigués. L'infirmière imita le moteur de la 2 CV, et fit crisser ses pneus sur le parquet en bois jusqu'à ce qu'il réagisse.

— Non, c'est pas comme ça. Ça fait « rrrouhouhouhouhouhou » !

— Ah ! Alors tu te souviens ! Je suis Betty. Tu te rappelles, Julia et Betty ? Tu vivais dans mon appartement, avant.

— Betty, répéta-t-il. Julia ? Elle est là, Julia ?

Ça y est. Il avait retrouvé la mémoire. L'enchantement avait opéré, et Citroën n'y était pas pour rien.

— Oui, Julia est en bas. Elle va venir dès qu'on l'autorisera à monter.

Et puis ce fut plus fort qu'elle, Betty caressa les cheveux du petit. Plusieurs fois. Ce geste impulsif et maladroit, venant d'une étrangère, fit prendre conscience au garçon que la personne qui était devant lui avait, un jour, éprouvé de l'affection pour lui. De ce passé qu'il ne connaissait plus, sur lequel les visages aimés glissaient et s'évadaient, il ne retirait qu'un vague souvenir de la tendresse féminine.

— Tu es une amie de ma maman ?

Betty serra les dents très fort pour retenir ses larmes. Elle ne pourrait pas lui dire, elle en était incapable. Elle se contenta d'acquiescer. Évidemment, la question allait venir.

— Elle est où, maman ? Elle est avec vous ? Vous êtes venues nous libérer ?

— Non, maman n'a pas pu venir. Depuis quand es-tu ici, Alexis ?

— Maintenant, je m'appelle Alex. Alex Dickinson. Mais tu peux m'appeler Alexis, ça ne me dérange pas.

Comme beaucoup d'enfants, il digressait. Le faire parler ne serait pas simple. Surtout en présence de la Russe qui ne décrochait pas un sourire, et qui restait plantée dans l'encadrement de porte pour les empêcher de s'échapper.

— Ils t'ont fait du mal ?

— Ben, ils sont gentils avec moi, mais avec papa, c'est pas pareil. Tu peux leur demander quand est-ce qu'on va rentrer à la maison ? *It is so boring, here.*

— J'ai une question à te poser, Alexis. C'est important. C'est au sujet de ton père. Qu'est-ce qu'il t'a raconté sur ta mère ? Il t'a expliqué pourquoi tu es parti à Londres sans elle ?

— Mon père, je ne le vois pas vraiment, d'habitude. Je suis à la pension St. James tous les jours. Il me dit qu'il a trop de travail pour me garder. Il s'en fiche, de moi, il ne pense qu'à lui. Papa dit qu'elle ne pouvait plus m'élever, parce qu'elle était devenue folle. Mais, moi, je crois pas que c'était ça, le problème. Je pense que c'est papa qui voulait m'avoir rien que pour lui.

Voilà donc la soupe que ce salaud lui avait servie depuis l'enlèvement. Il l'avait arraché à l'amour maternel pour laisser son éducation à des inconnus, bâtissant sa vie sur un honteux mensonge. Ces révélations, mêlées à tout ce dont le petit n'avait pas encore connaissance, laissèrent à l'infirmière un goût plus qu'amer.

— Ce que je comprends pas, continua Alexis, c'est pourquoi maman n'a jamais demandé de mes nouvelles.

Une larme s'échappa de son œil, qu'il essuya aussitôt.

— Pardon, c'est pas bien de pleurer. Papa me dit que les garçons ne doivent pas pleurer. C'est vrai ?

— Mais si, tu peux pleurer. Moi, je trouve que c'est beau, un homme qui pleure.

Betty ouvrit grand les bras, et sans qu'elle eût besoin de prononcer le moindre mot, Alexis se blottit contre elle, laissant parler son cœur. L'infirmière pensa que c'était le moment d'enfoncer le premier coup de poignard dans le dos de Sergueï.

— Je vais t'expliquer pourquoi ta maman n'a jamais demandé de tes nouvelles. C'est d'ailleurs pour cela qu'on est là, Julia et moi. Pour Émilie, pour te dire la vérité.

« Émilie » ! Il eut la sensation de découvrir un nom nouveau et si familier à la fois. *Émilie, Émilie,* se répéta-t-il en boucle. Betty, pendant ce temps, avait marqué une pause. S'était-elle lancée un peu vite ? N'aurait-elle pas dû attendre Julia pour abattre leur premier atout ?

— Pourquoi tu t'arrêtes ?

— Parce que je ne sais pas si Julia voudrait que je t'en parle sans qu'elle soit là.

— Bah, maintenant que tu m'as dit ça, tu es obligée de continuer.

— OK…

Betty redressa le petit et l'assit face à elle. Après avoir lancé un sourire hypocrite à la grande Russe, qu'elle dédaigna aussitôt, l'infirmière se jeta à l'eau.

— Cela ne va pas te plaire, tu sais.

— C'est bon, je suis prêt. Tu peux tout me dire.

— Ton père a fait croire à ta mère que tu étais mort. Dans un accident d'avion. Il fuyait le pays et les Russes, qui, comme tu vois, ont fini par le rattraper quand même. Sergueï n'a évidemment jamais donné de tes nouvelles après. On t'a tous cru au paradis, Alexis. C'est pourquoi je suis si contente de te retrouver ! Tu ne peux imaginer.

Betty lui tenait la main. Celle-ci se mit à trembler. Pour Alexis, la nouvelle était rude. Très dure à avaler.

— Mais... pourquoi il a fait ça ? Pourquoi il n'a pas prévenu maman ?

— Je ne sais pas, chéri. C'est cruel. Parfois, les adultes font des choses qu'on ne peut pas expliquer. Julia et moi, on est très en colère contre lui.

— Et elle est où, maman ? Vous lui avez dit que j'étais vivant ?

— Elle n'a pas pu venir. On t'expliquera, avec Julia.

— Oui, parce que je veux voir maman ! s'écria le petit.

L'embarras de Betty se perçut immédiatement dans le silence qu'elle lui opposa. En face d'elle, le garçon devint rouge de colère. Tous ces adultes mentaient. Tous le privaient de sa mère. Tous étaient contre lui.

L'infirmière sentit qu'il allait exploser. Alexis se leva d'un bond et se précipita sur le lit, frappa de ses poings la couverture, étouffant ses cris dans les oreillers. Il insultait son père, hurlait sa rage et son désir brûlant de retrouver sa mère, tandis que Betty assistait à la scène, impuissante.

Dès que Leonid eut refermé la porte derrière elle, Julia actionna l'interrupteur qui commandait l'unique ampoule éclairant la cage d'escalier.

Le faible éclairage de l'endroit suffit à révéler la présence de Sergueï, que Julia trouva ligoté sur une chaise, presque endormi. Derrière lui se trouvait l'établi au-dessus duquel étaient aimantés toutes sortes d'outils tranchants. Des couteaux, des pinces, des scies, des cisailles. Contrairement à ce qu'elle s'était imaginé, il régnait dans cette cave un ordre parfait. Pas un carton ouvert, pas un instrument à terre. Les planches étaient plaquées au mur du fond, les tournevis calés entre deux clous ornaient le tableau en bois, sur lequel chaque accessoire était représenté au crayon de papier, pour bien retrouver sa place après utilisation. Julia remarqua qu'aucun ne manquait. Les couteaux comme les pinces n'avaient pas bougé, et les doigts de Sergueï, eux aussi, étaient encore là. L'humour des Russes…

Bien que cette vision fût rassurante, l'odeur qui émanait des lieux lui retourna l'estomac. Un mélange de sueur, d'urine, d'excréments et de moisissure. Une assiette vide, quasi propre, traînait encore sur l'établi, certainement nettoyée par les souris ou les rats. Non, ce n'était pas la nourriture qui refoulait cette odeur, mais bien Sergueï lui-même, et le seau qu'il remplissait davantage chaque jour, et que l'on oubliait volontairement de vider.

Julia ne put réprimer une grimace de dégoût devant l'apparence ignominieuse de son ennemi. Ses cernes, ses cheveux grisonnants et sa barbe de quatre jours lui donnaient un air d'ours des steppes réveillé par les bombes en pleine hibernation ; des boursouflures, mélange de cloques, d'hématomes, de bosses et de sang séché, couvraient l'ensemble de son visage, qui n'était plus qu'un champ de mines. Malgré cela, ses grands yeux noirs et la longueur de ses sourcils ne trompaient pas, c'était bien le regard ténébreux de Sergueï. Celui-là même dont il usait autrefois pour séduire.

Il était surprenant, pour Julia, de ne pas ressentir la pitié qu'elle aurait éprouvée pour n'importe qui d'autre, dans des conditions identiques. L'image qu'elle avait en face d'elle ne lui fit pas horreur. Au contraire, sondant son cœur, elle découvrit qu'il était empli de satisfaction. Et non, elle n'en aurait pas honte. Justice était rendue. Il l'avait amplement mérité. Elle s'autorisa même à se délecter du spectacle. Elle planta sa chaise face à lui, tout en gardant le silence.

À force d'être observé de la sorte, depuis quelques minutes déjà, Sergueï ouvrit péniblement l'œil qui lui restait, l'autre étant tuméfié. Il lui fallut quelques secondes pour reconnaître la femme qui le scrutait.

— C'est toi, Julia ? Qu'est-ce que tu fais ici ? Tu es venue me regarder souffrir ? C'est toi qui m'as envoyé ces ordures ? Tu savoures, n'est-ce pas ?

— Ils n'ont pas eu besoin de moi pour te retrouver. Mais dès que j'ai su que tu étais en vie, j'ai accouru, oui. Nous avons beaucoup à nous dire.

— Vas-y, parle. Je suis tout ouïe.

— Émilie est morte.

À l'annonce de cette nouvelle, Sergueï ne bougea pas. Il resta immobile, de sidération, sans doute. Julia poursuivit dans sa lancée :

— Parce qu'on lui a fait croire que son fils était décédé. Parce que tu as détruit sa vie, et tout ce en quoi elle croyait. Tu sais bien toutes les raisons que j'ai de t'en vouloir, mais celle-ci est de loin la plus forte.

— Tu veux dire… qu'elle s'est suicidée ? bégaya Sergueï.

— Elle s'est jetée du quatrième étage, chez Betty, il y a trois semaines. Et j'ai appris qu'Alexis était en vie une semaine après sa mort. Tu te rends compte, à une semaine près, Émilie serait toujours avec nous ! Je te hais pour ça, Sergueï ! Je te hais !

Julia s'arrêta pour reprendre son souffle.

— Pourquoi lui as-tu fait une chose pareille, Sergueï, pourquoi ? Comment peut-on être cruel à ce point ? Qu'est-ce qui t'empêchait d'envoyer une lettre, un télégramme ? Tu as eu trois ans pour le faire, Sergueï, trois ans !

— Je ne suis pas le monstre que tu crois, Julia. Il était impossible pour moi de faire autrement, pour échapper aux services russes qui, je te le rappelle, ont failli me tuer. Tout cela faisait partie du plan du SDECE. Maquiller notre mort à tous les deux était la condition *sine qua non* pour qu'on me laisse vivre librement à Londres. Les Anglais ont pris le relais en m'attribuant une nouvelle identité. Et Alexis a pu intégrer une très bonne école. Ce dont je ne suis pas peu fier.

— Je savais que tu me tiendrais ce discours : « Je n'ai pas eu le choix. » Et évidemment, tu n'avais non plus d'autre choix que d'enlever ton enfant, de le retirer à sa mère, sans négocier, sans t'expliquer, nous laissant nous démerder avec la police. As-tu eu pitié de nous, à ce moment-là ? Pas vraiment, hein… Donc, oui, tu es un monstre, Sergueï. Pas de doute là-dessus.

Il entendait l'argument. Bien sûr, il leur avait fait du mal. En particulier à Émilie. Mais Julia pourrait-elle comprendre les raisons profondes qui avaient motivé cet enlèvement ? Sa conviction toute personnelle que son fils ne pourrait jamais devenir un homme s'il était élevé par des femmes, des lesbiennes qui plus est ? Son devoir, aussi, de le sortir de l'emprise idéologique dans laquelle ils avaient élevé leur fils depuis sa naissance… Il voulait réajuster le curseur, lui donner suffisamment de culture, de liberté intellectuelle pour qu'il puisse faire ses propres choix à l'âge adulte. Mais de toute évidence, Julia ne pourrait pas entendre cela, enfermée qu'elle était dans ses convictions à elle.

— J'avais mes raisons, et tu le sais. Le communisme nous a fait du mal à tous. À Émilie la première. J'ai fait l'erreur de vous embrigader là-dedans, et quand j'ai voulu désamorcer, c'était trop tard. Tu m'avais déjà dénoncé comme « ennemi du peuple ». Tu penses que je suis cruel ? Mais c'est Staline qui était cruel, qui enfermait tous ceux qui ne pensaient pas comme lui, tous ceux qui voulaient échapper au travail agricole, tous ceux qui se rebellaient contre leurs conditions de travail ou contre leur misérable rémunération... Mon fils avait le droit de connaître d'autres valeurs que cette idéologie nauséabonde, qui donne naissance à des générations d'esclaves.

— Mais cela n'a rien à voir, on ne vit pas en URSS, on est loin d'avoir un Staline en France... Ce n'est pas avec quelques idées égalitaires, internationalistes, ou révolutionnaires qu'on aurait fait de ton fils un dictateur ! Je crois toujours dur comme fer que le capitalisme conduira le pays à sa perte. Tu verras, dans trente ans. Les pauvres seront tous à la rue, sans logement, sans travail, ils crèveront de faim tandis que les riches s'enrichiront au point de ne plus trouver de biens suffisamment chers pour les satisfaire... Peut-être même qu'ils achèteront des pays entiers, des planètes ? C'est ça, le système que tu défends ?

La naïveté de Julia fit sourire Sergueï.

— Bien sûr, que je ne défends pas l'idée que des gens crèvent de faim, et n'aient ni travail ni logement. Mais je sais ce à quoi peut mener la révolution. Quand on ne laisse pas les gens libres de gagner leur argent, de fonder leur entreprise, d'organiser leur vie comme ils l'entendent, que ce soit en leur imposant un travail, une croyance, ou même la personne avec qui ils partageront leur existence, quand on interdit l'accès à toutes sortes de livres, d'œuvres d'art, de musique, pour n'imposer que ce que recommande le régime en place, voilà ce qu'on appelle une dictature. Et toutes les révolutions peuvent potentiellement mener à cela.

Interdire des livres ? Des mariages forcés ? Mais dans quel délire Sergueï sombrait-il ?

— Tu dis tout ça parce que ta mère a été arrêtée ? rétorqua Julia.

La pique fit mouche, tant elle s'accompagnait d'insolence, et minimisait la souffrance que cet événement avait pu susciter en lui.

— Tu as fouillé dans mes affaires ?

— Je me suis permis.

— Très bien, tu dois donc avoir une idée de ce qui a pu motiver ma trahison.

— Elle avait peut-être commis des actes répréhensibles ?

Un rire jaune s'échappa de la bouche engluée de Sergueï.

— Ma mère ? Elle a été dénoncée parce qu'elle était mariée à un Russe blanc. Je ne sais rien d'autre, si ce n'est qu'elle est sortie d'un camp libéré après la mort de Staline. Quand tu es allée dans les locaux du MGB à Moscou, Vitali, mon cousin devait te transmettre un dossier, tu te souviens ? La trace de son arrestation, les écritures de son procès, c'était tout cela que j'attendais. Il y a deux ans, Vitali a fini par envoyer un courrier à la Maison russe, pour informer mon père qui y vit toujours… Ma mère est en vie, Julia ! Et je hais ceux qui me l'ont retirée pendant si longtemps !

— Ah ! Mais tu te rends compte de ce que tu dis ? Toi-même tu as privé ton propre fils de sa mère ! Comment tu as pu faire ça, alors que tu as vécu la même chose ?

— Elle m'a quitté, Julia. C'est ça, la différence. Et j'avais le droit de le prendre avec moi, ce que j'ai fait. Je n'ai pas torturé mon fils !

— Tu t'es vengé, et c'est bas. Émilie a atrocement souffert, et Alexis souffre encore, il mettra du temps à s'en remettre, quant à Émilie, c'est trop tard.

— Il a eu tout ce dont il avait besoin.

— L'amour d'une mère ? En pension ?

Acculé, Sergueï détourna le regard. On pouvait vivre sans mère, marmonna-t-il dans sa barbe. Il avait bien réussi, lui. Ces mots de façade, jetés au sol, dissimulaient ses véritables pensées. L'homme resta quelques instants silencieux, plongé dans ses réflexions.

Au fond, il était bien conscient d'avoir volontairement infligé à Alexis la même douleur que celle qu'il avait éprouvée autrefois. Par jalousie, sans doute. Parce qu'on le privait d'amour, il n'avait pas supporté que son fils continue d'en recevoir. Hautement égoïste, évidemment. Même s'il n'osait se juger aussi durement. Car il se pardonnait. Personne ne pouvait comprendre. Il avait eu besoin de la présence de son fils. La solitude n'était pas envisageable.

Julia avait marqué un point. Son adversaire gambergeait, mesurant enfin la portée de ses actes. Elle le vit, tête baissée, aux prises avec ses remords. C'était le but.

Et pourtant, une once de pitié s'empara d'elle quand elle repensa à la joie que Sergueï éprouvait de savoir sa mère en vie. Elle essayait de comprendre comment son père et lui avaient réussi à échapper au MGB depuis ce jour, et comment sa mère avait pu se résigner à l'idée qu'elle ne reverrait jamais son mari ni son fils. Des douleurs d'une autre époque se répercutaient sur la génération suivante. La fatalité ?

Sergueï releva la tête et sentit que l'occasion se présentait d'éveiller la compassion de son interlocutrice.

— Tu te rends compte, Julia, de l'horreur que ce régime a fait subir à ses concitoyens ? Qui peut être assez cruel pour enfermer des innocents pendant si longtemps ?

— Des innocents, en es-tu vraiment certain… ? rétorqua Julia, qui hésitait encore à condamner l'URSS.

— Oui, des innocents ! Mon père a juste servi d'historiographe à la famille royale. C'est un crime, ça, pour toi ? Autour de moi, certains Russes, qui ont réussi à passer à l'ouest, commencent à raconter. Des atrocités, Julia. Sur des camps, à plusieurs endroits en URSS. Des camps où des milliers de gens ont péri. Un homme, dont j'ai organisé moi-même l'exfiltration depuis Londres, m'a relaté son procès : des accusations fausses dont les preuves sont fabriquées de toutes pièces. L'homme est un universitaire, qui a dû prononcer une fois une critique du régime à ses étudiants. Limogé dans l'heure ou presque, incarcéré le lendemain. Staline a fait régner la terreur et transformé son peuple en un troupeau de délateurs, prêts à vendre leurs voisins, leur famille même, pour s'acheter une bonne conscience communiste.

Envahi par la colère, Sergueï se tut. Il n'avait plus envie de parler à cette jeune femme aveugle, qui de toute manière ne pencherait jamais pour lui. Il était fatigué de se battre. Il avait trop donné.

Julia resta silencieuse quelques instants, montrant ainsi qu'elle n'était pas insensible à son discours. Peut-être, se dit Sergueï, qu'il y avait une chance que la jeune femme l'aide à sortir de cette maudite cave.

— Je leur ai dit tout ce que je pouvais leur dire, Julia. Ils ont pris Alexis. Ils m'ont frappé. J'ai tout avoué. Je ne sais pas ce qu'ils attendent, maintenant. Aide-moi, je t'en supplie.

Il suppliait, le bougre… Il avait donné ses raisons, et pensait tout bonnement que Julia allait effacer l'ardoise, qu'elle allait comprendre, pardonner, même ! Comment pourrait-elle lui pardonner ? Que les Russes soient des ordures, cela devait-il le blanchir d'avoir enlevé un gosse, et empêché toute relation avec sa mère ? De l'avoir violée ?

— Tu as trahi le Parti, Sergueï. Et tu n'y es pas allé avec le dos de la cuillère. Tu as même fait tomber Lecœur !

— Tu as cru à ça ? J'étais déjà à Londres, quand il a été exclu. J'ai dit ça parce qu'ils menaçaient de faire du mal au petit, c'est tout.

— Oui, enfin, tu as pu organiser les choses depuis l'Angleterre, avec quelques fidèles sur le terrain, et…

— Ce que tu peux être naïve… l'interrompit-il.

Vexée, Julia poursuivit sans répondre à la remarque :

— Je suis sûre que tu sais ce qu'ils veulent. Mais tu résistes. Il faut leur donner à manger. Si tu veux que j'obtienne ta libération et celle d'Alexis, il va falloir me dire la vérité, Sergueï. Qu'est-ce que tu fais ici ? Quelle est ta mission ? As-tu des noms à me donner ? Des informations qui seraient susceptibles de mettre en danger les forces russes ?

Cette fois, Sergueï comprit à quel jeu Julia jouait depuis le début. Elle pensait pouvoir user de ses jolis yeux, de sa douce voix pour le convaincre de parler ! Rien que l'idée le fit doucement rire.

— Tu penses que je vais te livrer des informations à toi ? Et sous quel prétexte ?

Julia engagea les hostilités. Il fallait armer le discours, brandir les menaces, accélérer le tempo.

— Parce que les Russes m'ont promis qu'ils vous libéreraient tous les deux si jamais je réussissais à obtenir quelque chose de toi, mentit-elle. Mais il y a autre chose. Ton enfant, que tu chéris tant que tu te débarrasses de lui dans une pension infâme encadrée par des religieux aussi rigides que les briques de cette baraque, va être envoyé dans un camp de rééducation pour jeunes. En URSS. Avec les komsomols. Si tu ne parles pas, bien sûr. Au passage, si tu choisis de rester muet, je ne manquerai pas de lui révéler quel rôle tu as eu dans l'absence de relation avec sa mère, et de lui annoncer par la même occasion qu'il ne la reverra plus jamais à cause de toi.

À mesure que le regard de Sergueï descendait vers le sol, le sourire de Julia s'étendait. L'homme savait qu'elle disait vrai. Elle n'hésiterait pas à tout balancer. Elle le haïssait. Mais si elle le haïssait tant, pourquoi le sauverait-elle, lui ?

— Qu'est-ce qui me garantit que tu vas me libérer et épargner à Alexis cette vérité crue ? Je n'ai pas confiance en toi. Tu me menaces, je vois que tu m'en veux tellement...

— Oui, je te menace, Sergueï. Il n'y a que cela qui fonctionne, avec toi. Je peux même te dire que le portrait de toi que je dresserai à ton fils avant qu'il soit envoyé en Russie sera celui d'un violeur, d'un menteur, d'un manipulateur sans foi ni loi, responsable de la mort de sa mère.

Sergueï émit un long soupir.

— C'est n'importe quoi. Alexis ne peut pas entendre des choses pareilles à son âge ! Et puis, un violeur... Je t'ai un peu chahutée une fois. Cela ne fait pas de moi un violeur de femmes ! Je n'en suis pas à me cacher dans les buissons pour accomplir mon crime, telle une bête assoiffée de sexe ! Je me suis vengé de toi, tu le sais. C'était un acte de vengeance, tu le méritais ! Tu m'as volé ma femme, tu oublies ça, aussi ?

— Volé ta femme ! Tu la délaissais, tu te moquais d'elle sans cesse, c'est toi qui l'as précipitée dans mes bras par ton attitude. Elle est tombée amoureuse de moi, comme je suis tombée amoureuse d'elle. Quoi qu'il en soit, je vois que tu n'es pas décidé à parler... Je remonte, alors ? Et on se dit adieu.

Julia attendit quelques secondes une réaction, qui ne vint pas. Alors qu'elle remettait le pied sur la première marche de l'escalier, Sergueï l'arrêta.

— Je ne comprends pas ce que tu es venue faire ici, Julia. Que va-t-il se passer pour toi, là-haut ?

N'avait-il toujours pas compris ? Le motif de vengeance n'était-il pas suffisant à son goût ?

— J'aurais sûrement pu obtenir davantage, mais au moins, j'aurais dit ce que j'avais à te dire, et ce que j'avais à dire à Alexis. Je peux repartir le cœur apaisé.

Sur ces mots, Julia poursuivit sa montée, sans un regard derrière elle.

— Attends ! entendit-elle alors qu'elle s'apprêtait à frapper les trois coups à la porte de la cave. Reviens ! Je vais parler.

La surprise déclencha une salve de battements de cœur dans la poitrine de la petite Espagnole, qui descendit silencieusement l'escalier, marche après marche, pour dissimuler sa nervosité.

— Je suis là, dit-elle en prenant place sur sa chaise.

Sergueï la fixa dans les yeux et se racla la gorge.

— Je n'ai plus que toi, Julia. Je vais te donner des informations, mais promets-moi que tu feras tout pour me libérer.

— Pour vous libérer.

— Oui, pour nous libérer tous les deux.

— Je te le promets.

— Voilà, j'ai été embauché par le MI5, il y a trois ans, pour participer à l'opération « Gold », et mettre au point les technologies de communication qui permettraient d'échanger dans le tunnel lui-même, et de capter les communications russes en surface.

— Quel tunnel ? De quoi tu parles ?

— C'est un tunnel que le MI5 et la CIA ont fait creuser sous Berlin-Est, afin d'espionner les quartiers généraux soviétiques. Mais on a été découverts en février dernier. Les Américains ont été prévenus juste à temps. Je suis quasi sûr que l'information a été donnée par un agent double, qui travaillerait à la CIA ou au MI5. On ne l'a pas encore identifié.

Julia eut l'air impressionnée.

— Alors, c'est pour ça que tu es à Londres ? Ils n'avaient pas d'autres ingénieurs sous la main ?

— J'étais un espion au service du SDECE, et j'avais déjà eu un certain nombre de missions de fabrication de systèmes d'écoute au sein des services de renseignements français. Non seulement j'étais expérimenté, mais en plus, je parlais couramment le russe.

Évidemment, le profil devait convenir à merveille. Ce Sergueï avait décidément plus d'un tour dans son sac.

— Si tu dis que le tunnel a déjà été découvert, à quoi leur servirait cette information ?

— Je peux leur donner les plans prévisionnels du tunnel, qui n'était pas totalement terminé, et je peux leur transmettre des bandes magnétiques sur lesquelles figurent plusieurs semaines d'enregistrements.

— Et elles sont où, ces bandes magnétiques ?

— Dans un livre, chez moi. George Orwell, *1984*.

— Quoi, 1984 ?

— C'est le titre du livre. Au passage, j'espère que tu le liras un jour.

— Merci pour le conseil, je n'en demandais pas tant. Et les plans y sont aussi ?

— Non. Ils sont derrière le poster de Chagall, dans l'entrée.

— Tu te moques de moi, ou quoi ? Tu nous as concocté un jeu de piste culturel ? En fait, je suis sûre que tu n'as rien. Des enregistrements bidons, et des cartes obsolètes.

— Il va falloir te contenter de cela, ma belle.

— Bien, je vais voir ce que je peux faire. Je remonte, maintenant.

Un geste de la tête suffit cette fois à entériner leur séparation. Julia ne pouvait mentir une fois de plus en lâchant un « au revoir » ni l'enterrer définitivement en lui disant « adieu ».

En pleine crise, Alexis se dressa sur ses jambes, hurlant, criant sa colère dans toute la maison, si haut et si fort que les dieux et les morts auraient pu l'entendre. Il était devenu incontrôlable. Betty et Irina échangèrent un regard, l'une comme l'autre angoissées à l'idée que tout ce bruit alertât le voisinage. Heureusement, le quartier était habitué aux éclats de voix. Le garçon se rua sur la Russe, lui assénant un grand coup d'épaule dans l'estomac, et dévala ensuite l'escalier qui menait au rez-de-chaussée. Julia venait de remonter de la cave. Elle était maintenant en pourparlers avec Leonid, et lui livrait les derniers renseignements obtenus de la bouche de Sergueï. À la mine réjouie de son interlocuteur, l'Espagnole sut qu'elle avait remporté la mise. En bonne journaliste, elle aurait aimé en profiter pour en savoir un peu plus sur ce fameux tunnel espion. Quelle était sa longueur ? Son trajet ? Comment les Russes avaient-ils été informés ?

Mais ces questions brûlantes resteraient en suspens : un garçon, qu'elle n'avait plus vu depuis trois ans, fit irruption dans le salon, les cheveux hirsutes et les joues rougies de larmes. Pris dans un tourbillon d'émotions, il ne fit pas attention à Julia et se précipita pour tambouriner à la porte de la cave.

Ainsi, Betty n'avait pas pu se retenir. Elle lui avait tout dit… Si vite, et sans l'attendre…

Alors qu'il s'apprêtait à donner un tour de clé, Julia s'approcha de lui, et doucement, elle s'intercala, de façon à l'empêcher d'entrer. Il fallait absolument lui épargner la vision de son père dans cet état. Face à elle, Alexis lui offrit un regard, dans lequel la joie des retrouvailles, l'amour et la reconnaissance prirent un instant le pas sur la tristesse et la colère.

Mais l'heure n'était pas aux sourires.

— Laisse-moi passer ! lui intima le petit, déterminé.

Il parlerait, et Sergueï apprendrait à travers ses mots qu'elle lui avait fait de fausses promesses. Qu'elle l'avait trompé à son tour.

Julia s'écarta et invita le petit à s'appuyer contre la porte.

— Parle-lui, mais n'entre pas.

Alexis posa ses lèvres contre le bois, déjà humide de ses larmes et de son souffle chaud.

— Papa ! Tu m'as menti ! Je te déteste ! Maman, elle n'est pas folle ! Elle n'a pas pu me laisser ! C'est à cause de toi ! Je sais, maintenant. Tu lui as dit que j'étais mort ! Je veux plus jamais te voir ! Plus jamais !

Dans l'obscurité de la cave, Sergueï n'avait pas perdu une miette de ses paroles. Il avait entendu la haine de son fils, qui signait la trahison immédiate de Julia. Elle n'avait même pas attendu qu'ils se séparent pour le maudire. Elle était remontée avec ses promesses, et à peine avait-elle refermé la porte qu'elle avait couru révéler son secret à Alexis. Exactement ce qu'il s'était imaginé.

L'opération « Gold » ? Du sabordage. Au moment où Julia était entrée en scène, il avait su qu'il ne s'en sortirait pas. L'idée de donner aux Russes les précieux enregistrements n'était qu'une façon de gagner du temps pour que, pendant qu'ils iraient en ville les chercher, il trouvât un moyen de mettre fin à ses jours avant qu'ils ne le fissent à sa place.

Épilogue

Mercredi 28 novembre, sur le pont du Côte d'Azur

Depuis qu'ils avaient quitté la maison de Wilmot Street et ce quartier sordide de Bethnal Green, Julia et Alexis s'étaient adonnés au bonheur des retrouvailles, sous l'œil bienveillant de l'infirmière. Amusé, Matthew Wilby avait participé lui aussi à la liesse générale, s'attribuant le titre d'instigateur en chef de ce réjouissant spectacle.

À l'hôtel, Julia avait redonné forme à sa perruque blonde et réuni tous les papiers nécessaires pour la traversée : la carte d'identité française d'Alexis, le passeport d'Émilie, encore valide, et le livret de famille, se préparant au mieux aux contrôles qui les attendaient.

Alors qu'elle glissait les documents dans son portefeuille, elle prit soin d'en extraire sa carte d'adhérent au Parti communiste français, qu'elle déchira et jeta à la poubelle. Désormais, la bande se passerait d'elle pour défendre aveuglément leurs parrains russes. Elle trouverait bien d'autres façons de se battre pour de justes causes.

Le lendemain, jour du départ, Alexis avait souhaité récupérer quelques affaires chez lui avant de partir « rejoindre sa maman »…

Julia n'avait pas réalisé encore. Betty ne lui avait pas *tout* dit.

Les nuages, au-dessus de la Manche, s'étaient envolés, dilués dans les airs, pour laisser place au soleil. Betty et Julia observaient l'enfant, au comble du bonheur, s'élancer face au vent, tourbillonnant de joie, riant de ses déséquilibres, au gré des vagues et du courant.

Betty interrogea son amie du regard.

— Le moment viendra bien assez tôt. Écoute-le rire encore un peu !

Remerciements

Je tiens à remercier en premier lieu Fabrice Papillon qui, par la magie de son amour, a réussi à me convaincre que je devais absolument écrire ce roman, bien lui en a pris, et parce qu'il m'a soutenue et accompagnée jusqu'à la fin en me livrant justes conseils, relectures attentives, et tendres baisers.

Je remercie également et chaleureusement, Liliane et Didier, pour leur enthousiasme porteur, leur lecture assidue, et leurs conseils déterminants concernant la fin du roman.

De même, je laisse une place particulière à mon père, dont l'enfance et le récit qu'il m'en a fait ont inspiré le contexte de cette histoire. Merci à lui pour toutes les précieuses petites anecdotes qui pimentent l'action et colorent le décor.

Merci à mes deux parents, qui m'ont transmis cette passion fiévreuse pour la littérature.

Pour finir, un grand merci à Céline Thoulouze, mon éditrice, pour avoir cru en moi et m'avoir donné cette chance d'aller au bout.

Bibliographie

Jacques Droz, *Histoire générale du socialisme. Tome 4 : de 1945 à nos jours*, Presses universitaires de France, 1978.

Xavière Gauthier, *Paroles d'avortées. Quand l'avortement était clandestin*, La Martinière, 2004.

Vitktor A. Kravchenko, *J'ai choisi la liberté. La vie publique et privée d'un haut fonctionnaire soviétique*, Éditions Self, 1947.

Jean-Christophe Notin, *Le maître du secret, Alexandre de Marenches*, Tallandier, 2018.

Bibia Pavard, Florence Rochefort, Michelle Zancarini-Fournel, *Ne nous libérez pas, on s'en charge. Une histoire des féminismes de 1789 à nos jours*, La Découverte, 2020.

Philippe Robrieux, *Histoire intérieure du Parti communiste. Tome 2 : 1945-1972*, Fayard, 1981.

Annette Wieviorka, *Maurice et Jeannette. Biographie du couple Thorez*, Fayard, 2010.

Thierry Wolton, *Le KGB en France*, Grasset, 1986

Dans les archives secrètes du Quai d'Orsay. De 1945 à nos jours, sous la direction de Maurice Vaïsse et Hervé Magro, L'Iconoclaste, 2019.

Un procès ordinaire en URSS. Le docteur Stern devant ses juges, édité par August Stern, traduit du russe par Ania Chevallier, Gallimard, 1976.

Pour en savoir plus
sur les Éditions Plon
(catalogue, auteurs, vidéos, actualités...),
vous pouvez consulter
www.plon.fr
www.lisez.com

lisez!

et nous suivre sur les réseaux sociaux

Éditions Plon

@ÉditionsPlon

@editionsplon

MIXTE
Papier issu de
sources responsables
FSC® C003309

L'éditeur de cet ouvrage s'engage dans une démarche
de certification FSC® qui contribue à la préservation
des forêts pour les générations futures.

Pour en savoir plus :
www.editis.com/engagement-rse/

CET OUVRAGE A ÉTÉ ACHEVÉ D'IMPRIMER SUR ROTO-PAGE
PAR L'IMPRIMERIE FLOCH À MAYENNE EN OCTOBRE 2022

N° d'impression : 101247
Imprimé en France